길 1
외등

# 길 |
# 외등

**전상국**

중
단
편
소
설
전
집

6

# 차례

## 길

## 외등

출향(出鄉)

저녁 어스름이다. 뱀내 냇물을 거슬러 깻들을 핥듯 스치는 바람 속에서 영재는 볏단을 져 올려 우차에 실으며 휘파람을 불었다. 아무도 보이지 않는 들판에서 이처럼 혼자 남아 일하는 게 좋았다. 혼자 생각하고 그것을 혼잣말로 내뱉는 재미를 그는 언제부터인가 야금야금 즐기는 버릇에 길들여져 있었다. 그는 남의 일에 이러쿵저러쿵 말 많은 이웃들이 때로는 퍽 거추장스러웠다. 더욱이 자신에 대한 얘기가 사람들의 입에 오르내릴 때마다 그는 몹시 곤혹스러웠다. 그냥 심심해서 던진 돌인데 그 돌에 얻어맞은 개구리에겐 그것이 생사의 문제이듯 영재는 어린 시절 마을 사람들이 그냥 예사로 흘린 말로 해서 가슴에 지울 수 없는 상처를 입었다.

─영재, 쟈가 아무래도 박준세이 양반 씨가 틀림없다니까. 더두 말구 저 눈에 총기가 태혁이하고 똑같다 그 말이여.

─하긴 쟈들이 저리 붙어 노는 걸 보면 그 얘기가 맞는 얘기 같기두 허네.

—박준세이 양반이 면사무소 주사질 할 때 원산엔가 가서 뭔
교육을 오랫동안 받았는데 그때 그곳에서 여자 하날 알았다는
게야.

　—아니, 그럼 몇 년 전 뱀에 물려 죽은 영재 쟈 어머이가 바
로……

　—그려, 그 원산댁이 바로 박준세이 양반을 찾아 예까지 왔
다가 지금 쟈 아버이하고 함께 살게 됐던 걸세.

　—그렇담 최서방이 쟈가 박준세이 양반 아들이라는 것두 알
구 있을 거 아닌가?

　—그야 벙어리 안 속을 누가 알겠나. 하긴 다들 그러데. 지
금 최서방이 부치고 있는 깻들 논 일곱 마지기두 그 쪼깐으로
줬을 게라고.

　마을 사람들은 탑골 박준성 어른이 영재를 가끔 불러 올려
자기 아들과 함께 놀도록 하는 일을 두고 그렇게 숙덜거렸다.
어쩌면 그것은 영재 부친 최서방이 대를 이어 박 부자 집 마름
노릇을 도맡아 하는 일을 은연중 시기해서였는지도 모른다.

　영재는 어린 시절 그런 얘기를 들을 적마다 마음이 심산했
다. 태혁이와 어울려 노는 일이 하나도 재미가 없었다. 어쩌다
가 박준성 어른이 머리에 손이라도 얹어 쓰다듬어줄 때면 온몸
으로 소름이 끼쳤다. 그럴 때마다 그는 태혁이네 집을 뛰쳐나
와 집으로 줄달음치곤 했다. 그러나 아버지 최서방은 영재에게
어떤 위안이 되지 못했다. 최서방은 아들한테 항상 무뚝뚝했
다. 오히려 의붓어머니가 아버지보다 더 자상하게 대해줬지만
영재는 그쪽에서도 아무런 위안을 얻지 못했다.

어른이 돼서까지도 마을 사람들은 영재 얘기를 많이 했다.

─도대체 그 사람, 장간 왜 안 가는 게야. 명색이 그 집 장남이 아닌가 말이여.

─스물여덟이면 애가 있어두 벌써 몇은 있어야 할 꺼구먼서두.

─그 사람 뭔가 성치 않다는 얘기가 맞는가베. 고자가 아니고서야 원 그 나이에……

─그건 그렇다손 치더라두 영재 그 사람 지난번에 징병을 자원해서 가려구 했다니 그게 도대체 웬일이여.

─그랬다더군. 비석거리 나카무라 순사를 통해서 수속을 밟는 중에 박준세이 어른이 알아가지구설랑 노발대발 못 가게 막았다는 게야. 그래 젊은것이 할 짓이 없어 일본놈들 싸움터에 나가 개죽음이나 할 거냐구 야단을 쳤다더군.

─그 양반 그건 또 무슨 소리야? 자기 아들이 학병 안 나가려구 일본서 도망쳐 와 숨어 사는 게 못마땅해 어떻게든 찾아다가 학병으로 보내려구 한다면서 말일세.

─아, 그거야 일본 순사 놈들 등쌀에 못 이겨 그러는 걸 거야. 하긴 태혁이 그렇게 도망다니다가 무슨 큰일이라도 당하는 거보다 제 발로 순순히 돌아와 병정이라두 나가는 게 낫겠다 싶은 걸 수두 있지. 아무튼 의문이망(倚門而望) 바로 그거 아니겠나.

─읍내 그 일본놈 순사가 요즘도 비석거리에 와 묵고 있다면서?

─그렇다네. 좌우지간 태혁이가 보통 인물이 아닌가베. 하

긴 박준재 어른 조카로서 그럴 만도 하지.

박준재 어른은 태혁의 큰아버지로 기미만세 때 대호리 마을 사람들을 이끌고 면에서도 하지 못한 만세운동을 대호리에서 일으켰다가 총에 맞아 죽은 열사였다. 그때 대호리 사람 다섯이 죽었다. 소위 오열사의 마을이 된 것이다. 그런 기미년 내력으로 해서 일본 사람들은 이천면 주재소에서 순사 한둘을 대호리에 상주시켰다. 그 주재소 분소에 요즘은 읍내 경찰서 형사까지 와 있었다. 대호리에서 삼십여 리 떨어진 태악산 속에 징병 거부자들이 숨어 있다는 소문이 떠돌고 있었던 것이다.

—아무튼 태혁이 그 사람, 부모 속 엔간히 썩이는군. 자기야 큰일 하느라고 그런다지만 죄 없는 그 부모야 어디 잠이나 제대루 잘 수 있겠나 말이여.

—어디 부모뿐인가. 아, 시집이라고 와가지고 징역살이하듯 처박혀 생과부나 다름없이 지내는 그 사람 처를 생각해보게. 애들이 둘씩이나 달려가지고……

—한마디루다 시집을 잘못 온 거여.

—다 저 좋아서 왔을 꺼구먼서두.


초분이. 영재는 볏단을 지게 위에 얹다가 소스라치게 놀랐다. 어쩌자고 그 이름을 입 밖에 내어 중얼거렸단 말인가. 물론 자신도 모르는 사이에 그네 생각을 하고 있었겠지만 이렇게 느닷없이 그네의 이름이 입 밖으로 흘러나오긴 이것이 처음이었다.

사위가 어둑해지고 있었다. 영재는 부지런히 봉담배 쌈지를 찾아 재운 담뱃대에 부싯돌로 쑥불을 붙여 얹은 다음 손가락으

로 다독이며 연기를 깊이 빨아들였다. 텃밭에 시험 삼아 양귀
비 몇 송이와 담배를 심어봤다. 생각했던 것보다 재배하기가
수월한 것 같았다. 내년쯤에는 본격적으로 담배 재배를 해볼
심산이 섰다. 땅을 구할 수가 있으면 양지바른 곳에 과실나무
도 심어보고 싶었다. 일본 사람들이 한창 한다는 양계도 해보
고 싶었다. 영재는 맨발로 흙을 밟을 때 땅에서 솟는 그 찬 서
기가 그렇게 좋을 수가 없었다. 그는 이렇게 기름진 땅 위에서
자신의 힘으로 무엇이든 해낼 수 있다는 생각을 하면 가슴이
뛰었다.

대동아전쟁이 터지면서 무섭게 긁어가는 일본의 공출에 대
해서도 그는 남들처럼 허탈에 빠지거나 분개하지 않았다. 모든
것은 일시적인 현상이라는 느긋한 마음으로 땅의 흙을 매만지
며 땅이 가진 무한성에 감사했을 따름이다.

―대처에 나가 비싼 돈 주고 공불 한 사람이 웬 농사여?

이웃 사람들이 그런 말을 했다. 그것은 사실이었다. 탑골 박
준성 어른 덕에 그 아들 태혁이와 함께 서울 가서 중학까지 나
왔다. 그것은 영재에게 행운이었다. 영재가 원했다면 그 이상
도 공부할 수가 있었다. 그리고 고향에 돌아오지 않고 대처에
남아 대처 사람이 될 수도 있었다.

그러나 영재는 중학을 마치자 곧장 시골로 돌아왔다. 남이
대주는 학비로 공부를 한다는 게 떳떳하지 못하다는 생각을 해
서가 아니었다. 함께 공부를 하면서 자기 아들 뒷바라지나 해
달라는 박준성 어른의 속셈이 그렇게 싫었던 것이다.

그냥 고향에 돌아오고 싶었다. 아버지 최서방이 자기 대에

이르러 비로소 자신의 땅으로 마련된 일곱 마지기 논에 대해 그처럼 기꺼워하듯 영재는 그 아버지 땅에 자신의 맨발을 디뎌 뿌리를 내리고 싶은 강렬한 바람이었다.

그냥 고향이 좋았다. 고향산천의 나무와 풀 냄새를 맡으면서 비슷한 처지의 사람들과 어울려 사는 것이 자기 분수에 맞는다는 생각이었다. 그는 자신의 손으로 매만져 가꾸는 곡식 한 포기 한 포기에 사랑을 쏟았다. 그것은 그대로 자신의 삶의 일부이며 그 자체가 즐거웠던 것이다.

그러나 영재는 요 며칠 동안 고향을 버릴 수도 있다는 생각에 시달리고 있었다. 그것은 고향을 송두리째 잃을지 모른다는 위구심이었다. 일본이 패망을 예견한 듯 발악적인 싸움을 벌이고 있는 그런 판국에 대한 불안과 좌절 같은 것이었다. 이천면에서도 많은 장정들이 강제로 징용되어 끌려갔다. 이길 수 없는 전쟁을 치러내는 일본의 갖가지 악랄한 수탈 방법은 행정 말단 구역일수록 더욱 무자비했다.

그래, 강제로 끌려가기보다 스스로 불구덩이 속으로 뛰어드는 일로 고향을 온전히 지킬 수 있다는 생각이었다. 가만히 앉아 모든 것을 잃어가고 있다는 좌절, 그 무기력함으로부터 자신을 건져 올리는 길이 그것이라고 생각한 것이다.

박태혁의 귀향, 그랬다. 모든 것의 빌미는 바로 그것이었다. 태혁이 일본으로부터 이 땅에 돌아와 산속에 숨어 살면서부터 영재의 마음이 흔들리기 시작한 것이다.

태혁이 고향에 돌아와 일으킨 고향 연못의 파고가 그렇게 높았다. 그 연못물에 보이던 얼굴이 자신의 것이 아니었다. 태혁의 이글이글 불타는 얼굴이 이쪽을 내려다보며 웃고 있었다.

태혁의 삶은 항상 그 부피가 크고 뜨거웠다. 소학교 4학년 때였다. 영재와 함께 학교를 가던 태혁의 눈이 번쩍 빛을 냈다. 그들은 꽤 많은 물이 흐르는 봇도랑 둑을 걷고 있었다. 태혁이 본 것은 봇도랑 물속을 휘저으며 거슬러 오르고 있는 팔뚝만 한 메기였다. 메기가 이처럼 봇도랑 물속에 그 모습을 유유히 드러내 보이는 일은 드물었다. 개울 돌 밑에 있다가 땅을 맞았거나 산란기가 돼 이처럼 봇도랑을 타고 산란 장소를 찾아 오르는지도 몰랐다. 영재는 태혁이 그 메기를 향해 몸을 날릴 것 같은 자세를 보면서 으스스 몸서릴 쳤다. 태혁은 등에 책보와 두툼한 바지저고리를 입고 있었다. 설마 했다. 그러나 태혁은 어느새 옷을 입은 채 봇도랑 물에 몸을 던져 그예 그 메기를 잡아낸 것이다. 잡고 보니 메기의 등 쪽 살점이 뭉청 상해 흐치흐치 문드러져 있었다. 어디선가 작살을 맞은 모양이었다. 태혁은 그 메기를 길바닥에 태질 시켜놓은 채 흠뻑 젖은 몸으로 낄낄 웃었다. 태혁의 옷과 책보가 다 젖었기 때문에 그들은 그날 학교 가기를 그만두어야 했다. 그 이튿날 전날의 결석으로 인해 야단을 맞은 건 영재뿐이었다. 영재가 태혁을 봇도랑 물속에 밀어 넣은 걸로 돼 있었던 것이다. 그러나 영재는 그 사실을 굳이 밝히지 않았다. 그것을 밝힐 그런 용기가 영재에게는 없었다. 벌을 받고 나오는 영재를 밖에서 기다리고 있던 태혁이 재미나 죽겠다는 듯 낄낄거렸다.

태혁은 교활했다. 그러나 그것은 그가 큰 것을 위해 자신의 모든 것을 쉽게 내던질 줄 아는 의협심이나 헌신적인 자세의 의

연함을 생각할 때 실로 아무것도 아니었다. 꾀보답지 않게 태혁은 항상 험하고 거친 길을 이글이글 타오른 횃불처럼 걸었다.

영재가 징병을 자원하려 했던 것도 태혁이 귀향하면서 묻혀 온 크고 뜨거운 삶의 여파였다. 고향에 돌아온 태혁에 대한 세찬 혐오, 그것은 그대로 열패의 자기혐오였다. 영재는 아직 그 실체를 가늠할 수도 없는 전쟁의 한복판에 자신을 내던져 태혁으로부터 오는 열패감에서 헤어나고 싶었다. 그런 자포자기의 영재를 건져 올린 것은 태혁의 부친 박준성 어른이었다.

—이놈아, 너까지 그럴 수가 있느냐?

박준성 어른은 맏아들 태혁의 과격한 성품을 어릴 때부터 무척 걱정했다. 영재를 항상 탑골에 불러 올린 것도 어쩌면 태혁의 그 중뿔난 성품을 생각해서였을 것이다. 소학교를 함께 다니게 함은 물론 그 어려운 서울 유학까지를 자기 자식과 똑같이 보냈던 것도 그런 속셈이었을 것이다.

영재는 박준성 어른의 그런 꿍꿍이속을 이십이 넘어서야 터득하고 형언하기 어려운 배신감으로 몸을 떨었다. 그것은 어렸을 적 여러 번 들은 적이 있는 자신의 출생에 관한 소문에 대해 은연중 품었던 기대의 허물어짐이기도 했다. 가난한 집 아이가 부잣집 자식일는지 모른다는 그러한 엉뚱한 선망 정도가 아니었다. 영재는 어린 시절 이웃 어른들이 흘린 그 말들이 너무나 선명하게 가슴에 못 박혀 있었던 것이다. 그는 박준성 어른의 아주 하잘것없는 언동 하나하나에서 어떤 의미를 읽으려 부심해온 자신의 어린 날들을 기억하고 있었다. 그 어른의 눈빛에서, 혹은 얼굴 표정에서 자신에 대한 애정을 찾으려 안간힘 쓰던 그런 기억들은 성인이 된 지금도 너무나 선명하게 남아 있었다.

태혁이네 집 안마당에서 자치기를 하고 있었다. 영재는 자신이 내려친 잣대가 멀리 날아가는 것을 겁냈다. 어떤 때는 일부러 잣대를 헛치기도 했다. 일부러 져주는 그런 놀이가 마음에 한결 편했던 것이다.

—야들아!

박준성 어른이 바깥나들이에서 돌아오는 중이었다. 그의 손에 이 지방에서는 보기 힘든 밀감 두 개가 쥐어져 있었다. 그 어른의 눈이 자신을 바라보고 있다고 영재는 생각했다. 그 밀감도 자신을 주기 위해 그 어른이 내밀고 있다고 그렇게 믿었다. 그는 그 어른을 향해 자신도 모르는 사이에 달려갔다. 그러나 태혁이 한발 앞서 그 밀감 두 개를 손에 넣은 뒤 그 하나를 영재에게 내밀었다. 그러나 영재는 그것을 받지 않았다. 불현듯 죽은 어머니의 얼굴이 떠오른 것이다.

네 살 때 본 어머니의 죽음을 기억하고 있었다. 그것은 수작골 목화밭이었다. 땡볕이 내리쪼이는 밭 언저리 풀숲에서 영재는 뒤뚱뒤뚱 뛰어다니며 물방개를 좇다가 가끔씩 목화밭 속의 어머니를 찾았다. 어머니가 머리에 쓴 흰 무명 수건이 마치 커다란 목화꽃처럼 보였다. 물방개를 향해 몸을 덮치는 순간 영재는 어머니의 지극히 짧은 외마디 비명을 들었다. 영재는 어머니가 자신을 둘러업은 걸 기억한다. 그다음 기억은 몸 전체가 푸르뎅뎅하게 부은 채 죽어가는 어머니의 얼굴이었다. 비석거리 장바닥이었다. 마을 사람 모두가 모였을 것이다. 뱀, 독사, 살무사…… 사람들은 어머니를 내려다보며 떠들어댔다. 영재는 죽어가는 어머니의 눈이 고정된 곳을 찾아 머리를 돌렸다. 둘러선 사람들 중에 눈에 띈 것은 회색 두루마기를 입고 입을 꾹 다문 채 서 있는 박준성 어른의 모습이었다.

영재는 어머니가 죽고 사오 년이 지난 후 박준성 어른의 마나님이 배가 퉁퉁 부은 채 죽었다는 소리를 들었다. 영재가 태혁의 집에 친구로서 불려 올라가기 시작한 것은 이미 태혁 어머니가 죽고 없던 때다. 태혁의 밑으로 아주 어릴 적 열병을 앓은 뒤 한쪽 다리를 잘 못 쓰는 남동생 하나가 있었다. 영재는 박준성 어른의 그 두 아이들 친구로서 그 집에서 살다시피 했다.

—최서방, 자넨 아들을 박 부자네 집한테 아주 줘버릴 셈이여?

이웃들이 그처럼 놀려댈 때마다 최서방은 몹시 겸연쩍은 얼굴로 대답했다.

—간 수양아버일 둬야 명이 길다고 해서 그 어른께 수양아들 삼아달라고 한 걸세.

그러나 아버지는 영재에게 박준성 어른을 수양아버지 삼았다는 말을 한 적이 전혀 없었다..

다만 징병을 자원하려는 영재를 불러놓고 박준성 어른이 한 말은 기억하고 있었다.

—나는 널 내 아들이나 진배없이 키워왔다. 해서 네 것들 속내가 흰히 다 안단 말이여. 니가 무슨 생각 먹구 이 대호릴 떠나려구 하는지 다 안단 말이여. 이 머저리 같은 것!

박준성 어른의 말은 맞았다. 그는 영재를 어릴 때부터 태혁이 곁에 두고 보면서 그 속을 속속들이 알고 있었을 것이다. 영재가 징병을 자원한 것도 태혁의 귀향과 무관하지 않다는 것, 더 분명한 것은 영재가 늦은 나이까지 결혼하지 않은 것도 초분이 때문이라는 사실도 알고 있었을 것이다.

영재는 박준성 어른의 말을 듣자, 남들 앞에 발가벗고 선 것처럼 부끄러움을 느꼈다. 그 순간 그는 그 어른 곁에서 떠나지 않기로 마음을 굳혔다.

—어른 말씀이 옳으십니다요. 제가 모든 걸 잘못 생각했습니다.

어둠이 우욱우욱 밀려들어 주위를 뒤덮기 시작한다. 우차를 메고 선 황소가 날이 어두워지자 잦은 발놀림을 하느라 목에 걸린 요령 소리가 더욱 선명하게 들렸다. 그러면서 황소가 한 번 음머— 하고 짧게 운다. 그것은 예감 같은 것이었다. 영재는 자신의 등줄기를 스치는 전율을 느꼈다.

우차가 서 있는 길 쪽으로 몸을 돌렸다. 왜갈봉 완만하게 경사진 뽕나무밭 언저리에 사람의 기척이 있었다. 그 희끄무레한 그림자는 몸을 숨기는 자세로 우차를 향해 조심조심 내려오고 있었다. 영재는 대뜸 그것이 눈에 익은 마을 사람의 발걸음이 아니라는 것을 알았다.

영재도 마지막 볏단을 지고 일어나 우차가 서 있는 길 쪽으로 올라갔다. 그러면서 역시 우차를 향해 내려오고 있는 사람 그림자를 눈여겨본다. 그 순간 그는 검은 그림자의 어느 한구석에서 번쩍 반사되는 빛을 보았다. 안경이구나, 생각하는 순간 영재는 볏단을 짊어진 어깨에 맥이 빠져 내렸다.

두 사람은 거의 동시에 우차 뒤쪽에 이르러 마주 섰다. 소가 또 한 번 음머— 짧게 울면서 요령을 흔들었다.

"영재, 날세."

역시 태혁이었다. 흰 중의적삼 차림의 태혁은 한눈에 무척 수척해 보였다.

"아니, 어떻게 된 거요?"

태혁이 장가를 갈 무렵부터 영재는 남들 앞에서 그렇게 하오를 해왔다. 아버지 최서방의 간곡한 부탁이기도 했다. 그 정도의 예우로나마 박준성 댁과 최씨 집이 주종의 관계로 묶여 있음을 강조해두고 싶었을 것이다. 그러나 영재가 자신도 의식하지 못하는 사이에 그런 하오를 한 것은 그와의 사이가 데면스러워졌음에 대한 은연중의 표현이었는지도 모른다.

"식량이 떨어졌어."

"얼마 전 내가 져다준 게 벌써 다 떨어졌단 말이오?"

영재는 보름 전쯤 박준성 어른의 부름을 받고 탑골에 올라간 적이 있었다.

—너는 알고 있겠쟈? 갸 있는 데 말이다.

영재는 그렇게 묻는 박준성 어른의 물음에 거짓말을 할 수가 없었다. 태혁의 은신처를 알고 있는 것은 실상 자신뿐이었던 것이다. 또 한 사람, 초분이 자기 남편의 은신처를 알고 있을는지 모르지만 그것은 영재로서 상관할 바 아니었다.

태혁이 자신이 숨어 있는 장소를 알린 것은 어느 날 밤 느닷없이 찾아와 식량 조달을 부탁하면서였다. 지금은 완강하게 거절하지만 어느 정도 시간이 지나면 자기 아버지도 마음을 돌려 자신들이 하는 일에 협조해줄 것이니, 그때를 위해서 장소를 알아놓으라는 것이었다. 영재는 자기네 쌀을 퍼 담아 지고 단 한 번 태혁이 숨어 있는 태악산까지 들어갔다 온 일이 있었다.

—네, 알고 있습니다.

—그러면 됐다. 밉지만 우선 목숨은 살려놓고 봐야 하는 것이니께, 네가 곡식 좀 져다 줘야겠다.

그렇게 해서 또 한 번 태혁이 숨어 있는 태악산까지 들어갔다 온 것이 불과 보름 전이다. 그때 초분이가 곡식 자루 옆에 말없이 가져다 놓던 반찬거리도 함께 지게 위에 얹던 기억이 새로웠다.

"참, 지난번은 미안하게 됐네. 원산 있는 동지들과 연락을 하려고 거길 떴었는데 그때 마침 자네가 다녀갔더군. 아무튼 또 다른 동지 둘이 함께 합세했기 때문에 식량이 쉬 떨어진 걸세."

"그런데 거기 산속 초막에 있던 여잔 누구요?"

왜 그런 것부터 퉁명부리듯 물어보았는지 자신도 몰랐다. 그가 밤길을 걸어 그 무거운 짐을 지고 그 심산 골짜기까지 들어갔을 때는 새벽녘이었다. 초막에 이르러 보니 먼저 왔을 때는 보지 못한 젊은 여자가 그를 맞았던 것이다. 영재를 반기는 품이 예사롭지 않았던 것이다.

"우리 동지지. 아랫말 부락 화전민의 딸이야. 일본놈들 위안부로 끌려가게 된 걸 우리가 구출해서 함께 지내고 있는 걸세. 나도 요즘 총독부에 들어가 있는 동지 하나를 통해서 안 사실이네만 일본놈들은 작년부터 우리나라 여자를 그놈들 군수공장으로 끌고 가기 시작했다네. 취직을 시켜준다는 명목으로 말이지.

그런데 바로 지난달부터는 여자 근로정신대 근무령이란 법을 만들어 우리나라 여자들을 강제로 동원하기 시작했다는 거야. 그렇게 끌려가는 대부분의 여자를, 특히 처녀들을 모두 종군위안부로 써먹을 계획이라는 거야. 우리가 데리고 있는 그 처녀 동지가 바로 그 첫 희생자가 될 뻔했던 걸세. 해방만 되면 놈들의 그 악랄한 죄악상을 낱낱이 파헤쳐 응징할 우리 동지라고."

태혁은 어둠 속 길바닥에서 열변을 토했다. 옛날이나 달라진 게 하나 없었다. 그는 아직도 불붙은 관솔가지였다.

"우리 학병 거부 동지들과 일반 징병 기피 동지들은 전국적으로 연락망을 갖게 됐어. 또 있네. 지금 우리는 평양에 있는 학병부대에서 탈출한 동지들이 우리가 있는 곳으로 내려오고 있다는 연락을 받았다고. 이제 그렇게 되면 우리가 있는 태악산을 항일 의거망의 본거지로 삼아 보다 조직적이고도 적극적인 항일투쟁을 벌일 수 있게 됐단 말이야. 우리들은 지금 놈들과 싸울 수 있는 무기를 구할 계획도 세우고 있는 중일세."

"여기 올라앉게."

영재는 우차의 앞부분 한쪽의 볏단을 치워 자리를 만든 다음 거기 태혁을 태웠다.

"그래, 이 전쟁은 어떻게 될 것 같은가?"

"전쟁? 다 끝난 거라니까. 일본놈들의 그 대화인가 뭔가 하는 그 정신력두 이제 한계가 왔어. 현대전은 말이야, 새로운 과학 무기의 대결장이거든. 그런데 지금 일본은 재래식 무기두 바닥이 나, 유황도나 오키나와 등지에서는 죽창을 쓰는가 하면 대전차포가 없어서 사이다병에 휘발유를 넣어 싸운다는 거야.

일본놈들의 패망은 이제 시간문제라고. 그날까지 우리 청년들은 그놈들 전쟁의 소모품으로서 그런 개죽음을 면하기 위해서도 징병에 끌려가서는 안 돼. 끌려간 사람들은 그놈들에게서 도망쳐 나와 우리와 함께 합해야 된다고 나는 전국의 동지들에게 하소연했어. 그런데……"

태혁은 우차에서 풀썩 내려뛰었다. 그리고 영재 곁으로 걸으며 이제까지와는 달리 억양을 착 낮추었다.

"그런데 말이야. 난 지난번 자네가 자원해서 싸움터엘 나가려고 했다는 게 도무지 이해가 안 된단 말일세. 일본을 위해서 싸우자는 거였나, 아니면 우리나라의 독립을 위해서였나?"

태혁이 억양을 낮추는 것은 상대를 깔보고 휘어잡으려는 술수라는 걸 영재는 터득하고 있었다. 그것은 태혁의 도전이었다. 그럴 때마다 영재는 도망치면서 그의 화살을 피해야만 했다. 대답을 하지 않는 것도 하나의 대답이었다.

태혁의 목소리가 더욱 낮아진다.

"물론 자네 같은 민족주의자가 일본을 위해 싸우려 했다고는 생각하지 않네. 더구나 내선일체라는 그들의 허울 좋은 선심에 자네가 현혹되었을 리도 없을 거고. 하지만 결과적으로 자네의 생각은 옳지 않았어. 학병 지원을 독려하고 나선 일부 학자들의 매국적 행위와 다를 바 없는 일이야. 그건 비겁한 도피일세. 내가 자넬 알지. 자넨 무엇 때문엔가 요즈음 마음의 중심을 잃고 있었던 거야. 그래서 불안했던 거야. 불안하고 무서우니까 지레 겁을 먹고 불길 속에 뛰어들려고 했던 거지. 그러한 자포자기는 자신에 대해서 죄악일뿐더러 내 민족 내 조국을 위해서도 반역 행위가 되는 걸세. 자네는 하마터면 명분 없는 개 죽음을 할 뻔했어."

명분. 그랬다. 그것은 태혁의 전유물이었다. 태혁은 자신의 삶을 명분이라는 계수기로 가늠해 살았다. 어떤 일의 진실성이나 정당함을 따지기에 앞서 그것이 하나의 명분이 되는가부터 가늠했다. 서울서 학교를 다닐 때도 그는 자신이 하는 일이 어떤 명분에 합당하다고 생각만 하면 물불을 가리지 않고 덤볐다. 하나의 우정을 위해서 친구 하나를 버릴 수도 있었다. 사회 정의를 위해서라면 몇 사람의 목숨쯤 바꿔도 무방하지 않겠느냔 생각을 가지고 있었다. 드디어 그의 삶의 계수기 바늘은 나라와 민족을 위해서라는 커다란 명분의 궁극적 목표를 향해 움직이기 시작했다. 그는 중학을 다닐 때도 일본 사람들이 사상이 불온하다고 위험시하는 그런 학생 서클에 가담하고 있었다. 그는 자신이 혁명가임을 자처했다.

"다시는 개죽음이나 하고 말 그런 생각을 해서는 안 되네. 나는 그런 친구를 원하지 않아."

어쩌면 태혁은 오늘 이처럼 영재를 몰아붙임으로써 자신이 산속에서 고생하고 있는 일을 더욱 떳떳한 명분으로 삼기 위해 우정 하산했는지도 모른다. 항상 그랬다. 태혁은 항상 자신의 명분을 위해 영재를 밥으로 삼았다. 이를테면 영재는 태혁이 겨냥한 과녁의 역할 같은 것이었다. 영재도 한마디 던지고 싶었다.

"미안하군. 하지만 때로는 그러한 개죽음도 가치가 있을 수 있지 않을까. 의미가 없는 죽음은 없어. 누구를 위해, 아니 무엇을 위해서 자신이 할 수 있는 아무런 길이 없다고 느꼈을 때,

그냥 던져보는 죽음도 있을 수 있다는 걸세."

태혁이 낄낄 웃었다.

"바로 그거야. 내가 자네 입을 통해서 듣고 싶어 한 게 바로 그런 생각이었어. 그래, 자네는 조국이 아무런 길도 제시해주지 않는 그런 절망적 상태 속에서 그냥 자포자기하는 것도 일본에 대한 하나의 저항이라고 생각한 거겠지. 하하, 일본 병정이 되어 그들을 위해 싸우는 게 아니라 일본의 적을 위해 그냥 죽어준다…… 야, 그거 재미있는 생각인데."

"자네 멋대로 생각해도 좋네. 다만 내 얘기는 그런 뜻과는 거리가 멀었어. 그냥 이유 없이 죽고 싶다는 걸 그렇게 좋게 생각해 줄 건 없어. 아무튼 내가 원했던 그 죽음에는 자네가 찾는 그런 명분은 결코 없었네."

"역시 자넨 하잘것없는 못난 감상주의자야. 원래 극단적 민족주의자들은 다분히 감상적인 발상에서 모든 것을 시작하긴 하지."

언제부터인가 태혁은 영재를 민족주의자라 했고, 자신은 급진적 사상을 가진 사회주의 신봉자라고 자칭했다. 서울서 공부를 할 때 일본서 돌아온 서클 선배와 며칠 만나 돌아다니고 돌아와서부터 그런 말들을 즐겨 썼다.

태혁이 일본으로 유학을 간 뒤 몇 번 영재 앞으로 보내온 편지에도 그런 구절들이 들어 있었다. 자신은 지금 사회주의에 입각한 항일 투쟁만이 민족정신의 계승과 조국 독립을 가능하게 한다는 것을 알게 됐다고 그 편지에 적혀 있었다. 그러한 사상에 도움이 될 책을 읽고 있다고도 했다.

대호리 비석거리를 반 마장쯤 앞둔 지점이었다. 비석거리 집들이 어느새 불들을 다 밝히고 있었다.

워, 워— 영재는 우차를 세웠다. 비석거리와 탑골이 갈리는 삼거리쯤이었다.

"영재, 자넨 이제 내 말에 화를 낼 줄도 모르는군. 자네처럼 지치고 병든 사람들이 자꾸 늘어가는 이상 우리나라의 해방은 요원한 거지."

늘 그러하듯 태혁은 그날도 말이 많았다. 그러나 영재는 그에게 맞설 아무런 흥도 일지 않았다. 이제까지 느끼지 못했던 울분 같은 게 잠깐 일어나는가 싶다간 스러졌을 뿐이다. 화제를 슬쩍 바꿔봤다.

"자네 집 애들이 요즘 홍역을 치른다는 얘길 들었네만……"

며칠 전 박준성 어른 댁 안일을 봐주러 갔던 영재 의붓어머니가 다녀와서 한 말이다. 애들 얼굴이 벌겋게 부어오르고, 그 두 애를 간호하느라 초분의 모습이 몹시 초췌해졌다고 했다.

"어린애라니, 누가 뭘 앓는다는 게야?"

태혁은 꼭 꿈꾸고 난 사람처럼 되물었다.

"자네 애들 말일세. 은하하고 덕수가 홍역을 심하게 앓는다는 거야."

그에게도 그가 사랑하고 보살필 의무가 있는 자식들이 있다는 걸 일깨워주고 싶었던 것이다. 그것이 가능하다면 밟아도 꿈틀거리지 않는 지렁이가 되어 묵묵히 사는 초분을 생각해보라고 소리 질러주고 싶은 심정이었다.

"이번에 내가 내려온 것은 우리 아버질 설득해볼 생각에서야. 여럿이 큰일을 하자면 아무래두 자금이 필요하다는 걸 말씀드릴 결심이네. 물론 펄쩍 뛰시겠지. 그러나 나는 그 집의 맏아들로서 아버지의 사고방식대로 한다면 나중에 내가 상속받을 땅이 있잖은가, 바로 그걸 지금 앞당겨 쓰자는 것뿐일세."

"어른께서는 허락하지 않으실걸."

"물론 그렇게 쉽게 내놓진 않으시겠지. 그러나 아버지 같은 완고한 세대의 눈을 뜨게 하는 것이 바로 우리들의 책임이 아니겠나."

"내 땅을 지키겠다는 어른의 생각이 완고한 것이라고는 나는 생각하지 않네."

"자네의 세상 보는 그 감긴 눈, 정말 한심하구먼."

"제발 그런 눈 안 뜨고 이 땅에서 마음 편하게 살고 싶은 게 지금 내 심정일세. 어른께서도 그런 말씀을 하실 거야."

"마음 편하게 산다? 그거 좋은 생각이지. 그런데 누가 그렇게 해주지? 가만히 앉아 있으면 저절로 된다던가? 그렇게 내 땅을 가지고 편하게 살고 싶은 사람들이 일어서야 해. 그래서 싸워야지. 싸워서 얻어내는 거야. 이 시대 이 상황이 필요로 하는 것은 투쟁뿐이라는 걸 알아야 하네."

걷다가 머문 것이 답답한 듯 황소는 목에 달린 요령을 계속 흔들어댔다. 그럴 때마다 우차가 조금씩 움직였다. 비석거리 쪽에서 개가 짖고 있었다.

"지금 당장 내가 싸워야 할 대상은 우리 아버지의 친일 사상이다. 아버지는 지금 중대한 착각을 하고 계신 거야. 우리나라가 영원히 일본의 속국으로 머무르리라고 믿는 거지. 그래서 당

신께서는 젊은 시절 관공서 공무원 생활 좀 한 그것을 빌미로
해서 그들에게 아부하고 빌붙어, 현재 있는 것이나 지켜내려 하
고 있단 말이야. 물론 당신이 가진 것을 지켜내려는 그 소박한
뜻을 내가 몰라서 하는 얘기가 아닐세. 그러나 그러한 생각은
결과적으로 일본놈들을 이롭게 하는 반역적 행위로 지탄을 받
게 된다는 말일세. 대동아전쟁에서 일본이 패하고 조국이 해방
되는 날 아버지 같은 사람들은 조국의 이름으로 심판을 받게 될
걸세. 자신의 재산과 오늘의 작은 안일을 위해서 아들을 돕지
못하겠다면 그것은 인류을 어긴 비도덕적 반민족적 처사로 지
탄받게 된다는 것을 나는 일깨워드릴 책임을 느끼고 있네."

태혁은 스스로 타올라 불타고 있었다. 아버지를 설득하러 온
것이 아니라 아버지의 생각이 옳지 않다는 걸 성토하러 온 양
그는 흥분하고 있었다.

영재는 더 이상 그의 말에 끼어들지 않았다.

박준성 어른은 태혁이 얘기한 것처럼 자신이 조상에게서 물
려받은 농토와 역시 선대로부터 근동에 떨친 인덕을 자신의 대
에 이르러 잃는다는 것을 겁내고 있었다. 그는 아무런 탈 없이
가진 것을 그대로 지켜내고 싶은 소박한 시골 지주에 불과했던
것이다.

태혁이 일본 유학을 가고 얼마 안 되고부터 읍내 형사들이
찾아와 아들의 선도 문제를 얘기할 때마다 박준성 어른은 안절
부절못했다. 일본 형사들의 말대로 태혁이 불온한 사상을 가진
무슨 단체에 가입하고 있다는 얘기를 들었을 때 박준성 어른은
이제 드디어 올 것이 왔다는 생각을 했을 것이다. 그는 태혁의

과격한 성격과 무분별한 혈기를 항상 겁냈다.

—이런 집안 망칠 녀석!

박준성 어른에게 조상 대부터 이루어 자신이 지켜낸 집안은 목숨보다 큰 것이었다. 그동안 집안을 지키기 위해서 읍내 경찰서를 수없이 드나들었다. 형사가 찾아오면 극진한 대접을 해 보냈다. 한 달에 한 번씩 일본에 있는 아들에게 교훈적인 편지를 띄우기도 잊지 않았다. 그런 속에서 그는 대호리나 근동 사람들이 억울하게 당하는 걸 막아주기 위해 일본 관헌들을 찾아다니기도 했다. 이러한 일들이 모두 태혁에게는 못마땅했던 것이다.

—그 사람들 말대로 자수를 해라. 그러면 학병에 지원한 걸로 해 네 죄를 죄다 묻어주겠다더라.

태혁이 일본을 빠져나와 고향에 숨어들었을 때, 박준성 어른이 태혁을 그렇게 설득하려 했다.

—학병엘 갔다고 다 싸움터로 가는 건 아니라고 하더라. 학병은 오히려 후방에서 할 일이 따로 있다는 게여.

삶은 호박에 이빨도 안 들어갈 소리였다. 태혁은 하룻밤을 자고 그대로 태악산으로 숨어들었다. 집을 떠나가면서 그가 눈에 불경스런 빛을 번뜩이며 한 말은,

—아버지, 정신 똑바로 차리고 사셔야 합니다.


"언제 갈 거요?"

영재는 태혁의 앞으로 손을 불쑥 내밀면서 물었다. 이제 그와 헤어져야 하겠다고 생각한 것이다. 마지못해 손을 내밀어

잡는 태혁의 손아귀가 생각보다 헐렁하고 찼다. 영재는 가슴에서 진정 안됐다 싶은 생각이 치밀어 그의 손을 오래 쥐고 흔들었다.

"쌀을 가져가려면 거기 누가 있어야 할 거 아닌가?"

"새벽참에 그냥 쌀 두어 말 지고 갈 건데 뭘."

"여럿이 먹을 거라면서?"

"자주 내려와야지. 아버질 설득하기 위해서도 말이네."

"이천면 형사가 비석거리에 와 있다는 거 잊지 말게."

"그깟 놈들. 아버지가 잘 구슬러놨다면서?"

"그래두 마음을 놔선 안 될 텐데."

"걱정 말게. 자네가 찔러 넣지 않는 이상 아무 염려 없을 게니. 오늘 내가 집에 온 걸 본 사람은 자네뿐이거든."

태혁이 짧게 히히 웃었다.

"내가 찔러 넣으면 어쩌려구?"

"잡혀가겠지. 그래야 자네가 우리 집사람을 마음 놓고 쳐다볼 수 있을 테니까."

낄낄 웃음으로 자신이 지금 농담을 하고 있다고 말하는 것 같았다. 농담은 농담으로 받아야 했다. .

"자네가 그처럼 생각해줘서 그동안 자네 마누랄 너무 실컷 봤더니 이제 더 보고 싶지두 않군."

"아무튼 장가까지 안 가구 한 여자만 쳐다본다는 것두 보통 일이 아니지."

"착각하지 말게. 자넨 마누라가 지금두 그렇게 대단한가? 자네 그동안 초분일 떨어져 살았어두 역시 애처가가 분명하군.

질투가 나는군."

"그거였군 바로. 딴 얘기에는 콧방귀만 뀌다가 초분이 얘기가 나오니까 열을 내다니. 알 만하네."

"자네가 한다는 그 투쟁 중엔 자기 마누랄 놓고 하는 그런 것도 있었던가? 난 자네가 그런 것엔 관심이 없다고……"

"역시 난 계집을 놓고 다투는 그런 일엔 적격이 아니라는 걸 알았네. 실은 그래서 내가 초분일 버린 걸세."

초분일 버렸다고 했다. 농담이겠지. 그러나 태혁의 입에서 초분일 버렸다는 말을 듣는 순간 영재는 머리의 피가 거꾸로 흐르는 것 같았다. 그러나 이쯤에서 그쳐야 한다고 자신을 다독였다.

"사아람, 산속에서 고생만 한 줄 알았더니 농두 많이 늘었구먼그래. 좌우지간 내가 새벽 일찍 지게 지고 올라갈 테니 그때까지 기다리고 있게."

탑골 쪽으로 몸을 돌렸는가 싶던 태혁이 다시 쇠고삐를 바투 잡은 영재 앞으로 다가서며 손을 내밀었다.

"고맙군. 사실은 우리 아버지가 자넬 부르러 사람을 보내기 전에 자네가 먼저 올라와달라는 말을 하고 싶었네. 아버지가 좋아하실 거야."

"아무튼 사람들 눈에 안 띄도록 조심해야 해."

영재가 소 등을 힘껏 내리치며 말했다. 우차가 움직여 나가기 시작했다.

태혁과 헤어져 비석거리 쪽으로 우차를 몰던 영재는 문득 하늘을 쳐다봤다. 땅 위가 어두워질수록 하늘의 별은 영롱한 빛을 냈다. 그 별들 중의 하나가 유달리 맑게 보였다. 어쩌면 애처롭게 떨고 있는 것처럼 보였다. 저녁 늦은 시간이면 영재는 영락없이 그 별을 찾고 있는 자신을 발견했다. 어쩌다 날이 흐려 별을 보지 못하기라도 하면 가슴속이 허망하게 비어들곤 했다.

초분이 문제였다. 초분만 생각하면 가슴이 먹먹했다. 영재는 자신이 초분을 놓고 태혁과 경쟁을 벌였다고 생각한 적이 없었다. 누가 이기고 누가 진 싸움도 아니었다. 영재에게 초분은 새벽 어둠 속 하늘에서 찾는 또 다른 하나의 별이었을 뿐이다. 그렇게 초분을 생각하는 시간이 가장 즐거웠다.

문제는 간단했다. 초분이 태혁에게 시집을 가 여 보란 듯이 밝게 살았더라면 얘기는 사뭇 달랐을 것이다. 그러고 보면 영재는 초분의 불행을 함께 겪고 있는 셈이었다. 솔직히 그는 초분이 감내해내는 그 괴로움의 덩어리보다 더 큰 고통을 품고 살았는지도 모른다.


초분은 대호리에서 이천면 쪽으로 시오리쯤 떨어져 있는 부촌리 한약국집 딸이다. 초분 아버지가 운영하는 구인당 한약국은 이천면 일대에서는 널리 알려져 있었다. 초분 아버지는 중국 일본 등지에서 한의학을 익혀가지고 고향에 돌아와 이웃을 위해 헌신적으로 의술을 베풀고 있었던 것이다. 선조로부터 물려받은 농토만 해도 근동에서는 손꼽히는 부자였다. 대호리에 박준성이라면 부촌리는 이한필이었다. 부자면서도 두 사람 다 글줄이나 읽고 객지 바람을 쐬어 이른바 개화된 사람들이었다. 그런 면에서 본다면 대호리 박준성 어른보다는 부촌리 초분이 아버지가 한 수 더 깨우친 편이라고 할 수 있었다.

초분이를 시오리나 넘는 소학교에 보낸 것만 해도 그랬다. 부촌리는 물론 근동에서 딸을 학교에 보낸 집이 없었다. 대호리 박준성 어른도 딸 하나 있는 것을 학교 문턱에도 보내지 않았던 것이다.

영재와 태혁은 한문 서당을 다니다가 열네 살 늦은 나이에 이천면 소학교에 들어갔다. 월반을 해 이 년 만에 상급 학년이 되긴 했다. 아무튼 대호리에서 소학교를 다니는 아이는 둘뿐이어서 학교 다닐 나이 또래 아이들의 선망 속에서 둘은 항상 어깨동무를 하고 다녔다.

이천면까지는 고개를 두 개나 넘는 삼십 리, 먼 길이었다. 새벽밥을 먹고 해 뜨기 전에 집을 나서 해 넘어가서야 돌아오곤 했다.

부촌리에서도 너덧 명의 아이들이 학교를 다녀 거기서부터 여럿이 몰려가게 되어 등하굣길이 그다지 지루하지 않았다. 그러나 영재들은 부촌리의 다른 아이들과 어울려 다니는 걸 피했다. 초분이와 만날 수 있는 그런 시간을 재어 부촌리를 지나기 위해서였다.

두 사람은 고갯길 후미진 곳에서 초분이가 나타나길 기다릴 때가 많았다. 어떤 때는 그들보다 먼저 가버린 초분을 기다리느라 학교 시간이 늦은 것도 여러 번이었다. 대개의 경우 그들은 초분이보다 멀찍이 뒤떨어져 오다가 박수고개 중턱쯤에서부터 허위허위 달려 올라가 우연인 척 동행하기가 일쑤였다.

그들보다 한두 살 아래인 초분은 몸집이 자그마하고 얼굴이 갸름했다. 수줍음을 잘 타 얼굴이 곧잘 홍당무처럼 붉어졌다.

─고놈 한번 잘생겼구나.

팔자걸음으로 마주 오던 어른 하나가 초분이를 지나쳐놓고 돌아서서 초분의 예쁘장한 뒷모습을 보며 혀를 차곤 했다.

초분은 언제나 흰 옥양목 저고리에 검정치마를 날렵하게 받쳐 입고 있었다. 그네의 곱게 딴 외가닥 머리채 끝에는 언제나 꽃분홍 댕기가 나풀거렸다. 그 댕기가 늘어진 허리춤에는 수박색 비단으로 싼 책보가 잘끈 묶여 있었다. 어느 때 어느 곳에서 봐도 예뻤다. 부촌리 능내천 징검다리를 건널 때 햇살이 부서져 반짝이는 물살에 어린 그림자마저 예뻐 보였다. 징검다리를 다 건너 곱상하게 닳아빠진 자갈길을 밟고 가다가 찔레 덩굴에 덤벼들어 찔레 순을 꺾는 그네의 모습이 한 마리 귀여운 짐승만 같았다.

초분이 곁에는 언제나 몸집이 남정네처럼 우람해 보이는 중년 아낙네 하나가 그림자처럼 따라붙었다. 초분은 그 여인네를 고성댁이라고 불렀다. 고성댁은 초분네 집의 침모 겸 초분의 등하굣길을 보살펴주는 여자로서 몸집과는 달리 마음이 썩 고왔다.

─어이구, 도령들 오늘은 우째 이렇게 늦었수?

그네들 뒤를 부지런히 뒤쫓아 붙느라 숨이 턱에 찬 영재들을 맞으며 고성댁이 물었다. 영재들은 그럴 때마다 얼굴을 붉혔다. 미리 앞질러 가 고개 후미진 곳에서 기다리고 있다가 그네들과 만나게 될 때면 고성댁이,

─도령들, 내 여기서 만날 줄 알았지. 우리 아씨두 도령들이

여기 있을 거라구 했지유.

그럴 때면 초분은 몸을 뒤로 돌린 채 뒷걸음쳐 걸었다. 바람이라도 불면 위로 걷히는 치맛자락을 내리기 위해 몸을 동그랗게 웅숭그려 잰걸음을 쳤다.

고성댁은 초분이 학교가 파하기까지 읍내 이곳저곳을 다니며 볼일을 다 보고 나서 저녁때면 절인 고등어 등 자잘한 반찬거리를 사서 머리에 인 채 초분을 기다리고 있었다. 초분이보다 상급반인 영재들은 한두 시간 늦게 끝나기가 무섭게 곤두박질치듯 내닫기 시작했다. 누가 먼저 그런 제안을 한 것이 아니었다. 굳이 초분을 따라붙자는 그런 생각을 해서가 아니었다. 그냥 한 사람이 뛰니까 따라서 뛰었고 그렇게 땀을 뻘뻘 흘리고 뛰다가 보면 한 시간쯤 앞서간 초분이가 고성댁과 함께 걸어가고 있는 것이 저만큼 보이는 데쯤 이르러 둘 다 기진맥진, 누가 먼저랄 것 없이 길가 풀숲에 나뒹굴며 낄낄거렸다.

초분은 부끄러움을 잘 타는데다 원래 말이 없었다. 이삼 년 동안을 그렇게 먼 길을 영재들과 어울려 다니면서도 제 쪽에서 먼저 말을 건네 오는 법이 단 한 번도 없었다. 이쪽에서 묻는 말도 얼굴을 외면한 채 대답하거나 고성댁 귀에다가 살짝 얘기하는 것으로 이쪽까지 전해지는 방법을 썼다.

어릴 때부터 숫기가 좋고 넉살을 잘 떠는 태혁이도 초분이 앞에서는 부끄럼을 탔다. 영재는 초분을 향해 뭔가 말이라도 걸참이면 얼굴이 홧홧 달아오르고 가슴이 뛰었다. 어쩌다 초분과 눈이라도 마주치면 영재 쪽에서 먼저 황황히 눈길을 돌렸다.

—도령들 먼저 힝하니 앞서들 가 저게 마루턱에서 기다리우.

고성댁이 그렇게 말할 때가 있었다. 두 사람은 그 말이 떨어지기가 무섭게 달리기 경주하듯 고개 마루턱을 향해서 치닫는다. 고개 마루턱 서낭당 근처까지 와서는 누가 먼저랄 것 없이 바지춤을 내리고 오줌 줄기를 뿜어댄다. 때로는 두 사람이 마주 서서 상대를 향해 그것을 뿜어대면서 낄낄거린다.

—고성댁이 오줌이 매려워서 우릴 먼저 가라구 한 거야.

—초분이두 오줌을 눌 거다.

영재들은 그다음 날이면 그네들이 일을 보았음직한 장소를 찾아 헤매며 낄낄거렸다.

초분과 함께 걷는 시오리 산길은 철따라 갖가지 꽃이 많이 피었다. 두 사람은 저마다 초분의 환심을 사기라도 하려는 듯 신기한 꽃들을 꺾어 냄새를 맡아보는 등 수선을 떨면서 꺾은 꽃을 고성댁에게 건네주곤 했다. 고갯길에는 손만 뻗치면 먹을 것이 지천이었다. 산딸기 철이 지나면 머루며 서리 내린 늦가을의 다래 맛은 그대로 꿀이었다.

여름날 급작스런 소나기를 긋지 못해 온몸이 온통 젖어버린 초분의 동그스름한 어깨와 파리해진 도톰한 입술이 영재들의 가슴을 달뜨게 하기도 했다.

태혁은 가끔 집에서 곶감 말린 것이나 호두 깐 것을 조끼 주머니에서 꺼내 고성댁에게 건넸다. 그 답례였던지 초분은 자기네 한약국에서 쓰는 감초 말린 것이나 계피를 고성댁을 통해 우리한테 전했다.

—잘들 가게유. 어이구, 고맙기들두 허지.

부촌리 초분네 집 근처에 이르러 영재들이 헤어지는 인사를 하면서 아쉬운 듯 몸은 이쪽으로 돌린 채 뒷걸음을 칠 때면 고성댁이 꽤 오랫동안 서서 두 사람을 배웅해주곤 했다. 초분은 이미 보이지 않았다.

그렇게 부촌리에서 그네들과 헤어져 대호리로 올라올 때면 두 사람은 약속이나 한 듯 시무룩해졌다. 남은 시오리 길이 그처럼 멀 수가 없고 다리가 팍팍 아팠다. 그럴 때 두 사람은 말다툼을 자주 벌였다. 아주 하찮은, 이를테면 내일은 비가 올 것이냐, 안 올 것이냐 그런 문제로 티격태격했다. 말다툼의 결말은 언제나 같았다.

─우리 아버지 아니었으면 너 따윈 학교 문턱에도 못 가봤을 거다.

─그게 전부 네 덕이지. 내 잊지 않을 게다.

그렇게 두 사람은 원수처럼 등을 돌리고 헤어진다. 그러나 다음 날이면 언제 그랬느냐 듯 초분을 만나기 위한 새벽녘 달음박질을 시작하는 것이다.

그렇다고 두 사람이 초분을 그들의 화제에 올려놓고 이러쿵 저러쿵 떠든 적은 없었다. 그것은 묵약의 금기였다.

그러나 소학교를 졸업할 무렵이었다. 두 사람 다 열일곱 늦은 나이였다. 그때 태혁이 비로소 초분의 얘기를 꺼냈다. 그것은 그대로 일방적 명령이었다.

─영재야, 너 이제 초분일 잊어버려라.

태혁의 일방적인 선언이었다.

─초분네 어른들은 그 애를 가문 좋은 집, 세도 있는 집에 시집보내려고 그렇게 공부를 시키는 거다.

태혁이 영재가 무슨 말을 꺼내기도 전에 아주 단호하게 잘라 말했다.

―그 집 어른들이 어떻게 생각하든 나는 초분이하고 결혼하기로 결심했다.

그게 태혁이었다. 그러나 영재는 아무런 말도 나오지 않았다. 초분과의 결혼, 영재는 아직 그런 걸 단 한 번도 생각해보지 못했기 때문이다. 그때 초분은 영재에게 가장 가깝게 느껴지면서도 바라보기조차 힘겨운 그런 별이었던 것이다.

두 사람이 서울로 유학을 가 있을 때 태혁은 영재 앞에서 초분에게 보내는 구애의 편지를 썼다. 초분이 너를 위해서 공부를 열심히 하겠다. 너를 위한 내 꿈은 장대하다. 편지에는 온통 초분이를 위한 태혁의 앞날이 적나라하게 펼쳐졌다. 그는 거듭 서너 통의 편지를 보냈다. 그러나 초분에게서는 답장이 오지 않았다.

첫번째 맞는 여름방학이었다. 두 사람은 이천을 거쳐 부촌리까지 가 초분네 집에 들렀다. 한약재를 다듬고 있던 이한필 어른이 두 사람을 보자 몸을 벌떡 일으키더니 고함을 내질렀다.

―이런 고얀 놈들 봤나!

―안녕하셨습니까? 저희들은 초분일 보러 온 게 아닙니다. 고성댁께 인사차 들렀습니다.

태혁은 그처럼 유들유들했다.

고성댁이 사랑채에서 맨발로 뛰쳐나와 두 사람을 얼싸안았다.

―어이구, 대견들두 하시지.

이한필 어른이 어이없다는 듯 혀를 쯧쯧 찼다. 성난 얼굴은 이미 아니었다.

―네가 대호리 최서방 아들이냐?

　뜻하지 않게도 이한필 어른은 태혁이 뒤에 선 영재를 턱으로 가리켜 보이며 물었다. 그러나 영재는 우두망찰 너무 놀란 탓에 아무 대답도 할 수가 없었다.

　―저놈, 박 주사 맏이 놈은 우리 딸한테 편질 띄웠더라만 네 놈은 왜 편질 안 썼느냐?

　영재가 더욱 당혹한 얼굴로 절절매자 이한필 어른이 껄껄거렸다.

　―어이, 고성댁, 이놈들 냉수 한 사발씩 안겨 후딱 올려보내시게.

　벌써부터 안채 대청에 나와 영재들을 내려다보고 섰던 병색이 짙은 초분 어머니가 얼굴 가득 웃음을 담은 채 말했다.

　―귀한 손님들께 웬 냉수는요……

　초분이 역시 그 이듬해 서울에 있는 이모 댁으로 올라왔다. 초분이 다니는 여학교가 영재들이 나가는 학교 바로 곁에 있었다. 세 사람은 고향 친구답게 길거리에서 만나면 서로 반갑게 인사를 나눴다. 서울에 올라와서도 초분은 여전히 수줍음을 탔기 때문에 세 사람이 한자리에 모이는 일은 거의 없었고, 향우회 모임 등 공적인 일로 일 년에 한두 번 만나는 것이 고작이었다.

　태혁이 달라진 것이다. 초분이 같은 서울 생활을 하게 되면서 태혁의 초분에 대한 관심이 사라진 것이다. 그는 일절 초분의 얘기를 입 밖에 내지 않았다. 어쩌다 초분이 얘기가 나오게 되면 시큰둥한 얼굴로 그깟 촌가시내, 하고 콧방귀를 날렸다.

　중학교 고학년이 되면서부터 태혁이 그렇게 달라졌다. 여자

문제 같은 것은 관심 밖이었다. 그는 책 읽기에 미쳤다. 책에서 얻은 지식을 설익은 대로 영재에게 피력하려고 애썼다. 당시 우리나라에서는 구하기 힘든 마르크시즘에 관한 책을 한 권 구해 품에 품고 다니며 자신도 미처 납득하지 못한 이론을 내세워 열변을 토했다. 일본이 일으킨 남지나전쟁, 만주 정책, 그리고 우리나라에 대한 일본 사람들의 악랄한 식민 정책의 속셈을 폭로하고 성토했다. 그때부터 그는 조국과 민족을 위해 자신의 몸을 던질 것을 누누이 강조했다. 그는 항상 큰 것을 생각하고 그것을 위해 뭔가 해내겠다는 집념으로 불붙어 있었다.

그러나 영재는 달랐다. 그는 태혁의 그 뜨거운 불길이 자신에게 옮겨붙을까 봐 전전긍긍했다. 태혁이 좇는 크고 이상적인 것이 허무맹랑하게 생각되었다. 실체가 잡히지 않는 것을 놓고 자신을 던지겠다고 큰소리치는 태혁이 위선적으로 보였다. 물론 때로는 태혁처럼 큰 것을 생각하지 못하는 자신의 옹졸함을 비관하기도 했다. 뭔가 이룩해내려는 성취 동기가 부족하다는 태혁의 공박을 수긍했다. 자신은 역시 큰 그릇이 아니라고 의기소침한 적이 한두 번이 아니었다. 그래서 가끔 태혁과 같은 웅지를 품으려고 그와 맞서보기도 했고 스스로 태혁의 흉내를 내보기도 했다. 그러나 영재의 허세 부리기는 곧장 물거품처럼 스러지곤 했다.

그가 생각하는 것은 항상 고향, 그리고 그 근원 언저리의 삶이었다. 흰 수건을 머리에 쓰고 목화밭에 앉아 있던 어머니의 모습 같은 것. 영재는 자신이 태어난 곳을 알지 못했다. 자신을 낳은 아버지가 누구인지를 알 수 없듯 그는 자신이 어느 곳에서 태어나 대호리까지 흘러들어왔는지 알지 못했다. 그런 것들에 대한 집착의 연민 같은 것이었다. 무수히 떠도는 소문을 그는 믿고 싶지 않았다. 아버지 최서방이 자신에게 필요한 단한 사람의 혈육이라고 믿고 싶었고, 어머니 품에서 떨어져 자란 대호리가 그대로 자신의 영원한 고향이라고 생각하려 했다. 그런데도 영재는 뭔가 가슴 한구석이 늘 비어 있는 것 같은 허전함을 어쩔 수가 없었다. 그럴 때마다 그는 죽어가는 어머니를 내려다보며 절망적인 울음을 내지르다 문득 뒤돌아보았을 때 둘러선 사람들 속에서 생생한 기억으로 남는 박준성 어른의 얼굴을 떠올리곤 했다. 그것은 영재에게 또 다른 죄의식이었다. 실부든 실부가 아니든 그를 키워온 아버지 최서방에 대한 죄스러움. 그럴 때마다 눈물이 났다. 논 몇 마지기를 자기 소유로 한 것으로 하여 뼈골이 닳도록 일하고 있는 아버지의 볕에 그은 얼굴과 마주하는 것이 슬펐다. 그리고 굶주린 얼굴로 영재가 집에 돌아오기만을 기다리고 있는 동생들. 그리고 아버지 최서방과 더불어 사는 마을 사람들 생각만 해도 눈물이 났다. 그렇게 고향 사람들이 보고 싶었다. 그것은 자신의 근원, 그 뿌리 확인을 통해서만 자신을 이 깊은 늪으로부터 건져 올릴 수 있으리라는 바람 같은 것이었다.

고향, 고향 사람들에 대한 생각의 단초는 언제나 서울에 함께 와 있는 초분이었다. 초분은 영재가 생각하는 고향의 모든 것을 품고 있었다. 그렇게 초분을 생각하면 영재는 외롭지 않았다. 달콤하고 부드러운 것이 그를 부추겨 태혁으로부터 받은 열패감에서 살아나곤 했다.

영재는 중학을 마치자 곧장 귀향했다. 박준성 어른이나 또 다른 사람들의 바람은 그게 아니었지만 그는 이번에야말로 자신이 하고 싶은 대로 한 것이다.

고향에 돌아가겠다는 결심을 했을 때 그는 초분을 만났다. 초분이 학교서 자기네 이모 집으로 돌아가는 길목에서 기다렸다가 만났다.

—지난번 졸업식 때 보내준 꽃다발 고마웠어.

초분이 태혁과 영재 앞으로 똑같은 꽃다발을 보내왔었다. 그러나 초분은 머리를 숙인 채 대답하지 않았다.

—나, 이제 그만 고향에 돌아가고 싶어졌어. 초분인 이제 아주 서울 사람이 되겠지?

그는 그 이상 아무것도 말할 수 없었다. 초분이 역시 입을 떼지 않은 채 골목길 하나를 다 걸었다. 다른 골목으로 접어들면서 초분이 말했다.

—학교 졸업하면 저두 고향에 내려가 살 거야요.

초분은 그 말을 남기고 종종걸음으로 사라졌다.

초분이 던진 그 말 한마디의 파장은 컸다. 그 말 한마디로 영재는 의기양양하게 귀향할 수 있었던 것이다. 그는 농사꾼으로 돌아온 것을 후회하지 않았다. 발가락으로 비집고 올라오는 진흙의 감촉이 그대로 살아 있음에 대한 외경심을 낳게 했다.

물론 태혁은 전문대학에 진학했다. 그는 법과를 택했다. 고등고시를 통해 법관이 된다고 했다. 법관이 되려고 하는 것은 한낱 출세를 위한 방편이 아니라, 자신이 해내려고 하는 큰 것을 위한 길을 거기서 찾고자 함이라고 했다. 그러면서 그는 학

교를 그만두고 고향으로 돌아간 영재를 현실도피의 비겁자라
고 비웃었다.

—부촌 한약국집 딸이 서울서 소학교 선생을 한다는군.

—그러면 그렇지, 여자가 그만큼 공부해서 뭐 하려구 고향엘
돌아오겠나.

—제기랄, 이천면내 총각들 닭 쫓던 개 꼴 아닌가.

초분이 학교를 졸업하고 그대로 서울에 머물렀다는 소식을
들었을 때 영재는 솔직히 마음이 편치 않았다. 그렇다고 어떤
충격을 받을 정도는 아니었다. 고향에 내려와 땅을 파는 동안
그는 이미 초분에게서 찾으려고 했던 어린 시절의 이상 같은
걸 자신이 딛고 선 땅에서 찾아낸 뒤였기 때문이다. 그렇다고
그가 초분을 잊은 것도, 또는 잊을 수 있는 일도 아니었다. 초
분은 아직까지도 영재에게 영재가 찾고자 하는 고향에서의 어
떤 근원 같은 것의 일부로서 살아 있었던 것이다. 그러나 초분
을 자기 사람으로 만들어야 하겠다는 욕심 같은 것은 버린 지
오래였다. 그는 다만 그네와 함께 학교를 다니던 추억의 그 고
향에 자신이 돌아와 살고 있다는 사실만으로도 만족하고 싶었
다. 그네가 어느 곳에서 무엇을 하다가 누구한테 시집을 가도
좋다는 생각이었다. 차라리 그네의 소식을 못 듣고 그 모습을
다시는 볼 수 없다면, 그의 가슴속에 그네를 아름다운 추억쯤
으로 남긴 채 살 수 있을 것 같았다. 그렇게 초분의 존재를 지
워버리고 싶은 게 영재의 간절한 바람이었던 것이다. 그는 진
정 초분을 생각하는 고통의 번뇌로부터 벗어나고 싶었다.

"애야, 잠이 아직 안 깼냐?"

방문이 흔들리고 있었다. 영재는 소스라치게 놀라면서 꿈에서 깨어났다. 무서운 꿈이었다. 쫓기고 있었다. 산비탈, 아래는 천길 낭떠러지였다. 그러한 절벽 길을 줄타기하듯 아슬아슬 걷고 있었다. 어찌나 힘겹고 무서운지 차라리 몸을 날려 낭떠러지로 떨어지고 싶었다. 그러는 순간 그가 본 것은 어렸을 적 얼굴이 푸르죽죽하게 부은 채 죽어가던 어머니였다. 어머니를 꿈에서 여러 번 보았지만 이처럼 무서운 어머니의 얼굴은 처음이었다. 그러나 어느 순간 그것은 어머니의 얼굴이 아니었다. 초분이었다. 초분이가 어려서 마마를 앓다가 죽었다고 했다. 그 귀신이 지금 영재 앞에 벌겋게 부어오른 얼굴로 나타난 것이다. 그렇게 흉측한 얼굴은 처음이었다. 처음에는 하나라고 생각했는데 어느새 그 얼굴들은 어머니와 초분으로 나뉘어 있었다. 그네들은 영재보다 높은 데 있었다. 그네들이 낄낄 웃으면서 바위를 굴려 내렸다. 바위들은 금세 무섭게 커지면서 영재를 향해 덮쳐왔다. 그것은 가위눌림이었다. 허우적거리고 소리치고…… 방문 밖에 아버지 최서방의 기척이 있었다.

"벌써 서너 시경은 됐을 것 같구나. 너 새벽녘에 어딜 갔다 와야 헌다믄서?"

영재는 서둘러 옷을 입었다. 지난 저녁 사랑방으로 들면서 누구를 대놓고 한 것이 아닌 그냥 던지는 말로 내일 새벽 일찌감치 어딜 좀 다녀와야 하겠다고 말했던 걸 최서방이 염두에 두고 그 시간에 맞춰 깨운 것이다.

"언제 올려고 그려? 오늘 타작을 하기로 해놓구선. 타작 날은 잘 받았구먼서두."

최서방은 봉당에 앉아 담배를 피우면서 아직도 어두운 하늘을 올려다보았다. 별들이 오들오들 떨고 있는 것처럼 보였다.

"아침참에 올 거예요. 제가 좀 늦더라도 귀밑터 학수가 온다고 했으니까 먼저들 시작하세요."

영재가 봉당을 내려서는데 최서방이 다시 구시렁거리듯 말했다.

"거, 아까 잠을 깨보니 탑골 개들이 짖어대던데, 어른 댁에 뭔 일이나 없는지 모르겠다."

"그렇잖아두 제가 그쪽으로 가는 거예요. 들러서 알아보지요 뭐."

마음에 후딱 섬뜩한 것이 왔으나 영재는 태연하게 사립을 밀고 나왔다. 좀 전 잠자리에서의 흉몽을 떨쳐버리듯 별이 총총한 하늘을 쳐다보며 심호흡을 했다. 방향을 잘못 잡은 탓일까. 영재는 총총한 별 무리 중에서 그 별을 얼른 찾아내지 못했다. 모든 별이 그것처럼 보였다.

그렇게 그 별을 가려내지 못한 적이 또 있었다.

태혁이 결혼을 하고 고향에 내려왔을 때였다. 태혁의 색시가 바로 초분이었던 것이다. 너무 뜻밖이었다.

─나두 갑자기 결정한 거야.

태혁의 말대로 그것은 그야말로 전격적이었다. 박준성 어른이나 부촌 이한필 어른도 전연 생각 못했던 일인 양 그 일로 양가가 발칵 뒤집혔다.

물론 박준성 어른은 태혁을 결혼시키기 위해 팔방으로 색싯감을 물색한 바 있었다. 우선 그 당사자를 설득시키기 위해 여러 차례 상경도 했다. 태혁을 결혼시켜놓음으로써 아들의 불길 같은 혈기를 어느 정도 가라앉힐 수 있다고 믿었던 것이다.

그러한 아버지의 뜻을 받아들였던 것인지, 어쨌든 태혁은 전문학교 졸업을 한 해 앞둔 가을 느닷없이 초분과 결혼했다.

본인들의 뜻은 매우 간소하게 식을 올리고 싶은 모양이었지만 두 집안에서는 맏자식 첫 경사라고 해서 잔치를 크게 벌였다. 양가에서 각각 소를 한 마리씩 잡았을 정도로 떠들썩한 잔치를 치렀다.

그것이 영재에게는 큰 충격이었다. 두 사람의 결혼은 그네들이 합작한 음모요 배신이었다. 그네들이 먼저 자신들의 결혼할 의사를 의논해 왔더라도 그 배신감은 매한가지였을 것이다. 예리한 칼로 가슴을 도려내는 아픔이었다.

초분은 적어도 태혁의 사람이 되어서는 안 됐다. 그러한 방법으로 귀향한다는 것은 영재로서 용서할 수 없었다. 초분과 자신 사이에 어떤 약조가 되어 있어서가 아니라 영재는 그냥 두 사람의 결합이 옳지 않다고 생각했다. 그러나 그네들은 그것을 현실로서 영재의 눈앞에서 해냈다. 이 땅, 이 고향에서 찾아낸 삶의 한 가닥 심줄인 자존심이 뭉청 끊어져 나감으로써 영재는 하릴없이 그 자리에 주저앉고 말았다. 그처럼 가슴이 허망한 상태로 밤의 들판에서 그가 찾아내려 했던 하늘의 그 별은 그때 쉽게 나타나주지 않았던 것이다. 그러던 어느 날 영재는 태혁과 부딪쳤다.

—도대체 어떻게 된 거요?

영재는 일부러 경어를 씀으로써 자신의 감정을 억제하려고
했다.

─어떻게 되긴. 자넨 잊었던가. 왜, 내가 소학교 시절 한 말
있잖은가? 내가 초분이하고 결혼할 거라고 한 말. 남아일언은
중천금이란 걸 실천해 보인 거지.

그것도 하나의 명분이라면 명분일 것이다. 어쩌면 굵게 사는
사람의 면모를 여실히 보여준 것이라고 할 수 있었다.

─초분일 사랑한 거요?

어리석은 질문이었다.

─역시 자네 같은 물음이로군. 센티하게스리. 이봐, 난 초분
이가 필요해서 결혼했을 뿐이야. 그 필요 속엔 사랑도 포함돼
있는 법이야.

─서울서 함께 살 거겠지?

─이젠 사생활 침해까지 하는군. 그러나 대답해주지. 난 초
분일 서울에 당분간 데려가지 않을 걸세. 내가 고등고시에 패
스하는 그날까지 말이지. 그리고 그 여잔 시골에 살아야 어울
리는 여자라는 걸 자네도 잘 알 걸세. 그 사람도 시골에 남는
걸 원했지. 우리 집 식구들도 대환영이네. 가화만사성 아닌가.
나는 오래간만에 효자 노릇도 해보고 싶었던 걸세.

영재가 생각할 때 태혁의 생각은 야비했다. 초분을 시골에
남기기 위한 하나의 명분치고는 너무 치졸하고 비열한 짓거리
였다.

아무튼 태혁은 자신의 계획대로 초분을 시골에 남겼다. 시골
부모에게 색시를 맡겨 시가 풍속을 익히며 웃어른을 모시게 한

다는 그런 명분은 이웃들 입에서 자자한 칭송이 쏟아져 나오게
했다.

　여식아인 첫애를 낳을 때까지 만 일 년간 태혁은 두어 번 고
향에 다녀갔을 뿐이다. 초분이 두번째 애기를 밸 때까지만 해
도 태혁은 고향에 발길을 아주 끊지 않았다. 들리는 말에 의하
면 그는 서울 근교 어느 절에 들어가 고등고시 공부를 한다고
했다. 그는 결혼과 함께 전문학교도 아예 휴학을 했다.

　박준성 어른 댁과 부촌 이한필 어른 댁, 사돈 간의 사이도 퍽
돈독해서 두 집의 왕래도 빈번했다. 가끔 부촌 초분의 친정어머
니가 이제 사위가 딸을 서울로 데려갈 때가 되지 않았느냐고 구
시렁거리긴 했어도 그것이 그다지 문제가 되지 않는 성싶었다.

　둘째 애기를 밴 초분의 배가 한창 불렀을 즈음 태혁이 느닷
없이 고향에 내려왔다.

　─나, 일본 유학을 가기로 했네.

　두 사람 다 스물여섯이 되던 해였다.

　─어른께서 허락하시던가?

　─물론이지. 옛날부터 아버지의 꿈은 나를 일본에 유학시키
는 거였으니까, 나는 좀 더 넓은 세상에서 더 많은 것을 배워야
한다는 걸 이즈음에서야 깨닫게 된 걸세.

　─언제쯤 돌아올 건가?

　─아무래두 한 사 오 년은 안 걸리겠나. 아주 못 올 수도 있지.

　─그게 무슨 소린가? 식구들은 어떻게 하고?

　─난 이미 내 조국을 위해서 내놓은 몸일세. 가정 같은 건 솔
직히 내게 거추장스럽기만 한 걸세.

그렇다면 어째서 결혼을 했느냐, 그리고 네가 만든 아이들은 어쩔 것이냐, 영재는 그렇게 따지고 덤빌 마음도 잃었다. 그냥 태혁의 얼굴을 뻔히 쳐다보았을 뿐이다.

—그동안 우리 집 일 좀 잘 봐주게. 우리 아버지두 자네만 믿고 있네.

태혁이 내민 손을 영재는 맞잡지 않았다. 배신감보다 더한 외로움이었다.


영재가 탑골로 오르는 밤나무 언덕에 막 접어들었을 때다. 탑골에서 사람 하나가 허둥허둥 영재 쪽을 향해 내려오고 있었다. 어둠이었지만 낯익은 걸음이었다.

"거 뉘여?"

달려오던 사람이 영재의 기척에 흠칫 놀라며 멈춰 섰다.

"황영감님, 웬일이우?"

그는 박준성 어른 댁 행랑지기로 일흔이 넘은 나이였다.

"어이구 난 또 뉘라고. 그러잖아도 나 지금 영재 자넬 뵈러 가는 길이여."

"왜, 어른 댁에 뭔 변괴가 있는 게요?"

"그려. 영재 자네, 후딱 비석거리꺼정 가봐. 어른께서 자네보고 그렇게 하라구 하데나."

"글쎄, 무슨 일인데 그래요?"

"큰서방님이 좀 전에 일본 사람한테 잡혀갔어. 마침 큰서방님이 어른하고 큰소리로 다투고 있는 중인데……"

영재는 황영감을 뒤로하고 비석거리 쪽으로 내달았다.

태혁이 일본으로 건너가고 나서 얼마 안 돼 형사가 박준성 어른 댁에 드나들기 시작했다.

—당신 아들, 사상이 불온한 걸 영감은 아오?

일본 형사는 박준성 어른을 윽박지르는가 하면 때로는 어린 아이 타이르듯 어르기도 했다. 일본에 있는 아들한테 선도의 뜻이 담긴 편지를 쓰도록 강요하기도 했다. 태혁은 일본 유학생들 중에서도 가장 사상이 불온한 요주의 인물이라고 했다.

일본 유학생들을 학병으로 끌어내기 위한 일본의 학병 지원제가 생긴 뒤 또다시 일본 형사가 대호리를 드나들기 시작했다. 박준성 어른한테 편지를 쓰라고 했다. 박준성 어른은 그들이 시키는 대로 했다. 아들을 구해내야겠다는 일념이었다.

—당신 아들이 일본서 도망쳐 나왔소.

어느 날 일본 형사들이 태혁이 일본을 빠져나와 우리나라에 들어왔음을 알려왔다. 형사 하나가 늘 탑골 주변을 배돌았다. 태혁이가 그들에게는 그만큼 위험시되는 인물이었던 모양이다. 그때부터 태혁의 집은 난사였고 모두 안절부절못했다. 마을 사람들 중에는 박준성 어른 댁에 드나드는 것을 꺼리는 사람도 있을 정도였다.


이천주재소 대호리분소에는 남폿불이 환하게 밝혀져 있었다. 분소에 상주하는 나카무라 순사 외에 사복의 일본 사람들이 오랏줄에 묶인 태혁을 둘러싸고 있었다. 두 사람 다 못 보던 얼굴이었다. 이제 그들은 태혁을 앞세운 채 막 비석거리를 떠나려 하는 참이었다.

　나카무라 순사가 그들 뒤에서 손을 들어 영재에게 알은체를 했다. 나카무라는 영재를 자주 찾아왔다. 말이 통할 수 있는 대호리의 유일한 지식인으로 생각했던 모양이다. 나카무라는 삼십이 넘었는데도 아직 총각이었다. 언제고 조선 처녀와 결혼을 하겠다고 벼르는, 좀 순진한 구석이 있는 일본 사람이었다.

　태혁은 포승을 당했지만 고개를 빳빳이 쳐들고 있었다. 그는 영재를 못 본 것 같았다. 어쩌면 일부러 아무에게도 눈길을 맞추려 하지 않는 것처럼 보였다. 비석거리 장마당을 지날 때 많은 개들이 짖어댔다. 마을 사람들이 너덧 명 무슨 일인가 하여 그들 일행에 따라붙었다. 그들 눈길에 마주칠 때마다 영재는 고개를 가로저었을 뿐이다. 그는 태혁이가 묶여 가는 뒤를 지싯지싯 따라가고 있는 자신이 그처럼 바보스러울 수가 없었다. 도무지 이런 경우 어떻게 처신해야 할는지 난감했다.

　"영재, 나 좀……"

　황영감이었다. 영재는 그 순간 황영감 뒤에 몸을 조그맣게 웅숭그리고 서 있는 초분의 절망적인 눈과 마주쳤다. 초분은 가슴에 뭔가 안고 있었다.

　"이거 애 아버지 옷인데요……"

　그러고 보니 새벽바람이 몹시 춥게 느껴졌다. 영재는 태혁이 지난 저녁 입고 있던 그 중의적삼을 그대로 입고 있음을 그제야 알았다.

　영재는 초분에게서 그 옷 보따리를 받아 들었다. 그냥 그 옷 보따리를 전해달라는 것인지 아니면 읍내까지 함께 따라갔으면 하는 바람인지 갈피가 잡히지 않았다. 영재는 그걸 헤아릴 경황이 아닌 채 초분이 내미는 옷 보따리를 받아 들었다.

영재는 빠른 걸음으로 일행을 따라갔다. 나카무라 순사를 눈짓으로 불렀다.

"제가 읍내까지 함께 가도 되겠습니까?"

나카무라 순사는 태혁을 둘러싼 두 사람의 형사를 눈짓해 보이며,

"기다려요. 내 저녁에 연락해주겠소."

그리고 영재 귀에다 대고 뒤쪽을 가리키며 속삭였다.

"저 여자, 아무리 봐도 미인이란 말씀이야."

그런 경황 속에서도 농을 해대는 나카무라에게서 영재는 얼른 떨어졌다. 그렇게 민망할 수가 없었다.

장터를 지나 부촌리 쪽으로 빠지는 길목에서 일행은 멈춰 섰다. 마을 사람 대여섯과 황영감, 초분, 그리고 영재들이 대여섯 발짝 뒤에 물러섰다.

태혁을 묶은 포승을 잡고 있던 형사 하나가 소리쳤다.

"여기서부턴 아무도 따라와선 안 돼!"

그의 말을 따라 나카무라 순사가 몰려든 사람들을 뒤로 물러서게 한 다음 두 손을 쫙 벌려 막는 시늉을 했다.

영재는 그 순간 멀찌막이 뒤떨어져 태혁을 따라 읍내까지 다녀오리란 생각을 굳혔다. 그렇게 하지 않고는 견딜 수 없을 것 같았다.

그가 초분이 건넨 옷 보따리를 다른 손에 바꿔 쥐며 그 일행을 따라갈 채빌 할 때였다. 태혁이 도도히 앞만 보고 걷던 그

빳빳한 고개를 이쪽으로 돌렸다. 영재는 새벽의 어둠 속에서 태혁의 안경알이 번쩍하고 반사되는 걸 본 것 같았다. 그리고 태혁의 거친 목소리가 새벽 공기를 찢었다.

"최영재, 이 비겁한 새끼야! 우리 아버지에 대한 은혜 갚음이 고작 이런 거냐?"

영재는 우두망찰 그 자리에 굳어버렸다. 맑은 하늘에 벼락이었다. 그 순간 모든 것이 분명해졌다.

태혁은 그 말 한마디를 남긴 채 새벽어둠 속으로 사라졌다. 극성스레 짖어대던 비석거리 개들도 소리를 죽였다. 둘러섰던 사람들이 영재를 힐끔힐끔 쳐다보며 하나둘 흩어져 갔다.

"뭔가, 자네가 뭘 어쨌다는 거여?"

장거리에서 어물전을 벌이고 있는 장씨가 영재 곁에 다가와 위로 투의 질문을 던졌다. 그러나 영재는 아무런 말도 할 수가 없었다. 그를 지탱하던 모든 힘이 어깨에서부터 하체를 통해 무서운 소리를 내며 빠져 내리는 것만 같았다.

그는 장거리 한 모퉁이 정자나무 밑에 우두커니 혼자 서 있었다. 좀 전 황영감이 자신의 손에서 태혁의 옷 보따리를 받아 간 것을 기억했다. 그것 외에는 아무것도 생각나지 않았다. 그냥 모든 것이 삭막한 느낌으로 덮쳐왔을 뿐이다. 허허로이 외로운…… 그는 문득 하늘을 쳐다봤다. 희붐하게 어둠이 걷히는 하늘인데 별들은 아직도 영롱한 빛으로 떨고 있었다. 그 별들 중 하나가 유난히 빛나 보였다.

"오늘 타작한다믄서? 그래, 술 가질러 온 건가베?"

영재가 장터 주막집으로 들어서자, 이제 막 뒤엉킨 머리채를

두 손으로 긁어 올리던 주모가 말했다. 영재 아버지 최서방한
테 먼 친척뻘이 된다는 여자였다.

"아주머이, 나 술 좀 줘요. 예서 먹을 거유."

영재는 술청 평상에 털썩 걸터앉으며 투정 부리듯 말했다.

"타작한다는 사람이 새벽부터 웬 술이여?"

영재는 술청 한구석에 묻힌 술항아리 뚜껑을 열었다. 그리고
곁에 놓은 바가지로 술을 반쯤 떠 벌컥벌컥 들이켰다.

"아니 이게 뭔 일이여? 안 하던 짓을 다 허구? 그러고 보니
조카가 이제야 장갈 가구 싶어서 그러는가벼?"

주모는 그러면서 고사리나물 한 접시를 안주로 내놓고 바가
지를 빼앗아 술 사발에다 술을 부었다.

"조카, 내가 이런 말 하는 게 아니네만 아버질 생각해서라두
장갈 가야 허네. 자네 아버지가 친부는 아니네만 좋은 사람이
여. 자네 죽은 어머이까지 마누랄 둘씩이나 잃고도 어느 배 자
식 가리지 않고 멕여 살리느라고 고생 죽두룩 하는 걸 보면 불
쌍해 죽겠어. 지금 마누라가 조금 똑똑만 해도 덜 고생을 할 꺼
구먼서두. 원체 병신스러워놓으니 원."

주모가 평상 한쪽에 마주 걸터앉으며 수다를 떨었다. 영재
색싯감을 골라 중신을 들었다가 몇 번씩이나 퇴짜를 맞은 데
대한 푸념이었다.

영재는 주모의 말을 한 귀로 흘리며 술을 벌컥벌컥 들이켰
다. 자신은 이제 죽마고우를 버린 밀고자였다. 어떻게 어떤 방
법으로 자신이 밀고자가 아니라는 사실을 남들한테 증명해 보
일 수 있을 것인가. 도대체 누구에게 이 사실을 하소연한단 말

인가. 설사 그것이 가능하다고 하더라도 이제 와서 무슨 의미가 있는가. 태혁은 떳떳하게 잡혀갔고, 자신은 여기 이렇게 멀쩡히 남아 술이나 퍼마시고 있는 것이 아닌가.

이상한 일이었다. 도대체 태혁이 밉지가 않았다. 영재는 자신이 태혁을 용서한 것이 아니고 태혁에게 또 한 번 졌다는 것을 실감하고 있었을 뿐이다.

영재는 태혁이 가장 가까운 친구에게 배신을 당해 체포됨으로써 얻어낼 수 있는 그의 입장이 이해되었다. 조국과 민족을 위해 일하다가 친구의 밀고로 잡혀가는 태혁은 당당하고 의연할 수밖에. 그러한 남편을 초분이 바라보고 있었다. 더 많은 사람들이 그 일을 기억하면서 이제 대호리는 기미년 독립만세 오열사 사건 이래 또 한 사람의 애국자를 낳은 것이다.

이제 자신이 남들 앞에 나서서 할 일이 없었다. 자신을 변호하려고 하면 할수록, 그것은 큰 것을 위해 안일과 풍요를 지푸라기처럼 버린 이 나라의 애국지사를 배신하는 일이 될 터이다.

영재는 마시던 술 사발을 내려놓았다. 몸 전체로 알 수 없는 전율이 왔다. 그것은 차라리 북받쳐 오르는 희열이었다. 그는 비로소 어깨에 힘을 넣으며 빙긋이 웃을 수 있었다.

며칠 뒤 박준성 어른이 영재를 불렀다. 그동안 영재는 사립문 밖을 나가본 적이 없었다.

"그래, 올 농사는 어땠는가?"

"덕택에 평년작은 되는 것 같습니다."

"그거 다행이군. 워낙 식솔이 많아놓으니 말일세. 거기다가 공출 바치고 나면 뭐 남을 게 있겠나."

"개막골에 화전을 일궈 조를 좀 심었더니 수확이 괜찮았습니다."

"그거 잘했군. 그저 부지런하면 산 입에 거미줄은 안 치는 걸세."

이런저런 애기 끝에 박준성 어른이 바깥 동정을 살피는가 싶더니 낮은 목소리로,

"요새 마을에 이상한 애기가 돈다던데, 자넨 알고 있었나?"

무슨 애기냐고 영재는 되묻지 않았다.

"어른께 뵐 면목이 없습니다."

"그럼 자넨 그 소문이 사실이라는 겐가?"

영재는 그냥 고개를 아래로 떨구었다. 시인도 부인도 할 입장이 아니었다.

"걔 진작 잡혀갔어야 했어."

"무슨 말씀을 그렇게 하십니까?"

"아니야. 그놈 더 큰일을 벌이기 전에 잡혀간 게 천만다행인 게야. 그대로 산속에 있었다간 제 명에 못 죽을 놈이지."

"그렇지 않습니다. 태혁인 큰일을 해왔습니다."

"큰일은 뭔 큰일이여? 제 계집 제 자식도 제대로 돌보지 못하는 주제에. 나는 다 알고 있어. 마을 사람들이 떠드는 애기가 얼토당토않은 애기라는 걸 말이네. 태혁이 그놈이 제 입으로 그따위 소릴 했다는 애길 듣고 내 벌써 알아들었느니라."

"면목이 없습니다. 제가 부덕한 탓에……"

"그만 돌아가거라. 누가 뭐라든 내가 알았으면 되느니라. 염

려 말어. 내 내일쯤 읍내에 가보련다. 제깟 놈들이 내 자식을 그렇게 함부론 못 다룰 거구먼서두……"

영재는 비로소 남들 앞에 나서지 않은 자신의 처사가 정말 잘한 일이었음을 새삼 깨달았다.


그 이듬해 해방이 됐다. 해방이 되기 한 달 전쯤에 나카무라 순사가 짐을 싸 대호리 분소를 철수하면서 영재에게 작별 인사를 하러 왔다.

"우리 일본은 이제 끝장이다. 나 본국으로 돌아간다. 조선 여자를 마누라로 삼으려 했지만 이젠 다 글렀어."

그러면서 영재에게 속삭이듯 말했다.

"당신도 이제 여길 떠나야 할 거다. 박태혁이 그냥 있진 않을 거니까 말이야."

그동안 나카무라는 영재를 만날 때마다 당신이 태혁을 밀고 했다는 소문이 자자한데 도대체 어떻게 된 일이냐고 묻곤 했던 것이다. 그럴 때 영재는 그냥 웃어주고 말았다.


일본의 항복을 예견한 듯 나카무라가 대호리를 떠나고 곧 해방이 되었다. 천지가 진동했다. 주막의 술 항아리가 바닥이 났다. 박준성 어른이 송아지 한 마리를 잡게 했다. 징과 꽹과리가 울리는 가운데 농악대가 장거리에서 며칠씩 판을 벌였다. 부촌리 농악대가 새납 소리를 앞세워 대호리를 찾아와 대호리 농악대와 죽을 맞춰 신명을 울렸다. 사람들은 만세를 부르고 마시고 춤췄다. 대호리의 다섯 열사 집안은 갑자기 양반 예우를 받게 됐다. 이러한 흥분 속의 잔치는 근 보름이나 계속되었다.

영재는 단 한 번도 그들 속에 끼이지 않았다. 해방의 기쁨을 함께 만세 부르고 싶었으나 그는 집 안에 칩거한 채 장거리에서 들려오는 꽹과리 소리만을 듣고 있었다. 그 모든 소리들이 자신을 향해 돌팔매질을 하며 다가오고 있는 것만 같았다. 그는 매일매일 무서운 꿈으로 시달렸다. 그래서 밤이면 쟁기를 들고 밭으로 논으로 나갔다. 밤에 농사일을 하다니 저 사람 머리가 잘못됐군. 밤중에 들에서 영재를 만난 사람들은 소스라치게 놀라 도망치곤 했다.

태혁은 해방되기 다섯 달 전인가 돌아왔다. 그 전해 동짓달에 여섯 달 언도를 받고 징역을 살다가 그보다 두어 달 앞서 출옥하여 집에 돌아왔던 것이다. 그는 잡혀갈 때처럼 돌아올 때도 당당하게 개선장군처럼 돌아왔다. 잡혀갈 때 입고 갔던 중의적삼에 묻은 핏자국을 그대로 지니고 돌아왔던 것이다. 해방이 되기 전까지야 물론 그의 집에 박혀 마을에 모습을 보이지 않았다.

영재가 여러 번 찾아 올라갔지만 태혁은 끝내 영재 만나기를 거절했다. 영재는 난처해하는 초분의 모습을 못 본 척 돌아서 내려오곤 했다. 비로소 태혁에 대한 그동안 참아온 분노가 폭죽처럼 터져 올랐지만, 그는 부들부들 떨리는 다리를 겨우 끌고 집으로 돌아와야 했다.

태혁과 함께 태악산에 은신했던 그의 동지들이 해방이 되자 그를 찾아 내려왔다. 태혁은 동지들을 배신하지 않았음을 그들 앞에서 자랑스럽게 말했다. 그의 집에서는 매일매일 만세 소리가 들려왔다. 초분의 그늘졌던 얼굴이 활짝 피었다. 두 아이들이 마을 아낙네들의 손에서 놓일 때가 없었다. 하루에도 수십 명의 사람들이 탑골 박 부자네 집을 찾아 올라갔다.

그네들은 영재네 집 울타리 곁으로 난 샛길을 지나가면서 아주 내놓고 큰소릴 했다.

"영재가 생각 한번 잘못했던 거여."

"사람이 죽을라고 환장을 하면 그렇게 되는가베."

"영재 그 사람이 뭔 흑심이 있었던 거 아니여? 박준세이 어른이 제 실부라는 소문을 믿고 재산에 욕심이 나서……"

"것도 모르지. 사람이 워낙 내숭스러워 놓으니까스리."

"그건 그렇구, 태혁이 그 사람이 영잴 그대로 내버려두진 않을 거이 아닌가?"

그러자 장거리 어물장수 장씨가 낮은 목소리로 말했다.

"실은 말이여, 태혁이가 해치울 게 아니라 우리 마을 사람들이 해방되는 그날로 해치웠어야 박 부자 집한테 면목이 설 수 있었던 거여."

"이 사람아, 박 부자 집한테 면목이 서는 게 아니라 나라를 위해서두 그래야 했어. 내가 뭐랬나. 부촌 농악패가 왔을 때 그 사람들이 대호리엔 친일파가 없느냐구 해서 내가 자네를 보고 영잴 해치우자고 했더니 자네들이 서로 눈치만 살피다가 만 거 아닌가?"

한때 박준성 어른 댁에서 머슴살이하다 그만두고 깊은 산에 들어가 산삼을 찾는 심마니 변씨였다.

"지금두 늦진 않았지."

장씨가 말했다.

"하지만 기왕 이렇게 된 거 일단 태혁이 의견을 한번 들어보구 하는 게 좋을 게여."

"거 맞는 얘길세. 쇠뿔 단김에 못 뺀 바에야 그렇게 서둘러선 안 되네."

그런 얘기들을 귓결에 전해 들은 마을 아낙네들은 또 그네들대로 쑥덕거렸다.

"까탄은 그 박 부자 댁 메누리라는 게여."

"그 메누리가 뭘 어쨌길래?"

"어째서가 아니라 태혁이 서방하구 영재가 옛날부터 함께 붙어 다니긴 했어두 사이가 좋지 않았다는 거여."

"죽은 영재 어머이가 옛날 박 부자 어른하고 뭔 관계가 있던 사이라고 해서 그랬다는가?"

"이 여편네 급하긴. 그게 아녀, 그건 옛날 얘기고. 박 부자 집 메누릴 가운데 놓고 두 사람이 소핵교 때부터 싸워왔던 게여."

"난 또 무슨 대단한 소리라구? 이놈의 예펜네야, 그거 모르는 사람이 어디 있다구! 아, 서울 가서 공불 할 때두 그 여잘 놓고 둘이서 머리통으로 받아제끼며 싸웠다는 게여. 거기서 태혁이 서방이 이겨가지구설랑 색실 삼았던 거지."

"거 참 희한한 소리 다 듣겠네, 내가 볼 땐 박 부자 메누리 인물 별거 아니더구먼서두."

"금텔 둘렀겠지 뭐."

그네들이 그처럼 낄낄거리는데 누군가 혀를 차며 나섰다.

"어쨌든 일은 난 일이여. 젊은 사람 죽어가는 꼴 보게 생겼으니 말이여."

"맞어유, 장가두 못 간 사람인데……"

"에구, 돼지어머이가 동정허구 나서네. 그렇게 불쌍험 돼지 어머이가 그 사람 죽기 전에 그 재미 좀 보게 해주지 그려?"

그네들은 그 얘기에 또 한 번 게걸스레 웃어댔다. 그리고 누군가 결론을 내렸다.

"그나저나 그 사람 장가 안 가기두 잘했지 뭐여. 장갈 갔더라면 그 대분 식구들은 어쩔 뻔했느냔 말이여. 저 하나 죽으면 그 사람 그만이여. 어머인 옛날에 죽었겠다, 최서방이야 의붓애비니 그렇구. 이제 와서 제 핏줄 찾아 나설 수도 없을 게고……"

그러나 일은 사람들이 생각했던 그런 방향으로 쉬 끝나지 않았다.

태혁이 몹시 바쁜 나날을 보내고 있었던 것이다. 찾아오는 사람들 만나랴, 서울엘 다녀오는가 하면 평양에서 누군가 만나자는 전갈이 날아오곤 했다. 그는 곧 모스크바에도 가게 된다는 말이 있었다. 소문은 태혁을 풍선처럼 띄워 올렸다. 평양에서 있었던 학병들의 평양사단 사건까지도 태혁이 밖에서 중책을 맡아 일했다고 했다. 전국 각처에서 일어난 해방 바로 직전의 항일 의거의 대부분이 태혁의 지령에 의한 것이라는 소문이 파다하게 번져갔다. 아무튼 대호리에서 기미년 오열사 못지않은 독립투사가 난 것은 틀림없는 사실이었다.

그는 적어도 몇 개월간 영재에 관한 일 같은 건 까마득히 잊고 있는 것 같았다. 실은 그가 그 문제를 풀고 나설 계제도 아니었을 것이다. 그러나 영재는 태혁이 그 문제를 어떤 방법으로든 귀결을 짓고 말 것이라는 걸 각오하고 있었다. 똥 누고 밑 안 씻은 상태로 꺼림칙하게 일을 내버려둘 태혁이 아니라고 영재는 생각했다.

태혁은 두어 달에 한 번쯤 마을에 나타났다. 그는 개털모자에 가죽 잠바를 입고 다녔다. 그의 안경 안쪽의 눈빛은 더욱 광채를 냈으며 그가 지나갈 때면 찬바람이 씽씽 일었다.

태혁이 영재를 자기 집으로 불러 올린 것은 해방 그 이듬해 3월인가 꽃샘을 하는 비바람이 매섭게 몰아치는 날이었다. 태혁은 안채와 떨어진 후원 별채에서 영재를 맞았고 그곳에 식구들이 가까이 오는 것을 막았다.

"자네 나한테 빚이 좀 있지?"

그가 영재를 향해 처음으로 던진 말이었다. 그렇게 말해놓고 나서 그는 한바탕 웃어젖혔다.

"자넨 역시 고향을 사랑하는군. 난 자네가 해방이 되기 전에 벌써 여길 떠날 거라고 생각했었지. 또 그래야 옳았던 거고. 그래서 자네가 찾아왔을 때도 만나주지 않은 걸세. 그런데도 자넨 아직까지 여기 버티고 있으니 정말 대단하구면."

영재는 태혁의 눈에 이글거리는 교활한 빛을 보았다. 그러면서도 태혁의 얼굴에 어떤 그늘 같은 게 어리어 있다고 영재는 생각했다. 영재는 부드럽게 대꾸했다.

"내가 여길 떠나서 갈 데가 있어야지. 여기서 살다가 여기서 죽어 여기 묻힐 걸세."

"자네가 여기서 살고 싶대도 그것이 꼭 그대로 될 수는 없을 텐데?"

"난 그래도 여길 못 떠나네."

"다시 한번 얘기하지만 자넨 벌써 여길 떠나야 했어. 지금이라도 당장 여길 떠나야 해!"

"태혁이, 난 여길 떠날 이유가 없네."

태혁이 영재에게 건네려던 술잔으로 상을 탁탁 두드리며 말했다.

"자네 뻔뻔스러워졌군. 자네가 여길 떠나야 할 이유는 너무 많아. 우선 자네는 초분일 나한테 빼앗겼어. 그 분풀이로 자넨 날 일본놈들한테 팔아먹었던 거구. 이렇게 내 입으로 말해야 알겠나? 뻔뻔스러운 사람 같으니라구!"

"태혁이, 난 자네를 밀고하지 않았네."

"뭐라구? 그럼 누가 그랬단 말이야?"

"그건 자네가 더 잘 알지 않는가?"

"야, 이 친구 봐라. 하는 소리가 점점……"

역정을 내는가 싶던 태혁이 돌연 어조를 착 낮추어 타이르듯 말했다.

"영재, 자넨 역시 소인배야. 떳떳하지두 못하구, 여보게, 자네 꼭 그렇게 괴롭게 살 필요가 있나?"

그가 안경을 벗어 닦으며 영재를 연민 가득한 눈으로 건너다 보고 있었다.

"난 하나도 괴로운 게 없네."

"괴로운 게 없다? 한 여자를 못 잊어 결혼두 안 하구 산, 그 괴로움 내가 다 알고 있네."

"고맙군. 자네같이 큰일을 하는 사람이 보잘것없는 친구의 괴로움까지 걱정해줘서 말일세."

그러자 태혁이 닦은 안경을 다시 쓰며 짐짓 위엄 있는 얼굴을 하고 말했다.

"영재, 이제 우리 두 사람의 관계는 끝났네."

"무슨 소린가?"

"자네나 나나 우리는 모두 고향을 떠나야 해."

"자네가 여길 떠나는 건 보다 큰일을 하기 위해서겠지. 그러나 난 여길 떠날 수가 없다고 아까 말했네."

"떠나야 해. 내가 떠나도록 해주겠네."

태혁의 어조는 단호했다.

"자네 말대로 나는 큰일을 하기 위해서 고향을 버리기로 결심했어. 그 이유는 나중에 자연히 알게 될 걸세. 가정이니 고향이니 하는 사소한 일을 놓고 우왕좌왕할 때가 아닐세. 우리의 현실은 심각하네. 해방은 됐지만 미, 소 강대국은 38선을 긋고 그네들의 이해를 위해서 서로 으르렁거리고 있어. 우리는 지금 양자택일을 할 중요한 기점에 놓인 거야. 나는 두 개의 길을 놓고 심사숙고했지. 그리고 결심했어. 나는 내게 주어진 기회를 놓치고 싶지 않아. 기회란 흔한 게 아니거든. 나는 모스크바에 이삼 개월 다녀오기로 했네."

"자네가 택한 그 길과 자네가 고향을 버리려고 한 그것 사이에는 무슨 관계가 있단 말인가?"

"관계가 있지. 나는 새로 태어나야 해. 우리 아버지가 가진 것, 우리 집안이 대대로 누려온 부르주아적 근성을 과감히 떨처버려야 해. 내 손으로 그 모든 것을 파괴해버리기로 했네. 혁명에는 그만한 희생이 따르게 마련이야."

"무서운 얘기군. 자네 자신의 명성과 출세를 위해서 그렇게 하는 거라고 생각하고 싶진 않네. 자넨 항상 큰 것을 위해 작은 것을 희생시켜왔으니까."

영재는 가슴이 덜컥 내려앉는 기분이었다. 말은 부드럽게 하면서도 태혁의 눈에 계속 불타고 있는 그 야비하고 교활한 빛이 정말 무서웠다. 그러나 내친걸음.

"자네 혹시 자네 처까지 버리려는 건 아닐 테지?"

그 순간 태혁의 전연 낯선 얼굴이 영재를 노려봤다. 살기 같은 게 그의 눈 속에 번뜩였다.

"맞아. 초분인 내가 하려는 혁명 과업 수행에 암적인 존재지. 우선 그 출신 성분이 그렇고, 제 남편을 두고도 딴 사내를 간음한 계집이니까!"

그렇게 말해놓고 태혁은 벌떡 일어났다. 영재도 하릴없이 어정쩡한 자세로 일어나 마주 서는 수밖에.

"너, 내 처를 몇 번이나 만났나?"

"무슨 얘긴지?"

"이런 뻔뻔스러운 새끼! 내가 그걸 모를 줄 알고?"

그렇게 소리치면서 태혁이 장지문을 열어젖뜨렸다. 안마당으로 돌아가는 행랑채 모퉁이에 초분이 네댓 살 된 사내애를 등에 업고 서 있다가 황황히 모습을 감추고 있는 게 보였다.

태혁은 그렇게 모든 것을 버렸다. 그리고 홀홀 고향을 떠났다. 그가 다시 고향에 모습을 나타낸 것은 그해 가을이었다. 그는 이천면 인민위원회 위원장과 장거리 장씨를 뒤에 거느리고 있었다. 장씨도 그해 2월에 조직된 북조선 임시 인민위원회 대호리 위원장의 감투를 쓰고 있었다.

그들은 깻들 버덩의 누렇게 익어가는 벼이삭을 손으로 휘휘 헤집으며 기세 좋게 걸어오고 있었다. 이제 그 논 주인이 바뀌어야 할 판이었다.

태혁은 자기 손으로 직접 자기네 논부터 몰수했다. 박준성 어른이 네 활개를 펴고 나가자빠져도 그는 눈 하나 깜박하지 않았다. 대대로 박씨 집안이 살아온 탑골의 그 큰 집 대문에 붉은 딱지가 붙었다. 세간살이 하나하나에도 붉은 딱지가 붙었다.

영재네도 일곱 마지기 논을 빼앗겼다. 악덕 지주의 마름을 볼 때 소작인들을 착취한 대가로 거저 얻은 땅이라 몰수한다고 했다.

영재에게는 유부녀와 내통을 해 향촌의 미풍양속을 해쳤다는 죄목으로 마을에서 백 리 밖으로 떠나라고 했다.

밤이면 횃불을 켜 든 사람들이 몰려다니며 와와 소리쳤다. 근동의 악덕 지주들을 찾아 땅을 몰수하고 기세 있게 돌아오는 소리였다.

태혁은 고향에서 단 하룻밤도 머무르지 않고 그냥 떠나갔다. 그는 강원도 북부 지방 일대의 토지개혁의 지도를 맡은 공산당 당원이었던 것이다.


추석 그다음 날이다.

대호리 인민위원회 위원장 장씨와 심마니 변씨가 대여섯 명의 낯선 청년들을 뒤에 거느리고 영재를 찾아왔다. 그들이 영재에게 마을을 떠나라고 지시한 날에서 열흘이 지난 것이다.

"영재, 우리는 벌써 오래전에 널 없애버릴 수도 있었어. 그런데 태혁 동무가 말렸던 거지. 어쩔 텐가, 오늘 밤으로 당장 떠나주게. 우린 자네한테 아무런 개인감정이 없어서 하는 얘기여."

"내가 여길 떠날 이유가 없습니다."

"개소리 말어!"

누군가 뒤에서 소리쳤다.

"떠날 거여, 안 떠날 거여?"

"못 떠납니다!"

"이 새끼 죽여!"

그네들의 발길이 날아들었다. 몽둥이가 그의 어깻죽지를 내리쳤다.

영재가 나자빠지자 그들은 미친 듯 몰매를 내리치기 시작했다.

그가 정신이 들었을 때는 그의 피투성이가 된 몸뚱이가 장마당 한가운데 버려진 뒤였다. 그의 곁에 베보자기에 싸인 옷 보따리가 하나 놓여 있었다.

수십 명 마을 사람들이 일정한 거리를 둔 채 그를 둘러싸고 서 있었다.

하루 지난 보름달은 하나도 일그러지지 않은 채 휘영청 밝은 빛을 장마당에 우욱우욱 쏟아붓고 있었다.

영재는 몸을 뒤쳐 정신을 가다듬으며 하늘의 별을 보았다. 무수한 별이 달빛에 매달려 쏟아져 내리고 있었다. 그러나 달빛이 너무 밝은 탓인가, 영재는 그 별을 그렇게 쉽게 찾아낼 수가 없었다.

영재는 자신을 에워싼 사람들을 둘러보았다.

삼십 년 가까이 얼굴을 마주한 그런 이웃들이 영재의 눈길을 피하며 끌끌 혀를 찼다. 그런 이웃들 속에 아버지 최서방의 검고 일그러진 얼굴이 보였다.

그때 영재는 흐느껴 우는 울음소리를 들었다. 따지고 볼 때 자신과는 전연 남일 수밖에 없는 동생들이 서로 부둥켜안은 채 어깨를 들먹이고 있는 모습이 보였다.

영재는 엉거주춤 몸을 일으키며 곁에 놓은 옷 보따리를 누구에게 뺏길세라 다잡아 쥐었다. 그리고 둘러선 사람들 중 어느 한 곳에 눈길이 머물렀다.

이제 그는 고향을 떠날 수가 있었다.

이처럼 고향을 버릴 수 있었던 것은 그가 참다운 그의 고향을 만진 때문이었다.

—바보 같은 놈.

자신을 내려다보고 서 있는 그 어른의 질금질금 물기 어린 눈이 그렇게 말하고 있다고 영재는 생각했다.

—이제 알았으면 얼른 떠나는 거여.

독사에 물린 어머니의 죽음 곁에서 문득 부딪쳤던 그 얼굴, 그리고 이제 다시 부딪친 박준성 어른의 눈빛에서 영재는 비로소 자신이 그처럼 찾고 있던 그 별을 보았던 것이다.

○1982년 『문예중앙』 봄호

술래 눈뜨다

평산에서 남천읍으로 뻗은 시오리 길 신작로는 늦봄의 따가운 햇볕 속에 조는 듯 누워 있었다. 간밤 한 차례 내린 비로 길바닥이 조금씩 패여 나가긴 했어도 워낙 자동차가 드물고 인적이 없는 길이라 길바닥에 냉이, 질경이 등 잡초가 무성했다.

좋은 날씨였다. 멀고 가까운 산들이 그 나름의 위용을 떨치며 역시 간밤의 비에 씻긴 탓인가 한결 선연하고 쾌적한 빛깔로 다가섰다. 아직 산그늘에 잠긴 골짜기는 맞은편 산비탈에 쏟아져 내린 햇빛의 반사로 더욱 검푸른 빛깔을 띠었다. 그 자오록한 산그늘 속에서 뻐꾸기 한 쌍이 솟구치듯 날아올랐다간 다시 그 숲속으로 까부라져 내렸다. 그러고 보니 산속이 온통 새소리로 왜자했다. 어디쯤 새매라도 떴단 말인가. 누나와 나는 약속이나 한 듯 고개를 쳐들었다.

"와, 매 봐라!"

내가 소리쳤다. 누나도 그것을 본 양 자지러지는 소리를 냈다. 쩡쩡 해맑은 하늘에 송골매 한 마리가 유유히, 그러나 이미 표적을 겨냥한 음험한 날개를 쫙 편 채 산그늘 위를 몇 바퀴 선회하는가 싶더니, 아니나 다를까 꼬꾸라지듯 숲속으로 떨어져 내렸다. 그러자 오히려 그처럼 왜자하던 산새들이 숨을 죽였다.

"누나야, 우리 내기하자!"

누나는 새매가 꼬꾸라지듯 내리꽂힌 숲속만 쳐다보면서 겁먹은 표정으로 어깨를 동그랗게 오므리고 있다가 내가 뒤에서 등을 치자 화들짝 놀랐다.

"얜!"

누나는 검정 치마에 옥양목 저고리를 가뿐하게 받쳐 입고 있었다. 머리는 단발이었다. 누나가 싫다는 걸 어머니가 군이 그렇게 해버렸다. 치렁치렁한 그 머리채를 잘라내던 날 누나는 이불을 뒤집어쓰고 오래오래 울었다. 누나 또래의 여자애들이 단발을 한 것을 나는 어디에서고 본 적이 없었다. 그러나 어머니는 그렇게 했다. 누나를 실제 나이보다 앳되게 보이려 했던 것이다. 사실 깡똥 잘라버린 머리 밑이 하얗게 드러난 누나의 갸름한 얼굴은 열두 살 누나의 나이보다 한결 어려 보였다.

"누나야, 우리 눈 감고 누가 많이 걸어가나 내기하자."

나는 고집스럽게 누나를 졸라댔다. 신작로를 그냥 타박타박 걷기가 따분했기 때문이다.

"싫다. 난 눈 감으면 어지럽다."

"그래두 하자아."

"싫대두. 눈 감고 걷다가 저 아래로 굴러떨어지면 어쩌려고 그래?"

"그러니까 재미있잖아. 안 떨어지려면 저쪽으로 천천히 가면 될 건데 뭐."

"그러면 내가 지잖아?"

누나는 두어 걸음 앞서 내달으며 싫다는 몸짓을 했다. 누나는 뭔가 다른 생각에 곰곰 잠겨 있었다.

"겁쟁이, 안 해두 좋아. 그러면 나 혼자 할 거야."

나는 눈을 꽉 감은 다음 두 팔을 과장스럽게 내저으며 걸었다.

"애, 덕수야, 글루 가면 위험하다니까!"

누나는 기겁을 하면서 눈을 감고 씽씽 내닫는 내 적삼 등가죽을 잡는다. 나는 누나의 손길을 짐짓 뿌리치며 더욱 과장스러운 몸짓으로 내달았다. 신작로의 움푹 팬 곳을 헛디뎌 허청 몸 중심을 잃을 뻔했다. 그러나 나는 고집스레 눈을 뜨지 않았다.

눈을 감고 있으려니 문득 마을에서 아이들과 술래잡기 놀이를 하던 생각이 났다. 저녁이었다. 내가 술래였고 다른 아이들은 저마다 숨을 곳을 찾아 뿔뿔이 흩어졌다. 나는 우리가 방을 빌려 사는 집 헛간 기둥에 이마를 대고 눈을 감았다. 술래는 기둥에 이마를 댄 채 눈을 떠도, 뒤를 돌아다보아도 안 된다. 하나 둘 셋 넷…… 큰 소리로 숫자를 세어야 아이들이 어디 가까운 데 숨어도 그 기척을 알 수가 없는 법이다. 나는 그대로 했다. 그래도 나는 먼 데 가까운 데 있는 아이들을 잘도 찾아냈다. 그러나 나머지 한 아이가 보이지 않았다. 우리가 방을 얻어 사는 집주인 아들이었다. 나보다 한두 살 위였다. 장독대도 가보았고 잿간에도 부엌에도 사립문 밖 콩 낟가리 속도 뒤져보았지만 그 애는 없었다. 꼭꼭 숨어라, 머리카락 보인다. 아이들이 손뼉을 치며 숨바꼭질의 흥을 돋았고 나는 약이 바싹 올랐다.

꽤 오래 헤매다가 무심코 그 애네 안방 문을 열어보았다. 어이없는 일이었다. 그 애가 자기네 집 식구들 틈에 끼어 저녁을 먹고 있었다. 내 눈과 마주친 그 애가 퉁명스레 내질렀던 것이다. 이 새끼야, 나 숨박질 안 해. 그것은 내가 처음으로 맛본 배신이었다.

"덕수야, 너 정말 큰일 나려구 그러는구나!"

누나가 짐짓 암팡진 소리로 꾸짖는다.

"큰일 나면 어때. 난 떨어져두 좋아."

"죽는데두?"

"죽어두 좋아."

나는 더욱 갈팡질팡 발걸음을 했다.

"덕수야, 너 지금 눈 뜨고 걷는 거지?"

누나가 내 곁으로 따라붙으며 내 얼굴을 살피는 기색이었다. 나는 눈을 더욱 지질러 감았다.

"너 어디까지 그러구 갈 거니?"

"남천까지!"

"남천 애들이 장님이라고 놀린다."

"난 장님이야, 누나."

누나가 깔깔 웃었다.

"너 장님 되면 아버지두 못 볼 텐데?"

"못 봐두 좋아."

"정말이니?"

"그래, 정말이야. 난 아버지 같은 거 안 봐두 돼."

"얘가! 그럼 지금 뭣 하러 남천엘 가는 거니?"

"어머니가 갔다 오랬으니까 그냥 가는 거지."

"아까 한 약속은 어떡할 거구?"

"난 몰라."

나는 더욱 기세 좋게 핑핑 내달았다. 아버지 같은 거 안 봐두 좋았다. 내가 더 어렸을 적의 아버지는 그냥 무서운 사람이었다. 그리고 조금 철들기 시작한 지금은 아버지 같은 건 없어도 되는 그런 존재였다. 어머니가 그러한 내 태도를 꾸짖곤 했다. 어머니는 아버지를 우습게 보려는 나 때문에 무척이나 속이 상하는 것 같았다. 어머니는 아버지에 대해서 불손한 언사를 하는 걸 결코 용서하지 않았다. 나는 그 때문에 여러 번 종아리를 맞았다.

"덕수야, 너 지금 누구하고 내길 하는 거니?"

나는 대답하지 않았다. 그냥 침을 찍 내뱉었을 뿐이다. 그 자식이 자꾸 머리에 떠오른 것이다. 숨바꼭질하다가 천연덕스럽게 밥을 먹고 앉았던 그 자식의 뻔뻔스러움.

어쩌면 우리는 이번에도 또 아버지가 살고 있는 집 근처에서 그냥 돌아올지 모른다. 누나가 좀 전에 제안한 그런 일은 아마 일어나지 않을 것이다. 아버지를 만나다니, 그런 일이 어떻게 있을 수 있겠는가.

우리는 지금 아버지를 만나러 가는 것이 아니라 아버지의 소재를 확인하러 가는 것뿐이다. 어머니가 확인한 것을 다시 우리들에게 확인시키고 싶었기 때문이다.

"덕수야, 혼자서 하는 내기가 어딨니?"

누나가 눈 감고 내닫는 내 등허리를 다잡아 쥐며 치근거린다.

"그럼 누나두 눈 감고 걸어!"

"눈 안 감고도 내길 할 수가 있는데."

"어떻게 하는 거야?"

나는 아직도 눈을 감은 채 누나 쪽으로 몸을 돌린다. 실상은 반쯤 눈을 떠, 뛰다시피 걷는라 얼굴이 발갛게 상기된 누나의 얼굴을 보았다.

"눈 떠봐. 이렇게 하는 거야."

누나가 고개를 뒤로 발딱 젖혀 하늘을 쳐다보며 천천히 걷는다. 걸음이 몹시 불안정하다.

"그까짓 거, 나도 할 수 있다."

나도 누나처럼 고개를 젖히고 하늘을 쳐다본다. 쩡쩡 맑은 하늘이 눈에 시리다. 어지럽다. 걸음이 사뭇 느리고 허청거려진다. 눈을 감았다. 또 다른 빛의 하늘이 보인다.

"힘들지?"

누나가 아직 고개를 젖힌 채 묻는다.

"아아니!"

"덕수야, 가만히 하늘을 쳐다봐라. 하늘에도 땅처럼 길이 있다. 그걸 보면서 걸어야 해."

눈을 떴다.

"쳇, 길이 어딨어?"

"있다. 아버지랑 어머니 얼굴을 하늘에 떠올리면 거기 길이 보여."

"쳇, 누나 엉터리."

"덕수야, 그렇게 해봐. 정말인 걸."

나는 고개를 젖힌 채 힐끗 누나를 곁눈질했다. 누나는 열심이었다. 그 표정이 그렇게 엄숙할 수가 없었다. 어머니, 다녀오겠어요. 누나는 어머니한테 언제나 공손했다. 어머니가 아버지에 대해서 무엇인가 우리에게 들려줄 때면 몸을 단정히 하고 엄숙한 자세로 열심히 들었다. 아버지가 그런 일을 하셨군요. 누나는 그처럼 어머니의 말 중간에 감탄 어린 말을 끼워 넣곤 했다. 누나는 그런 면에서 나이에 비해 퍽 조숙했다.

"아이고 어지러워."

누나가 먼저 고개를 내렸다. 누나의 이마에 땀이 송골송골 배어나 있었다.

"난 안 어지러워."

나는 힐끗 누나의 이마를 훔쳐본 다음 다시 고개를 젖힌 채 먼저 자세대로 걷기 시작했다.

"덕수야, 이제 고만해라. 내가 졌다. 난 너 모르게 두 번씩이나 땅을 봤거든."

"난 한 번두 안 봤어!"

"그래, 네가 이긴 거야."

누나는 언제나 그랬다. 내 비위를 단 한 번도 거슬러본 적이 없었다. 모든 걸 나한테 양보했다. 어머니를 그대로 빼닮은 것이다. 그러나 누나는 어머니와 달랐다. 결국 이기는 것은 누나였기 때문이다. 어머니는 지레 뒤로 멀찍이 물러서서 영원히 패배한 꼴로 주저앉는 편이라면 누나는 물러서는 척하면서 실상은 남보다 앞에 나가 버티고 서 있었다. 그것이 항상 나를 약오르게 했다. 하늘에 두 줄의 하늘 길이 보인다든가, 나 모르게 두 번씩이나 땅을 봤다고 고백하는 따위. 그러나 나는 하늘에서 아무것도 볼 수 없었으며 사실은 누나보다 더 많이 땅을 내려다보았던 것이다.

"덕수야, 네 말대로 기차를 타고 갈 걸 그랬지?"

멀찍이 건너다보이는 산비탈 경의선 철길로 수증기를 뿜어대며 그림처럼 내닫고 있는 기차는 고작 세 칸의 객실을 매달고 있어 뭉툭하게 잘려 나간 벌레처럼 앙증스럽게 보였다.

집을 나올 때는 불과 한 정거장 거리지만 우리들은 기차를 타기로 했었던 것이다.

─누가 기차에서 아무갯집 애들이 아니냐고 묻거든 아니라고 잡아떼야 한다.

어머니는 언제나 그런 당부를 했다. 그것은 당부가 아니라 애원이었다. 남들이 느덜을 알아보면 안 좋아서 그러는 거다. 매사 조심해야 한다.

언제부터인가 어머니는 사람들을 겁내고 있었다. 밖에 나갈 때면 수건을 깊숙이 눌러쓰고 그 행색을 일부러 남루하게 했다. 막상 아버지가 보아도 못 알아볼 그런 행색이었다.

고향을 떠나면서부터 어머니는 그처럼 남의 눈을 피했다.

우리 세 식구가 대호리를 뜬 것은 해방 그 이듬해 여름이었다. 팔에 붉은 헝겊을 두른 사람들이 탑골 할아버지 집을 빼앗을 즈음이었다. 우리들은 탑골의 그 집을 할아버지의 집이라고 부르고 있었다. 할아버지와 할머니, 그리고 다리를 저는 삼촌과 고모들은 이제 그 마당 넓은 탑골의 기와집에서 살 수가 없었다.

—이럴 수가, 이럴 수가, 이놈들이······

할아버지의 논을 사람들이 다 빼앗았다고 했다. 몇 달 만에 모습을 나타낸 아버지가 그렇게 하도록 허락을 했다는 것이다. 이럴 수가, 이럴 수가······ 할아버지는 식음을 끊고 누워버렸다.

그때 나는 다섯 살이었다. 뭔가 이해할 수 없는 커다란 일이 모든 것을 엉망진창으로 만들어놓고 있다고 막연히 생각했을 뿐이다. 나보다 두 살 위였던 누나는 그래도 일의 낌새를 아는 양 겁먹은 얼굴로 어른들을 피해 다녔다. 아버지를 피해 후원 별채 옆 장독대 뒤에 숨은 어머니가 눈물을 떨굴 때면 누나도 따라 울었다.

—아가, 어쩔 수 없구나. 며칠만이라도 애들 외가에 가 있어야겠다.

할아버지가 머리에 수건을 동인 채 다 죽어가는 소리로 말했다. 할아버지는 그 며칠 사이에 폭삭 늙어버렸던 것이다.

—아버님.

어머니는 울고 있었다. 그러나 나는 어머니가 소리 내어 우는 것을 단 한 번도 본 적이 없다. 어깨를 들먹여 흐느끼지도 않았다. 그냥 몸을 단정히 하고 앉아 고개를 숙인 채 눈물만 떨어뜨렸다.

—사돈댁네도 난가가 안 됐겠느냐마는 그래두 예보다야 편하지 않겠느냐.

어머니가 고개를 들었다. 그리고 또랑또랑한 소리로 말했다.

—아버님, 이제 부촌엔 안 가겠습니다.

—그럼 여기 그대로 있겠다는 게냐? 그 미친것이 맘 바로잡

기 전에야 네가 편히 지낼 데가 못 되는 거구먼서두.

아버지가 어머니를 쫓아냈던 것은 그해 봄이었다. 어머니의 장롱이며 화장대가 부촌으로 실려 갔다. 아버지가 사람들을 데려다가 어머니의 세간살이들을 마당에 가득 쌓아놓았다. 마을 사람들이 구름처럼 모여들었다. 내 어린 눈에도 아버지는 무척 침착해 보였다. 사람들을 시켜 그런 일을 해내면서도 어머니를 향해 단 한마디 입도 떼지 않았다. 할아버지가 그렇게 고함을 질러대도 아버지는 눈 하나 깜박이지 않고 자기 할 일을 다 해내고 있었던 것이다.

우리 집 대문 앞에 모여 선 사람들이 수군거리는 말소리 속에서 나는 몇 마디를 기억한다. 나이 많은 어떤 할아버지의 말이었다.

—저 사람, 저 죗 다 어떻게 받으려고 저러는가 모르겠네.

다른 소리가 그 말을 받고 있었다.

—저쯤 됐을 때야, 저 사람 말대루 뭔 일이 있긴 있었을 걸세. 그러지 않고서야 원.

—이런 육시랄, 일은 뭔 일. 딴 여자 들어앉히려고 소박 놓는 거여.

—이유 없이 쫓겨날 여자가 이 세상에 어디 있을까.

—쫓아낼려고 했을 때야 그만한 트집 못 잡았겠나. 두 사람 다 높은 공부 한 사람들이여.

아득한 기억 속이지만 나는 어머니가 아버지한테 큰 소리로 말하는 걸 들어보지 못했다. 아버지가 뭔가 어머니한테 주장하려고 들 때면 어머니는 잠자코 고개만 숙이고 있었다.

어떻든 그해 봄 어머니는 우리 남매를 데리고 부촌리 외갓집으로 향했다. 그때도 할아버지가 어머니를 설득했던 것이다. 아버지가 지금 제정신이 아니니 잠깐만 가 있으란 거였다. 어머니는 그때 혼자서 가겠다고 했었다. 그러나 할아버지가 굳이 우리 남매를 동행시켰다.

―애들 데리고 바람이나 쐬고 오란 거다.

어머니는 날이 어둡기를 기다려 우리 남매를 데리고 집을 나섰다. 할아버지와 사촌들의 배웅을 받으며 휘휘 집을 둘러보는 어머니의 눈에 눈물 같은 건 보이지 않았다. 고모가 함께 가겠다고 나섰다. 할아버지의 뜻이기도 했다.

고모가 다섯 살이나 된 나를 둘러업었다. 어머니의 손에서 띠를 빼앗아 그것으로 휘휘 내 궁둥이를 감싸 동여맨 다음 바싹 추켜올렸다.

그러나 어머니는 박수고개를 오르기 전 고모와 저만큼 떨어져서 서로 손을 맞잡고 오래오래 얘기했다. 나는 고모의 등에서 내려 누나와 함께 박수고개 밑으로 흐르는 뱀내 강물을 내려다보고 있었다. 초저녁부터 떠오른 달빛에 뱀내 강물이 반짝반짝 빛나고 있었다.

―은하하고 덕수는 고모를 따라 집에 가 있거라.

어머니가 우리들 뒤에 와 있었다.

―내 외갓댁에 갔다가 두 밤만 자고 올 게다.

어머니는 우리 남매의 손을 하나씩 잡았다. 그 손이 그렇게 찰 수가 없었다. 나는 어머니와 떨어지는 것이 싫었다. 그래서 징징 울었다. 어머니가 내 몸을 가만히 품속에 품었다가 금세 풀었다.

그때 나는 어머니의 눈에 그렁그렁 고인 눈물을 보았다.

누나와 나는 고모의 손에 끌려 탑골로 되돌아오고 있었다. 우리들은 달빛 속 희끄무레한 어머니의 모습이 안 보일 때까지 자꾸자꾸 돌아다보았다. 내가 소리 내어 울었을 것이다. 뭔가 아득한 절망 같은 것이 온몸을 휩쌌다.

—에미 혼자 갔냐?

우리들은 소스라치게 놀랐다. 탑골과 비석거리로 들어가는 삼거리 길 한가운데 바위가 하나 있었다. 바로 그 바위 위에 할아버지가 서 있었던 것이다.

—그래, 잘했다. 니놈들이 전부 가면 이 할애비가 뭔 재미에 살겠느냐.

할아버지의 목소리가 다른 때와 달리 축축하게 가라앉아 있었다. 고모가 계속 울고 있었기 때문인지도 모른다.

—자, 덕수는 할아버지가 업고 가야겠다.

할아버지가 그 넓적한 등을 내게 돌려 댔다. 내가 할아버지 등에 덥석 업혔다.

그 순간이었다. 고모가 훌쩍이던 울음을 딱 그치며 화들짝 놀라는 것 같았다. 고모의 땋아 늘인 머리채 끝의 댕기꼬리가 허리춤께서 덜렁 움직였다.

—은하야, 너 띠 못 봤니?

고모가 다급한 목소리로 물었다. 나는 할아버지의 등에서 고모의 무엇에 놀란 듯한 얼굴이 어머니가 넘어갔을 박수고개 쪽으로 향한 걸 보았다.

훗날 나는 어머니를 살려낸 것이 댕기 꼬랑이를 길게 늘어뜨렸던, 그 고모 때문이란 걸 알게 됐다. 어쩌면 그 삼거리까지 어머니를 배웅 나왔던 할아버지가 내게 등을 돌려 대 나를 업었기 때문이었는지도 모른다. 그때서야 고모는 나를 업었던 띠가 없어진 걸 알아냈던 것이다.

그해 가을 토지개혁인가 하는 일로 할아버지네 집이 쑥밭이 되고 우리 세 식구가 부촌 외갓집으로 떠나갈 때도 할아버지는 머리에 수건을 동여맨 채 그 삼거리까지 배웅을 나왔던 것이다.

그러나 어머니는 그날 첫번째 쫓겨날 때처럼 박수고개 초입에서 우리 남매를 되돌려 보내지 않았다. 그렇다고 우리 세 식구가 할아버지가 시키는 대로 부촌 외갓집으로 간 것도 아니었다.

이미 빨간 딱지가 붙은 할아버지의 집을 떠나기 전 어머니는 할아버지한테 말했던 것이다.

—아버님, 애들과 함께 애아범을 찾아가기로 했습니다.

아버지를 추적하는 우리 세 식구의 떠돌이 생활은 그렇게 시작됐던 것이다.

"기차에는 각처 사람들이 다 타고 있단다."

우리들이 남천으로 가기 위해 집을 나올 때 어머니는 또 한번 주의를 주었다. 우리들이 기차 타기를 포기하기를 바라서였는지도 모른다.

"기차 안 타면 난 안 갈 거야."

나는 기차를 타고 싶었다. 남천읍까지 한 정거장을 가는 게 아니라 사방이 산으로 꽉 막혀 도가니처럼 우묵한 이 평산을 훌훌 벗어나 한없이 떠나고 싶었는지 모른다.

평산에 이사 온 지 겨우 삼 개월 남짓했지만 나는 평산이 그렇게 싫을 수가 없었다. 먼저 살던 동네의 애들 얼굴만 자꾸 떠올랐다. 어쩌면 숨바꼭질을 하다가 밥상을 끼고 앉아 숨바꼭질 안 한다고 하던 그 주인집 애가 그처럼 미웠는지도 모른다.

"여기서 시오리밖에 안 되니까 걸어서 가두 얼마 안 걸릴 텐데."

역으로 나가는 길에 누나가 말했다. 그러나 또 엉뚱같이 말하기도 했다.

"타고 싶으면 타고 가도 좋아. 기차를 처음 타는 애들한텐 그게 얼마나 신기하다고!"

그랬다. 우리들이 고향 이천면을 떠나 평강역까지 오는 데 꼬박 이틀이 걸렸다. 평강역에 이르렀을 때는 고향 떠나 객지에 왔다는 두려움보다 기차를 처음 탄다는 흥분으로 가슴이 터질 것만 같았다. 그러나 막상 기차가 움직이기 시작했을 때는 미지의 세계를 간다는 두려움으로 가슴이 달달 떨렸다. 어머니와 누나의 얼굴에 나타난 그 침울한 그늘이 내게 형언하기 어려운 슬픔을 안겨주었다.

―아버지가 안변이란 데 계신단다. 우린 지금 거길 가는 길이야.

우리 세 식구의 행선지는 언제나 아버지가 있는 곳이었다. 아버지는 우리 세 식구의 희망이며 그 표적이었다.

고향을 떠나면서부터 어머니는 아버지의 행선지만을 수소문했다. 어린 나에게는 어머니의 그러한 집념이 불가사의한 것이었다. 당신을 버린 지아비를 그토록 찾아내야 할 이유가 도대체 무엇이란 말인가.

—너희들 아버지는 훌륭한 분이란다.

　아버지가 일본에서 돌아오기 전부터 우리 남매는 그 말을 귀에 못이 박이도록 들었다. 그때 누나는 아버지의 얼굴을 잘 기억해내지 못했다. 더구나 어머니의 배 속에 있을 때 일본으로 건너간 아버지는 내게 있어서 전연 모르는 사람이었던 것이다. 그런데도 어머니는 우리들에게 매일매일 훌륭한 아버지를 강조했다. 우리 남매는 아버지만 생각하면 저절로 가슴이 부풀어 올랐다.

　어머니에게 아버지가 전부이듯 할아버지나 다른 식구들, 심지어는 이웃 사람들까지 아버지에 대해 초점을 모으고 있었다. 얼굴 한번 못 본 아버지에 대해서 아주 어렸을 적부터 그만한 경외심을 갖기란 힘든 일이다. 어쨌든 어머니는 우리 남매에게 아버지란 존재를 절대적인 것으로 못 박아버렸다.

　집안 어른들이 술렁거리기 시작한 것은 아버지가 일본에서 돌아왔다는 소식이 전해 온 뒤부터였다. 아버지가 돌아왔다는데 오히려 어른들의 얼굴은 침울해 보였다. 어머니의 얼굴 역시 그늘이 걷히지 않았다.

　—아버지가 왜 집에 안 오셔요?

　내 기억에는 누나가 그렇게 물었던 것 같다. 어머니가 대답했을 것이다.

　—아버진 바쁘시단다.

　—일본 순사가 무서워 그런 거지?

　어렸지만 영리한 누나는 어머니한테 그렇게 물었을 게 분명하다. 그때 할아버지의 집에 일본 형사가 자주 드나들었기 때문이다. 내가 기억하는 것은 그들이 누나와 나를 매우 귀엽다는 듯 머리를 쓰다듬어주던 일이다.

이 세상에서 가장 훌륭한 우리 아버지가 저처럼 좋아 보이는 일본 형사들을 무서워한다는 것이 이상했다. 그러나 어머니는 어린 우리들을 앞에 놓고 무엇인가 열심히 설명했던 것 같다. 일본 사람들이 우리의 적이라는 것, 우리의 모든 것을 빼앗아 간 그들로부터 우리의 것을 되찾아내기 위해서 아버지가 싸우고 있다는 것, 그러나 지금 그들의 힘이 너무 세기 때문에 아버지가 몰래 숨어 다니며 싸워야 한다는 것 등을 얘기했을 것이다.

어느 날 밤 우리 남매는 우리들을 내려다보고 있는 초췌한 얼굴의 한 남자를 보았다.

—일어나거라. 아버지가 오셨단다.

그렇게 활짝 핀 어머니의 얼굴을 본 적이 없었다. 어머니는 꽃 같았다. 계속 웃고 있는 것처럼 보였다.

—애들이 많이 컸군.

안경을 쓴 그 남자가 부스스 일어나 앉은 내 볼에 그의 손을 댔다. 그 손이 몹시 차갑게 감촉됐다. 그가 누나의 몸에 손을 대려고 하자 누나가 뒤로 물러앉았다.

—애들이 당신을 많이 닮았군. 특히 쟤가 더 그래.

그 남자의 목소리가 이상하게 심드렁한 것처럼 들렸다. 누나의 이름이 있는데도 쟤라고 불렀기 때문이었는지도 모른다.

—안 그래요. 모두들 아버질 닮았다던데요.

이상하게 어머니는 달떠 있었다. 그러나 그 남자는 그 문제에 대해 더 이상 말하지 않았다. 우리들에게서 눈길을 걷어가

버렸던 것이다. 그는 자리에서 일어서고 있었다.

—애들한테 날 봤다는 애길 못하도록 하시오.

방을 나가면서 그 남자가 어머니한테 남긴 말이었다.

아버지와의 첫 상면은 그렇게 이루어졌다. 우리들이 생각했던 이 세상에서 가장 훌륭한 사람에 대해 실망할 겨를을 어머니는 주지 않았다. 훌륭한 아버지가 그처럼 자신의 몸을 돌보지 않으면서 하지 않으면 안 될 크고 대단한 것에 대해 어머니가 좀 전의 그 밝은 얼굴로 설명했던 것이다.

우리나라, 우리 민족, 우리의 조상. 나는 그러한 말들이 전연 이해가 되지 않았지만 어쨌든 우리 아버지가 그러한 것을 나쁜 사람들로부터 되찾는 일을 한다는 것만은 어렴풋이 이해가 갔다.

그리고 내가 두번째 본 아버지는 할아버지의 방에서 일본 사람들한테 잡혀가는 모습이었다. 집 안이 떠들썩해 잠을 깼던 것이다. 고모가 소리 내어 울고 있었다. 그 고모의 울음소리가 아니었더라면 집 안은 쥐 죽은 듯 조용했을 것이다. 누나와 내가 방문을 열었을 때는 아버지가 그 사람들에게 둘러싸여 막 대문을 나서고 있는 참이었다. 우리들이 문을 여는 소리에 아버지가 뒤돌아보았다. 아버지는 누나와 나를 향해 고개를 끄덕거려 보였다. 얼굴에는 보일 듯 말 듯한 미소가 떠올라 있었다. 그것이 누나와 내가 아버지로부터 처음 얻어낸 사랑이었던 것이다.

그러나 아버지는 우리들 어린 가슴에 뿌리내리기 시작한 귀중한 사랑의 씨앗을 짓밟아버렸다.

해방이 되면서 아버지는 우리들로부터 떠나갔다. 아버지가 그처럼 어렵게 찾아낸 크고 위대한 것이 우리들에게서 아버지를 빼앗아 갔던 것이다.

훌륭한 아버지는 해방이 되자 몹시 바빴다. 매일매일 찾아오는 사람들을 만나야 했고 또 어느 날 일어나보면 아버지는 집을 떠난 뒤였다. 우리들은 아버지의 얼굴 보기가 힘들었다.

—훌륭한 사람은 그렇게 바쁘시단다.

어머니가 손님 접대로 바쁜 사이사이에 그런 뜻이 담긴 눈길로 우리 남매를 어루만져주었다. 나라를 찾고도 모자라 더 큰 것을 찾아 나선 아버지를 우리들에게 이해시키기 위해서 어머니는 얼마나 고심했을 것인가.

해방 그 이듬해 봄, 아버지가 어머니를 쫓아낸 그 사건만 아니었어도 우리들은 더 크고 위대한 것을 찾아 나선 훌륭한 아버지를 우리들 가슴에서 도려내지는 않았을 것이다. 그 납득할 수 없는 일에 대해서 어머니가 우리 남매에게 강조한 말은, 어른들의 세계는 아이들이 이해할 수 없는 일이 많다는 것, 그리하여 너희들이 어른이 되면 그때 비로소 그것을 이해하게 된다는 것, 결국 우리들이 자라게 되면 아버지가 역시 훌륭한 사람이라는 걸 깨닫게 된다는 등의 내용이었다.

그러니까 어머니는 아버지의 모든 것을 이해하고 용서했을 것이다.

어머니가 우리 남매를 이끌고 숨바꼭질하듯 종적을 감추는 아버지를 그처럼 끈질기게 찾아 나선 이유는 바로 그것이었다. 어머니만은 아버지의 모든 것을 이해하고 용서했기 때문일 터이다.

—왜 안변까지 안 가는 거야?

이상한 일이었다. 어머니는 아버지가 안변에 살고 있다는 소식을 알아낸 뒤 우리 남매를 그곳까지 데리고 간다고 해놓고는 안변 못 미쳐 신고산역에서 내리게 했던 것이다. 기차를 탔던 첫 추억은 그런 것이었다.

기차를 타기 위해 평산역으로 나가다가 나는 그 생각을 했다. 그것은 어른들의 이해할 수 없는 배신에 대한 일깨움이었다. 그때서야 나는 누나가 처음 제안한, 걸어서 남천까지 가자는 말을 따르기로 했던 것이다.

남천읍이 멀리 바라보이는 지점에 이르러 누나와 나는 길옆으로 흐르는 도랑물에 얼굴과 손을 씻었다. 처음 발을 들여놓는 마을에 대한 불안 같은 것 때문이었는지도 모른다. 우리들은 누나가 쥐고 온 무명 손수건을 빨아 짠 다음 물 묻은 얼굴과 손을 닦았다. 누나가 그 손수건으로 내 목에 묻은 물기를 말끔히 닦아주면서 물었다.

"덕수야, 배고프니?"

배가 고팠다. 그러나 나는 배가 고프다는 사실이 뭔가 부끄럽게 느껴졌다.

"아니, 나 배고프지 않아."

그렇게 대답하면서 남천읍을 내려다보니 아지랑이가 가물가물 읍내의 풍경이 일렁이고 있는 것처럼 보였다. 나는 느닷없이 야릇한 슬픔 같은 게 가슴을 저미는 느낌을 받았다. 한낮의

녹음과 햇살이 너무나 싱싱하고 눈이 부신데도 형언하기 어려운 서러움이 번져 오르고 있었던 것이다.

문득 돌아본 누나의 얼굴도 그랬다. 입을 꼭 다부지게 다물고 눈을 내리깐 채 조용조용 걷고 있는 누나의 얼굴에서 나는 슬픔 같은 걸 보았다. 어쩌면 그렇게 어머니를 빼닮았단 말인가. 그러나 누나는 어머니와 달랐다. 어머니가 언제나 무표정한 얼굴을 하고 있다면 누나는 희로애락을 얼굴에 곧잘 드러내 보이는 편이었다. 어머니가 자신에게 주어진 운명 앞에 숨소리 하나 크게 못 내고 그대로 순종하는 편이라면 누나는 적어도 그 운명적인 것에 맞서 버티지는 못할망정 요리조리 요령껏 몸을 피해보려는 그런 유형이라고 할 수 있었다. 어렸지만 나는 그때 삼십이 넘은 한 여인네와 아직 세상의 때를 묻지 않은 열두어 살의 여자애를 함께 묶어보는 데 버릇이 돼 있었던 것이다. 누나는 내게 또 하나의 어머니였던 것이다.

읍내가 가까워지자 나는 마음이 초조해지기 시작했다. 먹은 것도 없이 오줌이 자주 마려웠다. 아이들을 따라 동네의 뒷산 골짜기 두어 평 됨직한 바윗굴 속에 호랑이가 새끼를 낳았다고 해서 그걸 확인하러 갈 때도 이처럼 오줌이 자주 마려웠었다. 담력이 큰 아이들이 앞장서고 내 또래의 작은 애들은 그 뒤를 따랐다. 그때의 그 숨이 막히는 것 같은 불안을 잊을 수가 없다. 호랑이닷! 앞서 들어가던 애 하나가 소리치며 뒤돌아 뛰었고 그 뒤를 따르던 애들이 모두 혼비백산하여 도망쳤다. 나는 그때 도망치면서 오줌을 쌌다. 물론 그 굴속에는 호랑이 같은 것은 없었다. 짓궂은 아이 하나가 그런 거짓말을 했던 것이다.

"누나, 정말 아버지를 만날 거야?"

개구리 한 놈이 길섶 도랑에서 신작로 한가운데로 뛰어나와 울대를 벌떡이고 있었다. 조심스럽게 개구리를 향해 다가갔다. 이 신작로에 들어서곤 처음 보는 석탄 트럭이 연기를 팡팡 내뿜으며 우리 쪽으로 오고 있는 게 멀리 보였다.

"정말 아버지를 만날 거냐니까?"

내가 다그쳤다. 개구리는 내가 다가가는 것을 아직 모르고 있었다. 누나는 나보다 대여섯 발짝 앞서서 고개를 숙인 채 아직도 무슨 생각에 골똘한 모습으로 걷고 있었다.

"누나!"

나는 큰 소리로 누나를 부르면서 개구리를 힘껏 걷어찼다. 고무신 신은 발끝이 물컹 실팍지게 와닿는 촉감이 좋았다. 개구리는 누나가 걸어가는 햇빛 하얗게 부서지는 신작로 한복판에 보기 좋게 나가 뻗었다. 그러나 내 고무신은 개구리보다 더 멀리 날아가 떨어졌다.

누나가 비명을 질렀다. 내가 네 다리를 버둥거리는 개구리 있는 데까지 외발로 뛰어가 다시 한번 맨발로 그놈을 걷어내 찼던 것이다. 개구리는 산비탈 풀숲으로 떨어져 들어갔다. 석탄차가 우리들 곁을 털털거리며 지나갔다. 얼굴에 탄이 새카맣게 묻은 운전대 옆의 조수가 누나를 향해 무어라고 소리를 질러댔다.

"누나, 어떡할 거야? 아버질 정말 만날 거야?"

누나가 내 고무신짝을 주워 내 앞에 놓으면서 말했다.

"덕수야, 너 아버지 만나는 게 그렇게 겁나니?"

나는 찔끔했다. 그것은 사실이다. 아버지를 만난다는 생각을 하면 가슴이 두근거렸다. 어쩌면 나는 아버지 얼굴을 보는 순간 오줌을 쌀는지도 몰랐다.

"아버지 만나는 게, 그까짓 게 뭐가 무서워!"

"그러면?"

"그까짓 아버질 뭣 하러 만나?"

"얘가 못하는 소리가 없네. 그까짓 아버지라니!"

누나의 얼굴이 발갛게 상기돼 있었다.

"어머니가 아버지 만나면 큰일난댔잖아?"

나는 고작 그 말을 또 한 번 들고 나왔을 뿐이다.

기차를 타려다 그만두고 신작로로 들어서서 걷기 시작했을 때 누나가 불쑥 말했던 것이다.

"덕수야, 우리 오늘 아버질 만나보자."

그것은 뜻하지 않은 말이었다. 아버지를 만나보다니, 어떻게 그런 일이. 호랑이 굴에 가 호랑이를 만지자는 것과 뭐가 다를까.

고향을 떠나 여기저기 떠도는 두 해 동안 우리 세 식구는 단 한 번도 아버지를 만나본 적이 없었다. 물론 아버지를, 혹은 아버지라고 생각되는 사람을 아주 먼발치서 몰래 훔쳐본 일은 몇 번 있었다. 그리고 아버지가 사는 집이라고 일러준 그 집 주변을 서성거린 것도 여러 번이었다. 그러나 우리들은 그 집에 들어가 아버지를 만나서는 안 되었던 것이다.

—아버지를 만나서는 안 된다.

그것은 어머니가 우리 어린 남매에게 못 박은 불문율이었다. 우리는 어머니의 말을 어겨서는 안 되었다. 어머니가 말하곤 했다.

—너희들이 아버지한테 들켰다간 아버질 영영 잃게 될 게다.

그럴 때마다 내가 짐짓 퉁명부렸다.

—못 보면 어때? 난 아버지 안 봐두 좋아.

그럴 때마다 어머니의 눈에는 파르르 노여움이 잡힌다.

—이 녀석아, 너 아버지 없는 호로자식 되고 싶어 그러냐?

—그래두 좋아.

내가 그처럼 퉁명을 부릴 때면 어머니 눈가 주림이 파르르 떨렸다.

—그러면 넌 이 어미두 영영 못 보게 될 게다.

그것은 사뭇 협박이었다. 우리들이 아버지한테 발각되는 날이면 어머니가 우리 남매를 버리겠다는 엄포였다.

—어머니, 아버지가 그렇게 무서워요?

내가 따지고 들었다. 누나는 결코 어머니한테 나처럼 무례하지 않았다.

—아버진 훌륭한 분이셔. 지금 아버진 어떤 피치 못할 사정으로 우리와 헤어져 사시는 거야.

—그럼 아버지하고 함께 산다는 그 여잔 뭐야?

나는 슬쩍 어머니의 얼굴을 살폈다. 그러나 어머니의 얼굴에는 아무런 표정도 없었다. 아버지와 함께 사는 그 여자에게는 네댓 살 된 여자아이도 있다고 했다.

—아버지를 도와주시는 분이지. 아버지한테는 그분이 필요하거든.

—첩 같은 거야?

그 순간 나는 어머니의 얼굴이 햄쑥하게 변하는 걸 놓치지 않았다. 그러나 어머니의 말소리는 다름없이 조용했다.

—아무튼 아버지를 위해서 너희들이 조심해야 한다. 그렇게 하는 것이 바로 너희들을 위하는 길이란다.

도저히 이해할 수 없는 일이었지만 우리들은 어머니의 말이었기 때문에 믿기로 했다. 훌륭한 사람의 삶은 때로 정상적인 궤도를 벗어날 수 있다는 것, 훌륭한 사람을 위해서는 어머니 같은 삶이 있을 수도 있다는 것을 우리들은 어머니로부터 세뇌받고 있었던 것이다. 말하자면 우리는 어머니의 삶의 방식에 길들여져 있었던 것이다.

우리 세 식구는 아버지를 따라다니는 철새였다. 안변, 장전, 사리원…… 아버지는 여러 곳을 옮겨 다니며 살았다.

아버지가 원산에 있다는 소식을 듣게 되면 우리들은 원산 못미쳐 어떤 마을에 자리를 잡는다. 그곳에 자리를 잡는 즉시 어머니는 이삼 일간, 어떤 때는 거의 일주일을 원산에 나가 아버지의 소재를 찾아 헤맨다. 아버지를 찾는 동안 어머니는 꼭 신들린 사람 같다. 제정신이 아니었다. 우리 남매 같은 건 안중에도 없었다. 드디어 아버지가 있는 곳을 알게 된 날 저녁이면 우리 남매는 어머니의 더없이 행복하게 보이는 밝은 얼굴을 만나게 된다. 내가 처음으로 아버지의 얼굴을 보았던 밤, 고향 할아버지의 집에서 본 어머니의 그 얼굴을 다시 볼 수 있는 것이다. 아무리 생각해도 희한한 일이다. 아버지의 소재를 확인했다고 해서 저처럼 얼굴이 밝을 수가 있단 말인가. 우리가 한때 머물렀던 어떤 마을의 아편쟁이가 아편 주사를 맞고 나서 희희낙락해 보이던 그런 얼굴을 어머니가 해 보이다니.

그런 날 밤이면 어머니는 우리들에게 잠자리를 해준 다음 등잔불을 당겨놓고 우리들이 쓰던 몽당연필을 이용해 편지를 썼다. 양면괘지 서너 장을 앞뒤로 꽉 메워 쓰는 편지였다. 어머니의 필적은 보통 것이 아니었다. 처녀 시절 소학교 선생님이었다니, 그런 좋은 글씨를 가질 수도 있었을 것이다. 어머니가 편지를 쓰는 대상은 정해져 있었다.

아버님 보시옵소서. 할아버지에게 보내는 편지였다. 때로는 할아버지 대신 고모에게 쓰는 편지도 있었다. 아주 드물긴 해도 어머니는 외할아버지한테도 편지를 썼다.

어떻든 등잔불 밑에서 편지를 쓰는 어머니의 모습은 아름다웠다. 등잔 불빛에 드러난 어머니의 뽀얀 턱과 그 턱 밑으로 흘러내리는 목선이 참 아름다웠다. 편지를 쓰는 어머니의 얼굴 표정이 그 목선의 아름다움에 걸맞게 진지해 보였기 때문인지도 모른다. 나는 그렇게 편지 쓰는 어머니를 바라보면서 잠들곤 했다. 그러다가 문득 어떤 기척에 놀라 잠을 깰 때면 나는 영락없이 어머니의 우는 얼굴을 보아야 했다. 어머니가 편지를 쓰면서 울고 있었던 것이다. 어머니는 결코 소리 내어 울지 않았다. 그러나 누나는 이불을 뒤집어쓴 채 끽끽 잘도 흐느껴 울었다.

아버지의 소재를 확인할 때마다 어머니는 우리 남매에게 아버지가 사는 집, 때로는 아버지가 들른다는 관청을 일러주면서 그곳에 다녀오라고 했다. 정말 이해할 수 없는 일이었다. 당신이 다시 한번 확인하면 될 터인데도 꼭 한 번은 우리가 그곳을 확인하게 했으니 말이다. 어쩌면 우리가 아버지에게 들키기를 마음속으로 바랐는지도 모른다.

오늘 누나가 아버지를 만나자고 한 것도 그러한 어머니의 속셈을 생각해서였는지도 모를 일이다. 누나는 나이에 비해 생각하는 것이 다부졌다.

"덕수야, 겁내지 마."

남천읍내 초입이었다. 누나의 입은 더욱 다부지게 다물려 있었다. 아버지를 만나야 해. 누나는 거듭 다짐했다. 나는 어떤 일에 이처럼 단호한 누나를 처음 보았다.

정미소의 허름한 벽에 김일성 사진이 붙어 있었다. 새로 옮겨온 학교에서도 나는 먼저 학교에서처럼 김일성 장군의 노래를 배웠다. 누나는 더 많은 것을 배웠을 텐데도 학교에서 배운 것을 집에 와서 말하지 않았다. 대부분의 어른들은 우리가 학교에서 선생님들한테 들은 공산당에 관한 얘기를 늘어놓으면 고개를 돌려 외면했다.

"누나, 아버지를 만나 뭔 얘길 할려구 그래?"

오줌이 마려웠다. 인가에 들어서기 전 산비탈 아무 데서나 오줌을 싸버릴걸 하는 후회가 됐다.

"아버지가 우리 어머닐 버린 거야!"

느닷없이 누나가 그런 말을 했다. 나는 그처럼 매몰찬 얼굴을 한 누나를 아직 본 적이 없었다. 어머니를 너무나 빼닮은데다 어머니의 말에 단 한 번도 무례하게 맞서본 적이 없는 누나의 이러한 변화 앞에 나는 어리둥절할 수밖에.

아버지가 어머니를 버렸다. 그처럼 간결 명확한 단정으로 누나는 이제까지 우리들의 우상이었던 아버지를 단숨에 내팽개쳤다. 이 세상에서 가장 훌륭한 사람인 아버지가 우리 어린 남매의 전부인 어머니를 버렸다고 하는 누나의 말은 꽤나 매몰찼다.

"덕수야, 너두 이건 알아야 해. 어머니가 우리를 남겨두고 죽으려구 했던 거 말이야."

"어, 어머니가 왜 죽어?"

나는 누나의 눈치를 살피고 있었다. 이제 누나는 내게 거인처럼 보였다.

"어머니는 두 번이나 죽으려구 했어. 어머니가 이웃 아주머니하고 얘기하는 거 내가 다 엿들었다구."

그 한 번의 일은 나도 어렴풋이 알고 있었다. 박수고개 소나무 가지에 나를 업는 데 쓰던 띠로 목을 맸던 일, 그 일을 두고 어머니가 말하더란 것이다.

―정신을 차려보니 시아버님과 애들 고모가 보였어요. 뭐든 말을 하고 싶은데 혀가 이만큼 빠져나와 도무지 제자리로 들어가질 않더군요. 입에서 수수 뜨물 같은 게 술술 흘러나왔어요.

어머니가 이 세상을 또 한 번 버리려고 했던 것은 누나가 두 살 때라고 했다. 아버지가 일본 유학을 떠난다며 할아버지와 말다툼을 벌였을 때였다.

―그때 애아버지가 저한테 아주 내놓고 얘기하데요. 다른 여자와 함께 일본 유학을 간다구요. 그러니 기다리지 말라는 거였어요. 애아버지가 그 여자 사진을 내놓는데 보니까 제 학교 후배데요. 저는 그때 처음으로 사람을 죽이고 싶다는 충동이

바로 이런 거로구나 생각했었지요. 앞이 캄캄하고…… 그냥 아무 생각 없이 은하를 둘러업고 뱀내강으로 갔어요. 그때 헛 구역질이 났는데 그게 바로 덕수를 밴 첫 입덧이었거든요. 그 입덧이 아주 조금 뒤에만 났더라도 덕수는 세상 구경을 못하고 말았을 거예요.

어머니 배 속의 내가 어머니 목숨을 구했다는 얘기다.

"누나, 지금 아버지와 함께 살고 있는 여자가 그때 일본에 같이 간 여자래?"

"다른 여자야. 아버지가 산속에 숨어 살 때 만난 여자래."

누나는 모든 것을 알고 있었다. 이제 누나는 내 친구가 아니었다. 부쩍 어른스러워 보이는 누나가 아주 먼 데 있는 다른 사람처럼 보였다. 어른들의 비밀을 그처럼 내숭스럽게 감추고 시치미를 떼고 있었다니.


갑자기 봄볕이 등에 겹도록 노곤했다. 어깨에서 힘이 쏙 빠져내리며 다리가 팍팍한 것이 아무 데고 주저앉고 싶었다.

앞에서 타박타박 걷고 있는 누나가 거인처럼 생각되었다. 누나가 어떻게 그런 일을 해낼 수 있다는 말일까. 우리들의 전부인 어머니를 한낱 한 남자에게 버림받은 천한 여자로 전락시켜 버리다니. 거기다가 누나는 어머니가 그처럼 찾아 헤매며 두려워하는 우리들의 아버지를 나쁜 사람으로 못 박아버리려 하는 것이다.

대낮인데도 읍내 거리는 조는 듯 한산했다. 그러나 언덕 쪽 학교인 듯싶은 곳에서 확성기 소리가 들려왔다. 몇 마디 째지는 듯한 목소리에 이어 행진곡이 들려왔다. 읍내 중심 벽에는 더 많은 벽보가 붙어 있었다.

읍의 북쪽 신작로 위에 트럭 한 대가 나타났다. 우리가 좀 전에 본 그 석탄 트럭이었다. 그 트럭은 머리에 붉은 띠를 두른 청년들을 꽉 메워 태운 채 확성기 소리가 나는 언덕 쪽으로 팡팡 기어오르고 있었다.

—난리가 난대요.

언제부터인가 사람들은 끼리끼리 모여 서기만 하면 난리가 곧 터질 거라고 수군거렸다. 어느 마을이나 젊은 사람들이 병정으로 뽑혀 나가느라 떠들썩했다.

—이제 삼팔선은 개미 새끼 하나도 못 넘는대요.

—먼저 넘어간 사람들은 이남에 있는 양코쟁이들이 다 잡아 죽였답디다.

사람들이 그렇게 말했다. 실상 우리도 원산 근처에서 눈이 파랗고 코가 높은 로스케들을 본 적이 있었다. 사람들은 그 소련 사람들을 해방군이라고 불렀다.

어머니가 그려준 약도는 너무나 정확했다. 남천면 공회당 왼쪽으로 두번째 골목을 통해 나가다 보면 조그마한 개천이 있고 그 개천에 걸린 나무다리를 건너 떡 방앗간 앞에서 바른쪽 길로 백 보쯤…… 거기 어머니가 말한 느티나무 한 그루가 서 있었다.

떡 방앗간 앞이었다. 나는 아무 데고 오줌을 갈기고 싶었다. 입속이 바싹 말라들었다. 가슴이 온통 방망이질이었다.

그런데 참 이상한 일이었다. 얼마 전부터 입을 꼭 앙다물고 내 앞을 걷던 누나가 내 뒤로 비실비실 뒤떨어지기 시작한 것이다. 문득 뒤돌아보았을 때 나는 누나의 얼굴이 하얗게 질려 있는 것을 보았다. 이마에 땀이 맺혀 있었다.

"왜 그래, 누나?"

나는 더럭 겁이 났다.

"덕수야, 우리, 아버지 만나지 말자."

누나가 겨우 들릴 정도의 작은 목소리로 말했다.

"덕수야, 아깐 내가 일부러 그랬다구. 우린 아버질 만날 수 없어."

누나의 목소리는 떨리고 있었다. 누나가 다시 말했다.

"어머니두 입때까지 아버질 못 만났는걸."

내가 하고 싶은 말이었다. 누나가 이처럼 작아 보인 것도 첨이다.

"아버지가 그렇게 무서워?"

누나가 걸음을 멈추었다. 그리고 내 눈에 눈을 맞추면서 말했다.

"덕수야, 어머니는 아버지가 무서워서 못 만나는 게 아니야."

"그럼 뭐야?"

"어머니 말이 맞았어. 아버진 우리를 보면 어딘가 또 도망을 갈 거야. 어머니는 아버지가 도망가는 게 겁이 나서 그러는 거라구."

"누나, 아버진 왜 자꾸 도망만 다니지?"

"아버진 우리가 무서운 거야!"

누나는 아버지가 우리를 무서워할 것이라고 말했다.

"왜 우리가 무서운 거야?"

그러나 누나는 내 물음에 대답하지 않았다. 안 한 것이 아니라 대답할 수 없었기 때문일 것이다. 열세 살 어린 누나가 그것을 어떻게 설명할 수 있었겠는가. 훗날 나는 누나의 그 생각이 아버지를 용서하려는, 그래서 그네의 가슴에서 아버지를 지워 내지 않으려는 안간힘 같은 것이라고 생각했다.

어머니가 말한 그 느티나무 조금 못 미쳐서였다.

"누나."

나는 기어들어가는 목소리로 누나를 불러 세웠다. 내 아랫도리를 내려다보는 누나의 얼굴이 홍당무처럼 붉어졌다.

"그래, 그만 돌아가자."

마치 안도의 한숨을 내쉬듯 누나가 속삭였다. 원산에서도 안변에서도 그리고 사리원에서 그랬던 것처럼.

그날도 우리는 아버지가 살고 있다는 그 골목 입구까지도 가지 않은 채 돌아섰다. 내가 바짓가랑이 속으로 뜨거운 것을 줄줄 거침없이 쏟아내고 있었기 때문이다. 그것은 우리를 거기 보냄으로써 우리 남매에게도 이 세상에 아버지가 살아 있다는 것을 일깨우려는 어머니의 속셈이 터득되는 그런 조짐이었을 것이다.

○ 1982년 『현대문학』 봄호

이산(離散)

그해 겨울 우리 세 식구의 남쪽을 향한 먼 여정의 목표는 아버지를 찾는 일이었다.

—늬들 애빈 죽지 않았다.

그것은 할아버지가 우리 세 식구에게 불어넣어준 희망이었다.

—두고 보렴. 명 하난 길게 타고난 사람일 게니.

그 말은 할아버지 스스로가 자신의 가슴에 심는 믿음이었을 것이다.

할아버지의 믿음대로 아버지는 남쪽 땅 어딘가에 살아 있어야 했다. 아버지가 없는 남쪽 땅은 우리 세 식구에게 아무런 의미도 없었다. 그때 우리 세 식구들의 월남은 목숨을 부지하기 위해서가 아니었다. 북쪽에서 겪어내야 할 일이 두려워서, 그곳보다 더 편하고 풍요로운 것을 탐내서도 아니었다.

우리들은 아버지를 찾아 길을 떠났다. 늘 그러했듯 아버지를 필요로 하는 것은 어머니 쪽이었다. 어머니 삶의 궁극적 목표는 언제나 아버지 이상을 넘어서는 것이 없는 성싶었다. 아버지의 발자국을 찾아 헤맨 그 맹종과 집념의 세월이 어머니의 일생이었던 것이다.

그러한 어머니 삶의 지향점이 하마터면 방향을 잃고 무너져 버릴 수도 있었다. 누나가 열세 살, 내가 열 살이 되던 그해 겨울이었다.

"아버님, 애들하고 제가 여기 남겠습니다."

어머니의 얼굴빛에서 나는 그것이 그네의 진실임을 읽을 수 있었다. 짐짓 인사치레로 해보는 말이 아니었을 것이다. 어머니는 그때 아버지를 버릴 작심을 하고 있었는지 모른다.

"본인도 원하고 계신데 작은서방님 가족이 떠나시는 게 좋을 것 같습니다, 아버님."

그때 삼촌은 결혼을 해서 두 살 된 딸 하나를 두고 있었다. 삼촌은 절름발이였다. 왼쪽 발을 꽤 심하게 절었기 때문에 전쟁이 일어나기 전 마을 청년 모두가 인민군에 징집돼 나갈 때도 빠질 수 있었던 것이다. 새옹지마, 이게 다 불행 중 다행이라는 게 아니냐. 할아버지는 삼촌이 다리가 불구인 것을 그런 식으로 자위했다. 어떻든 삼촌은 아버지 대신 박씨 집안의 기둥 역할을 해내고 있었다. 그러한 집안의 기둥인 삼촌이 이쪽 세상이 싫다고, 남쪽으로 떠나는 피난 대열에 끼고 싶다는 뜻을 밝혔던 것이다.

"아버님, 제발……"

"듣기 싫다!"

어머니가 다시 입을 떼기가 무섭게 할아버지가 벼락 치듯 소리를 내질렀다.

할아버지는 완고했다. 자신이 옳다고 생각한 일, 그래서 이렇게 해야 되겠다고 정한 일이면 어떠한 일이 있어도 그대로 밀고 나갔다. 큰아들을 그런 식으로 휘어잡지 못했기 때문에 집안이 이 꼴로 전락했다고 믿고 있는 할아버지였다.

물론 이번 할아버지의 결심을 그냥 완고한 늙은이의 외고집 정도로 생각할 것은 전연 아니었다. 그것은 실로 중대한 결단이었던 것이다.

어느 날 할아버지가 식구들을 모두 불러 앉혔다. 북진했던 국군이 상당히 가까운 거리까지 후퇴해 왔다는 소식이 쏟아져 나오는 피난민들을 통해 전해지던 그런 즈음이었다.

"너희들두 잘 알다시피 이번 난리가 예사 난리가 아니다. 지난여름부터 가을까지만 해두 숱한 인명을 잃었지만서두 그건 시작이여. 진작 이제부터 숱하게 죽을 거구먼. 인명은 재천이라 했으니 어쩔 수 없는 것이다만 이런 때일수록 사람 목숨 귀한 줄 알고 제 목숨 제가 건사할 방책을 생각해야 하느니라. 더욱이나 우리 가문은 지금 이 꼴로 패가했다만 어디까지나 박씨 종가인 만큼 자손이 끊기지 않고 번성해야 조상님들한테두 면목이 서는 일이 아니겠느냐."

할아버지의 눈길이 잠깐 내 얼굴을 스쳐 갔다. 할아버지 말대로 내가 이 집안의 종손이었다.

"그래, 내 여러 가지 궁리 끝에 내린 생각이니라."

할아버지는 긴 장죽 대통에 잎담배를 비벼 담으신 다음 부싯돌 위에 쑥으로 만든 부싯깃을 뜯어 얹었다. 화로가 가까이 있을 때도 할아버지는 꼭 부시를 쳐 담뱃불을 당겼다. 이날따라 할아버지의 부시를 치는 솜씨가 몹시 서툴러 보였다. 새끼손가락만 하게 만들어진 부시로 열심히 엄지와 검지 사이의 부싯돌을 쳤지만 여느 때처럼 불빛이 잘 일지 않았다. 몇 번을 그렇게 거듭 쳐서야 튀어나온 불꽃이 부싯깃에 붙어 파르스름한 연기를 피워 올렸다. 그 불붙은 부싯깃을 담배 위에 얹은 다음 물부리를 뻐끔뻐끔 빨아대는 할아버지의 이마에 힘줄이 불끈 솟아나고 있었다.

그렇게 힘들게 빨아댄 담뱃불이 제대로 타들어가서야 할아버지는 물부리를 입에서 빼며 눈을 천장으로 향한 채 또 한 번 뜸을 들였다.

"내 방금두 말했지만서두 이번 난리가 아무래두 심상찮아. 이런 난세는 몸을 피해 우선 목숨부터 부지해놓고 보는 게 수이니라."

할아버지는 말을 끊고 다시 물부리에 입을 대면서 집안 식구들을 죽 훑어보았다. 방에는 저녁 준비를 하는 삼촌댁만 없었다. 할아버지의 후취로 들어와 집안일에 깊이 관여할 처지가 못되는 할머니도 삼촌네 애기를 안고 방 한구석에 앉아 있었다.

"그래서 내 우리 식구 몇 사람을 소개(疏開)시키기로 작심했으니 그리들 알거라."

어머니의 눈길이 나와 마주쳤다. 그 순간 나는 어머니의 얼굴에 스쳐 지나가는 한 가닥 빛 같은 걸 볼 수 있었다. 그것은 나뭇가지에 앉았다가 포르르 날아오르는 날새의 순발력에서 느끼는, 살아 있는 것의 생기 같은 것이었다. 어머니의 얼굴에서 근래 그만한 표정을 찾을 수 있었다는 것은 놀라운 일이었다.

방문이 열렸다. 삼촌댁이 좀 전에 내간 질화로에 참나무 숯불을 담아 들여오고 있는 중이었다. 삼촌댁이 열고 선 방문 저쪽 바깥에 프슴프슴 눈발이 빗겨 날고 있는 게 보였다. 그러나 땅바닥에 쌓일 정도의 눈은 아니었다. 벌써 며칠째 우중충 흐린 하늘에서 그처럼 시답잖은 눈발만 흩날렸다. 마을 쪽에서 왁자지껄한 소리가 우리들이 살고 있는 산 밑 오막살이까지 들려왔다.

"엊저녁 호상이네 집에 왔던 사람들이 지금 간대나 봐유."

삼촌댁이 질화로를 할아버지 앞에 놓으며 말했다. 화로 속의 숯불이 이글이글 타오르고 있었다.

"기껀 있다가 왜 다 저물어서 떠난다는 게냐?"

할아버지가 바깥쪽으로 힐끗 눈길을 주며 물었다.

"며칠 그냥 있을라구 했는데 오늘 저녁에라두 눈이 폭 빠져 놓으면 고갤 못 넘을까 봐 우선 박수고개부터 넘구 볼려구 그랜다나 봐유."

"어디 눈뿐이에유. 언제 뙤놈들이 쳐들어올는지 겁시 나서 그러는 거겠지유 뭐."

삼촌이 방문을 닫으며 말했다.

하루에도 수십 명의 피난민들이 마을을 지나갔다.

—쟤들이 여길 또 뺏으면 여기 남았던 사람들을 죄다 죽인대유.

—우리 대호리에서두 당할 사람 많을 거구먼.

마을 사람들은 포성이 가깝게 들려오고서부터 안절부절못했다. 모두 겁에 질린 얼굴로 서로 눈치만 살폈다. 대호리에서만도 서너 집이 남쪽으로 떠났다.

"아버님, 어떻게 하시기로 작정하신 거에유?"

삼촌이 다소 볼멘소리로 물었다. 며칠 전 삼촌은 할아버지에게 자신이 남쪽으로 내려가겠다는 뜻을 밝힌 바 있었던 것이다. 그때 할아버지는 고개를 크게 가로저었다. 삼촌이 이곳을 떠날 수밖에 없다고 거듭 강조했지만 할아버지의 태도는 막무가내였다. 삼촌은 자기 식구들을 남겨 두고 혼자라도 떠나겠다고 말했다. 고얀 놈 같으니라구. 너두 네 형을 닮겠다는 게냐? 그처럼 할아버지는 불호령을 내려 삼촌의 입을 막았던 것이다.

할아버지가 또 한참 뜸을 들인 후에 담뱃재를 재떨이에 탁탁 떨며 그냥 지나치는 투로 말했다.

"큰애 식구가 여길 뜨는 거다. 애비가 남쪽에 있다니까 그리들 찾아가야지."

나는 어머니의 턱에 미세한 경련이 이는 걸 보았다. 어머니는 마음에 이는 어떤 갈등을 이겨내느라 이를 악무는 것처럼 보였다. 그러나 어머니의 얼굴에 나타난 동요는 지극히 짧은 순간이었다. 어머니는 금세 조용한 얼굴로 돌아와 있었다. 고개를 푹 꺾으며 터놓고 한숨을 쉬는 삼촌을 힐끗 쳐다보며 어머니가 입을 열었다.

"제가 우리 애들하고 여기 남을 거에요."

그러자 삼촌은 먼저와는 달리 자신의 다른 생각을 내놓았다.

"우리 식구 모두가 떠나면 되잖습니까유. 성님이 남쪽에 계신 게 분명한 이상 우리는 거기 가서 자릴 잡고 살아야 해유."

"우리 식구가 모두 여길 떠난다고?"

할아버지가 어처구니없다는 듯 삼촌을 뻔히 쳐다봤다.

"그래유, 이 더러운 데서 어떻게 더 살아유?"

"더러운 데?"

"아버지, 이제 우리 집은 저 사람들이 다시 들어오면 그전보다 더 비참해져유. 우린 다 빼앗겼잖아유. 이런 데서 뭘 바라구 산다지유. 그게 아니라두 우린 지주 집안 출신이기 때문에 여기선 살기가 어려워유."

삼촌의 얼굴은 타오르는 숯불 빛처럼 벌겋게 달아오르고 있었다.

"성님을 보세유. 성님 같은 열성분자두 결국은 못 견뎌내서 월남한 것만 봐두 알 수 있잖아유."

"제 집, 제 애비, 제 자식을 버린 놈이 어딜 가든 뭐가 될 수 있다더냐?"

"글쎄 성님처럼 모든 걸 다 버리구 당에 충성했는데두 출신 성분이 나빴기 때문에 출세할 수 없었던 거 아니에유."

"그놈 출세 한 번 더 했더라면 우리 식구 다 목 졸라 죽일 뻔했겠구나."

할아버지는 큼큼 잔기침을 해 목청을 가다듬은 다음 다시 말했다.

"이놈아, 이쪽 세상 저쪽 세상 나쁘고 좋은 게 없는 벱이여. 어느 쪽에 살든 제 맘 똑바로 먹고 순리를 따라 살면 그게 낙이고 잘 사는 게여. 그 이칠 모르고설랑 분수 넘게 날뛰는 놈은 제명에 못 죽게 마련인 벱이니라."

삼촌도 만만찮게 맞섰다.

"아버진 땅과 집을 다 뺏기고도 여기서 맘 편히 사실 수 있단 말입니까유?"

"그래, 네 말대루 그걸 빼앗겼을 땐 배를 갈라 죽구 싶도록 원통했다. 그러나 세상이 그쪼로 돌아가는 걸 낸들 별수 있다더냐. 하지만 내가 빼앗긴 그것들이 모두 나한테 사(邪)가 되는 거였다고 생각하면 맘이 편하기만 하다. 언제고 좋은 세상 되면 그게 또 내 것이 될 수도 있지 않겠느냐. 봐라, 지난가을에 세상이 바뀌니까 우리 논 맡았던 사람, 우리 집 깔고 앉았던 사람들이 제일 먼저 찾아와 눈물 흘리지 않던? 그런 걸 보면 우리는 아무것도 빼앗긴 게 없는지도 모른다. 요는 어떤 세상에 살든 사람만 미워하지 않고 살면 되는 게여. 설사 나쁜 짓을 하는 사람두 또 언젠가는 좋은 일을 할 수도 있는 것이니께 한때 잘못했다고 해서 그 사람을 미워해서는 안 되는 벱이여. 내가 큰애 식구를 남쪽으루 내려보내려 하는 것두 네 성을 용서했기 때문이란 걸 알아야 하느니라."

갑자기 할아버지의 목소리가 축 가라앉았다. 삼촌이 그 기미를 채고 다그쳐 들었다.

"아버지, 아버지 말씀은 옳습니다유. 그러나 이놈의 세상이 꼭 그런 거만은 아닙니다유. 글쎄 이 더러운 데다 미련 두지 마시고 우리 식구 모두가 떠나가도록 허세유."

그러자 할아버지가 담뱃대로 질화로 언저리를 탁탁 쳤다.

"이런 미욱한 것 같으니라구. 무조건 다 떠난다구 좋은 게 아니여. 남을 사람은 남고 떠날 사람은 떠나야 해. 그래야만 이 난세에 살아남을 수 있다는 그 말이구먼서두. 아뭇소리 말어.

느덜 내왼 나하구 여기서 함께 살아야 헌다. 너 듣기 안 된 소
리지만 네 몸이 그래가지고는 이 엄동설한에 어디 나설 수두
없느니라. 그게 다 하늘이 여기서 살라구 정해준 게라구 고맙
게 생각허두룩 해라."

할아버지의 목소리가 축축히 젖었다. 삼촌이 그냥 고개를 푹
꺾은 채 더 이상 대꾸하지 않았다.

할아버지는 다시 두번째의 담배를 대통에 재운 다음 부싯깃
에 불을 붙이면서 자르듯 말했다.

"큰애 식구들은 이렇게 된 이상 되두룩 빨리 떠나는 게 좋
아. 그래서 내 느덜 떠날 길까지 다 잡아놨느니라."

아버지를 향한 어머니의 꺼졌던 집념에 다시 불길이 붙는 순
간이었다.

"내 처음에는 큰애 식구들을 원산까지 내보내 거기서 뱃길
로 내려보낼 생각이었다만 알아보니 그 길은 이미 늦은 거 같
더구나. 원산 바닥이 피난민으로 인산인해라는 게여. 그게 바
로 난리지. 그렇게 한 군데 모여가지곤 다 죽게 마련이여. 그래
서 내……"

할아버지는 우리 식구가 피난 나갈 경로를 다 잡아놓고 있었
다. 어떠한 일이 있어도 우선 철원까지를 그 첫 목표로 삼으라
고 했다. 철원에 이르는 즉시 철길을 타고 남쪽으로 빠져 내려
가다 보면 연천이란 데가 나타날 것이고, 그 연천 지방에 있는
한탄강을 건너기만 하면 거기가 곧 38선 이남이라고 했다. 중
공군이 많이 내려가야 38선까지밖에 못 갈 것이니 무엇보다 38
선을 넘어놓고 서울 쪽으로 빠지든 어디 적당한 데로 빠지든

그때의 형편에 따르라는 것이었다. 할아버지는 특히 철길을 따라서 내려가야 길을 잃을 염려가 없다는 말을 몇 번씩 강조했다. 그 철길이 서울까지 뻗쳐 있다는 것도 말했다.

"서울 길이야, 에미가 더 잘 알겠지만서두."

어머니가 처녀 시절 서울에 가 공부를 한 걸 생각해낸 할아버지의 말이었다.

"별 걱정들은 안 해두 될 게다. 내일 새벽 대암리 양조장 집이 떠난다구 하길래 내 우리 큰애 식구들하고 같이 가달라구 변희재한테 부탁을 해놨느니라. 그러니까 지금부터 서둘러야 한다."

우리 식구들을 소개시키기 위한 할아버지의 계획은 그처럼 용의주도했다.

"그리고 내 너희들이 떠날 것을 생각해서 준비해둔 게 있느니라."

할아버지가 눈짓을 하자 할머니가 무엇인가 보자기에 싸인 걸 풀어놓았다.

바가지가 큰 것에서부터 조그만 조롱박에 이르기까지 다섯 개, 그것이 모두 한 군데 포개질 수 있도록 고만고만한 크기를 하고 있었다.

"옛날부터 난리에는 바가지 하나만 차고 나가면 산다고 했다. 물건 중에 제일 가벼운 게 이거니라. 그러면서두 쓸모는 많지. 목 마를 땐 물 떠 먹구 배고플 땐 들구 댕기면서 밥을 얻어먹을 수 있는 게 바가지니라."

바가지와 함께 한 꾸러미의 짚신이 거기 들어 있었다.

"이 난리에 고무신 떨어지면 또 구하기 힘들 게다. 그때 신으라는 게야. 세상에 걸음 걷기 편하고 암만 걸어두 발병 안 나는 게 짚신이여. 겨울 눈 속에두 속에 버선만 두껍게 신어놓으면 미끄러질 염려 없고…… 좌우지간 이만하면 느덜 세 식구가 서울까지 가구두 남을 게다만."

할아버지는 그런 것들 외에도 미숫가루와 엿으로 버무려 뭉친 쌀강정 같은 것도 준비해놓았다. 어머니와 우리 남매가 부촌리 외가댁에 가 있다가 온 그 며칠 사이에 그런 준비를 했던 것이다.

"덕수야, 너도 이제 컸으니 짐을 좀 지고 가야 할 게다. 네가 지고 갈 짐이 뭐인고 하니 바로 이 이불이구먼!"

할아버지는 이불 하나를 개어 보자기에 싼 다음 무명천으로 멜빵까지 해놓고 있었다.

"어때, 질 만하지? 그래, 이제부터 이 이불짐을 네 등에서 떼어서는 안 되는 게야. 잠잘 때만 이걸 펴서 덮구 자면 될 것이여. 네가 이걸 지고 가게 되면 아무리 험한 산길에서 굴러두 다칠 염려가 없을 거구먼. 어디 그뿐인가, 뒤에서 총알이 날아와두 끄떡없지. 총알두 솜만은 못 뚫는다고 했다."

어머니는 머리를 다소곳 숙인 채 아무런 말도 하지 않았다. 그냥 눈에 눈물이 그렁그렁 고이고 있었을 뿐이다.

"그리고 지금부터 내가 하는 얘길 잘 들어두도록 해야 한다. 사람 일이란 한 치 앞도 알 수 없기 때문에 하는 얘기니라. 뭔 얘긴고 하면, 너희들이 피난을 나가다가 무슨 일이라도 생겨가지고 서로가 뿔뿔이 헤어질 수도 있지 않겠느냐 그런 말이다.

그런 일이 있어선 안 되겠지만서두 사람 일이란 정말 모르는 거여. 이 난리에 뿔뿔이 흩어져놓으면 그걸루 끝이다. 이 너른 세상에 어디 가서 다시 얼굴을 보겠느냐. 그래서 내가 이런 걸 생각해봤다."

우리 세 식구가 어떤 부득이한 일로 헤어지는 경우 그 만날 장소를 미리 정해놓자는 것이었다. 할아버지가 그 장소를 말했다.

"그걸 어디로 하는고 하니, 연천에서 38선을 넘어가면 동두천역이란 데가 나설 게고 그 동두천에서 서울 쪽으로 내려가다 보면 의정부란 데가 있느니라. 기차역이 그리 크진 않아. 그러나 사람 많은 서울 어디보다야 그렇게 한적한 데가 백번 나을 것이니라."

의정부역. 신작로 길과는 달라 기차역이란 장소를 그리 쉽사리 바꿀 수 없는 것이기 때문에 만날 장소를 역으로 정하되, 서울서 가장 가까운 의정부란 데 있는 기차역으로 하라는 것이었다.

"덕수, 쟈 생일이 삼월 초사흘이니께 만약 서로 헤어졌다 하면 어느 해고 삼월 초사흘, 삼월 삼짇날이여, 그날 의정부역으로 나가보란 말이다. 그것도 역전에서 가장 가까운 데 있는 전봇대 밑에 서 있으란 말이지. 왜 전봇댄고 하니, 기차역이 있는 덴 반드시 전봇대가 있게 마련인데다, 만약에 그날 어떤 피치 못할 사정으로 못 나오는 사람이 있을 수도 있는 것이니께 그럴 때 바로 그 전봇대에다가 방을 써서 붙여두란 그런 말이지. 게다가 제 연락 장솔 써놓는 게여. 그렇게 해서도 못 만나거들랑 그다음 해에 다시 나가보는 거여. 삼 년두 좋구 오 년두 좋구…… 적어두 십 년까진 그렇게 해야 하느니라. 십 년이 넘어서두 못 만나게 되면 그땐 죽은 걸루 생각하면 될 것이지."

의정부역. 3월 3일. 역전에서 가장 가까운 데 있는 전봇대. 할아버지는 누나와 나를 향해 몇 번씩 그것을 기억해두도록 당부했다. 우리가 그것을 외워두었는지를 다음 날 새벽까지 확인했을 정도였다.

"지금 얘긴 다 만약의 경우를 위해서인 게고, 명심할 것은 어떤 일이 있어도 서로가 헤어져선 안 된다는 게여. 떨어지면 그대루 죽는 거여. 죽어선 안 되지. 늬들 애빌 만날 때까지 셋이 헤어져선 절대루 안 돼."

그러나 할아버지는 그날 밤 그곳에 남은 식구와 떠나는 식구가 새벽이면 영원히 헤어질 그 이별의 아픔 같은 걸 단 한 번도 입에 올린 적이 없었다. 어머니의 눈에 그렁그렁 고인 눈물을 보고도 호통을 치던 할아버지였다. 며느리와 손자 손녀를 떠나보내야 하는 자신의 슬픔 같은 건 어느 구석에서도 찾아볼 수가 없었던 것이다. 어쩌면 내일 새벽에 함께 떠나는 사람처럼 천연덕스러웠다. 할아버지는 우리들이 짐을 싸는 그 옆에 붙어 서서 평소의 당신답지 않게 말이 많았을 뿐이다. 양은그릇을 두어 개 더 가져가야 한다는 둥 철원에 가면 아무개가 있는데 찾아가기만 하면 무척 반가워할 것이라는 둥 우리들이 거쳐 가야 할 지명과 그 지세들까지 세세히 들먹였던 것이다.

"은하, 쟈는 사내 옷을 입히도록 해라."

열세 살의 누나는 나이답지 않게 꽤 실팍한 몸매를 하고 있었다. 얼굴도 환하게 핀데다가 몸놀림도 처녀티가 났다. 어머니는 할아버지 말대로 누나에게 삼촌이 입던 바지저고리를 입혀 남장을 시켰다. 그러나 삼촌 옷을 입은 누나의 모습은 꼭 놀음판의 광대 같았다. 나는 방바닥으로 데굴데굴 구르면서 웃었다. 어머니도 얼굴에 웃음을 지었다.

"아버님, 아무래두 안 되겠어요. 그냥 제 옷을 입혀놓는 게 낫겠어요."

할아버지가 고개를 주억거리며 말했다.

"정이 그렇다면 하는 수 없지. 좌우지간 에미는 물론이고 쟈두 다 컸으니께 매사 조심해야 하느니라. 이런 때 제일 걱정은 젊은 여자 혼자 길 떠나보내는 일이야. 난리 중에는 인간이 짐승만도 못할 때가 많으니라. 그러니께 제 몸 간수는 제가 해야지 어쩔 수 없는 벱이여."

순간 어머니의 얼굴에 어떤 그늘이 스쳤다. 누나가 힐끗 어머니를 쳐다봤다. 두 사람의 눈길이 부딪쳤다가 떨어졌다.

난리가 터지기 꼭 일 년 전, 남천읍에 살던 아버지가 어디론가 종적을 감춰버린 초여름이었다. 남천읍에 나갔던 어머니가 해가 다 저물어서야 돌아왔다. 그렇게 초췌해 보이는 어머니의 모습을 아직까지 본 적이 없었다. 어머니는 그야말로 파김치처럼 늘어져 있었던 것이다. 어머니는 그대로 벙어리였다. 어머니가 입을 연 것은 다음 날 아침이었다. 땅이 꺼지게 한숨을 내쉬며 어머니가 말했던 것이다.

—느덜 이제 아버지 얼굴 보긴 다 글렀다.

아버지가 행방을 감췄다는 것이다. 이제 북쪽 땅에서는 아버지를 만날 수 없다고 했다.

—처음엔 그 애기엄마두 모른다고 잡아떼는 거야. 하긴 느덜

아버지가 그 애기엄마한테두 어딜 간다고 얘길 했을 리가 없지.

어머니는 아버지와 함께 살던 여자를 언제나 그 애기엄마라고 불렀다.

—그 애기엄마가 날 붙잡고 막 울더라. 애기를 데리고 혼자서 어떻게 살아야 할는지 막막하다고 하더라. 오도 가도 의지할 데가 없다는 거였다. 어느 날 아침 느덜 아버지가 옷을 몇 벌 가방에 넣더니 이제 영원히 자기를 찾지 말라고 하면서 그냥 집을 나가곤 보름째 소식이 없다는 거였다. 그 애기엄마 생각엔 느덜 아버지가 남쪽으로 넘어간 게 틀림이 없다는 얘기였다. 느덜 아버지가 늘 입버릇처럼 남쪽엘 가야 살 수 있다고 그러더란다. 밤이면 가위에 눌려 잠을 못 자곤 벌떡 일어나 앉아 우는 날이 많았다고 하더구나.

그 이튿날인가 어머니는 시집올 때 가지고 온 패물 중에서 금비녀 하나를 꺼내 싸가지고 남천읍으로 나갔다가 돌아왔다. 그렇게 말은 안 했지만 어머니는 그것을 그 애기엄마에게 주고 왔을 것이다.

우리는 이제 평산에 더 머물 이유가 없었다. 어머니는 며칠 사이에 폭삭 늙어버린 것 같았다. 누구하고든, 심지어는 우리 남매하고도 말을 하지 않았다. 그렇게 죽음처럼 갈앉은 분위기 속에서 우리는 짐을 싸가지고 고향으로 돌아왔다.

고향으로 돌아오던 그 초여름 저녁 수리재 고개에서 있었던 일이다. 하늘을 찌를 듯이 높이 솟은 송림이 웅웅 우는 깊은 고개였다. 우리는 우리를 향해 마주 오고 있는 세 사람의 남자를 만났다. 등에 망태기 같은 걸 짊어진 품이 약초 같은 걸 캐러

다니는 사람들 같아 보였다. 우리들이 길을 비켜섰는데도 그들은 서로 얼굴을 마주 보며 낄낄 웃었다. 그 사내 중 하나가 누나의 팔을 낚아챘다. 다른 사내가 어머니의 팔을 낚아채려는 순간이었다. 어머니가 후딱 몇 걸음 뒤로 물러서는가 싶더니, 그 앨 그냥 놔주세요, 하고 소리쳤다. 나는 어머니가 자신의 가슴 한복판에 댄 한 뼘쯤 돼 보이는 칼을 보았다. 그 눈은 그대로 활활 불꽃이었다. 그러자 그 사내들이 껄껄 호탕하게 웃어 댔다. 아주머이 참으시구래. 이거 미안하게 됐시다. 그중 한 사내가 그렇게 말했다. 그렇게 말해놓고 그들은 또 한번 껄껄거렸다. 그리고 그들은 우리들 곁을 떠나갔던 것이다. 그들의 모습이 아주 보이지 않게 되어서야 어머니는 그 칼을 비로소 품에 다시 품었다. 그리고 그 사리에 풀썩 주저앉았던 것이다.

"큰애 식구들이 또 하나 명심해둬야 할 일이 있다."

할아버지가 우리 세 식구에게 그날 밤 마지막으로 일러준 말은 영재 아저씨를 찾아보라는 것이었다. 탑골과 장거리의 중간 마을인 둔지말에 살던 아버지의 친구 영재 아저씨는 해방된 그 이듬해 가을 고향을 떠나 월남한 사람이었다.

"애비를 찾는 일도 중요하지만 영재 그 사람을 아무 때고 잊지 말고 찾아보도록 해라. 이 난리에 죽지만 안 했으면 느덜이 신셀 져두 괜찮을 만큼 자릴 잡고 살 사람이지. 애빌 못 찾겠걸랑 영재부터 찾아도 좋을 것이니라."

할아버지의 말을 어머니가 못 들은 척 외면하고 있었다. 영재 아저씨 얘기만 누구 입에서 나오면 어머니는 언제나 그처럼 무심한 척 외면했다.

　내 기억 속의 영재 아저씨는 몸집이 크고 과묵했다. 마을 사람들은 영재 아저씨 얘기를 많이 했다. 그 아저씨가 마을에서 쫓겨난 그런 얘기였다. 거, 법 없어두 살 사람이었는데. 영재 아저씨에 대해서 나쁘게 얘기하는 소리를 들은 기억이 별로 없었다. 그는 전설 속의 영웅처럼 항상 내 어린 마음속에 살아 있는 존재였다. 그랬다. 우리 세 식구의 그 머나먼 남쪽을 향한 여정의 기대 속에는 아버지를 찾는 일 못지않게 영재 아저씨에 대한 마음도 컸다.

　그날 새벽 우리 세 식구는 할아버지네 식구들이 둘러앉은 그 한가운데서 아침밥을 먹었다. 추울 땐 그저 배를 든든히 채워야 하느니라. 할아버지는 너무 이른 밥이라 숟갈을 든채 그냥 미적대고 있는 누나와 나를 향해 밥 먹기를 다그쳤다. 그러나 어머니는 억지로라도 밥을 먹어야 한다는 할아버지 말을 못 들은 척 단 한 숟가락도 들지 않은 채 고개만 숙이고 앉아 있었다. 삼촌댁이 어머니 곁에 붙어 앉아서 자꾸 권했으나 어머니는 쏟아지는 눈물을 감추려는 듯 아예 몸을 벽 쪽으로 돌렸다.

　"갈 사람은 빨리 가야 한다."

　할아버지가 서둘러댔다. 어머니가 이고 가기로 한 피난 봇짐은 삼촌댁이 대암리까지 이고 가겠다고 우기고 나섰다. 미숫가루 등 피난길에서 먹을 부식을 넣은 보따리는 누나의 몫이었지만 굳이 할아버지가 들었다. 나는 솜을 넣어 누빈 고깔모자를 깊숙이 눌러쓴 다음 할아버지의 말대로 이불 하나를 멜빵을 해

등에 졌다.

"덕수보다 이불이 더 크구나."

삼촌이 그렇게 말하자 모두 와하하 웃었다. 어머니가 시집올 때 해 왔다는 이불 중에서 가장 작은 것을 골라, 또 거기서 할머니가 솜을 반쯤 덜어낸 뒤 다시 꿰맨 것이라 보기보다는 가뿐했다.

그렇게 우리 식구 모두가 웅성웅성 사립문을 나서고 있을 때였다.

"덕수야아."

울음 섞인 고함을 내지르며 덮쳐드는 사람이 있었다. 고모였다. 지난여름 결혼을 해 신랑도 없는 먹실마을의 시가에 가 살고 있는 고모가 나를 덥석 안았다. 새벽 찬바람을 맞으며 서너 마장 넘게 걸리는 먹실에서 달려온 탓인가 고모의 몸에서는 얼음 같은 냉기가 끼쳤다. 그렇게 숨이 턱에 찬 고모는 어머니의 손을 잡더니 엉엉 울음을 터뜨렸다.

"내 이럴 줄 알았다구. 언니, 내가 꿈에 언니를 봤다구요. 은하두 덕수두 모두 봤다구요."

고모는 새벽꿈에 놀라 대호리까지 달려왔던 것이다. 고모는 물론 길 떠나는 우리들에게 그 꿈 얘기를 들려주지 않았다. 꿈얘길 할 그런 정황도 아니었다.

"덕수 에미가 널 좀 보고 갔으면 하더라만 내가 일부러 연락을 안 했다."

할아버지도 고모가 꿈을 꾸고 달려왔다는 사실에 적이 놀란 기색이었다. 내가 더 어렸을 적 그 예감 하나로 어머니의 목숨을 건져낸 고모니까 능히 그럴 수도 있었을 것이다. 고모가 시집을 간 것도 좀 기이한 사연이 있었다. 여름 난리가 터지고 서너 달이 지나 남쪽으로 밀고 내려갔던 이쪽 군대들이 되밀려 올라온다는 소식이 떠돌 무렵이었다. 먹실 사는 홍종수란 농사꾼 집에서 중매할멈이 넘어왔다. 홍종수란 농사꾼 아들이 인민군 징집영장을 받았는데 출정하기 전 결혼을 시키자는 것이었다. 스물네 살 먹은 그 총각이 고모와 결혼하지 못하면 인민군도 안 나가고 그대로 죽어버리겠다면서 드러누웠다는 것이다. 일 년 전쯤 그 중매할멈이 단 한 번 말을 꺼냈다가 할아버지한테 거절당한 뒤 별 얘기가 없다가 느닷없이 그런 어처구니없는 일을 들고 나온 것이다. 그 난리 중에, 더구나 지금 끌려가면 살아 돌아오기 어려운 판국에 결혼을 하자는 얘기였다. 할아버지가 그 말 같지도 않은 소리 집어치우라고 불호령을 내렸음은 말할 나위도 없었다. 그때 고모가 밖에 있다가 방으로 뛰어든 것이다. 그 총각한테 시집을 가겠다고 했다. 고모는 입을 벌린 채 어처구니없어 하는 할아버지를 설득하기 시작했다. 지난밤 꿈에 먹실 산다는 그 총각을 만났다는 것이다. 만나서 백년가약을 맺었다고 한다. 억지 춘향 격이었지만 고모는 그렇게 시집을 갔던 것이고, 마당에 멍석 펴고 물 한 사발 떠놓고 예를 올린 그 이튿날로 신랑은 싸움터로 나간 채 아직 감감무소식이었다.

우리 식구들은 우리가 먼저 살던 탑골의, 지난가을 난리에 불타버린 그 집터를 지나 대암리 쪽으로 가는 신작로에 들어섰다. 할아버지는 그쯤에서 대암리까지 따라갈 식구와 그냥 집으로 돌아갈 식구를 선별했다. 삼촌댁 대신 고모가 어머니의 짐을 받아 머리에 이었다. 길가 대추나무 가지에 참새 떼들이 후득후득 날아오르기 시작했다. 날이 꽤 희붐하게 샌 것이다.

뒤돌아본 탑골 밤나무숲에서 까치가 요란스레 울었다. 그만 들어가라고 어머니가 몇 번씩 말했는데도 삼촌은 그 불편한 다리로 자꾸 따라왔다. 뱀내강 물방아 있는 데까지 따라온 삼촌이 내 손을 꽉 잡더니 쿵쿵 소리 내어 울었다. 삼촌댁도 치마폭으로 얼굴을 감싸며 울었다. 어머니는 숫제 얼굴을 외면하고 있었고 누나도 어머니를 닮아 소리 내지 않고 우느라 얼굴에 눈물만 흥건했다.

우리는 이제 두번째 고향을 떠나고 있었다. 그 첫번째는 그래도 고향이 그닥 멀지 않은 곳에서 떠돌다가 다시 돌아올 수 있었지만 이번의 경우는 그게 그리 쉽게 이루어질 것 같지 않았다. 헤어지는 자리 정리가 그렇게 애절할 수밖에 없었다.

"사돈어른한텐 내 자초지종을 말씀드릴 것이니께 신경 안 써두 된다."

부촌리 외가 쪽으로 나가는 박수고갯길을 멍청히 쳐다보고 서 있는 어머니를 향해 할아버지가 말했다. 부촌 쪽으로 몸을 돌린 어머니의 어깨가 들먹이고 있었다. 외가댁은 남쪽으로 피난을 나갈 계제가 아니었다. 난리가 터지기 전 외아들인 외삼촌이 인민군에 끌려갔던 것이다. 물론 외가댁도 집과 재산을 다 몰수당하고 거지처럼 사는 형편이었다.

"야들아!"

할아버지가 팔자걸음으로 휘휘 앞장서서 내걷던 걸음을 멈추면서 누나와 나를 향해 말했다.

"저길 잘 봐라. 저 깻들 논의 절반이 얼마 전까지만 해도 모두 우리 것이었느니라. 지금에 와서 어쩔 수 있겠느냐만 이제 좋은 세상 돌아와 느덜이 커가지고 와설랑 이 할애비 대신 저 논을 다시 찾으라는 게다."

빼앗긴 땅, 그래서 좋은 세상이면 다시 찾고 싶은 땅—그것은 얼마 전 할아버지가 삼촌한테 하던 얘기와는 사뭇 다른 것이긴 했어도 그 말 속에서 땅에 대한 할아버지의 연연한 마음이 여실히 읽혔다. 물이 고였다가 미처 빠지지 않은 논바닥은 벼 그루터기만 거뭇거뭇 보인 채 얼음으로 덮여 있었다.

"저것이 다 늬덜 선조님들께서 피땀 흘려 만든 땅이었느니라."

할아버지는 고향을 떠나는 우리들 머릿속에 그 깻들 논을 깊이깊이 심기라도 하려는 듯 몇 번씩 땅 얘기를 했다.

대암리에 들어서자 날이 완전히 밝아 햇빛이 뻗쳐 나오기 시작했다. 양조장 주인 변희재 씨는 쉰이 넘은 나이에도 그 부모가 다 생존해 있었다. 여든이 넘은 두 노인 내외가 그 집에서 끌고 갈 우차 위에 아주 정답게 앉아 있었다. 짐을 가득 실은 그 한구석을 비워 그곳에 두 노인네와 두 살, 네 살, 여섯 살 된 아이들 셋을 태우고 있었다.

할아버지는 변희재 씨네 식구들한테 우리 세 식구를 인사시켰다. 변희재 씨의 손을 잡고 잘 부탁한다는 뜻의 인사를 수십 번도 넘게 했다. 옛날 할아버지가 면에 다닐 때 그 면에서 소사 노릇을 했다는 변희재 씨는 할아버지의 간곡한 부탁에 그저 무덤덤한 태도를 보였다. 우리 식구가 껴든 것이 뭔가 달갑지 않다는 표정이었다. 그러나 우차 위의 두 노인네는 나를 향해 어서 올라타라는 손짓을 했다. 할아버지도 나를 거기 태웠음 하는 눈치였으나 나는 일부러 딴전을 피우며 그 우차에 오르지 않았다. 우리 식구들의 피난 보따리를 모두 그 우차에 실을 수 있는 것만 해도 다행이었다.

어떻든 양조장집은 꽤 짭짤한 세간살이며 심지어는 김칫독까지 하나 우차에 실었다. 쌀 다섯 가마에 마른 장작까지 두어 아름 싣고 있었다. 그리 크지 않은 황소가 그 우차를 끌었다. 그러나 황소는 그 우차의 짐이 꽤나 무거운지 걸음이 느렸다. 나중에는 헉헉 숨을 가쁘게 내쉬었다.

우차가 움직이기 시작하면서부터 할아버지의 표정이 이제까지와는 사뭇 달라지고 있었다. 할아버지는 그 자리에 얼어붙은 것 같았다. 우차 뒤를 따라 움직이는 우리 가족 쪽으로 눈을 고정시킨 채 꼼짝도 안 하고 그 자리에 서 있었다. 저대로 땅에 얼어붙지나 않나 싶게 우리들이 꽤 멀리 이를 때까지 수십 번도 더 넘게 뒤를 돌아다보았지만 할아버지는 그 자세 그대로였다.

"언니, 애들하고 이 추운 겨울 날씨에 어떡하지?"

고모는 우리들 곁을 따라오며 계속 울먹였다. 어머니도 고모의 손을 잡고 계속 눈물을 흘렸다.

"언니, 남쪽에 가서 오빠 만나더라두 오빠 때문에 너무 희생하지 말아요. 그렇게 무모한 희생을 할 만한 가치가 없는 분예요, 오빠는."

고모는 어머니만 만나면 늘 그런 투로 말했다.

"그리고 언니, 혹시 영재 오빠 만나게 되거든 내가 안부 전

하더라고 꼭 전해줘요. 나두 시집갔다고."

그러면서 고모가 조금 웃었다. 고모가 어렸을 적 영재 아저씨한테 시집가겠다고 해 집안 식구들을 늘 웃겼는가 하면 그 일로 할아버지한테 된통 야단을 맞기도 한, 그런 생각을 떠올렸던 모양이다.

우차가 마을을 완전히 벗어나 야트막한 고갯길을 오를 즈음엔 피난 떠나는 두 집 식구 외엔 아무도 따라붙은 사람이 없었다. 우차 뒤에는 우리 세 식구와 변희재 씨네 내외와 둘째 아들 내외 그리고 변희재 씨의 동생이 둘, 그렇게 모두 아홉 명이었다. 거기다가 우차를 끄는 김서방네 식구 셋이 있었다. 그리고 우차 위에 두 노인네와 어린아이들 셋이 더 있었다. 세 집 식구를 합쳐 모두 열일곱 사람이 남쪽을 향한 길에 올랐던 것이다.

해가 중천에 솟고 읍으로 통하는 신작로에 나섰을 때는 길 위에 무리를 진 사람들이 우리들뿐이 아니었다. 이 골 저 골에서 웅기중기 쏟아져 나온 사람들이 우리와 한 패거리가 되어 남쪽을 향한 발길을 서둘렀다. 읍에서 철원 쪽으로 통하는 국도에 이를 즈음엔 그렇게 여기저기서 한두 집씩 모여든 피난민들이 어느새 하나의 커다란 흐름을 이루고 있었다. 그것은 그대로 북에서 남쪽으로 흐르는 강물이었다. 천재지변을 예견한 곤충들이 알과 먹이를 안전지대로 나르는 것처럼 남쪽을 향한 피난민 대열은 실로 장엄했다.

우리가 등지고 가는 북쪽으로부터 간간 포성이 들려왔다.

"이천까지 중공군이 내려왔대유."

"빨갱이들은 피난 나가는 사람만 보면 막 쏴 죽인대유."

소문은 전염병처럼 번졌다. 식구가 단출하거나 젊은 사람들로 짜인 가족들은 느릿느릿 움직이는 피난민 대열을 빠른 걸음으로 지나치며 몇 마디씩 겁난 소리를 흘리고 지나갔다. 그것은 금세 파문처럼 번져 피난민 대열은 술렁거리기 시작한다. 잠시 동안은 그 흐름이 조금 빨라지는 듯도 싶다. 그러나 어느 정도 시간이 지나면 대열은 다시 먼지처럼 느릿느릿 제 보조를 찾는다. 며칠 전 내려 쌓인 눈길이라 걸음을 빨리 걸을 수도 없거니와 워낙 지친 걸음들이었기 때문에 더 이상 힘을 내기도 어려웠던 것이다.

철원이 사오십 리 남았다고 하는 어느 강변길을 걷고 있을 때다.

남쪽을 향한 그 도도한 피난민 흐름을 거슬러 올라오고 있는 중년 두 사람이 있었다. 그들은 등에 아무것도 지지 않은 빈몸이었다.

"돌아들 가요. 돌아들 가라구요."

그 두 사람이 그렇게 소리치고 있었다. 사람들이 그 두 사람에게서 무슨 말인가 듣기 위해 우르르 몰려들었다.

"철원이 벌써 중공군한테 점령됐단 말이요. 나가봤자 필요 없으니께 집으로들 돌아들 가란 그 말이요."

둘러선 피난민들의 얼굴에 당황하는 빛이 떠돌기 시작했다. 그 중년 사내들을 따라 다시 북쪽으로 걷기 시작하는 사람들도 있었다. 그렇게 되자 피난민 대열은 엉망진창 혼란이 오기 시작했다.

그때 젊은 사람 하나가 그 중년 사내들 앞으로 불쑥 나섰다.

그리고 그 중년 사내들의 멱살을 두 손으로 각각 다잡아 쥐었다. 그가 그 사내들을 향해 소리쳤다.

"이 새끼들아, 느가 직접 봤냐? 철원이 점령된 걸 직접 봤느냐 그거여?"

그 사내들이 청년의 팔을 뿌리치려 하며 만만찮게 맞섰다.

"봤다, 이 눈으루 똑똑히 봤단 말이다!"

"이 새끼들 이거! 여러분, 이놈들이 바로 우릴 피난 못 나가게 방핼 놓는 빨갱이란 말이오!"

두 사내가 빙판이 된 길바닥에 나뒹굴었다. 넘어진 사내들을 향해 청년이 발길질을 했다.

"빨갱이 새끼들 죽여라!"

그 청년이 아닌 누군가 소리쳤고 삽시간에 사람들의 발길이 그 중년 사내들을 향해 날아들었다. 지게를 지고 가던 사람들이 지게 작대기로 그들을 후려쳤다 정말 눈 깜짝할 사이에 일어난 일이다. 두 사내는 얼굴에서 온통 피를 쏟으며 길바닥에 널브러졌다. 그 일 때문에 피난민 행렬은 잠시 지체되었다. 두 사내의 널브러진 몸뚱이를 길 아래 강변으로 굴려 내리기까지 시간이 걸렸던 것이다.

어디서부터인가 피난민 행렬은 역시 우리처럼 남쪽으로 향해 걷고 있는 국군들과 합류하고 있었다. 그들은 피난민들을 가운데로 몰아넣고 길 양옆으로 두 줄을 이뤄 걸었다. 가끔 앞으로 전달, 뒤로 전달— 하는 전령이 맥 빠진 소리로 오갈 뿐 그들은 대체로 침묵을 지킨 채 묵묵히 걷고 있었다. 그것은 퇴진하는 병사들의 사기 떨어진 걸음걸이였다. 그들은 몹시 지쳐 있는 것처럼 보였다. 눈길을 오랫동안 뚫고 내려온 양 군복 바짓가랑이가 검측측하게 젖은 채 얼어붙어 발걸음을 옮길 때마다 서걱서걱 소릴 냈다. 동상에라도 걸린 듯 발을 몹시 저는 군인도 있었다. 그리고 가끔 역시 북쪽에서 달려오는 트럭들이 경적을 울리며 피난민 대열을 흩어놓곤 했다. 자동차 경적에 놀란 변희재 씨네 우차 소가 앞발을 버티면서 발광을 하기도 했다. 트럭이 지나갈 때마다 노린내가 났다. 그 트럭에는 눈이 노랗고 얼굴이 희거나 아니면 얼굴이 검고 이빨이 하얀 외국 병정들이 가득가득 실려 있었다. 그들은 피난민들을 향해 뭐라 뭐라 소리를 치기도 했다. 이따금 껌이며 초콜릿 같은 걸 던져 주기도 했다. 그런 것이 던져질 때마다 아이들보다도 어른들이 더 열심히 그것을 주우려고 덤볐다. 지게에 짐을 잔뜩 진 채 빙판길을 걷던 사람들이 그것을 주우려 서둘다가 곤두박질치는 광경도 볼 수 있었다. 주운 것을 서로 빼앗으려 덤비다가 코피가 터지는 사람들도 있었다. 그럴 때마다 트럭 위의 외국 병사들은 깔깔거렸다. 그들은 이따금 속을 빼먹은 깡통을 사람들한테 던져놓고 좋아라 웃었다.

"야, 이 개새끼들아!"

이따금 지나치는 외국 병정들의 트럭을 향해 욕을 퍼대는 군인들도 있었다. 트럭에 편하게 실려 가는 그들이 좋게 보일 리가 없었다. 그러나 얼마 뒤 그 외국 병사들이 타고 가던 트럭이 고개 초입에서 논두렁에 처박힌 것을 보았다. 굴러 내려가 부서진 트럭 주변의 눈이 온통 피로 물들어 있었다.

빙판이 깔린 눈길 걷기가 정말 힘들었다. 얼굴을 에는 추위

속에 발에 물집이 생겨 발걸음을 떼어놓을 수 없을 정도로 아팠다.

첫날은 변희재 씨네 우차 뒤를 따라 그대로 오십여 리를 걸었다. 그다음 날은 사십 리 정도, 그다음 날은 삼십 리도 못 가 멈춰 서야 했다. 다리가 아픈 것도 문제였지만 그보다는 자고 가야 할 잠자리 때문이었다. 피난민들의 수효가 적었을 때는 아무 집이나 들어가면 방을 얻을 수 있었다. 그러나 남쪽으로 내려갈수록 피난민들의 수효가 불어나면서 방을 얻기가 힘들었던 것이다. 남자들은 아예 점심때가 지나면서부터 식구들을 길가에 세워놓고 방을 얻으러 다녀야 할 정도였다. 변희재 씨네는 그 우차 때문에 큰길에서 멀리 떨어진 인가까지 들어갈 수가 없어 큰길가의 방을 얻기가 그렇게 힘들었다. 우리 세 식구는 변희재 씨네가 얻은 방을 함께 써야 했다.

방을 얻지 못한 날은 길가 집 근처에 마차를 세워놓고 볏짚을 날라다 펴놓은 뒤에 그 위에다 잠자리를 만들었다. 그리고 장작을 얻어다가 화톳불을 피워놓고 둘러앉아 이야기를 하면서 밤을 샜다. 그런 날 밤이면 우리 남매는 이불 속에서 어머니의 겨드랑에 몸을 밀착시킨 채 어머니가 하는 이야기를 들으면서 아주 잠깐씩 잠들기도 했다. 착한 사람이 이기고 악한 사람이 결국에는 벌을 받는 그런 이야기였다. 마음을 곱게 쓰면 무엇이든 소원을 다 들어주는 하느님의 전능한 힘에 대해서도 들었다. 어머니는 우리 남매에게 우리가 지금 가고 있는 남쪽 나라에 대해서도 이야기해주었다. 서울이란 곳의 그 현란한 세계를 우리들 눈앞에 펼쳐 보이는 어머니는 이미 전능한 힘을 가진 천사로서 우리들 마음을 어루만지고 있었다. 어머니의 얘기의 귀결은 언제나 남쪽에서 우리 세 식구를 기다리고 있는 아버지였다. 이 세상 그 숱한 어려운 일을 다 겪어낸 끝에 드디어 남쪽에서 다시 일어선 아버지가 우리를 맞이하기 위해 어느 기차역에 나와 기다리고 있는 모습이 우리들 눈에 선하게 떠오르기도 했다.

"어쩜 영재 아저씨두 아버지와 함께 계실는지 모른다. 이 세상에서 가장 친한 분들이니까."

어머니의 입에서 영재 아저씨에 대한 말이 나온 것은 바로 그렇게 밖에서 밤을 새느라 몸이 부썩부썩 얼어들어 내가 징징 소리 내어 울 때였다. 어머니는 영재 아저씨와 아버지가 얼마만큼 친했던 사이였던가를 두 사람이 어렸을 적부터 학교에 같이 다니던 얘기를 통해 우리 남매에게 이해시키려 했다. 그럴 때의 어머니 얼굴은 조금 상기돼 있는 것처럼 보였다.

많이 추웠다. 그리고 배고픔, 그것은 피난민들이 겪어내는 공통된 고통이었다. 그리고 무서운 인심. 우리집 피난보따리를 우차에 실어 함께 온 변희재 씨네가 우리 세 식구와의 결별을 선언했던 것이다.

대식구라고 해서 방을 얻지 못한 채 또 한 번 노숙을 하게 된 저녁이었다. 며칠 동안 우중충 흐렸던 하늘에서 드디어 눈이 내리기 시작했다. 그냥 흩날리는 눈이 아니라 봄비처럼 차분하게 젖어 내리는 눈이었다.

"크게 올 눈이구나."

변희재 씨가 까마득하게 눈이 내리붓는 하늘을 쳐다보며 얼

굴에 근심을 깔았다. 철원으로 넘어가는 커다란 고개를 앞에
두고서였다. 우차 위에서는 이불을 뒤집어쓴 두 노인네와 아이
들이 며칠 전부터 몹시 기침을 해대고 있었다.

"애, 아범아, 우릴 예서 그냥 내려다우."

가끔 우차 위의 이불이 걷히면서 눈에 질금질금 눈곱이 낀
노인네들이 꼭 숨 넘어가는 소릴 내곤 했다.

"아무것도 모르면 좀 닥치구나 있어유!"

변희재 씨가 우차 꼭대기를 향해 버럭 소릴 내지른다. 그럴
때마다 빼꼼히 들렸던 이불이 다시 오므려진다.

"그러게 성님, 노인네들은 집에 둬두고 오는 건데 잘못했다
니까유."

변희재 씨의 동생이 그렇게 툴툴거렸다.

"이눔아, 누군 그 생각을 못헌 줄 알아? 노인네들을 집에 남
겨두려면 누가 남아 있어야 하지 않겠느냔 말이다. 왜, 너라두
남을려구 그랬더냐? 이웃 사람들이 뭐라구 할 것 같아? 노인
넬 혼자 남겨두고 즈덜끼리 떠났다구 욕한단 말이여."

"그까짓 욕 좀 먹는 게 낫지, 그래 이 눈 속에 어쩔려구 그런
대유?"

그러나 변희재 씨는 대답하지 않았다.

그날 밤 그런 상황에서 변희재 씨가 우리 어머니를 향해 말
했다.

"아무래두 먼저들 떠나셔야 하겠어유. 노인네들두 있구……
우리두 짐을 반쯤 내버려야 할 형편이라……"

변희재 씨는 우리 세 식구를 그렇게 짐짝처럼 버렸다. 어머

니가 그동안 신세를 많이 졌노란 인사말을 수없이 뇌이면서 우리 식구들의 짐을 내렸다.

우리 세 식구는 그렇게 외톨로 남겨졌다. 어머니가 커다란 짐 보따리를 머리에 이고 누나가 등에 바랑 같은 것을 졌으며 내 등에는 할아버지가 멜빵을 해준 이불이 지워졌다. 세상이 온통 덮이는 그런 눈이 내리붓고 있었다. 금세 발목을 덮을 정도로 눈이 내렸다. 그렇게 도도히 흐르던 피난민 대열도 그 폭설 속에서는 속수무책인 듯 길에는 사람들이 보이지 않았다.

우리 세 식구는 아침부터 그 눈밭 속을 뚫고 방을 얻으려 헤맸다.

"왜들 이렇게 엄동설한에 생고생들을 허우?"

피난을 가지 않고 그냥 집을 쓰고 있는 사람들은 방을 내주면서 큰소릴 쳤다.

"우린 아무 죄 지은 게 없으니까 그냥 여기 붙어살라우."

말은 그렇게 하면서도 피난 가는 사람들을 부러워하는 눈으로 바라보는 그 집주인도 어쩔까 망설이는 그런 겁먹은 표정이었다. 또 어떤 집에는 늙수그레한 할아버지 할머니가 오롯이 둘만 살고 있었다.

"우리 아들들도 엊그제 다 떠났지우. 예 있으면 다 죽는대유. 그런데 갸들이 즈덜 색시들은 안 데리구 떠났에유. 좋은 세월에 와서 데려다 산다나유."

그 일을 당한 것은 그렇게 눈이 무섭게 쏟아져 내리는 밤이었다. 그날 저녁 큰길가 아무 집에나 비집고 들어가 끼어 잤으면 그런 일은 없었을지도 모른다.

그러나 그날 누나의 몸은 불덩이였다. 얼굴이 벌겋게 달아올랐다. 전날 밤 어떤 집 헛간에서 밤을 샐 때부터 몸을 뒤틀며 괴로워하던 누나는 그날 그 눈을 다 맞은데다 방을 얻기 위해 논둑길을 걷다가 발을 헛디뎌 논바닥에 나뒹굴었던 것이다.

"따뜻한 방 하나를 얻어 하루쯤 묵어 가자."

어머니는 그런 생각이었다. 그래 우정 방이 있을 만한 집을 찾기 위해 길에서 멀리 떨어져 있는 산골짝 외딴집을 찾아 나섰던 것이다. 빤히 보이는 골짜기인데도 쌓인 눈, 앞을 가로막는 눈발 때문에 우리들은 거의 반시간이나 넘게 걸려 그 골짜기까지 들어갔다. 그 골짜기에서야말로 따뜻이 불을 지핀 방, 시래기죽이나마 따끈한 국물로 목을 축일 수 있으리란 그런 기대로 허위허위 달려갔던 것이다.

그러나 그 골짜기의 집들도 이미 피난민들이 다 메우고 있었다. 그런대로 우리 세 식구를 받아들인 것은 골짜기의 가장 안쪽에 자리잡은 외떨어진 집이었다. 먼저 든 사람들이 흰곰처럼 눈을 하얗게 뒤집어쓴 채 떨고 있는 우리 식구들이 안돼 보였던지 방 한구석을 비워주었다.

"애들하고 여자들은 안방에 몰아 자고 남자들은 저 방에 가 잡시다."

모두 네 집이 들었는데 그중 가장 연장인 오십대의 남자가 그런 제안을 했다. 남자 어른들은 다해야 네 사람뿐이었다. 그들은 그 집의 사랑방으로 몰려 들어갔다.

나는 어머니와 함께 누나 곁에서 자기로 했다. 오래간만에 밥을 지어 먹고 뜨거운 방바닥에 누우니 그대로 잠이 쏟아졌다. 우리들이 자는 안방에는 아이들과 여자 어른들이 합쳐서 열 명은 넘었을 것이다. 방 윗목쯤에서 키들키들 웃는 소리가 들렸다. 방에 들어올 때 본 어느 노파의 웃음소리 같았다.

얼었던 몸이 방바닥에 착 가라앉으며 그대로 잠 속으로 아스라이 까부라져 들었다. 무슨 꿈인가 뒤숭숭한 것에 의해 괴로움을 당하고 있었다.

그것이 그냥 꿈이라고 생각하면서 몸을 일으키지 않았다. 몸을 일으킬 만큼 잠이 깬 상태도 아니었다.

그런 흐릿한 의식 속에서 그 일을 겪었다.

처음에는 총소리 같은 것을 들었다. 인민군이 북으로 쫓겨 올라가면서 마을 사람들을 쏴 죽일 때 방에서 이불을 뒤집어쓴 채 듣던 그런 총소리 같았다. 어쩌면 그것은 국군이 들어오기 며칠 전부터 총을 들고 나와 빨갱이를 찾던 마을 청년들의 그 살기 띤 눈을 보던 때의 그런 총소리 같기도 했으며, 외국 병정들을 피해 산으로 치뛰는 어머니들을 향해 허공으로 총을 쏴대며 웃어대던 그들의 웃음소리 같기도 했다. 손전등 불빛이 번쩍번쩍 어둠의 구석구석을 뚫고 있었다. 그러고 보니 방에 서너 명의 남자들이 우뚝 서 있는 게 보였다.

"그것두 일으켜!"

한 사내가 내 곁 어딘가를 불빛으로 밝히며 나지막한 목소리로 말했다. 그러고 보니 방 안에 여러 사람이 일어나 있는 기척이었다. 그리고 그들이 누군가를 빨리 나가라고 다그치는 소리가 계속해서 들렸다. 그것은 그대로 꿈이었다. 눈을 뜨고 뭔가

이산(離散)

를 본 것 같은 것은 어쩌면 환상이었는지도 모른다.

나는 더 이상 꿈을 꾸지 않고 그대로 잠이 들었다.

내가 잠에서 깨어났을 때는 창문 틈으로 햇빛이 비쳐들고 있었다. 방문을 열어젖뜨렸다. 간밤의 그 엄청나게 내리던 눈은 거짓말같이 그쳐 있었다. 마당 가득히 부어져 내린 햇살로 눈이 부셨다.

방 안에는 나 혼자만 덩그러니 남겨져 있었다. 처음에는 혼자 남겨졌다고 그렇게 생각했었다. 그러나 나는 후딱 방 한구석으로 눈길을 던졌다.

"갔어. 다 갔어. 다 잡아갔지. ㅎㅎ, ㅎㅎㅎ."

그렇게 중얼거리며 괴상한 웃음소리를 내는 노파를 발견했을 때 나는 으악 하고 소릴 내질렀다. 그것은 바로 귀신이었다. 움푹 들어간 눈, 깊게 고랑을 이룬 주름살—그런 노파가 킬킬거리며 어머니가 이고 다니던 보따리를 풀어헤치고 있었던 것이다. 그 옆에는 누나가 등에 메었던 바랑도 놓여 있었다.

나는 봉당으로 뛰어나갔다. 거기도 사람들은 없었다. 사랑방 문은 열린 채 방 속이 텅 비어 있었다. 나는 다시 안방 문을 열었다. 그 노파가 보따리를 헤집던 손을 멈추고 나를 향해 키들키들 웃었다.

"갔어. 다 갔어. 다 잡아갔지. ㅎㅎ, ㅎㅎㅎ."

분절이 불분명한 그런 목소리가 헛숨 빠지듯 주름 잡힌 입술 사이를 비집고 나왔다.

신발을 찾아 신은 것만 해도 다행이었다. 머리에는 잠들 때 쓰고 잔 고깔모자가 그대로 씌워져 있었다.

사립문을 나서자 눈이 부셔 뜰 수가 없었다. 온통 흰빛이었다. 흰빛, 흰 골짜기, 그리고 쥐 죽은 듯한 정적. 나는 잠시 우두망찰 서 있었다.

간밤, 그것은 꿈이 아니었다.

그러나 내 머릿속에는 간밤에 흐릿한 의식으로 느낀 그런 일들이 뒤죽박죽으로 드러났을 뿐 도무지 일의 추이가 잡히지 않았다.

나는 문득 간밤 우리들이 잠들었던 그 집을 뒤돌아보았다. 온통 흰 것뿐인 집 등걸 한가운데 괴물의 아가리처럼 시커멓게 뚫린 구멍이 보였을 뿐이다. 그 열린 방 턱에 예의 그 노파가 이쪽을 노려보고 있다고 느꼈다.

나는 눈 속을 내닫기 시작했다. 그렇게 큰 공포, 그처럼 아득한 절망을 체험해본 적은 아직 없었다.

온통 흰 것뿐인 저쪽 산 밑으로 피난민들의 대열이 아득하게 보였다. 그 사람들을 향해 나는 죽을힘을 다해 뛰었다. 그 사람들 속에 섞여 어머니가 가고 있었다. 누나가 쓴 고깔모자도 보였다. 어머니와 누나만 보이는 것이 아니라 그 사람들 속에는 아버지의 얼굴도 있었던 것이다. 그네들은 그 도도하게 흐르는 사람들의 물결을 따라 넘실넘실 멀어져 가고 있었다.

내가 그들, 남쪽을 향한 피난민들의 대열에 끼어든 것은 꽤 시간이 지난 뒤였다. 눈밭 속을 그대로 뒹굴면서 마침내 신작로까지 이르렀던 것이다.

나는 울부짖으며 뛰었다. 보따리를 머리에 인 여자들은 모두 어머니였다. 바랑을 등에 진 누나도 너무 많았다. 허겁지겁 뛰어가 잡고 보면 전연 딴 얼굴이었다. 나는 사람들을 제쳐놓으며 앞으로 내달은 다음 돌아서서 나한테로 다가오는 사람들의 얼굴을 살폈다. 마구 울부짖으며 어머니와 누나를 찾았다.

몇 시간을 그렇게 했을 것이다. 나는 이미 우는 일마저 잊고 있었다.

길 위의 사람들이 어느덧 다 사라져버렸다. 날이 어두워지고 있었던 것이다. 나는 비로소 몸에 으쓱한 한기를 느꼈다.

산골짜기 그 외딴집으로 되돌아가야 한다는 걸 깨달았을 땐 이미 고개 하나를 넘어선 뒤였다. 고개를 넘지 않았더라도 나는 눈에 덮인 그 골짜기를 되짚어 찾아가기에는 너무 지쳐버린 상태였다. 겨울 저녁 그 눈보라 치는 들길에 혼자 남겨진 채 나는 아무것도 생각할 수 없었던 것이다.

추위와 무서움, 그리고 배가 고팠을 뿐이다.


○ 1982년 『세계의문학』 봄호

이류(異流) 속에서

하릴없이 나는 그들의 한 마리 애완동물이었다.

"헤이, 캡틴!"

그들은 나를 캡틴이라고 불렀다. 별명치고는 괜찮은 것이었는데 그것은 어쩌면 자신들의 마스코트인 애완동물에 대한 문명인다운 예우로서의 익살이었을 것이다. 그러나 오히려 열 살 어린 내 눈에 비친 그 외국 병사들의 모습은 문명인은커녕 이 세상에서 가장 천박하고 흉물스러운 짐승들이었다. 생겨먹은 꼬락서니나 하는 짓거리가 모두 짐승이나 다름없이 보였다.

그런 외국 병사들을 내가 처음 본 것은 해방이 된 이듬해인가 대호리 뱀내 강변이었다. 흰 살갗에 파란 눈을 한 외국 병사 네댓이 자동차를 물로 씻고 있었다. 그중의 하나는 무릎에도 안 차는 냇물에서 목욕을 하고 있었는데 누런 털이 숭숭 돋은 몸뚱이와 팔다리는 흡사 끓는 물에 데쳐 털 뽑아놓은 돼지 꼴이었다. 게다가 그 하체 가운데 것이 어찌나 거대하게 보였는지 그것에 홀린 듯 서슴서슴 다가섰던 기억이다. 또 한 사람은 양쪽 팔목에 시계를 꽤 여러 개 차고 있었다. 쫓겨 가는 일본 사람들한테 빼앗거나 헐값으로 산 것이라 했다. 사람들은 그 외국 병사들을 해방군 혹은 로스케라 불렀다. 해방군이란 이름과는 달리 당시 로스케들에 대한 소문은 대체로 고약한 것들뿐이었다. 소문의 대부분은 쫓겨 본국으로 돌아가는 일본 사람들을 그들이 어찌어찌 학대했다는 이야기들이었다. 남편을 밖에 세워놓은 채 일본인 부녀자들을 여럿이 번갈아 욕보이는 걸 직접 두 눈으로 봤다는 사람의 이야기를 들으면서 나는 강한 호기심으로 눈을 반들거렸다. 로스케들이 자기네 나라로 철수해 갈 때는 더 흉흉한 소문을 남겼다. 그와 비슷한 모습의 다른 외국 병사들을 무더기로 보게 된 것은 6·25가 터진 그해 늦가을이었다. 남침했던 공산군을 북쪽으로 올려 쫓으며 대호리에 들어온 그 병사들은 뱀내 강변에서 며칠씩이나 묵었다. 북쪽으로 쫓겨 가던 공산군들이 태악산에서 전세를 되찾기 위해 발악처럼 버티던 때였다. 이 땅에 발을 디딘 이래 외국 병사들이 가장 큰 희생을 치른 싸움이라 했다. 그 여파였는지 어떻든 대호리는 물론 근동의 부녀자들이 엄청난 곤욕을 치러낸 것이다. 할아버지는 집안의 여자들을 다락 속에 집어넣고 며칠간 밖에 얼씬도 못하게 했다. 그때 나는 큰 아이들 뒤를 꽤나 바지런히 따라다닌 덕에 눈이 까뒤집힐 만큼 희한 뻑적지근한 구경을 많이 했다. 외국 병사들은 들에서 대변을 보게 되더라도 반드시 구덩이를 파고 그곳에 싼 뒤 그것이 무슨 보물이라도 되는 양 정성스레 되묻곤 했다. 아이들은 혹시 그 속에 뭔가 감춰진 게 있나 싶어 그것을 파헤치다간 오물 묻은 손을 쳐들어 보이며 낄낄거리곤 했다. 추수 끝난 논바닥에 암송아지를 세워놓고 그 송아지 궁둥이 높이만 한 논둑에 올라서서 정말 희한하기 짝 없는 짓거리를 했다. 양키라고 하는 그 병사들이 대호리를 떠나자 오히려 그들이 있을 때보다 더욱 흉흉한 소문이 마을에 떠돌았다. 그 소문의 뿌리는 어찌나 그악스러운지 내내 다락방에만 처박혀 지낸 우리 어머니까지 휘감아 동댕이쳤다. 할아버지가 마을 아낙네 하나를 잡아다 놓고 닦달질을 했을 정도였다. 소문의 뿌리는 결국 장거리 윤씨네 새 며느리의 목을 왜송나무 가지에 매달아놓기에 이르렀다. 늦가을 그 찬비 속에 사지를 축 늘어뜨린 채 걸려 있는 그 여자의 길게 빼문 혀끝에서도 빗물이 뚝뚝 떨어졌다. 그러나 그때 나는 그 외국 병사들에 대해 어떤 형태의 적대감도 없었다. 오직 그들의 유별나게 검거나 흰 살갗과 그것에 걸맞은 커다란 가운데 것에 대해 완전히 기가 죽어 있었을 뿐이다. 그것은 마치 맹수에 대해 사람들이 가지고 있는 어떤 두려움, 이를테면 우리를 압도하는 어떤 큰 힘에 대한 외경 같은 것이었다.

이제 나는 그들을 바라보는 구경꾼의 입장이 아니라 바로 그 우리 속에 갇힌 한 마리 작은 짐승이었다. 그 부대는 황량한 벌판에 임시로 자리를 잡고 있었다. 겨울바람은 벌판의 모든 것을 죄다 쓸어버리겠다는 듯 무섭게 휘몰아쳤다. 텐트의 지주가 흔들릴 정도의 바람이었다. 둥근 콘센트형 텐트의 페그(쐐기)가 모조리 빠져 텐트를 하늘로 띄워 올릴 것만 같았다. 텐트 속에서 듣는 바람 소리는 더욱 황량했다. 병사들이 작전에 나가

텅 빈 텐트 속은 춥고 어두웠다. 나는 닭털을 넣어 만든 슬리핑백의 지퍼를 내리 밀고 조심스레 그 속에서 빠져나왔다. 배가 고팠다. 아담스의 사물함 속에는 언제나 먹을 게 많았다. 되도록 소리가 나지 않게 시레이션 상자 뚜껑을 연 다음 비스킷과 콩 통조림 한 통을 꺼냈다. 그리고 다시 기척을 죽여 침낭 속으로 기어들었다. 톰이 깨어나는 것이 두려웠던 것이다. 톰은 텐트 입구에 있는 자신의 침대에 개구리처럼 엎디어 코를 골고 있었다. 텐트에 남겨진 병사는 오직 톰뿐이었다. 어떤 이유에서인지 톰은 작전이 있을 때마다 번번이 텐트나 의무실에 누워있곤 했다. 물론 그는 알코올중독의 증세를 가진, 군대 밥그릇 수가 가장 많은 고참이었지만 계급은 항상 일등병 신세인 부대의 골칫거리였다. 그 어떤 검둥이보다도 포악스럽고 교활했다. 싸진이나 부대의 캡틴도 그를 함부로 다루지 못하는 것 같았다. 말하자면 그는 안하무인이어서 툭하면 사총(死銃) 상태의 총기 중에서 아무것이나 집어 들고 휘둘렀다. 내가 그를 겁내는 만큼이나 텐트 속의 다른 병사들도 톰을 달가워하지 않는 눈치였다. 다른 병사들이 모두 텐트를 빠져나가자 톰은 기분 나쁠 정도로 흰 그 이빨을 드러내며 킬킬거렸다. 다른 병사들처럼 그도 나를 가지고 노는 데는 꽤 열심이었지만 가지고 노는 방법이 남들과는 사뭇 달랐다. 아담스는 그 일로 해서 항상 톰과 맞서 으르렁거렸다. 그러나 일을 일으킬 만큼 심각하지는 않았다. 아담스 역시 톰을 겁내고 있었던 것이다. 톰에게서는 항상 역한 냄새가 났다. 톰뿐이 아니라 그들에게서는 하나같이 노린내가 났다. 가슴과 팔뚝을 뒤덮은 그 누런 털에 걸맞은 냄

이류(異流) 속에서

새였다. 텐트 속에는 네댓 명의 검둥이가 있었는데 그들에게서는 흰둥이들에게서보다 더 역한 냄새가 났다. 나는 눈을 감고도 톰의 냄새를 알 수 있었다. 노래기를 잡아 죽였을 때의 그 노린내였다. 역시 그는 깨어 있었다.

"헤이, 캡틴!"

톰은 어느새 야전용 침대에 걸터앉아 술병을 거꾸로 물고 있었다. 나는 흠칫 몸서릴 쳤다. 톰의 눈길이 흉물스러운 끈으로 내 몸을 칭칭 동여매고 있었던 것이다. 술병을 입에 문 채 그는 뭔가 내 쪽으로 던졌다. 빨간 줄이 둘러쳐진 담뱃갑이 내 침낭 위에 떨어졌다. 톰이 큰 소리로 욕지거리를 했다. 내가 그 담배를 받아내지 못했기 때문에 톰은 화가 났던 것이다. 그가 씨부렁대는 욕지거리의 뜻을 나는 몰랐다.

"갓뎀! 유 싼 오브 비치, 유 쎌, 키스 마이 애스!"

외국 병사들이 많이 쓰는 욕지거리는 대개 그런 것들이었다. 내가 맨 처음 입에 올린 외국어란 것이 바로 그런 욕지거리였다. 아담스는 내가 그런 욕지거리를 입에 올릴 때마다 내 궁둥이를 까 내린 다음 손바닥으로 무섭게 때렸다. 아담스의 벌 중에 가장 무서웠던 것은 자신의 수염 난 턱에다가 내 볼을 비벼대는 것인데 밤송이로 찌르는 것 같은 그 아픔은 실로 참기가 어려웠다. 텐트 속의 병사들이 나한테 쌍소리를 던질 때 내가 대꾸할 말을 아담스가 가르쳐줬다. 유 두 렁—'너는 실수했다'는 뜻의 그 말은 신통하게도 효과가 컸다. 나한테 욕지거리를 해대던 사람은 그 한마디에 그만 머쓱해져서 물러가기 일쑤였다. 그러나 나는 톰에게만은 그 말을 한 번도 써먹지 못했다.

아마 그렇게 했더라면 톰은 내 두 다리를 모아 쥔 다음 공중에서 휘휘 돌린 뒤 땅바닥에 패대기쳤을 것이다. 어떻든 나는 그가 던져주는 담배를 요령껏 받아내는 재주를 부리지 못하는 실수를 범했다. 나는 그 텐트 속에서, 그들의 눈을 즐겁게 해주는 일을 해낼 의무가 있었다. 괴로운 표정이긴 했지만 내 주인인 아담스도 그 사실만은 감수해내는 것 같았다. 내가 철저하게 그들의 애완동물이어야 한다는 것은 가장 본능적인 생존의 지혜였다. 이를테면 먹을 것을 받되 손으로 받는 것이 아니라 입으로 무는 일이 그들을 즐겁게 해주는 일이란 것. 실상 그들은 먹을 것을 주되 다가와 손에 쥐여주기보다는 적당한 거리에서 던져주는 걸 좋아했으며 나는 그것을 요령 있게 받아먹는 일에 익숙해져 있었다. 그것은 흉측한 외모처럼 그들의 마음씨가 흉해서라기보다 오히려 그와는 달리 천진무구한 구석이 많았기 때문이 아니었는지 모르겠다. 한마디로, 길러지는 입장에서 보면 그들은 대체로 인심 좋은 사육사들이었다.

그들이 나를 길에서 주운 일부터가 그랬다. 그냥 지나쳐 갈 수도 있었다. 그러나 그날 아담스 패들은 추위에 얼어붙은 한 마리 작은 짐승을 그냥 지나치지 않았다. 어떠한 이념이든 그것은 대체로 첫 발상자의 취향이 문제다. 아담스가 나를 둘러업었다. 나중에 안 일이지만 아담스는 상원의원을 할아버지로 둔 진보적인 집안의 대학 재학 중인 엘리트였다. US 군번을 가진 그는 그때 피난민을 후송하는 작전의 최단 후미에서 적의 공격을 저지하는 임무를 수행하다가 잠깐 낙오되었던 패잔병들 중의 한 사람이었다. 어떻든 나는 아담스에 의해 살아났다.

물론 그것이 아담스 혼자의 공일 수는 없었다. 보다는 일개 일등병으로서 그 조직과는 전혀 무관한 아이를 텐트 속에 함께 기식할 수 있게 내버려둔 그들 조직의 불가사의한 관용의 힘이랄 수 있었다. 그렇다고 내가 처음부터 순조롭게 그 속에 받아들여진 것은 결코 아니었다. 역시 그들은 후진국 유색인종에 대해서 도저히 납득할 수 없을 정도의 편견을 가지고 있었다. 생리적으로 싫은 걸 어쩌느냐 싶은 얼굴로 그들은 코를 막고 내 앞을 지났으며 나를 향해 느닷없이 고함을 내지르곤 했다. 나는 아담스가 그들로부터 공격을 받는 걸 여러 번 보았다. 그것은 아마 공동생활을 하는 마당에 네가 어찌 저 더러운 짐승을 텐트 속에 기를 수 있느냐 하는 항의였을 것이다. 그랬다. 나는 한 마리 똥개로서 그들 텐트 속에서 사육되기 시작했다. 어떻든 나는 그 텐트 속에 들어가기 전에 분말 분무기로 DDT 세례를 받았는데 그 살충제의 고약한 냄새는 꽤 오랫동안 콧속에 남아 있었다. 동상으로 퉁퉁 부은 발가락과 손등에는 치약 크기만 한 튜브 속의 연고가 발라졌다. 스토브 가에 앉으면 온몸이 가려워 땅바닥에 몸을 비비곤 했다. 내가 철저하게 짐승이 돼버리자 그들은 서서히 나를 받아들일 기미를 보였다. 그들 중에는 재단 솜씨가 뛰어난 사람이 있어 아담스의 새 군복을 줄여 내 몸에 딱 맞는 멋진 군복을 만들어 입히기도 했다. 양말도 모자도 다 그런 식으로 만들어졌다.

　―헤이, 캡틴, 참참!

　인간이 동물적인 본능을 가장 적나라하게 보이는 것은 아마 먹는 일일 것이다. 공포도 그 어떠한 외로움도 먹는 것 이상을 넘어설 수는 없었다. 먹는 것이 있었기 때문에 모든 것을 잊고 기꺼이 그들의 취향에 맞는 짐승이 될 수 있었을 것이다. 먹는 일, 그것은 쾌락 그 이상이었다. 그들도 그것을 즐겼다. 그들은 내가 어떤 먹이를 어떤 요령으로 잘 먹는가를 무척 즐기는 것 같았다. 빵과 고기와 버터와 치즈와…… 기겁을 한 똥개의 위장은 상당한 기간 거부 반응을 보였는데 화장실로 뛰어가는 내 모습을 보면서 그들은 허리를 잡았다. 그러나 먹는 즐거움은 날로 늘어갔다. 야전 식당에서 돌아올 때마다 그들은 내 앞에 칠면조 고기나 바나나 등을 던져주었다. 그중에서도 나는 치킨 루드 수프란 통조림을 가장 좋아했다. 추운 겨울인데도 나는 콜라를 마셨다. 그들은 기분이 내킬 때면 가끔 내게 레몬 향기가 나는 홍차를 먹이기도 했다. 나는 하루 종일 먹을 것을 기다렸다. 그것이 내 유일한 기다림이었다. 아담스는 내가 자신의 마음에 드는 짓을 할 때마다 야간 피엑스에서 여러 가지 먹을 것을 사다가 주었다. 병사들에게 정기적으로 배급되는 시레이션 상자가 내게 통째로 주어지는 경우도 있었다. 그런 중에 내 사물이 늘어갔다. 내 전용의 스푼과 포크와 구둣솔, 그리고 나는 예쁘게 생긴 전기 아이롱도 가지고 있었다. 구둣솔과 아이롱을 가지고 나는 그들의 환심을 사는 방법을 익혀갔다. 나는 아담스의 구두 외에도 내 마음에 드는 사람들의 구두를 닦아주었다. 아이롱을 이용해 그들의 구겨진 군복을 다려주었다. 텐트 속의 몇 사람은 매주 정기적으로 내게 붉은 빛깔의 달러를 모아주었다. 그것이 바로 군용수표였는데 그것을 차곡차곡 모아가는 재미 또한 각별했다. 그들은 대체로 노동하는 사람에 대한 예우를 화폐로 적당히 지켜줄 줄 알았다. 나는 열심히 그들의 군화나 혁대의 버클 혹은 견장에 빚을 내주었다. 그 수고는 곧장 돈이 되어 돌아왔다. 아담스는 내가 군표를 모아가는 재미를 퍽 대견해하는 눈치였다. 그는 기관총 실탄이 들었던 철제통을 저금통으로 만들어주었다. 침대 한가운데에는 둥근 테이블이 놓여 있었는데 그들 중의 몇은 그 테이블에 둘러앉아 돈놀이 포커 놀이를 했다. 그들의 잔심부름을 해주는 것도 돈을 버는 일이었다. 어쨌거나 그들은 다 제멋대로였다. 부대 가까운 곳에 포탄이 떨어지고 있었지만 일단 자신들의 근무 시간만 넘겼다 하면 그야말로 엿장수 마음대로였다. 톰을 빼놓고는 텐트 속의 사병들은 자주 얼굴이 바뀌었다. 나는 그들의 얼굴을 누가 누군지 구별해낼 수가 없었다. 비슷한 크기의 짐승이면 그게 다 그것으로 보이듯 내 눈에는 그들이 너무나 닮아 보였다. 심지어 나는 꽤 오랫동안 아담스마저 다른 사람들과 구별할 수가 없을 정도였다. 나는 그를 알아보기 위해 그의 군화 끈 끝에다 두어 개의 매듭을 맺어놓은 적도 있었다. 때로는 텐트 속에서 함께 생활하던 사병이 작전에 나갔다가 영영 돌아오지 않는 경우가 있었는데 그럴 때마다 그들은 빈 침대에 둘러서서 구슬픈 노래를 불렀다. 나는 톰의 침대가 비기를 기다렸다. 그러나 톰은 결코 죽지 않았다. 그는 아담스와 어떤 업인에 얽혀 있기라도 한 것처럼 아담스가 전출이 돼도 함께 갔으며 역시 같은 막사 속에 배치됐다. 어쩌면 톰은 내게 붙어다니는 악귀였는지도 모른다. 나는 톰의 노예였다. 그를 위해 나는 항상 어릿광대가 돼야 했다. 톰과 나 사이에는 무언중에 그런 권리와 의무가 생겨났다. 강한 것과 약한 것 사이에 자생하는 룰이었다.

"헤이, 캡틴! 스모오킹!"

나는 톰의 명령에 따라 그가 던져준 담뱃갑에서 담배 한 개비를 뽑아 입에 물었다. 침대 각목에 긁으면 불이 붙는 딱성냥으로 불도 붙일 줄 알았다. 나는 연기를 몇 모금 빨아들인 다음 그것을 목구멍으로 넘겨 캑캑거리며 강중강중 뛰었다. 물론 그 연기를 목구멍으로 넘기는 일은 고통스럽다. 그러나 담배 한 개비를 끝까지 다 빨고 나서의 어지럼증에 의해 쓰러지면서 느끼는 그 혼곤한 상태의 쾌락도 나는 알고 있었다. 톰은 때때로 나한테 목구멍에 불이 붙은 것처럼 화끈한 위스키도 먹였다. 그럴 때 나는 톰이 시키는 대로 빨가벗은 다음 막사 바닥을 개처럼 기었다. 그것 또한 즐거웠다.

"굿, 굿, 베리 굿!"

내가 담배를 피워 물고 캑캑거리며 뱅뱅 맴도는 연기를 그럴싸하게 해 보이자 톰은 매우 기분이 좋아졌다. 그는 내 곁으로 다가와 그 큰 손바닥을 벌려 댔다. 그의 검은 살갗과는 달리 손바닥은 희었다. 나는 그가 무엇을 원하는가를 잘 알았다. 내가 저금통을 열고 군표 한 장을 꺼내 그의 손바닥에 얹자 그는 흰 이빨을 있는 대로 드러내 보인 다음 어슬렁어슬렁 텐트 밖으로 나갔다.

그때 그 어두운 텐트 속에 남은 것은 나 혼자뿐이었다. 텐트 밖에는 여전히 세찬 바람이 불고 있었다. 나는 담배에 혼곤히 취한 채 닭털 침낭 속으로 기어 들어가 아예 목까지 집어넣고 지퍼를 올렸다. 숨이 막히는 일이었지만 나는 그렇게 내 몸을 감추고 어둠 속에 파묻히는 게 좋았다. 잠이 아슴아슴 밀려왔다. 잠은 천국이었다. 꿈속에서 나는 날아다녔다. 아주 작은 새가 되어 포롱포롱 하늘을 날았다. 자신의 모습이 문득 온전하게 보이는 것도 꿈을 통해서였다. 꿈에 나는 비로소 내 본래의 모습과 만났다. 그것은 가위눌린 상태의 울음으로부터 왔다. 그렇게 슬픈 울음, 그렇게 절박한 울음이었다. 언제나 그 울음 소리에 놀라 잠이 깨곤 했다. 잠을 깬 상태 속에서도 한동안은 그 절박한 울음을 계속 울었다. 흑흑 느껴 울며, 무엇 때문인지 그 울음의 진원을 더듬는 순간 나는 형용하기 어려운 낭패감에 휩싸이곤 했다. 그것은 깊이를 헤아릴 수 없는 절망이었다. 그럴 때 밖에서는 간헐적으로 대포 소리가 들려오고 문득 외국 병사들의 간열점호하는 괴상한 외침 소리에 의해 나는 가슴이 후둑후둑 뛰기 시작한다. 내가 어떻게 여기 와 있는가. 어머니와 누나는 어디 있는가. 아아, 나는 그 모든 것을 잊고 있었던 것이다. 먹는 일, 그것을 기다리는 일 이외에 나는 아무것도 생각할 수 없었던 것이다. 열 살, 그 나이에 가질 수 있는 분별력마저 상실한 상태에서 내가 던져져 있는 상황에 흠뻑 질려 있었을 뿐이다. 두렵고, 신비롭고, 아무튼 그 세계의 모든 것이 나를 압도했다. 그러나 혼몽한 잠에서 깨어나는 그런 순간 나는 비로소 잊었던 것을 하나하나 되살려내고 있었던 것이다. 텐트 밖의 그 황량한 바람 소리를 들으면서 나는 그 눈길 위에 홀로 남겨진 내 모습을 똑똑히 볼 수 있었다.

등에 커다란 이불 보따리를 짊어진 어린아이 하나가 울부짖고 있었다. 사람들이 밟고 지날 때는 질편히 녹았던 신작로의 눈길이 저녁이 되면서 유리처럼 투명한 빙판으로 번들거렸다. 아이는 빙판 위에 쭈그려 앉아 인적이 끊긴 신작로의 북쪽을 바라보았다. 그 신작로 끝 산모롱이를 돌아 어머니와 누나가 금시라도 나타날 것만 같았다. 그러나 겨울 해는 짧았다. 해 떨어질 무렵의 바람은 썰렁한 들판에 눈보라를 일으키며 휘몰아쳤다. 혼자였다. 대낮의 남쪽을 향한 그 도도한 피난민의 흐름 속에서도 나는 언제나 혼자였다. 그 흐름은 걷잡을 수 없는 힘이 되어 밀려가고 있었다. 가고 싶어 가는 사람들이 아니었다. 가고 싶다는 생각도 없이 그냥 이것도 저것도 아닌 상태에서 얼결에 떠밀려 가는 그런 사람들이었다. 가지 않고 그냥 내 집에 남겠다고 버티던 사람들마저 어쩔 수 없이 떠밀려 흐르고 있는 그런 흐름이었다. 왜 어디로 이렇게 떠밀려 흘러가고 있는 것인가. 분명한 것은 죽음에 대한 극심한 공포였다. 피난민 대열의 흐름에서 밀려나면 모든 것이 끝이라는 절박감이었다. 피난민 행렬의 꼬리에서는 계속 불이 당겨지고 있었다. 빨치산이여, 빨치산! 보라우, 저 산마루에 허옇게 깔린 게 다 뙤놈이여, 뙤놈! 보는 대로 다 죽인대여. 할애비구 애새끼구 보이는 족족 다 쏴 죽인대여! 더 무서운 소문의 불길은 원자폭탄이 곧 떨어진다는 것이었다. 원자폭탄을 실은 유엔군 비행기가 이미 일본 비행장을 떠났다는 소문이었다. 그 소문을 입증하듯 하늘을 새까맣게 덮은 비행기들이 종횡으로 날았으며 적이 쏜 포탄이 피난민들의 머리 위에 떨어져 내렸다. 엎친 데 덮치는 격으로 유엔군 비행기는 피난민 행렬을 향해 기총소사를 했다. 피

이류(異流) 속에서

난민을 중공군으로 본 것이다. 새끼줄을 줄레줄레 잡고 가던 가족들이 서로를 밀치고 팽개치며 뿔뿔이 흩어졌다. 우선 살고 볼 일이었다. 그것이 전쟁이었다. 그런 아비규환 속을 그야말로 속수무책인 채 갈팡거리며 울부짖었다. 어머니, 누나야! 나는 지금도 어떤 절박한 상황에 놓일 때마다 그때의 절박했던 기분에 휩싸이곤 한다. 그날 새벽 문득 잠에서 깨어나 나 혼자 남겨진 것을 확인하는 순간부터 나는 그런 절박한 심정으로 울부짖으며 그 눈길을 헤맸던 것이다. 피난민 모두가 어머니와 누나로 보였다. 그러나 막상 치마를 거머쥐고 쳐다보면 그것은 전연 남의 얼굴이었다. 나는 그 도도한 흐름 속을 그런 식으로 울부짖으며 헤맸다. 그러다 보면 나는 언제나 빙판이 된 신작로 위에 덩그라니 혼자 남겨져 있었다. 해 떨어질 무렵의 눈 덮인 산촌 풍경은 그 얼마나 삭막했던가. 더럭 겁을 집어먹으면서 눈 덮인 논둑길을 허둥허둥 내닫기 시작한다. 등에 진 이불 보따리의 부피는 그 거센 바람을 이겨내지 못했다. 나는 몇 번이고 논바닥에 뒹굴었다. 그러나 그 이불 보따리를 버릴 수는 없었다. 그것이 내 생명을 지켜줄 것이라는 할아버지의 말이 생각나서가 아니라 어머니와 누나를 잃어버린 상황에서 그것은 이미 버릴 수 없는 내 분신이었기 때문이다. 그 큰 이불 보따리가 아니었더라면 아담스는 눈 속에 처박힌 나를 발견하지 못했을 것이다. 벌벌 기어 겨우 찾아간 산 밑 인가에는 이미 내가 들어설 자리도 없었다. 사람들은 나한테 관심이 없었다. 그러나 어느 집에 들르자 역시 피난민인 듯싶은 노파 하나가 끌끌 혀를 차며 내게 언 밥덩이를 내밀었다. 나는 사람들이 모여

앉은 마당 한가운데의 화톳불 곁에 끼어 앉아 그 언 밥덩이를 아귀아귀 씹다가 그대로 잠들어버렸다. 그날 밤 나는 그 화톳불 가에서 사람들이 주고받는 소리를 들었다.

—남자 여자 할 것 없이 다 잡아 끌구 가다가 죄다 죽였다며?

—그려. 하마터면 우리두 잡혀갈 뻔했지 뭔가. 어떻든 잠을 자다가 영문도 모르구 죄 끌려갔다지 뭐여.

—저런 오라질! 피난 가는 사람들이 뭔 죄를 졌다구 그랬다는 거여? 잡아다가 짐 지우구 밥 시키구 게다가 여자들한테 그짓까지 해놓구선 죽이긴 왜 죽이느냐 그거여.

—달래 무법천진가. 그래서 난리라는 거여.

—그래두 인간의 탈을 쓰구서 어째 그럴 수 있느냐 그거여, 내 말은.

—더러 살아서 도망친 사람두 있다더군. 그러나 그 많은 사람 중에서 살아난 사람은 열 손가락 안에두 안 들 거라는 거여.

—그 무슨 유격대란 놈들, 도대체 그거 빨치산 놈들이여, 이쪽 사람들이여?

—글쎄, 그걸 아는 사람이 없다니까. 빨치산 놈들이 민심을 교란시키기 위해 그 짓을 하고 다닌다구두 하구, 또 어떤 사람은 피난 나가는 패들 중에서 즈덜만 쉽게 빠져나갈려구 그렇게 작당을 해가지구 다닌다구두 하구.

나는 그들의 얘기가 바로 내가 어머니와 함께 잠자리를 구했던 그 외딴 마을에서 있었던 일로, 어머니와 누나가 그 피해자라는 걸 어렴풋이 생각할 수 있었다. 그러나 나는 그곳이 어디인지, 내 어머니와 누나의 죽음을 확인하기 위해서라도 그곳이 어디인지 물어볼 엄두도 내지 못했다. 그 이야기를 나누는 어른들이 그렇게 무서웠다. 그들이 어머니와 누나를 끌어가 어디선가 죽인 사람들만 같았던 것이다. 어쩌면 진종일 언 몸이 화톳불에 녹으면서 어머니와 누나 생각 같은 건 아예 잊은 채 잠에 빠져들었는지도 모른다. 잠이 깨어보면 피난민들은 이미 떠난 뒤였다. 나는 먹을 것을 찾아 텅 빈 집을 뒤졌다. 사람이 살던 집에는 언제나 먹을 것이 남아 있었다. 텃밭 움 속에서 찾아낸 먹다 버린 무며 배추 밑동은 그런대로 빈 배를 채우기에 그만이었다. 버려두고 간 장 항아리에 손을 넣어 된장을 찍어 먹기도 했다. 그렇게 허겁지겁 배를 채우다 보면 어느새 한낮이었다. 신작로에는 이미 피난민이 끊겨 있었다. 나는 허둥지둥 신작로로 내닫기 시작했다. 사람들을 만나야 했기 때문이다. 그러나 그곳은 이미 싸움터였다. 비행기 떼가 눈 덮인 산촌을 갈가리 찢어놓고 있었다. 비행기에 의해 휘발유가 뿌려진 산비탈은 그대로 불바다였다. 나는 그런 싸움의 총탄 속을 뛰었다. 피난민이 숱하게 죽어 넘어진 신작로 그 끝 어딘가에서 어머니와 누나가 나를 기다리고 서 있을 것만 같았기 때문이다.

"헤이, 캡틴!"

톰의 기다란 몸뚱이가 텐트 속으로 들어서고 있었다. 야전 식당에 다녀오는 모양이었다. 나는 침낭 속에서 숨소리마저 죽였다. 톰이 술에 취해 있다고 생각한 때문이다. 그의 킬킬거리는 웃음소리가 가까이 다가오고 있었다. 전신에 소름이 쫙 끼쳤다. 이유가 있을 수 없었다. 그는 발작적으로 나를 괴롭혔다. 아니나 다를까 침낭 속에 든 채 나는 공중에 들어 올려졌다. 침낭의 마구리까지 지퍼가 올려져 있었기 때문에 나는 밖으로 얼굴을 빼낼 수가 없었다. 그는 침낭의 한쪽 끝을 다잡아 쥔 채 공중에서 휘휘 돌렸다. 어딘가로 아득히 떨어져 내리는 느낌이었다. 휘돌려지는 텐트 속에서 나는 필사적으로 몸부림쳤다. 그러나 다 허사였다. 이것이 바로 죽는 것이구나 하는 공포가 엄습했다. 아버지, 지극히 짧은 순간이긴 하지만 나는 그 순간 아버지 얼굴을 떠올렸다. 팔에 완장을 차고 할아버지 집을 쑥밭으로 만들 때의 아버지였다. 어머니를 부촌리 외가로 내쫓을 때도 아버지의 얼굴에는 그런 광기가 있었다. 아버지를 생각하는 순간 나는 이미 침낭 속에서 질금질금 오줌을 싸고 있었다. 침낭이 어딘가 내려졌고 나는 마약 주사를 맞은 사람처럼 혼곤한 상태로 정신을 잃었다. 톰의 낄낄거리는 웃음소리를 들으면서 나는 깨어났다. 톰이 내 얼굴에 깡통 맥주를 내리붓고 있었다. 침낭 속에서 기어 나오긴 했지만 땀과 맥주와 오줌으로 해서 내 몸은 흠뻑 젖은 상태였다. 아직도 몸이 빙빙 돌아가는 상태에서 나는 엉금엉금 내 침대로 기어가 바지를 벗었다. 그 시절 내가 느낄 수 있는 유일한 수치심은 오줌을 쌌을 때뿐이었다.

"헤이, 참참!"

텐트 속 병사들은 내게 먹을 것을 줄 때마다 참참이란 말을 썼는데 그것은 먹는 소리를 흉내 낸 우리 식 의성어였을 것이다. 톰이 내 눈앞에 먹을 것을 내밀고 서 있었다. 그가 나한테 먹을 것을 주기란 담배와 위스키를 제외하곤 그때가 처음이었을 것이다. 놀랍게도 그것은 성찬이었다. 샌드위치 하나와 쪄서 말린 대추, 캔 맥주 두 개와 콜라 한 통…… 그리고 내가 좋아하는 치킨 루드 수프. 그렇게 격심한 공포 뒤인데도 내 식욕은 맹렬했다. 닭고기에 국수를 넣어 만든 치킨 루드 수프부터 퍼먹기 시작했다. 나는 식당 보이처럼 내 주변을 돌아다니는 톰의 눈치를 힐금힐금 살피면서 빼앗길세라 그것을 오지게 다잡아 쥔 채 아귀아귀 먹어댔다. 얼마쯤 지났을까, 이상한 낌새에 문득 쳐다보니 톰이 침대에 걸터앉아 이상한 짓을 하고 있는 중이었다. 바지춤을 내리밀고 가운데 것을 손에 쥔 채 낄낄거리고 있었다. 그 가을 대호리 논둑에서 본 그들의 바로 그것이었다. 톰이 그 거대한 것을 드러낸 채 서서히 일어나 나한테로 다가왔다. 톰은 겁을 먹고 비실비실 뒷걸음치는 내 목덜미를 낚아챈 다음 공중에서 두어 번 흔들었다. 그리고 곧장 내 얼굴은 그의 거대한 가운뎃것 앞에 놓였다. 나는 톰이 시키는 대로 했다. 맥주 거품을 입에 버버하게 문 채…… 숨이 막혔다. 그러나 그 고통에 견줄 만한 야릇한 호기심이 내 온몸의 신경을 옥죄었다. 그것도 일종의 쾌감이었을 것이다. 얼마 뒤에 톰은 맥주로 내게 입가심을 시켰는데 바로 그 순간 나는 좀 전에 먹은 것을 토해내기 시작했다. 양쪽 턱뼈가 빠지는 것처럼 아팠다. 톰은 어느새 자신의 침낭 속으로 그 기다란 몸뚱이를 굼실굼실 집어넣고 있는 참이었다.

아담스의 부대는 전세에 따라 수시로 이동했다. 겨울이 지난 그 여름에는 아담스가 다른 부대로 전출이 됐다. 톰이 아담스와 함께 같은 부대로 전출된 것은 물론이다. 두 사람 모두 그러한 기연을 알고 있었을 것이다. 어쩌면 그것은 먼저 부대의 상관이 사고뭉치인 톰을 뒷바라지해줄 사람으로 아담스를 택했기 때문이었는지도 모른다. 그 정도 기연이라면 두 사람이 매우 가까워질 수도 있었겠지만 놀랍게도 두 사람은 이제나 그제나 덤덤한 관계로 일관했다. 하긴 전혀 다른 차원의 두 사람이 그 정도라도 함께 지낼 수 있다는 게 기적이었는지도 모를 일이었다. 기이하게도 두 사람은 나를 가운데 두고 자신들의 감정을 폭발시키거나 때로는 그 격정을 억제했던 것처럼 생각된다. 아무튼 톰은 처음부터 끝까지 공격적인 파렴치한이었으며 그와는 달리 아담스는 방어적인 휴머니스트였다. 그런대로 아담스와 함께 지내는 영내 생활은 괜찮은 편이었다. 적어도 아담스와 내가 그런 헤어짐을 갖기 전 몇 개월 동안은 사육되는 한낱 짐승으로서는 더 이상 누릴 수 없는 전성시대라고 할 수 있었다. 아담스는 자기 집에 편지를 써서 내 옷과 장난감들을 부쳐오게 했다. 장난감이 몇 박스나 되었다. 당시 내겐 무용지물일 수밖에 없는 학용품만 해도 십 년도 넘게 쓸 수 있는 것이었다. 당시 그들의 APO(군사우편)는 꽤나 신속하고 정확한 것이어서 나를 어리둥절하게 만들기에 충분했다. 그 편지 중에는 상원의원인 아담스의 할아버지가 일주일에 한 번씩 보내오는 것도 있었다. 아담스는 단 한 번도 거르지 않고 내게 온 자신의 할아버지가 쓴 편지를 열심히 읽어주었다. 그러나 나는 그 첫 줄의 '마이 디어 캡틴 박'이란 말의 뜻 말고는 아무것도 알아듣지 못했다. 아담스의 할아버지는 그 편지와 함께 얼마씩의 돈을 부쳐오기도 했다. 나는 그 편지와 돈을 매우 소중하게 어루만지다가 결국은 내 저금통 속에 집어넣곤 했다. 그럴 때마다 아담스는 내 철제 저금통을 높이 쳐들어 보이며 '브라보'라고 외쳤다. 어떻든 나는 부자가 돼 있었다. 군표는 비교적 쉽게 모였다. 그만큼 내 일거리가 많았던 것이다. 아담스의 막사가 아닌 데서도 나를 필요로 했기 때문이다. 나는 군화를 닦는 일이나 버클과 견장에 빛을 내는 일에 매우 숙달돼 있었다. 내가 손질한 철모를 쓰기 위해 병사들은 줄을 설 정도였다. 어처구니없게도 그들은 내가 닦은 철모를 쓰면 행운이 따른다는 걸 믿고 싶은 사람들이었다. 그 사람들은 내가 일한 대가를 크지도 적지도 않게 치를 줄 알았다. 그러나 톰만은 언제나 예외였다. 그는 내게 돈을 주는 대신 손바닥을 벌리곤 했다. 그러나 나는 톰이 한 짓을 아담스한테 일러바치지 않았다. 번 돈을 톰한테 뺏기는 일도 내가 돈을 받는 것만큼 즐거웠기 때문이었는지도 모른다.

한창 전쟁 중인데도 그들은 근무 시간 외에는 레크리에이션을 즐겼다. 그들이 가장 좋아하는 영내 운동은 베이스볼과 농구 경기였다. 대포 소리가 들리는데도 그들은 베이스볼 시합을 벌였다. 그 베이스볼 시합의 시구는 언제나 내 차지였다. 키 일미터 삼십 센티의 내가 시구를 할 때마다 그들은 박수를 쳤다. 아담스는 나를 영내의 영화관에 데리고 가기를 좋아했다. 대체로 말 타고 총 쏘는 서부극이었다. 때로는 남자와 여자가 몸을 비벼대는 내용의 영화도 있었는데 그런 영화 속에서 본 미국의 여배우가 부대까지 위문공연을 온 적이 있었다. 특별히 마련된 야외공연장은 흥분의 도가니였다. 나는 그 야외공연장 앞쪽의 귀빈석에 앉아 어떤 여배우의 인사를 받았다. 마릴린 먼로란 여배우라고 했다. 캡틴 박! 부대의 진짜 캡틴이 나를 그렇게 소개했고 마릴린 먼로는 그 풍만한 젖가슴 속에 나를 품고 이마와 입술에 키스했다. 마릴린 먼로의 그 입맞춤에 의해 나는 대번에 거인 나라의 걸리버가 되었다.

후 이즈 유어 보스? 나한테 키스하러 몰려온 병사들이 나를 소유한 아담스를 부러워했다. 나는 그 입술로 톰의 그것에 키스해야 했다.

톰이 나한테 처음으로 기분 좋은 웃음을 보내줬다. 부대 안에서 여러 번 만난 적이 있는 통역 장교가 나를 찾아왔다. 작은 키에 도수 높은 안경을 쓴 사람이었는데 본능적으로 나는 그가 나를 싫어한다는 걸 알고 있었다. 내 부모를 찾아주기 위해 왔다면서 그는 잔뜩 멸시하는 눈초리로 나를 훑어봤다. 그는 지극히 사무적이었다.

"인마, 너 이름이 뭐야?"

"덕수요, 박덕수!"

나 역시 그를 깔보는 투로 대꾸했다.

"고향은? 네가 살던 데 말이다."

나는 그의 눈을 빤히 쳐다보며 짐짓 고개를 저었다.

"느 어머니 아버진 어디서 잃어버렸냐?"

어머니와 누나 얼굴이 화끈한 느낌으로 떠올랐지만 나는 계속 고개를 가로저었다.

"몰라? 없다구?"

"죽었어요."

"다 죽었다구, 언제?"

나는 계속 고개를 저어 보였다.

"다른 식구는?"

"없어요."

"너 몇 살이야? 여섯 살?"

내 작은 몸으로 미루어 그렇게밖에 안 보였을 것이다. 나는 고개를 끄덕여주었다. 어떤 예감 같은 것이었다. 그들이 나를 부대에서 쫓아내려는 음모가 예감되는 그런 불안감이었다. 그때 나는 아담스의 표정에서도 막연하게나마 어떤 조짐을 눈치 챘다. 그는 이따금 다른 때 볼 수 없었던 슬픈 얼굴로 나를 뚫어지게 바라보곤 했던 것이다. 그때 아담스는 MP로서 어느 도시 근처의 삼거리 검문소에 이틀에 한 번씩 파견 근무를 나가곤 했다. 그는 검문소에 나갈 때 가끔 나를 데리고 갔다. 부대 밖의 세상을 볼 수 있다는 것은 가슴이 뛰는 일이었다. 삼거리 검문소 근처에는 지은 지 얼마 안 되는 판잣집들이 국도를 끼고 이십여 채 늘어서 있었다. 그 판잣집에 사는 아이들은 형편 없이 헐벗은데다 영양실조로 얼굴이 누렇게 떠 있었다. 그 아이들은 나를 보기만 하면 팔뚝질을 먹이며 욕설을 퍼부었다. 헤이, 샤카하찌뽀이! 그러나 그 아이들이 싫지 않았다. 아이들이 모두 나를 부러워하고 있다는 걸 알고 있었기 때문이다. 나를 향해 슬금슬금 다가서는 아이들의 눈은 온통 선망으로 가득 차 있었던 것이다. 다림질이 잘된 내 사지 군복에는 부대 마크와 모조 훈장이 줄레줄레 걸려 있었으며 삐뚜름하게 쓴 모자에도 대위 계급장이 뻔쩍거렸다. 아이들은 어느새 나를 에워싼 채 콧물을 길게 빼물고 내가 먹는 것을 구경했다. 헤이, 기브 미 참참! 나보다 덩치가 두 배나 큰 애 하나가 그렇게 씨부렁대며 멋쩍게 웃었다. 나는 베어 먹던 초콜릿을 내밀어 그 아이들이 혀로 조금씩 핥아먹도록 했다. 좀 더 용기 있는 애는 먼지가 묻은 내 워커를 자기의 팔소매로 닦아주기도 했다. 나는 그 애의 입속에 바둑껌 한 개를 넣어주었다. 씹던 껌을 슬그머니 전봇대에 붙여놓으면 아이들이 그것을 다투어 떼어가곤 했다. 나는 그 아이들 앞에서 항상 왕처럼 거드럭거리며 걸었다. 수십 명의 아이들이 내 뒤를 따랐다. 그러나 저녁이 되어 판잣집 여기저기서 아이들 이름을 부르는 여자들의 목소리가 들려오고 내 뒤를 따르던 아이들이 하나둘 흩어져 갈 때의 그 삭막했던 느낌을 나는 지금도 잊을 수가 없다.

부대 주변에도 새로운 마을이 얼렁뚱땅 생겨났는데 그 판잣집들 속에는 요란하게 몸치장을 한 여자들이 꾸역꾸역 늘어갔다. 그 여자들은 대낮인데도 담요를 들고 부대 철조망 근처의 으슥한 데서 서성이기도 했다. 톰은 그런 여자들의 단골손님이었다. 톰이 밖에 나갔다 온 날은 그의 몸에서 역한 화장품 냄새가 풍겼다. 톰은 여전히 술주정뱅이였다. 톰 같은 사람이 어떻게 군대란 조직 속에서 쫓겨나지 않고 견뎌냈는지 그것은 정말 불가사의한 일일 수밖에. 하긴 톰은 아담스와는 달리 RA군번(직업군인)을 가지고 있었지만 훨씬 뒤에 입대한 사병들보다도 계급이 낮았다. 어쨌든 나에 대한 톰의 학대는 여전했다. 그것은 일종의 사디즘이었다. 그는 아예 다른 병사들 앞에서도 내놓고 나를 괴롭혔다. 내가 아끼는 사지 군복을 그의 잭나이프로 발기발기 찢은 적도 있었다. 그는 언제나 나한테 손을 벌려 댔고 그것을 거절하라는 아담스의 눈빛에 질려 나는 그의 돈 요구를 모른 척하기도 했다. 아담스는 톰이 무슨 짓을 해도 상관하지 않았다. 톰 스스로 지쳐 주저앉길 바라고 있었던 것 같다. 텐트 속의 다른 사병들도 그런 태도를 취했다. 바로 그런 무관심이 톰을 더욱 미치게 하는 것 같았다. 어쩌면 그는 나를 통해 아담스와 다른 백인들한테 도전하고 있었는지도 모른다. 그 도전이 너무 노골적이어서 막사 속은 항상 흉흉한 공기로 차 있었다. 톰은 막사 속의 왕으로 군림했다. 톰의 그러한 득세와는 달리 나는 외로움을 느끼기 시작했다. 아담스는 물론이고 막사 속 사병들의 나에 대한 관심이 줄어들고 있다는 느낌이었다. 전쟁은 아직 계속되고 있었는데도 병사들은 지친 얼굴로 그 긴 팔다리를 흐느적거리며 걸었고 고향에 돌아가고 싶다는 그런 얼굴을 하고 있었다. 오직 잠깐 동안의 외출이나 휴가를 받았을 때만 기성을 내지르며 막사를 빠져나가곤 했다. 나는 이제 그들의 관심 밖으로 밀려난 심심한 개였다. 그렇게 외로움을 느끼기 시작하면서부터 나는 아담스의 모든 것이 못마땅했다. 그가 나를 버리려 하고 있다는 예감이 짙어지고 있었던 것이다. 그는 내 보스답지 못한 태도를 취했다. 톰은 이미 그것을 알고 있었다. 실질적인 내 보스는 톰이었는지도 모른다. 그는 아담스가 보는 앞에서 자신이 내 보스임을 확인하고 싶어했다.

"헤이, 캡틴, 컴 히어!"

그날 톰의 침대에는 그의 친구인 다른 검둥이 하나가 놀러 와 함께 술을 마시고 있었다. 그들은 몹시 심심했던 모양이다. 콘돔 수십 개를 꺼내 바람을 불어 넣어 풍선을 만드느라 연해 기분 나쁜 웃음을 낄낄거렸다. 톰이 나를 자기들 놀이에 끼워준

것이다. 나는 톰이 시키는 대로 양쪽 팔꿈치와 두 무릎으로 바
닥을 기는 물개 흉내를 냈다. 톰의 침대로부터 출발해서 막사
끝을 되도록 빨리 돌아와야 했다. 그들은 회중시계를 꺼내 들
고 내가 돌아오는 시간을 쟀다. 톰은 내가 돌아올 때마다 그 콘
돔 풍선을 입에 물려주었다. 내 입에는 어느새 다섯 개의 풍선
이 물려 있었다. 그때 아담스는 외출 준비를 하고 있었다. 그즈
음 아담스는 검문소 근무를 나가는 일도 없이 시간이 있으면 외
출하곤 했다. 나는 아담스가 막사를 나가기 전에 땅바닥 기기의
신기록을 세우기라도 하겠다는 듯 있는 힘을 다해 기었다. 나
는 그때 뭔가 기다리고 있었던 것이다. 그 기다리는 것이 뭔가
는 막연했지만 나는 온몸의 신경을 팽팽히 옥죄인 채 그것을 기
다렸다. 역시 아담스는 외출 준비를 끝내고 내가 시멘트 바닥을
기고 있는 곳으로 다가와 묵묵히 내려다보기 시작했다. 나는 아
득히 떨어져 내리는 느낌이었다. 숨어 다니는 아버지를 찾아 그
앞에 나타나려던 순간의 그런 공포였다. 내 입에 톰의 마지막
풍선이 물려지는 순간 나는 형언하기 어려운 쾌감을 맛보았다.
내 바지가 젖어 내리는 것을 개의치 않은 채 아담스가 나를 안
아 올리고 있었던 것이다. 그렇게 고통스러운 볼 비빔은 처음이
었다. 나는 그 아픔으로 해서 울부짖으며 아담스를 욕했다.

　"유 아 싸갑, 갓뎀!"

　그러나 아담스는 울부짖는 나를 던지듯 침대 위에 내려놓고
표연히 막사를 빠져나갔다. 톰과 그 친구가 낄낄거렸다. 아담
스가 나가버린 뒤 나는 허겁지겁 빵을 뜯어 먹었다. 바닥을 기
고 나면 그렇게 배가 고팠다. 누군가 횐둥이 하나가 내 손에 샌

드위치와 콜라 한 통을 쥐어주었다. 나는 그것들을 정신없이 먹었다. 배를 채우고 나자 곧장 잠이 몰려왔다. 나는 모든 것을 잊고 잠들었다. 그 잠 속에서 어머니를 만났다. 어떤 남자의 팔에 안겨 있는 모습이었다. 아버지라고 했지만 아버지 모습은 아니었다. 나는 그가 무서웠다. 또 한 번 오줌을 쌀 뻔했다. 다행스럽게도 그때 누군가 나를 깨웠다. 새로 온, 못 보던 얼굴의 통역 장교였다. 나이가 꽤 든 얼굴이었다. 그는 아담스의 부탁으로 온 것이었다. 먼저 내가 만났던 안경 쓴 통역 장교도 아마 아담스가 보냈을 것이다. 나는 처음으로 아담스가 곧 제대를 해 귀국하게 된다는 사실을 알게 됐다. 한 대 얻어맞은 느낌이었다. 그 당시 그것은 내게 굉장한 충격이었다. 그가 나를 버렸다는 일방적인 확신은 내 어깨의 맥을 빼놓았다. 내게 그것은 아담스의 배신이었다. 어떻든 아담스는 일 년 육 개월의 복무 기간을 채웠던 것이다.

"아담스는 네 문제로 매우 슬퍼하고 있다."

통역 장교는 아담스가 나를 자기네 나라로 데리고 가려던 계획이 틀어져버렸기 때문에 몹시 낙망하고 있다고 말했다. 그 계획이 깨진 이유 중의 하나가 미국에 있는 그의 애인이 그것을 원치 않기 때문이라고 했다.

"아담스는 너를 고아원에 보낼 준비를 하고 있다. 너한테 그렇게 해야 하는 자기 입장을 이해시켜달라고 나를 보낸 거다."

통역 장교의 말은 대충 그런 것이었다. 그러나 나는 그때 아무것도 이해할 수가 없었다. 내가 이해할 수 있었다면 그것은 아버지가 그랬던 것처럼 아담스가 나한테서 도망치려 하고 있었다는 생각뿐이었다. 그것은 형언하기 어려운 절망감이었다. 통역 장교는 시멘트 바닥에 쭈그려 앉은 내 머리를 두어 번 쓰다듬은 다음 말없이 나가버렸다. 그때 막사 안에는 오직 나 혼자였다. 모두 외출해버렸던 것이다.

그것이 도벽이었을까. 내가 내 돈을 훔쳤다. 아담스가 만들어준 그 저금통을 열자 시뻘건 군표가 쏟아져 나왔다. 아담스의 할아버지가 보낸 편지도 있었다. 나는 우선 그 편지들을 마구 찢어 침대 밑에 버렸다. 그리고 엄청나게 많은, 내가 일 년 몇 개월 동안 일해서 모은 그 돈을 빈 시레이션 상자 속에 쏟아부었다. 나는 몹시 떨리는 마음으로 그것을 들고 쓰레기 소각장으로 나갔다. 아무도 보는 사람이 없었다. 나는 군표가 든 그 시레이션 상자를 소각장의 불길 속에 던졌다. 물론 나는 그 당시 내가 버린 그 군표가 얼마나 큰 액수이며 얼마만한 가치가 있는가에 대해 전혀 알 턱이 없었다. 내가 알고 있는 것이라곤 오직 내가 모으는 그 돈에 대해서 아담스는 물론 모든 사람들이 관심을 크게 쏟고 있었다는 것뿐이다.

그날 밤 나는 아담스가 막사에 돌아올 때까지 잠을 자지 않고 기다렸다. 그날은 부대의 무슨 기념일이어서 모든 사병들이 외출하고 없었던 것이다. 돌아오는 사병들이 대부분 술에 취해 있었다. 그처럼 간절히 아담스를 기다려본 적이 없었다. 그가 영원히 돌아오지 않을 것 같은 불안이었다. 그를 기다리는 동안 나는 또 한 번 눈길 위의 내 모습을 보았다. 내가 아니라 어머니와 누나였다. 그네들은 흰 수건을 머리에 쓴 채 뒤도 돌아보지 않고 멀어져가고 있었다. 슬펐다. 울음이 터질 것만 같은

설움이 가슴으로 욱욱 밀려들었다. 그것은 극심한 공포가 지나
간 뒤의 허탈 같은 것이기도 했다.

아담스는 다른 병사들보다 조금 늦게 돌아왔다. 그 역시 술
냄새를 풍겼다. 여느 때처럼 그가 나를 두 손으로 번쩍 치켜들
었다. 내가 울음을 터뜨린 것이 바로 그때였다. 결코 거짓 울음
이 아니었다. 그러나 나는 울음을 조금 기겁하게 과장했을 뿐이
다. 샤워장에서 돌아온 막사 내의 사병들이 내 울음소리에 놀라
우리들 쪽으로 몰려왔다. 그들은 실탄 박스로 만들었던 그 철제
저금통이 뚜껑이 열린 채 나뒹굴어 있는 것을 발견했다. 침대
밑에서 발기발기 찢긴 편지들을 주워 올린 것은 아담스였다. 그
들은 하나같이 오우, 오우— 하는 놀람의 소리를 내질렀다.

"후 디드?"

아담스의 손이 부들부들 떨리고 있었다. 그는 내 몸을 거칠
게 흔들어 대면서 뭔가 큰 소리로 외쳤다. 내 돈의 행방과 편지
를 누가 그렇게 했느냐고 묻고 있었을 것이다. 그러나 나는 쉽
게 대답하지 않았다. 그들은 자기네끼리 뭔가 열심히 떠들어댔
다. 아담스가 다시 다그쳤다.

"후?"

나는 더 이상 머뭇거리지 않았다. 아담스의 화난 얼굴을 쳐
다보자 불쑥 용기가 생긴 것이다. 나는 큰 소리로 대답했다.

"타암!"

"타암?"

그들은 일제히 톰의 침대 쪽으로 고개를 돌렸다. 그러나 톰
은 아직 자리에 돌아오지 않고 있었다. 그들은 톰의 자리와 나

를 번갈아 쳐다봤다. 나는 고개를 크게 끄덕였다. 그들은 저마다 한마디씩 지껄여댔다. 아담스가 내 양쪽 팔꿈치와 무릎을 가리켜 보였다. 아담스의 그 행위는 일종의 선동이었다. 사병들은 시멘트 바닥을 물개처럼 기느라 피가 배어난 내 팔꿈치와 무릎의 상처를 내려다보며 또 한 번 오우, 오우— 놀람의 소리를 내질렀다.

톰은 그들의 흥분이 최고조에 달한 바로 그 순간에 때맞춰 들어서고 있었다. 그다지 많이 취한 것 같지 않았다.

누군가 톰의 머리 위에 담요를 씌웠다. 다른 두 사람이 그의 뒤에서 팔을 꺾어 쥐었다. 담요가 덮인 그런 상태에서 톰의 얼굴과 배는 그대로 샌드백이었다. 알코올이 그들에게 그런 용기를 주었을 것이다. 어쨌거나 그것은 실로 무서운 뭇매였다. 아담스가 가로막고 나서지 않았다면 그날 밤 톰은 그 자리에서 죽고 말았을 것이다. 어떻든 톰은 들것에 실려 나갔다.

다음 날 막사에는 여러 명의 장교들이 통역 장교와 함께 나타났다. 차마 눈을 뜨고 볼 수 없을 정도로 얼굴이 일그러진 톰이 그들 뒤에 서 있었다.

"겁낼 건 없다. 이 사람들이 묻는 대로만 대답하면 된다."

나이 많은 그 통역 장교는 톰의 얼굴을 쳐다보고 있는 내 앞을 막아서며 그렇게 말했다. 매부리코를 한 장교 하나가 뭔가 물었고 그것을 통역 장교가 나한테 다시 우리말로 물었다. 매부리코는 속이 텅 빈 실탄 박스를 손에 들고 있었다.

"이 속에 분명 돈이 들어 있었나?"

나는 고개만 끄덕거렸다.

"그게 얼마쯤 들어 있었나?"

내 대신 아담스가 뭐라 뭐라 대꾸하면서 막사 안의 다른 사람들한테 뭔가 동의를 구하는 것 같았다. 야스, 야스! 그들이 왁자하게 대꾸했다.

"그 돈을 누가 가져갔단 말이지?"

나는 다시 고개만 끄덕였다.

"네가 빌려준 건가?"

나는 단호하게 고개를 저었다.

"그럼 뺏어갔나?"

나는 그렇다는 뜻으로 고개를 크게 주억거렸다.

"그렇다면 그게 누구지?"

나는 거침없이 대답했다.

"타암!"

그 일로 해서 톰은 우리들 곁에서 떠나갔다. 떠날 때 그는 나한테 악수를 청한 다음 내 귓가에 속삭였다.

"유, 갓뎀!"

나는 무심코 대꾸했다.

"유 두 렁!"


말이 통하지 않은 상태에서 아담스가 남겨주고 간 결코 잊을 수 없는 추억 하나가 있다. 그것은 그가 자기의 나라로 돌아가기 직전 나를 데리고 나갔던 마지막 피크닉에서의 일이다. 경기도 가평 근처의 어느 계곡이었다. 그 초여름의 계곡은 잠시 머물렀던 이 나라의 산천을 감회 깊어하는 아담스에게 더없이 좋은 정취를 자아내주었을 것이다. 기암절벽 밑을 흐르는 냇물이 어찌나 맑은지 그 밑바닥 돌이끼까지 선연하게 드러났다. 우리들은 절벽 밑의 어느 웅덩이 곁에 자리를 잡고 앉아 싸가지고 온 음식을 열심히 먹었다. 해봤자 통할 리도 없긴 했지만 그날 아담스와 나는 말을 잃고 있었다. 그렇다고 해서 아담스의 얼굴이 유달리 우울해 보였다거나 내가 그와의 헤어짐을 애석해하는 그런 심정으로 울먹거렸을 리도 없다. 나는 고작 먹다 남긴 바나나 한 개를 마저 먹어치웠으면 하는 그런 생각이나 하고 있었을 것이다. 우리들은 웅덩이 곁 그 자갈밭에 누워 흘러가는 구름이나 바라보면서 시간을 보냈다. 하늘에는 몇 개의 조각구름이 한가히 흘러가고 있었는데 아담스는 언제부터인가 콧노래를 흥얼거렸다. 그 콧노래 소리를 들으며 잠깐 잠이 들었던 모양이다. 지극히 짧은 순간이지만 나는 무엇엔가 쫓기는 무서운 꿈을 꾸다가 깨어났다. 눈을 뜨면서 내가 본 것은 아담스의 얼굴이었다. 그는 일어나 앉아 잠든 내 얼굴을 내려다보고 있었던 모양이다.

내가 눈을 뜨자 아담스는 벌떡 일어나 옷을 훌훌 벗어 팽개친 후 웅덩이 물속으로 뛰어들었다.

"헤이, 캡틴, 컴 인!"

물속에서 아담스가 손짓했다. 그러나 나는 고개를 저었다. 왠지 섬뜩한 느낌이 등골을 스쳤던 때문이다.

"컴 히어!"

어느새 아담스가 그 거대한 것을 그대로 드러낸 채 물 밖으로 나와 내 옷을 벗기기 시작했다. 나는 속수무책으로 그의 팔에 안긴 채 물속으로 들어갔다. 그는 물속에서 나를 겨드랑이에 낀 채 몇 번 헤엄쳤다. 그러다가 느닷없이 내 머리를 물속으로 밀쳐 넣기 시작했다. 그것은 톰에 의해서 침낭 속에 갇혀 공중에 휘둘려지던 그 공포보다 몇 배 더한 것이었다. 나는 필사적으로 물속에서 솟아올라 아담스의 목에 매달렸다. 아담스는 그러한 나를 향해 히익 웃었다. 나는 공포 속에서 보았던 아담스의 그 웃음을 잊을 수가 없다. 어떻든 나는 또다시 물속에 던져졌다. 물속으로 처박히며 나는 이것이 바로 죽는 것이구나 하는 절망에 휩싸였다. 그 겨울 어머니와 누나를 잃어버리고 눈길을 헤맬 때의 그런 당혹감이었다. 허위허위 물속에서 솟아오르기 무섭게 아담스는 또다시 나를 집어 던졌다. 물속에서 물을 먹는 일은 곧 죽음을 실감하는 공포였다. 그 공포 속에서 나는 아버지의 얼굴을 보았다. 어머니를 찾으며 물속에서 솟아오르는 순간 아버지의 얼굴이 보였던 것이다. 그러나 아담스는 계속해서 나를 물속에 집어넣고 있었을 뿐이다. 그 죽음의 공포 속에서 한 가지 지혜가 번뜩 스쳐갔다. 그것은 아담스가 서 있는 곳으로 솟아올라서는 안 되겠다는 깨우침이었다.

내가 천신만고 끝에 아담스와는 꽤 멀어진 물속에서 솟아올랐을 때 그는 이미 옷을 주워 입고 있는 중이었다. 그리고 그는 먹은 물을 토해내느라 캑캑거리는 나를 단 한 번도 뒤돌아보는 일 없이 그 계곡에서 사라졌다. 그것이 아담스와의 마지막이었다.

○ 1983년 『한국문학』 8월호

허허벌판

휴전협정이 조인된 1953년, 확실하지는 않지만 나는 대충 열세 살의 나이로 그 고아원에 갇혀 지냈다. 정확한 나이를 셈하지 못하게 된 것은 월남하던 그 겨울의 눈길 속에서 어머니와 누나를 잃어버리는 순간부터였다. 아담스한테 엎혀 빌어먹은 영내 막사 생활이 그랬듯 고아원 역시 정확한 나이 셈 같은 걸 아랑곳할 바 아니었다. 서너 살 어린애들로부터 콧수염이 새까만 스무 살 가까이까지 대중없이 한낱 고아란 신분으로 뭉뚱그려 어울렸다. 또 하나 공통점이 있다면 그것은 하나같이 몸에 맞지 않는 울긋불긋한 구호품 옷을 걸치고 있었다는 것이다. 우리들은 가끔 팔소매가 축 늘어져 손이 보이지 않는 자신들의 헐렁한 꼬락서니를 훔쳐보며 멋쩍게 웃곤 했다. 옷이 그렇듯 고아원 생활은 나사 풀린 기계처럼 헤벌쭉 나자빠진 상태여서 말할 수 없이 따분했다. 특히 나야말로 고아원 생활에 적응하지 못했다. 우선 바깥세상과 단절시키기 위한 높은 담벼락과 그 위에 쳐놓은 철조망이 마음에 들지 않았다. 그 담벼락과 마주할 때마다 나는 늘 그곳을 뛰어넘고 싶은 충동에 휩싸였다. 햇볕이 전혀 들지 않는 서북향의 방들은 늘 음습했다. 미군 부대에서 빌어먹은 일 년여 세월 동안 열량 높은 먹이에 의해 기름진 내 몸뚱이는 물것들의 좋은 표적이었다. 다른 아이들의 이가 밤낮을 가리지 않고 대이동을 하여 가려운 곳에 손만 집어넣으면 때 낀 손톱 밑에 두어 마리가 잡혀 나올 정도였다. 우리들은 배를 채우고 나면 양지쪽에 모여 앉아 이를 잡거나 티격태격 말싸움으로 시작해서 나중에는 멱살을 잡고 씨근벌떡거리기 예사였다.

우리들은 여름이 되면서 개구리를 잡아다 시합을 벌이는 일에 열중했다. 내가 그 제안을 했는데 그것은 아담스와 함께 캠프 생활을 할 때 그들한테 배워둔 놀이였다. 제가끔 자기 소유의 개구리 한 마리씩을 구해 깡통 속에 길렀다. 참개구리, 청개구리, 송장개구리가 대부분이었지만 어떤 아이는 맹꽁이를 가지고 있기도 했다. 시합에 쓰는 개구리는 대체로 날렵한 수컷이 좋았다. 수컷은 턱 밑에 울음주머니가 약간 부풀어 있었으며 또한 앞다리의 첫째 발가락 안쪽 밑동이 볼록하게 솟아 있는 것인데 어떤 아이들은 그것을 개구리의 자지라고 했다. 시합을 벌이기 위해 깡통 속에서 꺼내진 개구리들은 그 피부에 끈끈한 액이 나와 있어 미끈미끈했다. 귓바퀴가 없이 빼꼼하게 겉에 드러난 귀청은 꽤나 앙증스러웠다. 특히 불쑥 튀어나온 눈망울을 덮었다 벗겼다 하는 눈꺼풀로 하여 개구리는 마치 생각하는 사람 같아 보이기도 했다. 개구리는 우리들이 내지르는 환성과 그 주인이 쿡쿡 찌르는 막대기에 의해 껑충껑충 뛰어올랐다. 그 필사적 뜀질의 높이와 그 뛴 너비에 의해서 이기고 지는 그런 놀이였다. 가장 높이 뛰고 멀리 뛴 개구리를 가진 아이에게 우리들은 우리들이 가진 물건 하나씩을 바쳐야 했다. 물속의 기름처럼 배돌며 미움을 받아 툭하면 얻어터지기 일쑤인 나한테까지 그 행운이 돌아오기도 하는 아주 공평한 게임이었다. 그러나 오직 개구리의 뒷다리 버팀의 순간적 동작에 의해 승자가 되는 평형의 진리를 가진 그 게임이 크게 위협받는 날이 왔다. 우리들 중에서 가장 나이가 많은 짝코라는 아이가 두꺼비 한 마리를 구해다가 사육병까지 두고 그것을 길렀다. 물론 짝코의 두꺼비는 우리의 개구리들보다 멀리 뛰긴 했지만 그 높이뛰기는 별것이 아니었다. 그러나 짝코는 두꺼비의 무게와 크기에 비례한 그 높이를 따질 정도로 교활했다. 그때부터 게임은 일방적인 것이 되어 전리품이 그의 방에 쌓이기 시작했다. 아무도 불평할 수가 없었다. 짝코의 두꺼비와 우리의 개구리가 함께 겨뤄져서는 안 된다는 사실마저 따질 수가 없었다. 짝코는 그런 불평을 할 만한 아이들을 가려내어 자신의 전리품으로 매수해버렸다. 그것이 통하지 않을 때 그는 그의 포악성을 여지없이 발휘했다. 짝코는 담벼락을 넘어 수시로 바깥세상을 드나들었다. 우리들에게 분배된 구호물자를 밖으로 빼내어 돈으로 바꿔올 줄도 알았다. 어느 날 나는 손님으로 왔던 외국 손님이 선물로 주고 간 만화시계를 개구리 시합의 전리품으로 빼앗겼다. 짝코가 내 시계를 빼앗아 몰래 고아원을 빠져나간 날, 나는 그 일을 해냈다. 모든 아이들이 보는 앞이었다. 여자애들도 여럿이 내가 하는 짓을 보고 있었다. 짝코의 두꺼비

를 사육하는 애만이 내가 불쑥 내뻗은 잭나이프를 내려다보며
울상을 지었을 뿐이다. 나는 커다란 우유깡통 속에 손을 넣어
개구리를 꺼냈다. 짝코는 두꺼비 외에도 두 마리의 송장개구리
수컷을 기르고 있었다. 나는 그 송장개구리 두 마리를 하나씩
뒷다리를 잡은 다음 땅바닥에 태질쳤다. 마지막으로 짝코의 두
꺼비를 끄집어냈다. 온몸이 우둘투둘한 혹으로 덮인 그 흑갈색
두꺼비의 뒷다리는 몸길이의 두 배 이상이나 길었다. 나는 긴
뒷다리를 잡고 빙빙 휘두르다가 태질치는 대신 잭나이프로 그
뒷다리를 내리쳤다. 그 순간 두꺼비의 후두부 쪽 등 위 융기한
피부샘에서 우윳빛 액체가 흘러나왔다. 짝코는 그것이 살갗에
닿으면 살이 썩고 눈에 들어가면 눈이 먼다고 했다. 그러나 나
는 살이 썩지도 눈이 멀지도 않았다. 그냥 해치웠을 뿐이다. 그
날 밖에서 들어온 짝코는 자신의 죽은 개구리와 두 다리가 잘
린 두꺼비를 내려다보며 얼굴에 별 표정을 보이지 않았다. 나
는 그날 밤 꿈에 아버지를 만났다. 아버지가 내 이마에 손을 얹
은 채 웃고 있었다. 나를 내려다보며 웃고 있는 아버지를 보는
순간 오줌이 마려웠다. 잠을 깨보니 곁에 자고 있는 아이들까
지 내 오줌에 젖고 있었다.

백치가 바로 이런 것이리라. 아무것도 생각할 수가 없었다.
촉각 잘린 한 마리 미세한 곤충이 방향감각을 잃고 더듬적거
리듯 그냥 본능적으로 움직이고 있었을 뿐이다. 어쩌다 조롱을
벗어난 새가 날개를 편 박제 모양으로 굳어 있는 꼴이었다. 아
담스와 함께 지낸 캠프 생활이나 고아원 생활은 크게 다를 바

없이 나는 그냥 멍청한 상태로 내던져져 있었을 뿐이다. 어떻든 아담스는 귀국을 하면서 나를 고아원에 맡겼다. 아담스 없는 캠프를 떠나면서 내가 가지고 나온 물건은 포크와 나이프, 그리고 전기 아이롱과 구두솔이 전부였다. 아담스에 대한 추억이었다. 캠프에서 고아원까지 나를 데리고 간 통역 장교가 말했다. 넌 여기 그냥 있으면 된다. 얼마 있으면 아담스가 널 미국으로 데려갈 것이다. 아담스는 나를 위해 상당한 돈을 서울 근교의 그 고아원에 주고 갔을 것이다. 느낌이 그랬다. 우리들의 아버지는(고아원 원장은 자신을 아버지라 부르게 했다) 나를 귀빈 다루듯 했다. 우리들의 아버지는 말을 하는 동안 주위 사람들의 눈치를 힐금힐금 훔치는 버릇이 있는 그 첫인상부터가 그다지 좋지 않은 사람이었다. 그걸 이리 내놔라. 우리들의 아버지는 내가 캠프에서 가지고 간 포크와 아이롱 등을 압수해 버렸다. 창피하게도 나는 그것을 빼앗기면서 울고 있었다. 염려 말아. 내가 네 걸 잘 맡아놨다가 내주마. 원장 부인이 내 울음을 달랬다. 우리들의 아버지보다 나이가 들어 뵈는 그네는 어쨌든 자신이 한 약속을 지켰다. 이놈의 새끼들, 잘 처먹여놓으니께…… 우리들이 말썽을 부릴 때마다 우리들의 아버지는 그렇게 서두를 꺼냈다. 그것이 잘 먹는 것인지는 몰라도 우리는 바깥세상 아이들이 평소에 먹기 힘든 희한한 것들을 먹는 경우가 많았다. 주로 외국 사람들이 거둬 모아 보내주는 것으로서 우선 값나가는 것은 어디론가 샌 뒤에 그 찌꺼기들이 우리들한테 먹이로 주어졌다. 나이 든 아이들의 불평이 바로 그런 것이었다. 느이들이 이렇게 여기 들어와 있다는 것만 해두 하나님한테 감사할 일이여. 우리들의 아버지는 전쟁을 통해 죽은 사람들을 상기시키면서 지금도 밖에서 배곯아 죽어가는 우리보다 불쌍한 아이들에 대해 말해주었다. 그 얘기를 들으면서 우리는 잠시나마 행복한 얼굴로 히히덕거릴 수 있었다. 실상 고아원에 큰손님이 오는 날 우리는 행복했다. 특히 나는 큰손님들 앞에 불려 나가는 단골이었다. 그 고아원에서 나 정도의 건강 상태면 본보기가 될 만한 우랑아였던 것이다. 더욱이 손님들은 내가 미군부대 생활을 했다는 전력을 알 턱이 없었다. 코쟁이들 앞에서 유연하게 길들여진 매너로 해서 손님들은 몹시 만족한 얼굴을 했다. 특히 외국인이 손님으로 오는 경우가 많았는데 나는 그럴 때마다 내가 구사할 수 있는 몇 마디 영어를 아무렇게나 씨부렁대는 것으로 손님들을 즐겁게 했다. 내가 봐도 고아원은 번창하고 있었다. 우리들의 아버지는 몹시 만족한 얼굴로 곁 사람들 눈치를 흘금흘금 훔치며 우리들 위에 군림했다. 그러나 고아원의 몇몇 식구들은 뒷전에서 몹시 툴툴거렸다. 뒤에서 우리를 은근히 부추기는 사람들도 있었다. 불쌍한 애들을 이용해서 부당한 축재를 하려는 이들이었다. 그런 불평에 전염된 아이들은 우리들의 아버지에 대한 적대감을 곧장 나한테 풀어버리기 일쑤였다. 원장 사택에 마음대로 출입할 수 있는 것은 오직 나뿐이었던 것이다. 코피를 줄줄 쏟을 정도의 매를 맞고도 나는 가해자를 일러바치는 비겁한 짓은 결코 하지 않았다. 매를 맞는 일이나 그 비밀을 지켜내는 일이 내게는 모두 엇비슷한 희열이었다. 그것은 어떤 기대 같은 것으로 짝코의 흑갈색 두꺼비 뒷다리를 잘라버린 것도 아마 그런 충동이었을 것이다. 어쩌면 그것은 담벼락 저쪽 세계에 대한 동경이었는지도 모른다.

짝코가 나를 부른 것은 며칠 뒤였다. 두꺼비가 목 뒤 이선(耳線)의 피부샘으로 독액을 뿜어내듯 나는 몸을 잔뜩 움츠리며 몸서리를 쳤다. 어차피 잭나이프는 뽑아야 했다. 사고를 내고 경찰한테 끌려가 고아원을 떠난 애 하나가 바깥세상에서 멀쩡히 지낸다는 이야기를 짝코를 통해서 들은 적이 있었다. 그러나 짝코는 내 귀 가까이 입을 대고 속삭였다. 너 여기서 나가구 싶지? 나는 그만 손에 맥이 풀려버렸다. 짝코의 저의가 파악되기까지는 한참이나 걸렸다. 나는 고개를 끄덕거려주었다. 그 순간부터 짝코와 나는 의기투합했다. 원장 사택에 감춰져 있는 고급 구호물자를 훔쳐내는 일이었다. 내가 은닉된 장소를 알려줬고 짝코의 바깥 패거리들이 감쪽같이 그 물건들을 집어냈다.

그 고아원과는 그렇게 작별했다. 짝코는 고아원 담벼락을 넘어서는 순간 내 배를 주먹으로 힘껏 내지른 다음 달아나버렸다. 이제 막 가을에 접어들기 시작한 저녁 무렵이었다. 나는 낯선 도시의 어느 골목에 구겨 던져진 휴지 신세였다. 그곳에서도 역시 아무것도 생각할 수가 없었다. 오직 배를 채우기 위해 거리를 헤맸을 뿐이다. 먹을 것을 위해서라면 무슨 짓이라도 해야 했다. 덫은 도처에 놓여 있었다. 세상이 그렇게 어지러웠다. 휴전이 되었는데도 계속 싸워야 한다는 구호를 외치는 사람이 있었다. 어찌 됐든 포성은 끊겼지만 새로운 전쟁이 시작되고 있는 중이었다. 그것은 그대로 아수라장이었다. 그런 속에서 뭔가 무섭게 바뀌어가고 있다는 느낌이었다. 불타다 남은 등걸들이 흔적도 없이 사라지면서 그 자리에 새로운 것들이 들어섰다. 사람들은 하나같이 바쁜 걸음이었다. 살아남은 사람들이 또다시 벌이는 생존을 위한 싸움이었다. 모든 것을 엉망진창으로 만든 그 완전한 파괴 위에서 또 다른 무엇이 시작되고 있었던 것이다.

나는 살기 위해 스스로 덫에 발을 치었다. 처음은 똥까이한테 물건(손님)을 물어다주는 펨프질을 했다. 그러나 내가 좋아하는 똥까이 하나가 날개(옷)에 석유를 뿌리고 타 죽는 걸 본 뒤로 정나미가 떨어져 곧장 그곳을 떠났다. 땡땡이(전차)가 길 한복판에 굴러다니고 있었다. 바지 실었다(촌놈 나타났다), 수갑(시계) 뚜룩쳐라! 땡땡이 속에서 왕초가 그렇게 눈짓했다. 나는 왕초의 지시에 따라 싱(돈)이 많은 사람들 주머니에 손을 넣어 뚜룩치는 일을 했다. 마꾸라(만 환)쯤 뚜룩치는 날은 짱극(극장)에 가 하루를 보낼 수 있었다. 학삐리(학생)들은 우리들의 밥이었다. 나보다 덩치가 배나 큰 학삐리도 배에 뱃댕이(칼)를 들이대면 벌벌 기었다. 나이가 많은 양아치들은 싱이 생길 때마다 까이를 찾아 호찌놀음(성교)을 했는데 아직 그 짓을 못하는 나를 향해 그들은 내 짝선이(성기)가 병신이라고 흉을 보면서 웃어댔다. 나같이 어린 똘만이도 가끔 큰일에 끼어들 때가 있었다. 큰손들이 작업하는 현장에서 망을 보는 일이었다. 짜브 떴다 찌라시 토끼! 때로는 바람을 잡아주고 대신 달려(잡혀)가는 때도 있었다. 그러나 쎄리나 짜브들은 어린 똘마니한테는 맹깽이(수갑)를 채우지 않았다. 그 대신 그들이 묻는 대로 순순히 불어야 했다. 그렇다고 나발대(입)를 함부로

깔 수 없는 것이 그 세계 나름의 의리였다. 후리가리(부랑아 단속) 주간 때마다 달려(잡혀)가 왕초에 대한 의리를 지키기 위한 곤욕을 치렀다.

　인마, 너 이름이 뭐야? 납치 인마, 그런 거 말구 네 진짜 이름 있잖아! 몇 살이야? 뭐 열 살? 너 정말 이렇게 후라이 까기냐? 본적, 네 본적이 어디냐 말이야? 모올라? 아, 이놈 봐라. 아버지 있어, 없어? 다른 식구는? 너 그거 후라이 까는 거면 재미없어! 그들은 같은 걸 여러 차례에 나누어 몇 번씩 되풀이해 물었다. 그것이 그들 수법이었다. 만약 앞뒤의 대답이 맞지 않는 경우 영락없이 눈에서 불꽃이 튀었다. 그들은 그런 식으로 내 영혼을 주장질했다. 그 집요한 질문에 나는 무엇 하나 제대로 대답하지 못했다. 모든 것이 안개처럼 몽롱했다. 그 어느 것도 실체가 잡히지 않은 채 아득히 먼 곳에 실루엣이 일렁거리고 있었을 뿐이다. 어머니의 얼굴이, 누나의 얼굴이, 한 남자의 얼굴이 겹쳐지는 그런 실루엣이었다. 그러나 취조실에서의 그 집요한 질문의 홍수에 시달리기 시작하면서 나는 서서히 살아나고 있었다. 그것은 높은 열로 시작되었다. 나는 헛소리를 했다. 어무이, 어무이. 내 울부짖음이 마치 남의 목소리처럼 되어 머릿속에 윙윙거렸다. 그 고열로 해서 나는 쉽게 풀려났다. 개천이 구불구불 뻗어내리는 둑길을 비척비척 걷고 있었다. 온몸이 후들후들 떨렸다. 정말 대단한 고열이었다. 이미 메말라가는 가을 풀숲 위에 아무렇게나 쓰러졌다. 헛것이 보였다. 그것은 너무나 생생한 기억이었다. 한때 깡통을 들고 밥을 빌어먹던 날, 어느 대문 앞 광경이었다. 열 살쯤 된 사내애와 그보다 나이가 어려 보이는 여자애가 어울려 땅뺏기 놀이를 하고 있었다. 여자애가 사내애한테 트집을 잡아 앙알앙알 떼를 썼다. 질세라 사내애도 맞섰다. 오빠, 그거 틀렸어. 안 틀렸다. 아니야, 틀렸어. 안 틀렸다니까. 틀렸어. 안 틀렸어. 틀렸어. 안 틀렸어. 틀렸어! 안 틀렸다! 그때 그 아이들이 놀고 있는 대문 안쪽에서, 얘들아 밥 먹어야지, 하는 목소리는 때마침 서쪽 하늘에 빗긴 저녁놀과 썩 어울리는 조화를 이뤘다. 토닥토닥 싸우던 아이들은 우리가 언제 그랬느냐 싶게 손을 맞잡으며 대문 속으로 사라졌다. 그렇게 선연한 것이 아닌 헛것들이 갈피를 잡을 수 없는 어지러운 속도로 스쳐 갔다. 뭔가 그 실체를 가늠하기 어려운 크고 둥근 것이 나를 향해 덮쳐왔다. 그것을 피해 머리를 돌리는 순간 나는 천 길 낭떠러지로 아득히 추락하고 있었다. 가을밤의 그 찬 야기 속에서 치러낸 학질 증세의 고열이 식기 시작한 것은 해 뜰 무렵이었다. 그 새벽녘 탈진한 내 온몸을 쏴하니 휩쓸고 지나가는 것이 있었다. 외로움이었다. 느닷없이 사람이 그리웠다. 동틀 무렵 해서 둑방 아랫길로 리어카를 끌고 미는 사람들이 지껄지껄 지나가고 있었다. 덕수야, 발 시리지? 어머니가 내 뒤에서 걷고 있었다. 은하야, 우리 예서 좀 쉬어 가자. 어무니, 이제부터 그거 제가 이고 갈게요. 아니다, 이건 부피만 컸지 네 거보다 가볍다. 아이고 은하야, 네 볼이 얼어서 새빨갛구나. 어무니 얼굴두 그런데요 뭐. (눈길 속에 마주 서서 이야기를 나누는 어머니와 누나의 키가 거의 같다는 걸 그때 처음 알았다.) 어떻든 그 둑방 위에 쓰러진 채 내가 내내 생각한 것은 어머니와 누나였다. 헤어진 이래 처음으로 그 실체가 뚜렷이 잡혔다. 길이 보였다. 어머니와 누나는 그 길 끝에 서서 손을 흔들고 있었다. 비로소 내가 어디서 온 누구인가가 터득되는 순간이었다. 길은 하나였다. 어머니와 누나를 찾아야 한다는 생각이 너무나 절박한 느낌으로 치솟아 올랐다. 그 절박감은 가끔 울음으로 터져 나왔다. 어머니와 누나 얼굴만 떠오르면 어느 장소 어느 때를 가리지 않고 울음이 터졌다. 나는 가까스로 덫에서 발을 빼냈다. 배신자에 대한 낙인이 담뱃불로 등에 새겨졌다. 살이 지글지글 타들어가는 아픔 속에서도 나는 어머니와 누나 얼굴만 생각했다. 그 얼굴들을 생각했기 때문에 아픔을 견뎌냈는지도 모른다. 어떻든 나는 왕초의 손에서 풀려났다. 터가 주어지지 않아 구두도 닦을 수 없었다. 가장 손쉬운 방법은 다시 깡통을 드는 일이었다. 밥을 얻어먹으며 어머니와 누나를 찾자는 그런 속셈도 계산된 길이었다. 아이구, 웬놈의 거지가 이렇게 많아! 그 매몰찬 목소리와 대문에 빗장을 거는 소리에 의해 어머니와 누나를 쫓던 내 환상은 여지없이 박살나곤 했다. 나는 부끄러움을 느끼기 시작했다. 내 또래의 아이들만 보아도 얼굴이 붉어졌다. 그럴수록 나는 더욱 허둥지둥 헤맸다. 그러나 적막강산이었다. 어머니와 누나를 찾는 일이 얼마나 허망한 것인가를 비로소 깨닫기 시작했을 때 나는 이미 쇠잔하게 야위어가고 있는 중이었다. 햇빛을 피해 그늘진 곳이면 아무 데나 누워 잠만 잤다. 사람들은 나를 가까이 보기를 겁냈다. 어쩌다 내 가까이 다가온 사람이 있었다. 거지가 병까지 들었으니…… 그 역시 혀를 쯧쯧 차면서 지나가버렸다. 나는 노랗게 말라 죽고 있는 중이었다. 꿈에 아담스를 보았다. 할아버지네 집 드넓은 대청마루 한가운데 아담스가 벌렁 누워 있었다. 그와의 마지막 자리에서 본 그 거대한 물건이 꺼덕거리고 있는 게 보였다. 그러고 보니 그것은 아담스가 아니라 톰이었다. 아버지였다. 아버지가 어머니의 세간살이를 마당으로 내던지고 있었다. 질겁을 한 어머니의 얼굴이 보인 것 같았다. 예닐곱 살짜리 계집애와 그보다 어린 사내애가 울음을 터뜨리고 있었다. 내 울음소리에 놀라 잠이 깼다. 다행히 오줌은 싸지 않았다. 오줌을 싸지 않았다는 것을 확인하는 순간 나는 심한 허기를 느꼈다. 깡통을 찾아 들고 일어나 비척비척 걸었다. 나는 그렇게 살아나고 있었다. 어머니와 누나의 얼굴이 다시 보이기 시작한 것이다. 그것은 기적이었다. 사실은 세상이 그렇게 허허벌판만은 아니라는 것이 확인된 셈이었다.

나를 알아본 것은 그 눈길의 마차 꼭대기에서 이불을 뒤집어쓴 채 기침을 콜록거리던 변희재 씨의 모친이었다. 우차 꼭대기에서 함께 콜록거리던 할아버지는 그해 겨울을 못 넘기고 저세상 사람이 됐다고 했다. 눈길 속에 어쩌자고 노인들을 데리고 가느냐고 불평해대던 변희재 씨의 동생도 군대에 나가 전사했다고 했다. 그 언덕배기 대문도 없는 판잣집 앞에 섰을 때 변희재 씨 부인이 요강을 가시고 있는 중이었다. 나는 얼떨결에 알은체를 했다. 그러나 변희재 씨 부인은 나를 알아보지 못했다. 나를 못 알아보는 것은 변희재 씨나 그 집 아이들도 마찬가지였다.

"그려, 니가 탑골 박준세이 으른 손자가 맞제?"

노파가 가래 끓는 소리를 하며 내 손을 더듬어 잡았다. 쭈글쭈글한 손에 검버섯이 거뭇하게 돋아 있었다. 변희재 씨네 식구들은 그제서야 나를 알아봤다. 무슨 뜻인가, 변희재 씨가 고개를 크게 주억거리며 헛기침을 큼큼거렸다. 엄청나게 내려붓는 그 눈 속에 우리 식구들을 떼어버린 채 우차를 몰고 떠나가던 일을 생각하고 있었을 것이다.

"아범이 죄 받을 짓을 한 거여!"

노파도 그때 생각을 하고 있는 모양이었다. 내 얼굴을 쳐다보는 노파의 질금거리는 눈에 눈물이 보였다.

"그땐 증말루 어쩔 수 없었대유, 우리두 짐을 다 버리구 나서야 고갯길을 넘었구먼서두……"

변희재 씨가 마뜩찮다는 듯 가래침을 카악 꼬나물었다.

"그래, 느 어머니랑 네 눈(누이) 어디서 어떻게 사느냐?"

노파는 비록 조그마한 거지 아이긴 해도 고향 사람을 만난 기쁨으로 꽤 들떠 있었다. 나는 그 겨울밤의 기억을 어렵게 되살려냈다. 어머니와 누나를 그렇게 잃어버린 지 처음으로 그 기억을 되살려 입에 올려보는 것이다. 몸이 불처럼 끓던 누나에 대한 기억도 살아났다. 얼었던 몸이 녹아들며 죽음 같은 잠속으로 까부러져들던, 어머니와의 마지막 밤 꿈결에 듣던 총소리와 사내들의 지껄임, 잠에서 깨어났을 때 눈부시게 비쳐들던 그 햇살. 간밤의 그 눈은 거짓말같이 그쳐 있었던 것이다. 갔어, 다 갔어. 다 잡아갔지. ㅎㅎ, ㅎㅎㅎ. 나는 귀신 같은 그 노파의 웃음소리를 기억해 올리는 순간 변희재 씨 모친의 손을 뿌리쳤다.

"그게 웬놈들이여? 웬놈들이 느 어머일 데려갔단 말이여?"

나는 하릴없이 고개만 내저었을 뿐이다.

"저런 오살을 맞아 죽을 놈들 같으니라구!"

"달래 난리라는 거유."

고향에서 양조장을 하던 때의 그런 위풍의 변희재 씨는 이미 찾아볼 수 없었다. 소주를 궤짝으로 실어다가 소매상에 배달하는 중간도매를 한다는 걸 나중에 알게 됐다. 변희재 씨 부인이 껴들었다.

"아마 지금쯤은 애 어머이가 애 아부질 만나 어디서 잘 살구 있는지두 모르겠네유 뭐."

"그 빨갱이 놈 애긴 왜 또 꺼내는 거야? 빨갱이람 이가 갈리는 나여."

변희재 씨가 버럭 소리를 내질렀다.

"아, 애 아부지야 난리가 나기 전에 이쪽으루 넘어왔대잖아유."

"넘어왔든 우쨌든 태혁이 그놈이 악질 빨갱이 짓을 한 건 사실이 아니냔 말이여. 빨갱이 중에 가장 무서운 게 뭔지 알어? 식자 가진 빨갱이가 가장 악질이란 거여. 제 부모두 제 처새끼두 시궁창 썩은 쥐새끼 보듯 하는 게 식자 가진 빨갱이란 말이여."

변희재 씨는 그 원한이 대단한 듯 아들인 내 귀를 아랑곳하지 않은 채 아버지를 마구 씹었다.

"그게 사람이 그른 게 아녀. 이눔의 시국이 사람을 그렇게 맨들어놓는 게 아니겠냐."

노파가 다시 내 손을 더듬어 잡으며 눈물을 질금거렸다.

"아이구야, 내 정신!"

한참 만에 변희재 씨가 무릎을 탁 쳤다. 활짝 펴진 얼굴로 그가 말했다.

"그래, 지금 생각이 났다만 네가 찾아갈 데가 있다."

"아범이 지금 뭔 소릴 하고 있는 게여? 이 불쌍한 걸 또 어디루 내쫓으려구 그러는 게여?"

노파가 징징 우는 소리를 하며 나를 자신의 품속에 안으려 했다.

"어머닌 아무것도 모르면서 왜 자꾸 이런대유?"

그러나 변희재 씨의 얼굴은 화난 것 같지 않았다.

"어머니두 아마 아실 게유. 아, 왜 대호리 비석거리 살던 최서방 의붓아들 있잖아유. 영재라구, 원산댁이란 여자가 데리고 들어와서 살다가 그 여자가 먼저 죽구……"

"옳거니!"

질금거리던 노파의 눈이 반짝 빛났다.

"탑골 박준세이 으른이 객지에 나가 알았다는 그 새댁이 바루 원산댁이 아니냔 말이다. 그래. 그 새댁이 쟈 아버지하구 동갑인 사내앨 하나 비석거리 최서방 앞으루 남기구 죽었지. 아암, 알다마다."

"김서방이 얼마 전에 그 최서방 아들을 만났대유. 얘 아버지가 빨갱이짓 할 때 그 패거리들한테 몰매를 맞아 초주검이 돼서 마을을 떠난 그 최영재를 만났다니까유."

김서방은 그 겨울 월남 길에서 변희재 씨네 우차를 끌던 사람이다.

영재 아저씨, 그랬다. 우리 세 식구가 할아버지네 식구들을 그곳에 남긴 채 남쪽을 향한 그 겨울 길을 떠난 데는 어떤 목표가 있었다. 아버지를 찾는 일이었다. 할아버지가 말했다. 애빌 못 찾겠걸랑 영재부터 찾아봐두 좋을 게다. 느덜이 신셀 져두 괜찮을 만한 자리니라. 그처럼 영재 아저씨를 찾는 일도 우리 세 식구의 꿈이었다. 어쩌면 아버지와 영재 아저씨가 같은 격으로 우리 세 식구 앞에 놓여 있었는지 모르겠다. 특히 어머니의 경우 그 두 사람은 어떤 숙명적인 줄로 연결돼 있었는지도 모른다. 영재 아저씨에 대한 내 기억은 그가 몹시 침울한 얼굴을 하고 있었다는 것이다. 그러나 나는 영재 아저씨에 대해서 모든 걸 알고 있다는 느낌이었다. 마을 사람들 입에 오르내리던 영재 아저씨에 대한 이야기들이 그처럼 강렬하게 못 박혀 버린 탓이리라. 사람들의 말에 의하면 영재 아저씨는 이북에 남아 있는 우리 할아버지에 의해 이 세상에 태어났다고 한다. 그러나 당사자인 할아버지는 물론 우리들 일가친척 그 누구도 그 이야기를 용납하지 않았다. 그것은 아버지에 대한 모독이었는지도 모른다. 그래서일까, 사람들은 아버지 앞에서만은 결코 그 이야기를 꺼내지 않았다.

내 기억 속의 영재 아저씨와 현실의 인물은 전혀 달랐다. 몸집이 크고 과묵했다는 기억만이 비슷하게 맞닿을 뿐 너무나 낯선 얼굴이었다. 물론 영재 아저씨도 나를 알아보지 못했다. 그러나 영재 아저씨는 내가 박태혁의 아들이라는 걸 확인하는 순간 내 남루한 몸뚱이를 거침없이 끌어안았다. 어처구니없게도 그는 나를 끌어안은 채 큿큿 울었다. 어떻든 그 반김은 같은 혈육에게서만 느낄 수 있는 그런 짙은 것이었다. 서울에서 기차를 타고 서너 시간이나 달려온데다 그를 찾기 위해 또 몇 시간을 헤맨 끝이라 나는 거의 기진한 상태였지만 영재 아저씨는 아랑곳없었다.

"이게 어떻게 된 일이냐? 도대체 네가 여길 어떻게…… 이게 분명 꿈은 아니지?"

그것이 꿈이 아니길 바란 것은 바로 나였다. 내가 어떻게 이런 놀라운 상황 속에 놓일 수 있단 말인가.

영재 아저씨는 고향에 남겨진 할아버지에 대해서 집요하게 질문했다. 내 입을 통해서 할아버지의 근황과 할아버지가 했음직한 말을 빠짐없이 캐내고야 말겠다는 듯 붙들고 늘어졌다. 자신의 의붓아버지인 최서방네 소식을 묻기도 했지만 느낌에 그것은 건성으로 들렸을 뿐이다. 할아버지가 아저씨 얘기 많이 했어요. 나는 어렵잖이 그런 말을 할 수 있었다. 영재 아저씨의 눈이 번쩍 빛났다. 그래, 뭐라구 하시더냐? 그 다그침의 심정을 헤아릴 수 있을 만큼 나는 여유가 있었다. 아저씨가 보고 싶댔어요. 그리구 또? 그래서 남쪽에 내려가면 아저씰 꼭 찾아보랬어요. 그랬었구나! 영재 아저씨의 얼굴은 갑자기 숙연해졌다. 오래 살아 계셔야 할 텐데……내게는 그 말이 울음처럼 들렸다.

"자, 덕수야, 그때 얘길 다시 한번 차근차근 해봐라."

내가 혼곤한 잠에서 깨어났을 때 영재 아저씨는 아직도 그 자리에 앉아 나를 내려다보고 있었다. 어머니와 누나를 잃어버린 얘기를 하는 중에 그대로 잠들어버렸던 모양이다. 할아버지에 대해 묻던 그런 기세와는 사뭇 딴판인 열성이었다. 그러고 보니 영재 아저씨는 커다란 물컵에 녹향이란 상표가 붙은 막소주를 따라 벌컥벌컥 들이켜고 있었다. 그는 그날 밤의 정황을 손아귀에 그러쥐기라도 할 듯 몹시 다그쳤다. 어머니와 누나가 그 사람들한테 끌려가 무슨 일을 당하진 않았겠느냔 말을 나한테 던질 정도였다. 어느 순간 영재 아저씨의 눈에는 술기운을 빈 그런 분노 같은 게 이글이글 끓어오르기도 했다.

"그래, 그 뒤론 어머니 소식을 전혀 못 들었다는 게냐?"

나는 누웠던 자리에서 슬그머니 몸을 일으켰다.

"말해봐라, 덕수야! 정말 어머니 소식을 못 들었다는 게냐? 너, 이 녀석아, 어머닐 찾아볼 생각두 안 했지!"

나는 고개를 가로저으며 뒤로 물러앉았다. 영재 아저씨의 술 취한 표정이 그렇게 험악해 보일 수가 없었다.

영재 아저씨는 매일매일 술에 취해 돌아왔다. 첫날과는 달리 웬만한 일로는 입을 열지 않았다. 나는 그와 함께 생활하는 것이 무서워지기 시작했다. 어떤 때는 숨이 콱 막힐 지경으로 가슴이 답답했다. 영재 아저씨는 원주시 근처에 신설된 중·고등학교 서무과에 나가고 있었다. 그 학교를 세운 재단 이사장이 영재 아저씨의 중학교 때 은사라 했다. 그렇다면 아버지의 은사도 될 텐데 그 문제에 대해서 영재 아저씨는 아무런 말도 하지 않았다. 도대체 아버지에 대해서 말하는 걸 꺼려했다. 느 아버질 지금 내가 찾고 있는 중이다. 아버지에 대해서 영재 아저씨가 한 말은 고작 그것뿐이었다.

영재 아저씨는 학교 사택에서 혼자 살았다. 학교에서 막일을 하는 나이 많은 내외가 그 사택을 함께 쓰고 있었고 영재 아저씨는 그네들한테 하숙을 들고 있는 셈이었다. 사십이 가까운 남자가 혼자 산다는 것은 아무래도 구접스러울 수밖에 없었다. 학교 서무과에 오기 전에는 양계장을 했다는데 방에는 값나가는 세간이라곤 아무것도 없었다. 앉은뱅이책상 하나와 옷을 넣어두는 낡은 농이 윗목에 덩그러니 놓여 있었을 뿐이다.

"최 주사님 계세요?"

영재 아저씨와 함께 생활한 지 일주일쯤 뒤에 어떤 여자가 찾아왔다. 영재 아저씨는 아직 돌아오지 않은 시간이었다. 삼십쯤 되어 보이는 그 여자는 나를 보자 몹시 당황해하며 내가 누구냐고 물었다. 나는 그 여자한테 내가 누구란 걸 설명할 수가 없었다. 내가 어물거리는 사이에 여자는 어느새 문을 닫고 돌아갔다. 그 여자의 목소리를 다시 들은 것은 그날 밤 자정이 넘어서였다. 방 밖에서 영재 아저씨가 그 여자와 뭔가 얘기를 나누고 있었다.

"글쎄, 오늘은 그냥 돌아가요."

"가지 말래두 갈 거예요. 그러나 분명히 말씀해주세요. 방 안에 있는 애가 최 주사님 아들이죠?"

"걔가 누구든 박이 상관할 바 없어요."

영재 아저씨는 몹시 취한 것 같았다.

"물론 내가 상관할 처지는 못 되지만요오. 그러나 알고 싶은 걸 어쩐다죠?"

여자도 취한 목소리였다.

"이제부턴 여기 오지 말아요. 나 이제 재하고 여기 살 거니까."

"누가 함께 살지 말랬나요? 내 얘긴요오. 나까지 세 식구가 함께 살면 더 좋지 않느냐 그런 거예요."

"말 같잖은 소리!"

"최 주사님네 학교 선생들이 뭐라는 줄 알아요? 최 주사님이 성 불구든가 아니면 사상이 의심쩍은 사람이라는 거예요. 그렇잖음 왜 혼자서 사느냔 거예요."

"아무렇게나 생각해도 좋아. 난 단지 혼자 사는 게 좋아서 그러는 것뿐이니까."

니는 그 여자에 대해서도 물어볼 수가 없었다. 술이 취했으면서도 나한테 별로 말을 하지 않는 영재 아저씨가 무서울 뿐이었다. 내가 뭔가 잘못해서 그를 화나게 하지 않았나 하는 두려움이었다. 여러 가지 먹을 것을 사다가 잠든 내 머리맡에 놔두는 둥 나한테 퍽 잘해주는데도 나는 영재 아저씨의 침울한 얼굴만 보면 숨이 막혔다. 처음부터 그는 낯선 사람이었다. 나는 그 사람으로부터 도망치고 싶었다. 그가 학교에 나가 있는 낮 시간에 얼마든지 달아날 수 있었다. 그러나 나는 그곳을 떠날 수가 없었다. 우습게도 나는 영재 아저씨의 방에서 고향 할아버지와 다리 저는 삼촌과 고모의 냄새를 맡고 있었다. 더 절실한 것은 어머니와 누나의 냄새가 하나의 실체로서 현현될 것 같은 막연한 기대였다. 아니나 다를까, 나는 어느 날 밤 영재 아저씨의 땅이 꺼져 내리는 한숨 소리에 잠이 깨 뒤척이다가 불현듯 그 실체를 더듬어 잡은 것이다. 꽤 먼 데서 컹컹 개 짖는 소리가 들려왔다.

정원수가 많은 사택의 밤은 유난스레 바람 소리가 청승스러웠다. 그 바람 소리와 영재 아저씨의 고뇌에 찬 한숨 소리가 묘하게 어울린다 싶은 순간, 그 생각이 떠오른 것이다. 할아버지 목소리였다.

잊지를 말란 말이여. 쟈 생일이 삼월 초사흘이니께…… 그때 그것은 할아버지의 발상이었다.

"아저씨, 아저씨!"

나는 거침없이 영재 아저씨를 흔들어 깨웠다. 놀라 일어나 앉은 영재 아저씨한테서 할아버지 냄새가 났다.

―덕수, 쟈 생일이 삼월 초사흘이니께…… 어느 해고 삼월 초사흘 의정부역…… 그날 못 만나거들랑 전봇대에다……

"이 녀석아, 왜 그 얘길 지금에서야 하는 게냐?"

그러나 결코 화난 목소리는 아니었다.

"가자!"

날이 새기가 급하게 서둘러대는 영재 아저씨의 얼굴은 전혀 딴사람이었다. 나를 처음 만나던 날처럼 몹시 들떠 있었다.

"저기 있는 저게 네가 다닐 학교다. 내가 벌써 다 알아놨다. 내년 봄부터 6학년에 넣어주기로 했다."

기차를 타기 위해 역으로 나가는 동안 영재 아저씨는 이제까지와는 달리 퍽 말이 많았다. 어쨌든 신바람 나는 여행이었다. 시장에서 난생처음으로 검정 운동화를 사 신었다. 기차 속에서 다른 아이들처럼 먹고 싶은 걸 사 먹었다. 박하사탕을 급히 먹느라 사레가 들려 캑캑거리자 영재 아저씨가 등을 쳐주며 껄껄거렸다. 서울을 거쳐 의정부에 닿은 것은 그날 오후였다.

휴전선 대성산이란 데가 영하 5도로 떨어졌다는 초겨울의 첫 추위였다. 하늘마저 음산하게 흐려 있었다. 퍽 낯익은 헬리콥터 두 대가 프로펠러 소리 요란하게 저공비행을 했다. 또한 낯익은 풍경이 눈앞에 펼쳐졌다. 안쪽으로 꺾인 높은 철조망, 콘셋, 잘 정지된 풀밭, 보통의 군용트럭보다 뭉툭하고 육중한 트럭들, 그리고 어느 막사 앞에 우뚝 솟은 국기대 위에 펄럭이는 성조기…… 미군 부대였다. 역은 그 미군 부대 한 귀퉁이에 납작한 모습으로 엎드려 있었다. 역사는 일제시대의 그것인 양 노후한 것이었으나 역사 주변의 측백나무 울타리는 역의 정취를 그럴듯하게 자아냈다. 역 광장 앞에는 판자나 블록으로 아무렇게나 세워놓은 가건물들이 이십여 채 늘어서 있었다. 역을 이용하는 사람들을 상대로 하여 밥을 벌어먹고 사는 그렇고 그런 업소들이 간판도 없이 초라하게 눌어붙어 있었다. 어쩌면 그런 집들은 미군 부대에서 흘러나오는 쓰레기나 꿀꿀이죽을 중간에서 얼마쯤 가로채기 위한 아지트로 이용되는지도 몰랐다.

"아저씨, 저기 전봇대!"

할아버지 말은 옳았다. 역 광장을 동서로 나눈 그 양쪽 끝에 하나씩 두 개의 전봇대가 음산한 하늘을 떠받치듯 서 있었다. 물론 그 전봇대 밑에 어머니나 누나는 없었다. 영재 아저씨는 광장 한가운데쯤 붙박여 선 채 거의 십여 분 이상을 우두커니 서 있었다. 두 개의 전봇대 그 한중간쯤 되는 곳에 우뚝 서 있는 영재 아저씨야말로 하나의 전봇대 같았다. 그러나 영재 아저씨는 두 개의 전봇대 중 어느 쪽으로도 다가가지 않았다. 나 역시 그 전봇대 가까이 다가갈 용기가 없었다. 나는 영재 아저씨를 따라 역 앞에 늘어선 판잣집 중 어느 한 집으로 들어섰다. 밖에서 생각한 것보다 더 좁고 불결한 간이주점 겸 식당이었다. 신문지를 바른 판자벽에 대포니 우동이니 하는 글씨가 조악한 필체로 써 있었다.

"여기 국수 하나하고 막걸리 한 되만 주시오."

그렇게 주문해놓고 영재 아저씨는 깨어진 유리창을 통해 곧 가라앉을 듯 우중충한 바깥 하늘을 멍청히 내다보았다.

"아저씨, 내가 전봇대에 뭐 붙어 있나 가보고 올까요?"

내가 영재 아저씨의 눈치를 조심스레 살피며 그렇게 묻자 그는 얼굴을 돌리지 않은 채 손만 내저었다. 영재 아저씨는 국수 한 그릇이 내 앞에 놓이고 자신의 앞에 술 주전자와 술 사발이 놓이기까지 그냥 그 자세로 바깥만 내다보았다.

"술 드셔. 우리 집은 안주가 될 만한 반찬이라군 이것밖에 없수다."

오십쯤 돼 보이는 식당 주인은 일긋거리는 식탁 위에 콩조림 한 접시와 고춧가루가 전혀 섞이지 않은 것 같은 허연 김치를 내놓았다.

"기차가 다니는가 보죠?"

영재 아저씨가 술 한 사발을 벌컥벌컥 들이켠 다음 턱을 씻어 올리며 물었다.

"기차역에 기차 다니는 게 당연하잖소? 하긴 그게 병신 기차여. 지 가구 싶은 데두 못 가는 것이 병신 아니구 뭐갔어? 아, 난리 전에야 예서 한번 타면 신의주까지 단숨에 올라갔을 거 아닌가 말이여."

"고향이 이북이십니까?"

"고향이 아무 데면 뭐 합네까. 지 태어나 뼈 굵은 땅 팽개치구 온 놈이 고향 생각하다간 더 큰 죌 받을 것이구먼서두."

"여기 사신 지 오래되셨습니까?"

"난리 끝나면서 곧장 예다가 말뚝을 박느라고 한 것이 요 모양 요 꼴입네다."

이번에는 식당 주인이 영재 아저씨를 향해 물었다.

"형씬 예까지 뭣 하러 왔수? 기차두 끝난 시간인데. 이 동네 누굴 찾으러 온 거 아녀?"

영재 아저씨는 그 물음을 못 들은 척 연거푸 두 사발의 술을 벌컥벌컥 들이켰다. 그리고 벌떡 일어섰다.

"덕수 넌 여기 있거라. 내 잠깐 나갔다 오마."

그는 표연히 밖으로 사라졌다. 내가 국수 한 그릇을 국물까지 다 마시고 났을 때 밖에서 내 이름을 부르는 영재 아저씨 목소리가 들려왔다. 나는 그 식당을 뛰쳐나갔다. 영재 아저씨가 광장의 동쪽 끝에 서 있는 전봇대 앞에서 나를 향해 오라는 손짓을 하고 있었다. 내가 그곳까지 뛰어가 옆에 서자 영재 아저씨는 허리를 굽혀 나를 덥석 안아 올렸다.

"이놈아, 저길 봐라. 저기 네 이름이 있다. 봐라, 거기 네 이름 옆에 은하 이름두 있지 않느냐!"

영재 아저씨의 목소리는 떨리고 있었다. 그의 눈은 활활 불타고 있는 것 같았다. 나는 그가 가리키는 전봇대를 이리저리 훑었지만 희끄무레 빛바랜 찢겨진 종이쪽을 하나 보았을 뿐이다. 그 손바닥만 한 종이쪽에 그 흔적을 겨우 판독할 정도의 글씨가 몇 자 눈에 들어온 것은 영재 아저씨가 그것을 손가락으로 하나하나 짚어 보인 뒤였다. 그러나 그것은 이름의 끝 글자가 찢겨 나가서 '박덕……' '박은……' 정도가 겨우겨우 흔적을 보였을 뿐이다. 웬만큼 신경을 쓰지 않고서는 그것이 무슨 글자인지 판독하기 힘들 정도였다.

"느 어머니 글씨가 맞다!"

소풍 간 자리에서 제비뽑기에 당첨된 아이처럼 영재 아저씨는 환성을 질렀다.

"이놈아, 느 어머닌 살아 있는 거야!"

내 엉덩이를 철썩 갈기면서 영재 아저씨가 다시 말했다.

"저거야말로 느 어머니가 여기까지 왔다 갔다는 증거다. 지금 느 어머닌 너하구 은하를 찾고 있는 중인 거야."

"어머니하고 누난 같이 있었는걸요."

"그랬을 테지. 하지만 저걸 보면 분명히 느덜 둘을 찾고 있는 게 틀림없어."

그 대목에서 영재 아저씨의 얼굴이 흐려졌다.

"그렇다면 은하두 잃어버렸다는 겐가?"

영재 아저씨는 내가 어머니와 누나를 잃어버린 그 겨울 피난에서부터 지금까지 이 년 반이나 흘러갔다는 원망조의 말을 혼잣소리하듯 중얼거렸다. 그리고 가끔 힐난하는 눈초리로 나를 쳐다보곤 했다.

"대체 예서 뭣들을 하셔?"

식당집 남자가 우리 뒤에 서 있었다. 기적이 일어난 것이다. 물론 그 남자가 우리 어머니를 직접 봤다는 것은 아니다. 그즈음 식당집 남자는 여기저기 떠돌며 돈벌이를 하느라 집에 붙어 있는 날이 별로 없었다고 했다. 더욱이 역전 부락에서 미군 부대 피엑스 창고까지 땅굴을 파는 일에 연루가 돼 일 년여를 철창신세를 진 판이라 이곳에서 일어나는 일은 아무것도 아는 게 없다고 했다. 그러나 전봇대에 종이가 붙어 있는 내막만은 알고 있었다. 식당집 여자가 어머니를 만났던 것이다. 군용 담요로 만든 몸뻬를 입은 식당집 여자는 병색이 짙은 얼굴로 영재 아저씨와 내 얼굴을 꽤 여러 번 번갈아 훑어보았다.

"기억이 나는구면유. 작년 재작년 봄 일이야 모르지만서두 바루 올봄에 있었던 일이지유. 서른이 좀 더 됐을 곱상한 아낙이 아침부터 하루 진종일 이 근처를 빙빙 돌데유. 그러더니 다 저녁때가 돼서야 이리루 들어오더니만 백반 하나를 시켜놓구는 어디서 가지구 왔는지 백노지 여러 장에다가 뭘 쓰데유. 피난길에 잃어버린 식구를 찾는댔어유. 여기서 만나기루 했는데 바루 오늘이 그날이라구 하면서, 벌써 이태째나 이렇게 오는데두 안 나타나는 걸 보면 아무래두 뭔 일이 생긴 모양이라구 하면서 시켜놓은 밥그릇엔 숟가락 한 번 안 대구 저 바깥쪽만 멍청하게 내다보구 있더니, 백노지에다 밥풀을 칠해서 가지구 나가 저기 전봇대 두 곳에다 붙이구 들어오데유. 그리구 간다면서 나머지 세 장인가 되는 백노지를 나한테 내밀며, 저기 붙인 게 빗물에 씻겨 보이지 않게 되거들랑 갈아 붙여달라구 하면서 돈까지 좀 놓구 가더라구유."

"그럼 저기 붙어 있는 건 아주머니가 갈아 붙이신 겁니까?"

"웬걸유. 그렇게 물으시니께 부끄럽네유. 글쎄 그 종일 받아서 잘 됐는데 집 애들이 어느 결에 없애버렸지 뭡니까유. 그리구 먹구살기에 바쁜데다 몸까지 성치 않구 보니 그 일을 캄캄 잊었구먼유."

식당집 여자는 병색 짙은 얼굴에 진정으로 미안해하는 기색을 역력히 드러내 보였다.

"아주머니, 혹시 그 여자분이 어떤 여식애와 같이 안 왔습디까?"

"아니에유. 아까 말씀드린 것처럼 아낙 혼자 왔었다니까유. 나두 뭘 좀 물어보구 싶었지만서두 아낙이 워낙 심란해 뵈서 묻기두 뭣하더구먼유."

"혹시 저기 써 붙였던 종이에 연락처 같은 거 기억나지 않습니까?"

"아이구, 미안해서 어쩐다지유. 난 까막눈이라서 아무것도 못 읽는걸유."

"이런 맹추 같은 여편네. 마, 언문은 좀 읽을 수 있잖아?"

식당집 남자가 불쑥 껴들었다.

"아닙니다. 제가 그냥 한번 여쭤본 것뿐입니다. 그걸 읽으셨대두 기억하실 리가 없을 겝니다. 어떻든 아주머니 얘기만 들어두 반은 만난 거나 진배없습니다."

의정부역에서 돌아올 때 영재 아저씨는 어머니가 그랬던 것처럼 두 개의 전봇대에 내 이름과 영재 아저씨의 거처가 적힌 방을 써붙였다. 나머지 네 장은 식당집에 맡겼다.

"이걸 보구 느 어머니가 우릴 찾아오기 전에 우리가 먼저 느 어머닐 찾게 될 게다."

돌아오는 길에 영재 아저씨가 한 말이다.

"여보쇼! 당신 잠깐만 봅시다."

우리가 서울 나가는 버스를 타기 위해 버스 정류장에 거의 이르렀을 무렵이었다. 사위를 분별할 수 없을 정도로 날은 어두워 있었다. 그 어둠 속에서 두 사내가 불쑥 앞을 막아선 것이다. 사내들은 영재 아저씨 눈앞에 뭔가 내밀어 보이곤,

"당신, 도민증 좀 봅시다"

영재 아저씨가 품에서 수첩 같은 걸 꺼내 내밀었다. 사내들이 길옆 가게의 불빛에 그것을 비춰보고 있었다.

"이봐, 이건 도민증이 아니잖아!"

영재 아저씨가 가지고 있는 것은 학교 직원에게 내주는 신분증이었다. 도민증은 분실한 채 아직 재발급을 받지 못했다는 것이다. 어떻든 그날 저녁 우리는 수사기관에 잡혀가 원주시 소재의 영재 아저씨 학교에 조회를 해보는 등 신분이 완전히 파악되기까지 꽤 여러 시간을 보내야 했다.

"당신 신분이 이 정도 확인됐으니까 보내긴 하는 건데, 좌우지간 앞으론 그런 수상쩍은 짓 안 하고 다니는 게 좋을 거요."

지금이 어떤 때인데 그러고 다니느냔 호통이었다. 우리는 주민에 의해 수상한 사람으로 신고를 당했다는 것이다. 역전에서 미군 부대를 유심히 살폈는가 하면 누구와 접선하기 위해 수상쩍은 짓을 했다는 신고였다. 무슨 생각을 했는지 영재 아저씨는 그곳을 나오기가 급하게 역전으로 되돌아갔다. 그러나 전봇대에 붙여놓은 그 방은 그대로 붙어 있었다. 식당 남자는 석유 램프를 켜놓고 앉아 혼자 술을 마시고 있었다. 그는 영재 아저

허허벌판

씨의 말을 듣곤 펄쩍 뛰었다. 이쪽 사정을 다 아는 처지에 무엇 때문에 그런 짓을 하겠느냔 거였다.

"아마 모르긴 해두 고놈의 새끼 짓일 거여."

식당 남자는 역전 마을의 건달 하나를 들먹이며 이를 갈았다. 일 년 전 별 죄도 없는 자기가 그처럼 억울한 징역살일 한 것도 그놈이 무고를 했기 때문이라고 했다.

원주에서의 그 겨울은 유난히 추웠다. 황량한 들판 한가운데 자리 잡은 학교 사택은 학교를 짓던 블록을 대충 쌓아 올려 지은 가건물이라 외풍이 심해 이불을 뒤집어쓰지 않고는 얼굴이 시려 잠을 잘 수 없었다. 추울 때는 이렇게 자야 한다. 영재 아저씨는 내 몸을 자신의 품속에 안고 잤다. 그는 가끔 수염 난 턱으로 내 볼을 비비며 웃곤 했다. 문득 아담스가 나한테 그런 식으로 벌을 주곤 하던 생각이 떠올랐다. 닭털 침낭 속에서의 그 달콤한 잠도 생각났다. 이놈아, 넌 어머니가 살아 있다는 게 좋지도 않으냐? 영재 아저씨는 느닷없이 그런 말을 잘했다. 나를 나무란다기보다 자신의 감정을 그런 식으로 드러냈던 것이다. 그는 나를 통해서 북쪽에서 우리 세 식구가 아버지를 찾아 이곳저곳 옮겨 다니며 살던 때의 이야기를 듣는 걸 좋아했다. 나한테 이야기를 시켜놓고는 눈을 감고 무슨 생각에 잠겼다가는 불쑥, 누가 뭐래도 느 어머니 같은 여잔 다시 없을 게다, 그렇게 중얼거렸다. 영재 아저씨는 손가락과 귓바퀴에 심한 동상이 걸려 있어 손가락은 항상 벌겋게 부어올랐고 귓바퀴엔 진물이 흘렀다. 학교 건물을 지을 때 손수 벽돌을 찍어내고 나르는 일을 했다는 것이다. 그는 방학인데도 아침에 출근해서 저녁 여덟시가 넘어야 학교에서 나왔다. 가끔 영재 아저씨가 근무하는 학교에 놀러 가보면 그는 서무 일을 보는 외에도 용인들이나 하는 잡일을 밖에서 하고 있었다. 학교 선생들은 그런 영재 아저씨를 비웃곤 했다. 그러나 어린 내 눈으로 보기에도 영재 아저씨가 하는 그런 일은 누구에게 잘 보이기 위해서라기보다 자기 자신이 좋아서 한다는 느낌이 컸다.

그러나 영재 아저씨와 달리 나는 그 겨울이 무척 무료했다. 우리에 갇힌 들짐승처럼 갑갑하고, 모든 것이 체념되는 그런 단계에서 오는 허탈감으로 미칠 것 같았다. 아무것도 하는 일 없이 시간을 보낸다는 것이 그리 힘들었다. 미군 캠프에서나 고아원에서처럼 나는 나를 잃고 살았다. 내가 하는 생각, 하는 짓이 모두 내 나이에 걸맞지 않게 엉뚱한 것들이었다. 이를테면 하늘에 비행운을 뿜으며 날아가는 쌕쌕이(제트기)나 B29 폭격기 혹은 잠자리비행기가 하늘을 날아갈 때마다 그것이 연기를 뿜으며 땅에 떨어져 폭발하는 걸 연상했다. 곧장 그것이 그렇게 되는 순간의 기대로 가슴이 터질 것 같았다. 내 머릿속 그 불길과 폭음은 내가 눈길 속에서 이불 보따리를 지고 겪어낸 폭격 광경이었는지 아니면 캠프에서 아담스와 함께 본 외국 영화 장면이었는지 잘 구별이 되지 않았다. 그 불길과 폭음은 꿈으로도 나타났다. 꿈속의 불길과 폭음이 가져다주는 공포는 아버지 얼굴이 갑자기 떠오를 때의 그런 전율과 함께 왔다. 꿈이 심할 경우 나는 오줌까지 쌌다. 덕수야, 빨래할 것 있으면 이리 내놓으렴. 박이란 여자가 영재 아저씨 부재중에 몰래 다녀가곤 했다. 그네는 스스럼없이 방에 들어와 영재 아저씨의 옷을 주섬주섬 모아 가지곤 사택 앞 냇물의 얼음을 깨고 그 찬물에 빨아다가 널었다. 빨래를 다 널고 방으로 들어온 그네의 두 볼과 손은 보기에 뭣할 정도로 빨갛게 얼어 있었다. 그네는 내가 누워 있는 아랫목의 이불 속으로 스스럼없이 파고들었다. 나는 그네의 몸에서 끼치는 냉기에 몸서리쳤다. 그러나 그것이 싫지는 않았다. 그네의 몸이 녹으면서 풍기는 체취를 나는 즐겼다. 덕수야, 아줌마가 재워줄까? 어느 날 그네는 이불 속에서 거침없이 내 몸을 안았다. 나는 몸을 빼낼 생각을 하지 않고 가만히 있었다. 이상하게도 부끄럽지 않았다. 그냥 가슴이 두근거렸다. 여자는 내 등을 토닥거렸다. 그네의 머릿내가 또한 싫지 않았다. 몸의 어느 한구석이 이상하게 부풀어 오르는 느낌이었다. 그러나 나는 어느새 거짓말같이 아슴아슴 잠이 들고 있었다. 그렇게 설핏 든 잠결이었다. 그것이 그네의 고의였는지 아니면 무의식적으로 그냥 그렇게 스친 것인지, 어떻든 그네의 손이 내 사타구니에 닿았다. 그 순간 나는 그네의 몸을 우악스럽게 밀치며 일어났다. 내가 이 세상에 태어난 이래 가장 큰 부끄러움, 아니 참을 수 없는 모욕이었다. 그러나 나는 부끄러워하는 대신 식식 숨을 거칠게 몰아쉬며 밖으로 뛰쳐나갔다. 혹한과는 아랑곳없이 햇빛은 눈부셨다. 앙상하게 벌거벗은 겨울 나무 가지에 참새 몇 마리가 앉아 있다가 후륵후륵 날아올랐다. 무척 외로웠다. 얼마 전 그 둑길에 쓰러져 고열로 신음하며 느끼던 그런 외로움이었다. 그 여자가 있는 방으로 되들어가고 싶었다. 그러나 나는 영재 아저씨가 있는 학교 언덕길을 향해 걷고 있었다. 문득 돌아보았을 때, 학교 언덕과 대각으로 위치한 들판 한가운데의 성애원(고아원)이 햇빛 속에 담뿍 잠겨 있는 게 보였다. 그날 밤 나는 영재 아저씨가 없는 사이에 수음을 했다. 양아치로 떠돌 때 숱하게 본 그런 호찌놀음이나 용두질이 아닌, 햇빛을 담뿍 담은 성애원의 빨간 양철지붕의 아름다움에 취한 상태의 은밀한 손놀림이었다. 우습지만 나는 그때 여자 얼굴 하나를 머리에 떠올렸다. 영재 아저씨를 찾아오는 박이 아니었다. 수음을 하며 내가 생각했던 것은 성애원 식구로서 꼭 누나 또래인 애숙이란 여자애 얼굴이었다. 애숙이는 낮에 영재 아저씨네 학교에서 일하는 사환이었다. 애숙이는 가끔 아저씨의 심부름으로 사택까지 다녀갔다. 볼이 사과처럼 붉고 눈이 서글서글해 그 눈과 마주치면 그 속으로 그대로 빨려 들어가는 느낌이었다. 누나와 닮지는 않았지만 나는 애숙이를 통해 누나와 만나고 있었다. 그러나 내가 애숙이를 의식하는 것은 이미 한 사내로서의 애욕 같은 것이었다. 그렇다고 해서 내 감정이 그네에게 전달될 수 있는 것은 아니었다. 고작 학교 운동장 물이 괴어 얼어붙은 얼음판 위에서 미끄럼이나 타며 서무실 쪽을 흘금거리는 정도였다. 가슴은 항상 무슨 말인가 쏟아놓고 싶은 욕구로 술렁거렸다. 초연의 기미가 분명한 그 감정이 그런대로 탈출구를 찾은 것은 성애원 아이들과 어울리게 되면서였다. 내가 서울 근교 고아원에 있을 때와는 비교도 안 될 정도로 성애원 아이들의 생활은 달랐다. 일 년 동안에 세상이 그만큼 변했던 것이다. 성애원 아이들의 대부분은 학교에 다니고 있었다. 생활도 퍽 자유스러웠다. 그러나 고아들의 기

허허벌판

질이랄까 그런 것까지 달라질 수는 없는 일이다. 그런 아이들과 어울림으로써 나는 비로소 내가 놀 수 있는 물을 찾은 느낌이었다. 이미 그 아이들은 '자이언트'란 비밀 조직을 가지고 있었다. 영재 아저씨네 학교 뒷동산 눈 속에 처박히는 등의 린치를 당한 뒤에 자이언트 단원이 되었다. 들어가고 보니 내가 나이가 가장 어린 편이었지만 서울의 그런 세계에서 놀던 내 눈에는 그 아이들이 하는 짓이 퍽 유치해 보였다. 주로 시내에 나가 중고등학교 학삐리들의 주머니를 터는 일을 했는데 나는 그들 앞에서 본때를 보여줬다. 남한테 인정을 받는 것만큼 더 즐거운 일은 없다. 나는 항상 내 능력 이상의 일을 해냈다. 그 세계에서는 꽤 알려진 편이었다. 나를 쳐다보는 고아원 아이들의 눈이 달라졌다. 영재 아저씨 심부름으로 사택에 내려온 애숙이가 쏘듯 내뱉었다.

"너 쪼끄만 애가 큰 애들과 붙어 다니며 나쁜 짓 한다며? 느 아저씨한테 일러줄 거다."

나는 몹시 창피스러웠다.

"이를 테면 이르라구. 나두 애숙이 누나 소문 퍼뜨릴걸."

"내 소…… 그게 뭔데?"

애숙이가 내 그물에 쉽게 걸려들었다.

"다 알고 있다구. 성만이 형하구 그거 한 거 모르는 애가 있는 줄 알어?"

나는 한술 더 떴다.

"다른 애들하구두 그랬다면서?"

모두 순간적으로 만들어낸 거짓말이었다. 그러나 그렇게 이야기를 해놓고 나니 그게 모두 사실 같았다. 분한 건 나였다. 애숙이보다 더 식식거렸다. 그날 밤에 나갔다 집에 돌아오니 영재 아저씨가 싸리나무 회초리를 놓고 기다리고 있었다. 평소 보던 영재 아저씨의 얼굴이 아니었다. 그는 내가 한 짓을 다 알고 있었다. 애숙이가 일러바친 정도와는 사뭇 거리가 있었다. 그는 내가 자이언트 아이들과 한 짓을 자신에 대한 배신으로 생각하고 있는 것 같았다.

"이놈아, 난 네 부모들하고 세상에 둘도 없는 친구다. 내가 네 부모들을 찾기 위해 하루에 편지를 몇 통이나 쓰구 전화를 몇 통이나 거는 줄 알아? 누구 때문에 그러는데? 이놈아, 나는 너를 잘 데리고 있다가 네 부모한테 넘겨줄 책임이 있는 거야. 네가 그런 짓을 또 하두룩 내버려둘 줄 아느냐?"

사실 영재 아저씨는 자신의 말을 잘 지켰다. 나를 그냥 내버려두지 않았다. 그 곁을 한시라도 떠날 수가 없었다. 3월이 되어 학교에 들어가기 전에는 계속 그 꼴로 지내야 할 형편이었다. 사택 일을 맡아하는 부부는 물론 학교의 용인들이 모두 나를 감시했다. 애숙이는 아예 나를 거들떠보지도 않았다. 그렇게 새치름한 모습에서 나는 한결 성숙한 애숙이의 아름다움을 볼 수 있었다. 어쩌면 내가 영재 아저씨한테서 벗어난 것은 그네를 의식한 행동이었는지도 모른다.

어떻든 나는 영재 아저씨한테서 도망쳤다. 원주를 떠나 서울로 올라간 것이다. 자이언트의 나이 든 아이들이 내게 깨우쳐 준 것이 있었기 때문이다. 성애원에 있다가 미국 사람한테 입양되어 간 아이가 보내온 편지와 사진을 본 것도 충격이었다.

그 애는 어깨에 끈이 매어진 청바지를 입고 모양 좋은 고동색 승용차 곁에 서 있었는데 그것이 자기 차라고 편지에 적었던 것이다.

"그 새끼 제 꼰대(아버지)도 있으면서 미국 가려고 끝까지 아버지(성애원 원장)를 속였던 거야."

아이들은 미국 사람한테 양자로 간 그 애를 이 세상에서 가장 운이 좋은 애라고 부러워했다.

"인마, 넌 덩굴째로 굴러오는 복을 놓쳐버린 거야."

미군 캠프에서의 내 생활과 고아원에 남긴 아담스의 언약에 대해 이야기를 들은 아이들은 한결같이 혀를 찼다. 그 고아원에 그대로 붙어 있었더라면 아담스에 의해 이미 미국 생활을 하고 있었을 것이라고 했다.

오, 아담스! 그때부터 미국 생활에 대한 꿈을 꾸기 시작한 것이다. 아담스를 찾아야 했다.

"요런 당돌한 녀석 같으니라구!"

아담스가 나를 맡겼던 그 고아원의 원장은 나를 보자 어처구니가 없다는 듯 허허 웃었다. 비교적 깔끔하게 차려입은 겉모양과는 달리 고아원 시절보다 몰라보게 초췌해진 내 몰골을 훑으면서 당돌한 내 내방 의도를 캘 양으로 고개를 갸웃거렸다.

"그래, 네놈이 여길 다시 찾아온 목적이 뭐냐?"

"아버지, 아담스란 사람한테서 나한테 편지 안 왔나요?"

"이런 뻔뻔스런 녀석!"

"온 편지 있으면 저 주세요. 밖에서 여기 애들 만났는데 편지가 왔다고 하던데요."

전혀 거짓말은 아니었다. 고아원으로 올라오는 도중에 학교에서 돌아오는 아이 하나를 만났던 것이다. 짝코의 두꺼비 사육을 맡았던 아이였다. 그 애 말은 누군가 나를 찾아왔었다는 얘기를 들었다고 했다.

"이놈 정말 그동안 많이 고약해져왔구나."

원장은 기가 막힌다는 얼굴이었다.

"편지 왔으면 빨리 주세요."

"못 주겠다면 어쩔 테냐?"

"주세요, 빨리. 나한테 온 편지잖아요."

내가 생각해도 당돌했다. 아담스가 하느님인 새로운 세계가 내 눈앞에 펼쳐지고 있었던 것이다.

"네가 어디서 뭔 소릴 듣구 왔는진 모르겠다만……"

그러면서 원장은 몹시 통쾌하다는 듯 낄낄거렸다.

"이 배은망덕한 녀석아! 너 같은 놈한테 오긴 뭐가 왔다는 게냐? 설사 그 아담슨가 이븐슨가 하는 놈이 편질 했다구 해두 그걸 너한테 줄 것 같으냐?"

원장은 되려 아담스에 대한 적대감을 폭발시켰다. 나를 맡기고 갈 때 자신이 미국에 돌아가 어떤 자선단체와 고아원을 자매결연시켜 주겠다는 약속을 했다는 것이다. 그 약속을 지키지 않으니 아담스는 사기꾼이란 얘기였다. 원장은 일 년 전 내가 짝코 패들과 함께 도둑질해 간 물건 목록까지 들먹이며 당장 잡아가게 하겠노라고 으름장을 놓았다.

"아니, 너 덕수가 아니냐?"

원장 부인이 사무실에 나타났다. 구세주였다.

"내가 그때 맡긴 거 주세요."

"애야, 지금 뭐라구 했니?"

"내가 여기 처음 들어올 때 맡긴 거 있잖아요. 전기 아이롱하고……"

"아니, 그럼 너……"

원장 부인이 놀란 얼굴로 내 말을 자르고 나섰다.

"너 이제 보니 네 엄말 만나지 못한 모양이구나?"

"우리 엄마가 어딨어요? 우리 어머닌 38선 넘어오다 죽었어요."

"이놈 이거 보통 놈이 아니구나!"

원장이 곁의 사람들한테 눈길을 보내 동조를 바라며 혀를 내돌렸다.

"엄마가 죽다니? 그럼 접때 여기 왔던 그 여자가 누구란 말이냐? 네 사진까지 가지구 있던걸."

우와, 어머니가 살아 있었구나. 내가 고아원을 떠난 지 꼭 일 년이 됐을 때 어머니가 나를 찾아왔었다고 했다. 강원도에서부터 전국의 고아원을 다 뒤져볼 생각으로 찾아 내려오던 중 여기까지 왔었던 것이다. 구세주인 고아원 원장 부인이 말을 이었다.

"네 엄만 네 누나까지 찾고 있더라. 어찌나 딱해 보이던지. 네가 그때 그렇게 나간 것이 원망스럽더구나."

한발 늦어 아들을 또 잃은 어머니가 보기에 하도 딱해 내가 맡겼던 아이롱이며 포크 등을 내줬다는 것이다. 어쨌든 원장 부인은 나한테 했던 약속을 지킨 셈이다.

"혹시 네가 또 들어올는지 모르니까 주소라도 적어놓고 가랬더니, 그때만 해도 일정한 주소가 없는지 그냥……"

어머니가 여기 왔었다고? 어머니의 생존 소식이 실감나지 않았다. 마음에 더 급한 것이 있었던 것이다.

"아담스라고, 나를 여기다가 맡기구 간 미국 사람한테서 편지 안 왔었나요?"

원장 부인을 향해 내가 다그쳤다. 그때 내 머릿속은 고동색 세단차 옆에 서 있는, 미국으로 양자 간 그 애 생각으로 꽉 차 있었다. 내게 절실한 현실은 오직 아담스뿐이었다.

"이 녀석 정말 이거……"

원장이 어처구니없다는 듯 또 한 번 혀를 내둘렀다. 대답 대신 고개를 좌우로 젓는 원장 부인의 동정 깃든 눈을 쳐다보면서 나는 몸 전체가 산산히 해체되어 아득하니 무너져 내리는 절망을 맛보고 있었다.

그러나 어머니가 살아 있었다. 애심원이란 간판이 붙은 서울 근교의 고아원 언덕을 내려오고 있을 때 어쩌면 그 겨울의 마지막이 될는지 모르는 눈이 풀풀 흩날리고 있었고 나는 난무하는 눈발 속에서 비로소 어머니를 생각하기 시작했다. 단발을 한 누나의 얼굴도 떠올랐다. 처음은 남장을 했다가 결국은 다시 여자 옷으로 갈아입고 피난길에 오른 누나의 모습이 선연히 떠올랐다.

가출 일주일 만에 다시 영재 아저씨한테 돌아왔다. 아담스는 못 찾았지만 어머니가 살아 있다는 것을 알았기 때문이다.

"이놈아, 난 네가 다시는 안 돌아올 줄 알았다."

마치 죽었던 자식이 되살아나기라도 한 것처럼 야단스레 반기는 영재 아저씨에 대해 별다른 감동은 없었다. 짐짓 어머니가 그 고아원에 찾아왔었다는 말도 입 밖에 내지 않았다. 어머니가 살아 있다는 그 비현실감에서 그리 쉽게 벗어나지 못한 것인지도 몰랐다. 어쩌면 불철주야 어머니를 찾아 헤맨다는 영재 아저씨에 대한 질투 같은 것이었는지도 모른다.

솔직히 어머니 얘기를 꺼내지 못한 것은 아담스의 소식을 여봐란 듯이 내밀지 못한 일에 대한 자괴의 낙망일 수도 있었다. 자이언트 아이들을 만날 때 그들을 기죽일 수 있는 말을 할 수 없다는 울화이기도 했다. 아담스, 나를 미국에 데려갈 아담스를 찾지 못한 것이 그렇게 화가 났던 것이다.

"이제 느 어머닐 만날 날두 얼마 안 남았다."

내가 국민학교 6학년에 편입되던 날, 영재 아저씨는 담임선생이 이런저런 것을 사라고 지시한 대로 학용품을 사가지고 들어와 풀어놓으며 그렇게 말했다. 음력 3월 3일, 내 생일을 겨냥해서 하는 말일 것이다.

"하여튼 남들보다 열 배는 더 노력해야 따라갈 수 있을 게다."

나이로 보면 중학교 2학년이 되었어야 할 테지만 내 학력으로 봐서는 국민학교 4학년 정도라 6학년 공부를 따라가기 힘들 것이란 얘기였다. 그러나 생각했던 것보다 어렵지는 않았다. 더구나 같은 반에 내 또래의 아이들이 많았는데 하나같이 나보다는 못하다는 느낌이었다. 나보다 공부를 잘하는 애들도 내가 여봐란 듯이 해 보이는 꼬부랑말과 양아치들이나 쓰는 슬랭으로 지껄여대면 슬그머니 기가 죽었다. 성애원 아이들도 같은 반에 둘이나 있어 그런대로 학교생활은 즐거웠다. 며칠 안 있어 내 생일이 돌아오고 그날은 의정부에 가 어머니를 만날 수 있다는 그런 기대 같은 것은 까맣게 잊고 있었다.

그러나 나는 내 생일보다 일주일 앞당겨 어머니를 만났다. 사람에겐 때로 앞으로 일어날 일에 대한 예감 같은 게 불쑥 머리를 치미는 경우가 있다. 담임선생들이 가정방문을 하는 기간이어서 학교가 일찍 끝났다. 담임선생은 반 아이들에게 모두 집에 돌아가 부모님과 함께 대기하고 있어야 한다고 말했다. 6학년이라 상급학교 진학을 하려면 학교가 끝난 즉시 집에 들어앉아 파고들어야 한다는 일침이었을 것이다. 그러나 나는 영재 아저씨와 함께 사는 사택에 돌아가고 싶지 않았다. 담임선생과 그 방에 마주 앉아야 한다는 생각을 하면 숨이 콱 막히는 것 같았다. 성애원 근처에 가 자이언트 아이들이나 만날 요량으로 냇가 자갈을 밟으며 걷고 있었다. 그러다가 어떤 끌림에 의해 문득 발걸음을 멈추고 뒤돌아보았다. 영재 아저씨의 학교가 위치한 언덕이 봄 햇볕에 자오록하니 취해 있었다. 성애원처럼 언덕 학교의 지붕도 빨간색 함석 지붕이었는데 그 지붕 위에 아지랑이가 이글이글 타올랐다. 바뀌는 시각에 따라 학교 유리창이 햇빛에 닿아 번쩍거렸다. 특히 내 눈을 끈 것은 학교로 오르는 언덕길 양쪽에 만개한 개나리꽃이 해토 무렵의 황갈색 흙길과 어울려 자아내는 풍경이었다. 그것은 내가 처음으로 체험한, 자연이 빚어내는 조화의 완벽한 아름다움이었다. 그 아름다운 풍경을 바라보며 내가 생각한 것은 누나였다. 거의 잊혀

허허벌판

져가던 누나에 대한 그리움이 그처럼 울컥 복받쳐 오르다니. 평산에서 남천읍으로 뻗은 시오리 길 신작로 위에 검정치마 옥양목 저고리를 가뿐하게 받쳐 입은 누나의 모습이 너무나 생생히 떠올랐다. 나는 끌리듯 학교가 위치한 그 언덕길을 향해 치닫고 있었다.

기적 같은 조우였다. 운동화에 붉은 찰흙이 쩍쩍 달라붙는 언덕길을 어렵게 어렵게 오르다가 누군가 앞에 있는 것 같아 불현듯 고개를 쳐들었다. 국방색 몸뻬 바지 위에 보라색 스웨터를 걸친 한 여인네의 뒷모습이 노오란 개나리꽃 한가운데 보였다. 어머니가 뒤를 돌아다본 것은 바로 그 순간이었다.

낯익은 얼굴. 엉겁결에 나는 꾸벅 절을 했다.

덕수야! 어머니는 외마디를 부르짖으며 달려 내려와 나를 얼싸안았다. 어머니의 온몸이 딱히 어떤 기분이라고 꼬집어 말할 수 없는 상태 속에서 나도 울음을 터뜨렸다. 어머니는 언덕의 진창 바닥에 퍼더버리고 앉아 울었다. 믿어지지 않는다는 듯 뚫어지게 내 얼굴을 쳐다보다간 다시 와락 끌어안으며 울음을 터뜨렸다. 어머니가 얼마만큼 진정됐을 때 몸을 빼내며 내가 물었다.

"누난 지금 어딨어요?"

어머니가 흠칫 진저리를 쳤다. 그 순간 어머니의 얼굴이 이상하게 일그러지는 듯싶었다. 그 뒤로도 나는 누나 이야기가 나올 때마다 그렇게 일그러지는 어머니의 얼굴을 보았다.

"어머이, 영재 아저씨 봤나?"

어머니가 금세 정색한 얼굴을 했다. 그러나 고개를 가로젓는 어머니의 얼굴에서 나는 이상하게 번뜩이는 눈을 보았다. 그것은 나를 처음 돌아볼 때의 그런 번뜩이던 눈과도 다른 느낌의 것이었다.

"내가 영재 아저씨 데려올까?"

"아니다. 이따가 뵈어도 된다. 우선 너 있는 데부터 가보자."

"아저씨랑 같이 사는걸."

어머니는 말없이 내 뒤를 따라왔다. 그러나 막상 영재 아저씨의 방 앞까지 와서는 쭈뼛쭈뼛 좀해 방으로 들어서려 하지 않았다.

"덕수야, 아저씨 애기들은 몇이냐?"

내가 어머니의 그 말뜻을 알아듣는 데는 한참이나 걸렸다. 영재 아저씨가 결혼도 하지 않은 채 혼자 산다고 하자 어머니는 정말 의외란 듯 놀란 얼굴을 했다. 그 순간 나는 어머니의 얼굴이 몹시 아름답다고 생각했다.

그날 저녁 어머니와 마주 앉은 영재 아저씨의 얼굴 표정 또한 내가 이때까지 볼 수 없었던 그런 것이었다. 언뜻 보기엔 굳어진 것 같으면서도 가만히 쳐다보면 얼굴 전체의 근육이 이글이글 타오르는 것 같았다. 영재 아저씨와 어머니는 내가 그네들 곁에 있다는 걸 전혀 아랑곳하지 않은 듯 나름대로의 방식으로 감정들을 풀어내고 있었다.

두 사람이 주로 즐기는 수법은 침묵이었다. 거기다가 어머니는 좀해서 고개를 쳐들지 않았다. 어쩌다 고개가 들려지고 영재 아저씨와 눈이 맞닿는 순간 황황히 고개를 돌리는 어머니의 귓밥이 붉어지곤 했다. 그네들 침묵 사이에 가끔 가벼운 한

숨이 꺼들었다. 그 한숨 뒤에 무슨 약속이라도 한 듯 누군가 한 사람이 입을 열었다.

"언제고 한 번은 꼭 만날 수 있으리란 생각을 하면서 입때껏 살아왔습니다."

어머니가 고개를 쳐들지 않았다. 숨 막히는 침묵이 꽤 오랫동안 흘렀다. 그 침묵으로 빚어낸 것같이 우울한 음조를 띤 영재 아저씨의 목소리가 들린 것은 한참 뒤였다.

"내내 초분 씨만 생각하면서 살아왔습니다."

물론 술 취한 상태이긴 했어도 어떻든 그때 영재 아저씨가 한 말은 훗날 생각해볼 때 엄청난 열정이 아니고는 어림도 없는 사랑의 고백이었던 것이다. 어머니가 고개를 숙인 채 겨우 들리는 목소리로 말했다.

"죄송합니다. 저희 때문에 너무 큰 곤욕을 당하셨어요."

내게는 한낱 전설일 뿐인, 난리 전 영재 아저씨가 아버지한테 당하고 초주검이 되어 마을을 쫓겨가는 장면이 보이는 듯했다. 영재 아저씨가 한참 침묵하다가 이윽고 입을 열었다. 여전히 음울한 음조면서도 안에서 솟구쳐 오르는 뭔가를 애써 억누르려는 목소리였다.

"아무튼 꿈만 같습니다. 하나님한테 감사할 뿐이지요. 제 기도를 들어주셨거든요."

"교회에 다니세요?"

"아닙니다. 그러나 하나님이 계시다는 것만은 분명히 믿고 있습니다."

그 대목에서 두 사람은 다시 침묵했다. 그 침묵은 그네들이 겪어낸 세월의 파란만 같았다.

"은하는 어찌 됐습니까?"

그 순간 나는 어머니의 몸이 또 한 번 흠칫 진저리쳐지는 걸 보았다.

"아직 못 찾았어요."

신음하듯 어머니가 중얼거렸다.

"그때 일, 덕수한테 들어 대충 알고 있지만 그게 도대체 어떤 놈들이었습니까?"

영재 아저씨의 물음에 어머니는 고개를 숙인 채 손가락으로 방바닥 장판지의 이음 부분을 모질게 문지르고 있었다.

"그때 은하도 함께 끌려가시지 않았습니까?"

"그랬어요. 그러나 나중에 보니…… 은하가 안 보였어요."

"은하가 그때 몇 살이었습니까?"

어머니는 대답하지 않았다. 고개를 더욱 숙이면서 장판만 계속 문질렀다.

"걔, 지금 어딘가 살아 있을 겁니다."

영재 아저씨가 한숨을 가만히 내쉬었다. 장판 바닥에 어머니의 눈물이 뚝뚝 떨어졌다.

"은하가 아무래도…… 세 살이나 어린 애두 할아버지 말을 잊지 않고……"

말을 잇지 못한 채 어깨를 들먹여 훌쩍이는 어머니를 내려다보며 영재 아저씨가 말했다.

"우리가 모르는 무슨 사정이 있을 수도 있을 겁니다. 덕수 쟈두 이 년 뒤, 나한테 와서야 비로소 그 생각이 난 걸 보더라두…… 염려 마십시오. 내 반드시 은하를 찾아드리겠습니다."

두 사람은 다시 한동안 침묵했다. 그러나 이번에는 어머니가 고개를 쳐들고 말했다.

"남쪽에 가면 꼭 찾아뵈라고 아버님께서 말씀은 하셨지만, 정말 이렇게 만나뵙게 될 줄은…… 혹시 쟤 아버지 소식은 듣고 계시는지요?"

"여기 내려와 산다는 얘긴 들었지만 만난 적은 없었습니다. 사실은 만나고 싶어 몇 번 찾아 나섰지만 허탕만 쳤지요…… 언제고 그 사람이 날 찾아올 때만 기다리고 있을 수밖요."

"무슨 면목에 찾아오겠어요. 더욱이 옛날 신분을 감추고 사는 형편에……"

영재 아저씨가 깜짝 놀란 얼굴로 어머니의 말을 잘랐다.

"그럼 덕수 어머니께선 그 사람을 만나셨습니까?"

"백방으로 찾아는 다녔지만 아직 만나진 못했어요. 서울서 애 아버지를 봤다는 사람을 한 분 만났을 뿐이에요."

"그렇담 그 사람이 지금 어떻게 지내고 있는지 잘 아시겠구먼요?"

"결혼두 했구, 아이들도 있구…… 당연한 일 아니겠어요."

"작년 5·20선거 때 여당으로 출마했다가 낙선했다는 얘길 들었습니다."

"그 뒤로 어디론가 종적을 감췄다고 하데요. 아마 빚 때문에 그랬을 거예요."

아버지에 대해서 두 사람이 나눈 얘기는 그것이 전부였다. 그러고 보니 아버지에 대해서 모르고 있었던 것은 나 하나뿐이었다. 그동안 그렇게 시치미를 뗄 수 있었다니, 나는 다분히 적의를 품은 채 영재 아저씨를 쳐다보았다.

밖에 인기척이 있었다. 영재 아저씨가 방문을 열었고 어둠 속에 누군가 서 있는 게 보였다.

"저예요."

영재 아저씨가 없는 낮에만 몰래 다녀가는 박이란 그 여자의 목소리였다.

"누가 오셨는가 본데⋯⋯"

어머니가 황황히 몸을 일으켰고 더욱 당황한 영재 아저씨는, 아닙니다, 그냥 앉아 계십시오, 겨우 그런 말을 남긴 채 밖으로 나갔다. 십여 분 뒤 영재 아저씨가 다시 방으로 들어오기까지 어머니는 밖에 온 그 여자가 누구냐고 나한테 묻지 않았다. 나 역시 그 여자에 대해서 내가 알고 있는 비밀을 결코 입 밖에 내지 않았다. 밖에서 돌아온 영재 아저씨 역시 그 여자에 대해 아무런 말도 하지 않았다.


그곳은 도로 교통의 요지였다. 동쪽으로는 태백 준봉을 꿰뚫는 인제 속초, 남으로 원주, 서쪽으로 양평 서울, 북으로는 춘천에 이어지는 교통의 십자로답게 번창하는 마을이었다. 읍의 외곽에는 군부대가 여러 곳에 주둔하고 있어, '극장에 가니 사람은 없고 군인들만 꽉 차 있더라'란 우스갯소리가 나올 정도로 군인들이 많았다. 비교적 휴전선이 가까운 곳이어서 그런지 억센 이북 사투리를 쓰는 이북 사람들이 많이 살았는데 그네들의 강인한 생활력으로 하여 읍은 좀더 활기차게 일어서고 있었는지도 모르겠다. 읍의 남단을 포근히 감싸고 굽이도는 화양강은 북한강의 상류로서 물살이 세찬 만큼 물이 맑았다. 세 동강으로 부서진 다리의 잔해가 말해주듯 그곳은 전쟁에 의해 그야말로 초토가 됐던 곳이다. 그러나 그 폐허 위에 빠른 속도로 새마을이 세워져 있었다. 그런대로 옛날부터 구획이 잘돼 있어 새로 세워진 마을은 그 규모나 뼌새가 꽤 그럴듯했다. 교통의 요지라 운수업이 발달한 것처럼 장사하는 사람들이 많고 비교적 소비성향이 짙어 거리마다 꽤 흥청거렸다.

홍천읍, 어머니와 내가 남쪽에 내려와 비로소 마련한 고향이다. 물론 나를 찾기 전부터 어머니는 그곳에 터잡아 근거지로 한 뒤에 식구들을 찾아 나섰던 것이다. 어머니는 당신의 당숙네가 그곳에 산다는 난리 전 기억을 더듬어 찾아왔지만, 결국 찾지 못하고 그대로 눌러앉게 되었다고 했다.

국민학교 교사 자리를 알아볼 것이니 그대로 원주에 머물라는 영재 아저씨의 말을 여지없이 거절한 어머니였다. 결혼 전 두어 달 교사 생활을 한 것은 사실이지만 지금은 그런 걸 할 자격도 마음도 없다고 했다. 단순히 영재 아저씨의 신세를 안 지겠다는 그런 뜻보다 어머니의 마음에 어떤 심지가 세워져 있었던 것 같다. 고향에서도 그랬다. 한 남자의 지어미가 된 것으로 모든 것이 이루어졌다고 믿으려 하는 어머니의 철학에 나는 이미 길들여져 있었다. 어머니가 당신의 과거 생활을 남들한테 죽어라 내보이기 싫어한다는 것도 언제부터인가 어렴풋하게 터득하기 시작했다. 부잣집 딸로 컸다는 것, 그래서 여자로서는 생각하기 어려운 서울 유학까지 했으며, 비록 그 결과는 안 좋았지만 어떻든 좋은 집안에 시집을 갔고 드디어는 한 여인네가 겪어야 했던 무수한 아픔을 인고한 그 떳떳한 일들까지 단 한마디도 드러내지 않는 어머니였다.

어머니는 읍의 어느 병원의 궂은일을 맡아 했다. 의사네 안살림이며 병원에서 나오는 피빨래 같은 것을 도맡아 했다. 병원에는 방이 여러 개 있었다. 어머니와 나는 그중에서 가장 구석진 방 하나를 썼다.

"지성이면 감천이라 했지. 그렇게 열심히 식구들을 찾아다니더니 결국 이렇게 아드님을 찾은 게 아닌가."

해방 직후 월남했다는 병원 의사는 육십이 가까운 나이였다. 그 병원에는 그 나이 또래의 이북 사람들이 하루에 수십 명씩 몰려와 화투놀이며 술타령을 하며 보냈다.

"또 찾아보라우. 이제 애기 아바이하구 딸내미만 찾으면 되는 거 아이겠어?"

그랬다. 어머니와 나는 완전한 생활을 시작한 것이 아니었다. 누나가 없는 우리 두 식구의 생활은 장독대 한 모서리에 뉘어진 구멍 뚫린 항아리 꼴이었다. 어머니는 항상 그렇게 멍청한 얼굴로 하늘을 쳐다보곤 했다. 병원에서 나오는 더러운 빨래를 하러 강에 나간 어머니가 돌아오지 않았다. 내가 강까지 나갔을 때 어머니는 빨래를 다 해놓고 물에 발을 담근 채 꼭 넋 나간 사람처럼 하늘 한쪽을 쳐다보고 앉아 있었다. 병원 청소를 하다가도, 밤늦게 잠자리를 펴다가도 그랬다. 물론 어머니가 누나나 아버지 얘기를 자주 입에 올리는 것은 아니었다. 그러나 나는 어머니의 얼굴, 어머니의 움직임 하나하나에서 누나와 아버지를 읽었다. 고뇌로 가득한 어머니의 그런 모습을 보고 있노라면 숨이 막힐 것 같았다.

"내 어디 좀 갔다 오마."

어머니는 한 달에 한 번쯤 며칠씩 병원을 떠났다가 돌아왔다. 병원에서도 별말 없이 어머니가 하는 대로 내버려두었다. 느 어마이 저거 보통 일이 아니구마. 병원 의사가 혼자 남겨진 나를 내려다보며 끌끌 혀를 차곤 했다. 빠르면 그날로, 늦으면 삼사일 뒤에 돌아온 어머니의 얼굴은 차마 쳐다보기 민망할 정도로 처연했다. 아주머이, 또 헛탕쳤시다아. 의사가 껄껄거렸고 어머니는 멋쩍게 웃어 보였다. 그럴 때의 어머니가 나는 싫었다. 나는 어머니가 없는 빈방에서 가끔 수음을 했으며 그것마저 시들해지면 어머니를 미워하면서 욕했다. 벼엉신, 우리 식구를 버리고 도망친 아버지를 찾아 돌아다니는 어머니가 병신 같았다. 무엇 때문에 저토록 열심히 아버지를 찾아 나서는가 말이다. 나는 가끔 어기대는 투로 어머니와 맞섰다.

"어머이, 누나 찾으러 갔었어?"

"그래, 누나두 찾구 아버지두 찾구……"

"아버진 뭣 하러 찾어?"

"뭣 하러 찾긴. 느 아버지니까 당연히 찾아야지. 그래야 호적에 네 이름두 올리구…… 널 아버지 없는 애루 키울 순 없다."

"학교서 선생님이 아버지 없는 애들 손들라고 해서 나두 들었는걸."

"아버지가 없긴! 이담부터 그런 소리 하면 못써."

"그렇담 우리 아버지 직업이 뭐야?"

학교에서 아버지 직업 조사를 하던 생각이 난 것이다. 어머니 대답은 놀라웠다.

"아버진 정치가시다. 느 아버진 언제고 국회의원이 되실 게다."

아버지에 대한 어머니의 그 집념을 도저히 이해할 수 없었다. 물론 뿌리를 찾아 자식을 뿌리 원줄기에 접맥시켜야 한다는 종족 보존의 본능적 모성애였는지도 모른다. 어쩌면 나한테 아버지를 찾아준다는 명분으로 이미 남이 된 남편을 되찾고 싶은 열망이었는지도 모른다. 사내가 그렇게 그리우면 눈 딱 감고 개가를 하면 될 것 아닌가. 언젠가 또 어머니가 아버지를 찾아 나갔을 때 병원 의사 부인이 그렇게 말했다. 의사 부인의 친구가 받았다. 그려, 여자가 혼자 산다는 게 그게 어디 쉬운 일이여. 초년과부는 혼자 살어두 중년과부는 혼자 못 산대는 말두 안 있냐 말이여, 쟤 어머이가 바로 그 꼴인 게여. 나는 그 여자들의 입방아에 분노를 느꼈다. 비록 어리긴 했지만 나는 단순히 사내가 그리워 아버지를 찾아 헤매는 어머니를 상상할 수 없었다. 누나를 비롯한 우리 세 식구가 아버지를 찾아 떠돌던 북쪽에서의 어머니를 알고 있기 때문이다.

어머니와 내가 그 병원집을 떠나 다른 집으로 거처를 옮긴 것은 그해 겨울이었다. 중학교 입학시험을 한 달쯤 남겨놓고서였다. 밖에서 아이들과 헤어져 집에 돌아오니 어머니가 방 한가운데 무릎을 꿇고 앉아 있었다. 나로서는 처음 보는 어머니의 그러한 자세에 가슴이 덜컥했다. 저녁 먹을래? 어머니의 목소리는 찼다. 안 먹어요. 속으로 켕기면서도 나는 짐짓 퉁명스럽게 대답했다. 밖에서 찐빵을 사 먹었던 것이다. 그러나 어머니는 내가 왜 저녁을 안 먹는지, 밖에서 무얼 먹었느냔 등의 질문을 하지 않았다. 너 잠깐 나하구 밖에 좀 나가자. 그렇게 냉엄해 뵈는 어머니의 얼굴은 처음이었다. 나는 어머니의 기세에 질려 어머니가 가자는 대로 따라갔다. 어머니는 6·25때 비행기 폭격으로 끊어져 철근이 엿가락처럼 휘어져 나온 다리가 있는 강둑까지 나를 데리고 갔다. 석유 남폿불이 고작인 읍내 시가지는 그대로 어둠에 싸여 있었고 얼어붙은 강물에 금가는 소리가 찌엉쩡 울렸다. 그딕 춥지는 않았지만 숨을 몰아쉴 정도로 세찬 강바람이었다. 덕수야, 갑자기 어머니가 내 몸을 부둥켜안았다. 한 발짝만 더 나가면 그대로 허공이었다.

"덕수야, 너 나하고 같이 죽자!"

나는 어떤 예감으로 진저리치며 몸을 빼치려 했지만 어머니의 팔 힘은 완강했다. 몸을 더 빼치려 하다간 그대로 떨어져 내릴 판국이었다.

"어머이, 왜 이러는 거야?"

"같이 죽자!"

어머니는 내 몸을 안은 채 비척비척 끊어진 다리 끝으로 나갔다. 어머니의 힘이 그렇게 센 것에 놀라지 않을 수 없었다. 속수무책인 채 이것이 정말 죽는 것이구나, 하는 생각에 휩싸였다. 그 순간 나는 나도 모르는 사이에,

"잘못했어요, 어머이! 정말 잘못했어요!"

"잘못했다구? 네가 뭘 잘못했다는 게냐?"

어머니의 목소리도 헐떡이고 있었다. 나는 어머니가 묻는 대

로 내불기 시작했다. 병원 의사의 책상 서랍에서 돈을 훔쳐낸 일, 병원 조제실 약상자를 뜯고 페니실린 주사약을 꺼내다가 춘천에 가 팔아먹은 일, 윤희란 같은 반 계집애를 학교 뒷산에 끌고 가 옷을 벗긴 일, 읍내 중학교 학생 하나를 골목길에 숨어 서 있다가 자전거 체인으로 후려쳐 머리에 구멍을 냈던 일 등 어머니가 아직 모르고 있었던 일까지 깡그리 털어놓았다. 죽는다는 게 그렇게 두려웠던 것이다.

내 몸을 옥죄었던 어머니의 손이 스르르 풀렸다. 이번에는 내가 휘청거리는 어머니의 몸을 다급하게 부둥켜안아야 했다.

"잘못했어요. 제가 잘못했어요. 다시는 안 그러겠어요, 어머이!"

폭격으로 끊어져 나간 그 다리 한가운데, 차디찬 시멘트 바닥, 겨울밤의 강바람 속에서 나는 어머니 앞에 무릎을 꿇고 울부짖었다. 어머니도 함께 무릎을 꿇으며 나를 부둥켜안고 흐느끼기 시작했다. 울음 섞인 목소리로 어머니가 물었다.

"덕수야, 너 누나 보고 싶지?"

"보고 싶어."

"그래, 이 어미도 은하가 보구 싶어 정말 미치겠다."

어머니와 나는 다시 한번 흐느껴 울었다.

"덕수야, 아버지 보고 싶지?"

"......"

"아버질 찾자. 덕수 너한텐 누구보다 아버지가 필요한 거다. 느 아버지두 우리처럼 널 찾고 계실 게다."

돌아오는 길에 나는 투정부리듯 어머니한테 물었다.

"어머이, 학교 선생님 하면 안 돼?"

어머니가 남의 궂은일을 하지 않고 좀 더 고상하게 살아가는 것, 그것이 그 당시 내 유일한 소망이었던 것이다. 그러나 어머니는 단호하게 잘라 말했다.

"학교 선생님은 아무나 되는 게 아니다. 어머닌 학교 선생님 될 자격이 없어요."

그러나 영재 아저씨에 의하면 어머니는 학교 선생님이 될 자격이 있다고 했다. 나는 어머니가 당신의 자로 재어 말한다 싶은 그 '학교 선생님 될 자격이 없다'는 뜻을 도저히 이해할 수가 없었다.

병원 의사 부부는 아이들이 그럴 수도 있지 않느냔 투로 관용을 베풀었지만 어머니는 막무가내로 그곳을 떠났다. 내가 병원에서 훔쳐낸 만큼의 돈을 그동안 어머니가 모았던 돈으로 변상했음은 물론이다.

병원집을 나와 우리 모자가 살게 된 곳은 중국 사람이 경영하는 중국 음식점이었는데 우리는 그곳에서 일주일쯤밖에 머물지 못했다. 아주머니, 우리 집 잘 왔어. 사십대의 그 중국인은 처음부터 어머니한테 추저분하게 굴었다. 내가 중학교에 들어가기만 하면 대학까지의 학비를 대주겠노라고 큰소리쳤다. 아니나 다를까, 단 일주일이 못 되어 그는 어머니가 혼자 있는 방에 뛰어든 것이다. 어머니가 벼락같이 고함을 내질렀고 방에 뛰어 들어간 내 잭나이프에 그의 손바닥이 찢어졌다.

세번째 옮겨간 집은 병원 의사와 같은 고향 사람인, 읍내 시장에서 포목상을 하는 집이었다. 그 집 내외가 가게에 나와 있는 시간이 많기 때문에 살림집을 돌볼 사람이 필요했던 것이다. 나는 그 집에 사는 것이 마음에 들었다. 그 집 큰아들과 딸은 서울에 올라가 학교에 다니고 있었고, 나와 동갑이면서 중학교 2학년인 막내가 하나 있었을 뿐이다. 그 집에는 책이 많았다. 나는 그 중학생 아이와 어울려 책을 읽었다. 『마의태자』를 비롯해서 괴도 루팡 시리즈라든가 『벌레 먹은 장미』 등 마구잡이로 읽었다. 중학교 시험을 하루 앞둔 전날까지도 나는 책 속에 파묻혀 있었다.

영재 아저씨를 다시 만난 것은 내가 중학교에 입학을 한 다음 날, 의정부에서였다. 입학식 다음 날이 내 생일이었고 어머니는 중학교 교복을 입고 중(中)자 모표가 달린 교모를 쓴 나를 재촉해서 의정부로 달려갔던 것이다. 앞서 걷다가 문득 돌아다보면 어머니의 얼굴이 환하게 웃고 있었다. 중학생이 된 아들을 대견해하는 어머니의 흐뭇한 얼굴을 바라볼 때마다 나는 공연히 쑥스러워져 얼굴을 붉히곤 했다. 어머니는 고향을 떠날 때 할아버지가 준 몇 개의 패물 중에서 하나를 팔아 내 입학금을 냈다. 당신의 품속에서 단 한 번도 풀어놓은 적이 없는 그 패물이면 내가 고등학교까지 다닐 수 있는 학비가 된다고 했다.

"여태 안 나타난 애가 지금이라구 찾아오겠냐. 네 생일만 되면 할아버지 말씀이 생각나서, 할아버지 찾아뵙는 셈 치고 그냥 한번 가보자는 거다."

의정부역으로 누나를 찾아 나서면서 어머니가 한 말이었다. 그러나 내가 중학교에 입학한 그날 밤 어머니는 거의 잠을 못 이루는 것 같았다. 지난밤 꿈에 누나가 진달래꽃 한 다발을 들고 중학교 입학식에 왔더란 것이다. 누나의 얼굴이 어찌나 환하게 폈던지 어머니의 눈이 황홀해 제대로 쳐다보기 뭣할 정도였다고 했다. 꿈에 아버진 안 왔어? 내가 짐짓 그렇게 묻자 어머니가 곧바로 대답했다. 안 오시긴, 누구보다 먼저 오셨더라. 너를 번쩍 들어 올리시며 환하게 웃으시던데.

미군 부대 철조망 곁으로 뚫린 신작로를 타박타박 걸으면서 나는 이태 전 늦가을 이곳에 함께 왔던 영재 아저씨를 생각했다. 원주에서 어머니를 만나 헤어진 뒤 단 한 번 우리가 사는 읍에 다녀간 일이 있었다. 강에서 놀다가 해 저물녘에 병원집에 들어서니 영재 아저씨가 기다리고 있었다. 한낮에 와 그때까지 기다렸던 것이다. 그때 어머니는 아버지를 찾아 나서 이틀씩이나 돌아오지 않고 있는 중이었다. 화천에 볼일이 있어 다녀오는 길에 네가 보고 싶어 들렀다. 그렇게 말하는 영재 아저씨의 눈이 어쩐지 쓸쓸해 보였다. 그날 밤 늦게 돌아온 어머니한테 영재 아저씨가 다녀갔다는 말을 하자 어머니는 그냥 지나가는 말투로, 그 여자하구 결혼은 하셨는지, 했다. 그러나 나는 그때도 그랬던 것처럼 그 여자에 대해서 아무 말도 하지 않았다.

역전 그 전봇대 앞에서 영재 아저씨가 우리를 기다리고 있었다. 아직 기온은 낮았지만 더할 수 없이 화창한 봄 날씨였다.

"혹시나 했지만 이렇게 오실 줄은……"

나쁜 짓을 하다가 들킨 아이처럼 영재 아저씨는 얼굴을 붉혔다. 얼굴이 붉어진 것은 어머니도 매한가지였다.

"고맙습니다."

어머니가 한 말은 고작 그것이었다.

"은하를 찾아드리겠다고 한 제 약속을 지키고 싶었습니다. 그동안 알아볼 만한 데는 모두 연락을 해놨습니다. 이제 방학 때 짬을 내서 은하하고 헤어지셨다는 그 철원 지방을 한번 다녀올까 합니다."

"아니에요. 이젠 저도 포기했어요. 철원 근처도 몇 번이나 가본걸요. 이제 더 이상 애쓰지 마세요. 오늘 여기 온 게 아마 마지막일 거예요. 이북에 계신 어른들 생각이 나서 그냥 한번 왔던 건데 이렇게 뵙게 돼서……"

"그렇게 포기하시면 안 됩니다. 은하는 절대 죽지 않았습니다. 그전에 말씀드린 것처럼 어떤 곡절이 있을 겁니다. 자꾸 그런 생각이 듭니다. 옛날 은하가 갓난애였을 때 경기를 심하게 하지 않았습니까. 그때 어른께서 나한테 부촌리 은하 외가댁까지 다녀오도록 말씀하셨지요. 거기 가면 좋은 약이 있을 거란 말씀이셨지요. 어른께서 나한테 그런 심부름을 시킨 게 어떻게나 고마운지, 은하 생명을 내가 구한다는 생각에 부촌리까지 한걸음에 내리뛰던 기억이 납니다. 그담부턴 은하가 달리 보였는 걸요."

"저두 기억하구 있어요. 그때 제 친정아버님까지 모시구 오셨드랬지요. 침까지 맞구 겨우 깨어난 은하를 내려다보시면서, 영재 그 사람 걸음이 얘를 살렸구나, 하셨어요. 제 친정아버님께선, 은하를 두고 한 번 죽었다 살아난 놈이니 앞으로 명 하난 길 거라고 말씀하시던 것두 생각이 나구요."

영재 아저씨를 외면해 내 쪽으로 고개를 돌리는 어머니의 눈자위가 붉어지고 있었다.

"박형을 만났습니다."

내 쪽으로 몸을 돌렸던 어머니가 흠칫 몸을 추스리며 영재 아저씨를 향했다.

"한 달쯤 됐을 겁니다. 그 사람이 날 찾아왔습디다. 사실은 상촌 선생이라고 내가 나가는 학교 설립자이신 그분을 뵈러 왔던 거지요. 중학교 때 은사시니까요. 정치자금을 얻으러 온 겁니다. 5·2선거 이래 죽 숨어 살았지만 그건 자신의 변신을 위한 시련기였다고 하더군요. 이제부터 58년에 있을 4대 민의원 선거를 위해 뛰기 시작했다는 겁니다."

"그럴 거예요."

나는 어머니의 얼굴이 환하게 밝아지는 걸 보았다. 어머니의 눈이 그렇게 아름답게 느껴진 것도 처음이었다.

"또 변신을 했더군요. 집권당을 버리고 야당으로 뛴답니다. 지금의 이승만 정권은 8·15 광복 직후나 6·25 전쟁 와중에는 반일반공 정책만 가지고도 집권이 가능했지만 이제는 그런 물리적 힘에 의한 독재로는 안 된다는 거지요. 결국 오늘의 부정축재나 정상배들의 민권 농간 등의 혼란과 부패를 자유당 정권의 한계로 보는 것이었습니다. 한마디로 지금 이 정권은 구제 불능 상태로 치닫고 있다는 겁니다. 진정한 항일투사, 참다운 우국지사가 설 땅을 잃은 채 침묵만하고 있는 이런 현실 아래서는 나라가 제대로 될 수 없다는 거지요. 그 사람은 이번 사사오입식으로 억지 통과된 개헌을 보고 죽을 각오로 백의종군을 결심했다는 거 아닙니까."

얼굴 가득 웃음을 띤 채 얘기를 듣고 있던 어머니가 나섰다.

"혹시 그 사람한테 세뇌되신 거 아니세요?"

"맞습니다. 우선 쉴 줄 모르는 그 열정에 놀랐습니다. 원래 옛날부터 당사자가 없는 데서는 그 사람이 좀 허황된 것을 한다 싶다가도 막상 만나 부딪쳐보면 생각이 달라지곤 했지요. 나야 원래 정치니 뭐니 하는 것에는 문외한이라 세상이 어떻게 돌아가든 관심도 없었는데 저번 태혁일 만나면서 세상공부 많이 했습니다. 한편 무섭기도 하고……"

"뭐가 그렇게 무서우셨어요?"

"그 사람 얘길 들으면서 이런 생각이 들더라구요. 즉 나무가 너무 커 그 곁의 작은 나무들한테 그늘이 된다고 무작정 그 큰 나무를 베려다가 그 나무 밑의 작은 나무들을 짓밟아 죽일 수도 있다는 그런 생각이었지요."

"빈대 잡으려다 초가삼간 태운다는 그런 말씀이시군요."

"태혁일 그렇게 미욱한 사람으로 생각하진 않습니다. 다만 그 사람의 발걸음이 너무 급하고 거칠지 않나 하는 겁니다. 그 사람이 나한테 이런 얘길 하더군요. 북쪽에서 자신이 참여했던 사회개혁, 즉 자신이 취했던 혁명 의지에 대해 진정으로 회의를 가진다는 겁니다. 이를테면 농민 대중의 폭거적 항거라든가 전쟁에 의한 지배권의 장악 또는 동양의 역성혁명을 통한 소수 지배세력의 교체로써 단시일에 백성을 획일화하고 종속시키는 그런 개혁은 결코 영구한 것이 될 수 없다는 거였습니다. 태혁인 나한테 정의를 얘기하더군요. 참다운 정의란 모든 사람이

승복할 수 있는 어떤 타당성과 보편성의 바탕 위에 세워진 진리여야 한다는 거였어요. 박형이 얘기하고자 한 요점은 그러한 정의를 신봉하고 생명력을 부여할 수 있는 계층이 주도하는 개혁이라야 참다운 개혁이라는 겁니다."

"덕수 아버지가 말한 그 계층은 어떤 사람들을 말하는 건가요?"

역 구내에서 기차를 기다리는 동안 영재 아저씨와 어머니는 아버지에 대해 더 많은 이야기를 주고받았다.

"민주혁명을 담당할 세력은 자유와 평등의 참가치를 터득한 중산계급이어야 한다는 것이었지요. 학식과 지성은 물론 어느 정도의 경제력을 가진 성숙한 계층만이 참다운 정의를 구현할 수 있다는 거였지요. 그러나 작금의 기성세대는 일제 식민주의적 사고방식 때문에 안 된다는 거였어요. 박형이 말하고자 하는 것은 이 나라의 배우는 젊은이들이 그 일을 해낼 수 있도록 힘을 불어넣어야 한다는 거였습니다. 언제고 그러한 젊은이들에 의해서 진정한 복락이 구가되는 정치, 그러한 사회가 온다는 얘기였지요. 즉 오늘의 부패한 권력에 맞설 수 있는 것은 오직 지혜와 용기와 정의감을 가진 젊은이들뿐이라는 것이었습니다. 박형 자신이 그 젊은이들을 위한 밀알이 되겠다는 거였습니다. 상촌 선생을 찾아뵌 것도 그런 뜻에서였답니다."

영재 아저씨는 말을 마치며 침울한 표정으로 내 모자를 벗겨 그 모표를 들여다보다간 내 까까머리 위에 손을 얹었다. 어머니도 웃음을 거둔 채 내 얼굴을 바라보았다.

"언젠가 박형을 한번 만나셨다고요?"

영재 아저씨가 땅을 내려다보며 짐짓 흘리는 투로 물었다. 그 순간 어머니의 얼굴빛이 달라졌다.

"애 아버지가 그러던가요? 절 만났다고."

"그 사람과 마주 앉아 얘기한 게 한 서너 시간이 됩니다. 그 것도 그 사람 혼자서 열변을 토했지요. 도대체 다른 얘기를 껴 넣을 짬이 없었어요. 북에서 언제 넘어왔고 그동안 어디서 어 떻게 지냈느냐 그런 얘기들을 나누고 싶었지만 도대체 그 사람 은 그따위 얘기엔 관심도 없다는 투였어요. 헤어질 때 겨우 틈 을 내어 덕수랑 덕수 어머니가 남한에 넘어와 있는 걸 아느냐 고 하자, 만났다는 거였지요. 만나서 얘기 다 나눴으니 더 얘기 하지 말자고 일축해버리더군요."

"그 사람 옛날부터 그렇게 살아온 걸요."

"정말 만나셨습니까?"

"만난 거나 다름없어요. 전화로 얘기했으니까요. 그때 그 양 반 형편이 그럴 수밖에 없었을 거예요. 하여튼 어렵게 그 사람 있는 델 알아냈지요. 처가와 친척뻘 되는 집에 있다는 걸 알아 냈지요. 그 집 전화만 겨우 알아낸 거예요."

"무슨 말씀부터 하셨습니까?"

"그 양반 성질을 알면서 긴 얘기를 할 수 있어야지요. 이렇 게 무사하게 계신 걸 알고 나니 이제 안심이라고 했어요."

"저쪽에선 뭐라고 하던가요?"

"뭣 하러 넘어왔느냐고 그러데요."

"그래서 뭐라고 했습니까?"

"그냥 제 용건만 말씀드렸어요. 덕수가 중학교를 가야 하는

데 호적등본이 있어야 할 거라구요. 덕수를 호적에 올려만 달라구 한 거지요."

"……뭐라던가요?"

"그럴 수 없다고 딱 자르더군요. 이북에서 당신이 넘어올 때 다 끝난 일이 아니냐는 거였어요. 지금까지 희생하고 산 거 끝까지 참아줄 수 없겠느냐고 하더니 그냥 전화를 끊었어요."

"저런 망할 사람 같으니라구!"

"처음엔 많이 섭섭했지만 그 입장을 바꿔놓고 생각해보니 이해가 갔어요. 더구나 그 양반은 누가 뭐라든 자기 식으로 사는 사람이니까요."

"나도 한때는 그 사람처럼 온몸으로 사는 게 부럽기두 했습니다. 그러나 나는 아까 말한 것처럼 그냥 그 사람이 무섭기만 합니다."

개찰 시간이었다. 역 구내에 있던 사람들이 우르르 개찰구로 몰려들었다. 먼저 일어서 개찰구로 가는 내 등 뒤에서 영재 아저씨가 어머니한테 다짐 두듯 물었다.

"그 사람만 끝까지 믿구 사실 겁니까?"

어머니가 아무 대꾸도 안 한 것인지 아니면 사람들의 와실거리는 소리 때문이었는지 어떻든 나는 어머니의 대답을 듣지 못했다.


점포에서 피륙을 떼어 이고 다니며 파는 보따리장수를 어머니가 시작한 것은 내가 월반을 해 중학교 3학년이 된 봄부터였다. 시장에 포목점을 벌여 큰 부자가 된 그 집에 일 년여 살면서 자연히 익힌 요령이 어머니가 그런 장사를 시작한 직접적 동기일 것이다. 그러나 그렇게 말은 안 했지만 어머니의 속셈은 다른 데 있는 것 같았다.

"어차피 벌인 장사, 나 이번에는 좀 먼 델 다녀오겠다."

피륙을 받아 이고 읍내에서 가까운 마을들을 돌며 장사를 한 지 꼭 한 달 만이었다. 어머니는 처음은 하루 이틀이면 되던 것이 얼마 후에는 한 댓새씩 집에 돌아오지 않았다. 이 여자가 아무래도 바람이 났지. 어이구 너 이 녀석, 어머니 잃어버렸다. 다음에 돌아오거들랑 꼭 붙들고 늘어져야지 그렇잖음 정말 느 어머이 잃어버릴 게여. 이웃 여자들이 혼자 남은 나를 놀려대곤 했다. 우리 모자의 거처는 아직도 그 포목점집 살림집이었다. 어머니가 보따리장사를 시작하면서 어떤 할머니 한 분이 살림을 도맡아 하게 했던 것이다. 내 동갑인 그 아이는 서울에 올라가 고등학교에 다녔기 때문에 방학 때를 빼놓고 그 집은 내 왕국이나 다름없었다. 포목상 그 어른이 아무래두 마누라 둘을 거느린다는 얘기가 맞는가베. 여자 인물 잘났겠다, 힘 안 들이고 훤칠한 아들 하나 얻었겠다. 제기랄 비단 장수 왕서방이 바루 그 양반이구만. 어디 그뿐인가, 읍내서 돈 벌어 서울에 집 사고 땅 사는 재미 붙이더니 이젠 읍내 돈 성에 안 차 외지 돈까지 쓸어갈 작정으루 그 여잘 보따리장수 내보낸 거 아닌가 말이여. 사람들이 그렇게 숙덜거리는 것도 이상한 일은 아니었다. 포목상 송씨 부부는 누가 뭐라든 우리 모자한테 시종여일하게 잘 대해줬다. 천성이 착한 사람들인데 자기들이 오늘처럼 잘살게 된 것이 1·4후퇴 때 횡재를 했기 때문이라고, 항상 그

것을 입버릇처럼 말하는 사람들이었다. 피난길 어느 고개 초입
에서 커다란 고리짝 두 개를 주웠는데 그 속에 비단이 가득 들
어 있었다는 것이다. 그것을 끌고 다니며 피난살이를 했고 수
복이 되자 곧장 읍에 터 잡아 그 장사를 시작한 것이 솔솔 실꾸
리 풀리듯 풀려 그렇게 돈을 모을 수 있었다는 것이다. 그러나
그다지 큰돈을 모은 것은 아닌 것 같았다. 겨우 서울에 집 한
채 마련해서 아이들 공부를 시키고 있는 정도였다. 송씨 부부
가 남의 눈을 의식하지 않듯 어머니 역시 스스럼없이 그 집 식
구들을 대했으며 나중에는 품에 품었던 패물을 처분해서 포목
점에 들여놓을 정도로 믿고 의지하는 형편이었다. 송씨 부부는
가게 하나를 따로 내어주겠다고 했지만 어머니가 굳이 고집을
세워 보따리장수를 나섰던 것이다.

　"넌 공부나 열심히 해라. 어무이 걱정은 안 해두 돼. 내가 느
어무이 속 다 아니라."

　포목점 송씨네 아주머니가 말했다.

　"제 속으로 난 자식 생으루 안 잃어버린 사람은 느 어무이
속 모른다. 느 어무이 꿈에 자꾸 니 누나가 뵌대더라. 머리를
산발하구 입에서 피를 철철 흘리면서, 꼭 애들 얘기 속 그 귀신
처럼 나타나서 운대는 거다. 가만히 봐라. 요즘 느 어무이 얼굴
이 말 아니더라. 여북하면 보따리 이구 저렇게 낯선 델 헤매구
다니겠냐. 죽었으면 그 원기라두 달래주구 싶은 에미 맘으루
저렇게 허둥허둥 헤매구 다니는 거다."

　그러고 보니 나흘 만에 집에 돌아온 어머니의 얼굴이 꽤나
수척해 보였다. 눈동자마저 흐릿하게 풀려 초점이 없는 것 같

았다. 어머니와 함께 있는 시간이 더욱 괴로운 것은 내가 먼저 묻지 않는 한 어머니는 말을 하지 않으려 한다는 사실이었다. 나한테 여전히 잘해주면서도 그전처럼 이런저런 얘기를 나누는 것만은 피했다. 결국 어머니는 그대로 앓아누웠다. 몸살이 난 것 같았는데 그 병세는 보통의 몸살보다 많이 심했다. 온몸이 불덩이였다. 그 겨울 눈 속에서의 마지막 저녁, 고열로 괴로워하던 누나 생각이 났다. 온몸이 불덩이인데도 누나는 이를 딱딱 두드려 떨면서 춥다고 했던 것이다. 그런 고열의 누나를 곁에 둔 채 나는 죽음같이 혼곤한 잠 속으로 떨어져버렸던 것이 아닌가. 무섭게 내리덮이는 눈꺼풀을 지탱하기란 힘들었다. 그러나 잠들 수 없었다. 온몸이 불덩이면서도 이를 악물어 신음을 토하지 않으려 안간힘 쓰는 어머니 곁에서 나 역시 이를 악물어야 했다. 내가 잠드는 순간 어머니를 영원히 잃어버릴 것 같은 무서움이 소름처럼 끼쳐왔다. 비몽사몽으로 지새우는 그 밤에 문득문득 떠오르는 얼굴이 있었다. 아버지가 보고 싶었다. 만약 그 시간에 아버지가 내 앞에 나타났다면 나는 무릎을 꿇고 엉엉 소리쳐 울면서 뭔가 용서를 빌었을 것이다. 뭔가 아버지한테 큰 죄를 짓고 있다는 생각이 송곳처럼 쑤셔들었다. 그러나 잠깐 잠들었다가 퍼뜩 깨어나는 순간, 나는 잭나이프를 쥔 내 손이 피로 젖어 내리는 상태의 살의로 몸을 떨고 있었다.

그해 가을 영재 아저씨가 다녀갔다. 마침 그날은 어머니도 장사를 나가지 않고 집에 있었다. 포목점 송씨네 살림집에는 오롯하게 우리 모자만 있는 시간이었다.

"그 사람 다녀갔습니까?"

"아니요. 우리가 어디 있는지 알지도 못할 거예요."

"알고 있을 겁니다. 얼마 전 나한테 또 다녀간걸요."

"이번에도 선거자금 때문에 왔던가요?"

"내년 5월이 아닙니까. 그러나 아직 후원자를 제대로 못 만난 것 같았어요. 하긴 지금 세상에 야당하는 사람한테 돈 대줄 사람이 있기나 하겠습니까. 지난번 선거 때 진 빚도 그대로 있다더군요. 결혼해 사는 여사 쪽이 꽤 돈 있는 집안이었는데 박형 때문에 완전히 망한 것 같았어요. 듣고 보니 딱하더군요. 여북하면 나 같은 사람한테 사정을 하겠습니까."

"돈을 내놓으셨군요? 받지도 못하실 텐데……"

"나한테 뭔 큰돈이 있었겠습니까. 큰돈이 있다면야 마땅히 내놓아야죠. 고향에 계신 어른 생각을 하면 그까짓 돈이 문젠가요. 또 혼자 사는 놈이 돈이 있어선 뭣 합니까. 별것 아니지만 있는 것 다 털어주고 나니 속죄라도 한 것처럼 마음이 개운해지더군요."

영재 아저씨를 건너다보고 앉았는 어머니의 얼굴에 연민 같은 그림자가 잠깐 스쳤다.

"아직두 혼자 계시는구먼요. 그러지 말구 결혼하셔요. 지금두 늦지 않았는걸요."

"새삼스레 무슨 결혼입니까. 지금 이 나이에 자식을 둬서 어쩔 겁니까. 다 불행이죠. 나 하나에서 모든 불행은 끝나야 합니다."

영재 아저씨와 어머니 사이에 꽤 오랫동안 침묵이 흘렀다. 음

충하게도 나는 내 기억 속의 할아버지 얼굴과 영재 아저씨의 얼굴을 견줘 보고 있었다. 그러나 이상하게도 그 두 사람의 얼굴을 흐릿하게 지우면서 낯선 얼굴 하나가 살아 올랐다. 아버지였다.

"이번에 내가 여기 온 건, 덕수 학교 문제를 의논드리기 위해섭니다. 물론 내가 나설 계제는 아닙니다만, 별달리 생각 마시구 앞으로 덕수 교육 문제만은 나한테도 책임을 좀 지워주십시오. 그렇다고 해서 내가 이담에 늙어서 덕수한테 기대려는 생각은 결코 아닙니다."

"말씀만 들어도 고맙습니다."

그렇게 운을 뗀 어머니는 고개를 숙인 채 한참이나 있다가 무엇을 결심한 듯 고개를 들었다.

"호의를 받아들이지 못하는 걸 용서해주세요. 제 자식은 떳떳하게 제 힘으로 가르치고 싶은 에미된 심정입니다."

어머니의 어조와 그 표정이 어찌나 단호했던지 벽에 기대앉았던 내가 몸을 곧바로 세울 정도였다. 영재 아저씨도 그 문제에 대해 더 이상 이야기하지 않았다. 그냥 내가 고등학교를 가기 위해서는 남은 한두 달이 중요하다는 의례적인 조언을 몇 마디 했을 뿐이다.

"참, 올봄엔 의정부에 안 가셨지요?"

영재 아저씨가 문득 지나가는 말투로 화제를 잡았다.

"못 갔어요. 그때 제가 몸살을 좀 앓았어요. 가봐야 부질없는 일이지만 지나고 나니 왠지 입때까지 마음이 꺼림칙하네요."

"내가 갔었습니다. 어쩌다가 좀 늦게 도착했는데 그게 아무래두 마음에 걸리더군요."

"누가 왔었대던가요?"

어머니의 몸이 꼿꼿하게 긴장된 자세로 굳어졌다.

"아닙니다. 그런 경우의 사람이 어디 덕수네뿐이겠습니까. 그날 오전에 스무 살은 좀 넘었을 청년 하나가 역전에 있는 전봇대를 살피고 다니더랍니다. 우리가 점심을 먹은 그 식당 있잖습니까. 그 집 남자가 쫓아가 누굴 찾느냐니까 그냥 아무것도 아니라면서 전봇대에 붙어 있는 걸 수첩에 적어 가지고 가더래요."

"거기 지난해 우리가 붙여둔 게 그대로 있던가요?"

어머니 목소리가 떨리고 있었다.

"웬걸요. 무슨 한약방 광고니 시내 여인숙 안내 등 너저분하게 붙어는 있었지만 우리가 붙인 건 없더군요. 하긴 사람을 찾는 광고문도 두어 개 붙어 있더군요. 전쟁통에 헤어진 사람이 수백만입니다. 그저 내가 마음에 걸렸다구 하는 것은 하필 그 청년이(대학생 같더랍니다)…… 고향 어르신네께서 정해주신 그 날짜에 전봇댈 살피는 사람이 있다니…… 그런 정도였지요."

"아무튼 고맙습니다."

어머니는 그 한마디를 하고 고개를 떨어뜨렸다.


"덕수야, 느 어무이 좀 빨리 찾거라이!"

송씨네 아주머니가 헐레벌떡 집으로 달려와 어머니를 찾았다. 그때 어머니는 더운 물이 나온다는 닭바위 샘터로 밥하는 할머니와 함께 두 집 식구의 빨래를 하러 간 참이었다. 날씨가 차지면서 어머니는 보따리장사를 나가는 날보다 송씨네 포목집에 나가 일을 봐주는 날이 더 많았다. 송씨네 포목점은 손이 달릴 정도로 손님이 많았던 것이다.

"이눔아, 느 아버지가 찾아왔다!"

송씨네 부인은 남의 일 같지 않게 흥분하고 있었다. 어느새 이웃 여자들까지 모여들었다. 어떤 여자는 벌써 닭바위 샘터로 어머니를 찾으러 내뛰고 있었다. 영재 아저씨가 다녀가고 한 달쯤 지난 뒤였다.

"이눔아, 그렇게 작대기처럼 서 있지만 말구 어서 가서 아버질 이리 모셔와!"

아버지가 태창여관에서 포목점으로 사람을 보내 우리 모자를 찾더란 것이다.

태창여관은 읍내에 두 개뿐인 여관 중의 하나였다. 어머니가 닭바위 빨래터에서 돌아오는 동안 아버지를 집으로 모셔오라고 했다. 이웃 여자들한테 등을 떠밀려 길에 나선 순간 나는 심한 요의로 하여 걸음을 옮기기 힘들었다. 경찰서 옆 빈 밭을 향해 바지 단추를 풀었지만 오줌은 쉽게 나오지 않았다. 송학정 정자 쪽으로 기운 겨울 해가 토끼 꼬리만큼 남은 저녁 무렵이었다. 그처럼 심한 요의에 비해서 오줌은 겨우 몇 방울 떨어졌을 뿐이다. 경찰서 앞을 지나 헌병대 뒤쪽 길로 들어섰다. 난리 때 폭격을 면한 유일한 곳이라는 우중충한 모습의 연초조합 건물을 지나자 두 갈래 길이 나타났다. 그 두 갈래 길 한중간에 나목이 된 느티나무 하나가 서 있었다. 가슴이 뛰기 시작했다. 또다시 심한 요의로 사타구니가 뻐근했다. 나는 문득 뒤돌아보았다. 하얗게 질린 누나의 얼굴이 거기 있었다. 질린 누나의 얼굴이 온통 땀이었다. 덕수야, 우리, 아버지 만나지 말자. 누나가 와들와들 떨고 있었다. 남촌읍에서처럼 바짓가랑이가 젖어 내리진 않았다. 그러나 나는 현기증을 느꼈다. 낙조 속의 집들이 우줄우줄 움직였다. 그것은 낯선 풍경이었다. 그러나 그것은 언젠가 한번 겪어낸 느낌의 정경이었다. 나는 휘청거리며 걸었다. 아무래도 낯선 거리였다. 무서웠다. 낯선 거리 어느 곳에선가 낄낄거리는 웃음소리가 들려왔다. 그 간판의 글자들이 꿈틀꿈틀 움직이고 있었다. 막막했다. 아버지 얼굴이 전혀 떠오르지 않았다. 붉은 완장이 보였다. 횃불이 우줄우줄 움직이고 있었다.

"네 이름이 뭐냐?"

이름이 뭐냐? 아버지가 나를 향해 던진 첫마디가 그것이었다. 박덕수. 그러나 나는 대답하지 않았다. 아버지가 아니었기 때문이다. 아주 어린 기억 속 내 이마 위에 손을 얹던 아버지가 아니었다. 남들의 입을 통해서 빚어진, 십몇 년 동안 내 머릿속에 살아온 아버지의 얼굴이 아니었다.

태창여관, 아버지와 마주 앉은 그 방에서 나는 도망치고 싶었다. 아버지의 당당한 풍채, 엄격하면서도 부드러운 윤곽으로 어필하는 준수한 얼굴, 날카롭게 번뜩이면서도 서글서글해 보이는 그 눈, 그리고 아버지의 입은 무거웠다. 한마디로 아버지는 나를 압도했다. 편히 앉거라. 아버지의 음성은 부드러웠다. 그러나 나는 무릎을 방바닥에 대고 궁둥이는 그대로 세운 엉거주춤한 자세인 채 온몸을 떨고 있었다. 꿈속에 있는 것 같았다.

"집으로 오시래요."

나는 겨우겨우 내 용무를 마칠 수 있었다.

"아니다. 네가 가서 어머닐 이리 오시도록 해라."

밖에 나오자 섬뜩한 한기가 끼쳤다. 이마와 등에 땀이 흘렀던 것이다. 사위가 어둑해지는 거리를 백 미터 경주하듯 달렸다. 신방에 드는 새색시를 단장시키듯 이웃 여자들이 왁자지껄 어머니를 둘러싸고 있었다. 검정 빌로드 치마에 옥색 호박단 저고리를 날렵하게 받쳐 입은 어머니는 정말 아름다웠다.

"저런, 세상이 아무리 변했다구 하지만, 색시가 신랑을 찾아 여관엘 가다니!"

"여기 방두 많구 조용한데 이리루 오실 것이지, 아무리 지체 높은 양반이라구 해두, 그건 너무하셨어!"

"하긴 남 못 보게 색실 오붓하게 품으려면 예보다야 게가 낫지."

"그렇담 만물 목화 따 구름처럼 타서 햇솜 놓은 저 비단금침 아까워서 어쩐다냐?"

"비단금침이구 뭐구, 신랑 얼굴 보려던 우린 닭 쫓던 개 모양 이게 뭐냔 말이여."

앞서 걷는 어머니의 걸음은 빨랐다. 아버지가 몰래 월남하기 몇 해 전 어디선가 잠깐 만난 일이 있을 뿐, 어머니는 아버지 얼굴을 십여 년 만에 처음 대하게 되는 것이다. 내 손을 잡으며 여관을 들어서는 어머니의 애써 죽이는 가쁜 숨소리를 나는 듣고 있었다.

한 무릎을 세워 그 위에 두 손을 포갠 채 사뿐하게 앉은 어머니의 단정한 모습에서 나는 처음으로 한 여인의 완숙한 아름다움을 보았다. 아버지 앞에 놓인 재떨이에는 담배꽁초가 십여 개 짓눌린 상태로 널려 있었다.

"지난번 내가 지방에 내려간 사이에 다녀간 모양인데, 어떻든 그때 두고 간 돈 고마웠소."

아버지의 목소리는 위엄이 있었고 어머니는 몸을 약간 움직이는 것으로 대답을 대신했다. 그닥 놀랍지는 않았지만 나는 새삼스런 눈으로 어머니를 바라봤다. 보름 전쯤 어머니가 송씨네 아주머니 대신 서울 도매상에 피륙을 떼러 간 적이 있었다.

"알고 있겠지만 이제 몇 달 남지 않았소. 다음 선거가 나한텐 최대 고비요. 이번 내 당락은 이 땅에 진정한 야당이 뿌리내릴 수 있는가 하는 그 존폐가 달렸다고 해도 과언은 아닐 것이오. 오늘과 같은 상황에서 야당이란 무엇이겠소? 그것은 얼음장 밑에서도 죽지 않고 돋아나는 민초요. 내가 야당에 뛰어든 것은 이 땅에 진정한 정의, 진정한 민권, 진정한 민의, 민지, 민망이 자유롭게 숨쉬고 거침없이 뻗어가는 그런 사회를 이룩하고자 함이오. 오늘날 이 사회는 푹푹 썩어가고 있소. 사리사욕, 가렴주구, 권모술수, 한 개인의 욕심을 채우기 위해서 성곽의 주춧돌을 캐내고 있는 꼴이오. 썩어가고 있는 것보다 더 무서운 게 뭔지 아시오? 잊어버리는 거요. 쉽게 용서하고 쉽게 망각하고, 그게 이 민족의 단점이오. 사람들은 벌써 일제시대 그 야비하고 잔혹한 일본놈들이 자행한 수탈의 역사를 잊어버리고 있는 거요. 당신은 내가 일제말 일본과 우리나라에서 오직 이 나라의 독립을 위해 싸워온 내 삶을 알고 있을 것이오. 나는 더 큰 것을 위해 월남했소. 내 일신상의 모든 것을 버리고 큰 것을 위해 살기로 결심한 내 뜻을 당신만은 알 거요. 지금 사람들은 얼마 되지도 않아 벌써 그 부끄러운 동족상잔의 6·25를 망각하고 있소. 많은 사람이 왜 죽어야 하는지 그 이유를 모른 채 죽었고, 또 더 많은 사람이 불구가 돼 일생을 비참하게 살아야 했으며, 지금 이 땅에는 전쟁으로 인해 수백만 명의 사람들이 헐벗고 굶주려 떨고 있지 않소? 그러나 아무도 이것이 궁극적으로 누구의 책임이냐고 묻고 있지 않는 거요. 용기가 없기 때문이오. 용기란 진정한 정의가 있을 때 발휘되는 거요. 내가 그 일을 할 것이오. 물론 전쟁을 도발한 김일성 이놈한테 그 일차적 책임이 있는 것이오. 또한 소수 위정자들에게도 그 책임을 물을 수도 있을 거요. 그러나 내가 하고자 하는 것은 더 근본적인 거요. 우리에게 동족상잔의 비극을 가져다준 것은 미, 소, 일, 중 소위 4대강국이오. 이 주변 4대강국 놈들의 목 밑에 칼을 들이대고, 너희들이 이런 비극을 이 인류 역사에 끼쳤다, 그 책임을 져라, 그렇게 외쳐, 우리 민족이 무섭게 살아 있다는 것을 보여줘야만 우리 민족의 활로가 열릴 수 있는 거요. 두고 보시오. 내가 그 일을 하리다. 내가 못한다면 이 나라의 지성, 이 나라의 정의인 젊은이들이 할 수 있도록 내가 거름이 될 것이오."

장황했다. 그러나 아버지의 자세는 근엄했고 그 어투 또한 처음부터 끝까지 흐트러짐이 없었다. 내가 숨을 죽이고 앉아 있듯 어머니 역시 반듯한 자세 그대로 다소곳이 듣고 있었다. 그것이 아버지와 어머니의 만남이었다.

"얼마 전 최영재를 만났소. 독신으로 지내던데, 내 생각엔 당신을 생각하고 그런 것 같소."

아버지의 입에서 어렵잖이 그런 말이 나왔다.

"최영재, 그 사람 우리 아버지 피를 받았다고 말하고 싶어하는 눈칩디다. 옛날부터 그랬지. 그런 뜻에서였겠지만 어쨌든 나한테 돈을 좀 내놓습디다. 그 돈을 내놓으면서 하는 얘기가, 지난번 당신이 전화로 말합디다만, 애들을 내 호적에 올리라고 하는 거였소. 내가 말해줬소. 나 이북에서 빨갱이짓 하던 박태혁이 아니라고. 당신도 아다시피 나, 박한(朴翰)이오. 개명을 해 당신이 날 찾느라고 애를 먹은 모양이오만, 내가 과거가 겁나 개명을 한 건 아니오. 이름이야 어찌 됐든 내가 이북에 있던 박태혁이가 아님은 틀림없소. 유세 때가 되면 또 놈들이 과거를 들춰 모함을 하겠지만, 대한민국은 법치국가요, 나 법적으로나 양심적으로 꺼리낄 것 조금도 없소. 내가 그런 모함으로 눈 하나 까딱할 사람이오? 영재, 그 친구가 뭔 맘으로 남의 잔치에 배 놓아라 감 놓아라 하는진 모르겠지만, 어쭙잖아 내가 한마디 해줬소. 정 그렇게 애들을 생각한다면, 네 앞으로 호적을 올려놓으면 될 게 아니냐고. 그냥 아무렇게나 한 소리가 아니오. 그러니 이제부턴 애들 문제는 그 친구하고 상의하시오."

아버지의 표정, 아버지의 어투는 너무도 의연했다. 어머니가 겨우 들릴 정도의 작은 목소리로 말했다. 말하기 죄스러워 차마 얼굴을 들 수 없다는 듯 고개를 숙인 채였다.

"아이라곤 애 하나예요. 은하는 월남하는 중에 잃어버렸어요. 아마 죽었을 거예요."

242

그러나 아버지의 낯색은 그대로였다. 아버지의 목소리는 더욱 위엄이 있었다.

"아까 내가 말했듯이 전쟁통에 죽고 헤어지고 한 사람이 어디 한둘이오? 문제는 살아남은 사람이 그런 비극이 다시는 없도록 앞으로 어떻게, 어떤 방법으로 살아야 하느냐 그거요."

어머니를 위로하려는 뜻에서 한 말이 아닌 것만은 분명한, 그렇게 아리송한 말을 끝으로 아버지는 더 이상 말하지 않았다. 담배를 반쯤 태운 후에 나를 향해, 너 잠깐 밖에 나가 있거라, 했을 뿐이다. 어머니가 나한테 나가보란 눈짓을 하며 말했다.

"집에 가서 공부하다 먼저 자렴."

그러나 방문을 여는 내 뒤에서 아버지가 말했다.

"아니다. 잠깐이면 된다. 밖에 있다가 어머니 모시구 가거라."

밖은 완전히 어둠이었다. 아주 먼 여행에서 문득 집을 생각하는 객회 같은 게 가슴을 싸하게 훑었다. 탈진이 의식되는 그런 피로가 덮쳐왔다. 십 분도 안 되어 여관의 현관문이 열렸다. 아버지가 먼저 나오고 그 뒤에 어머니가 보였다. 여관 한쪽 어둠 속에 엎드려 있던 승용차가 시동을 걸었다. 모자의 작별 인사를 건성으로 받으며 아버지가 그 승용차에 올랐고 차는 곧장 움직였다. 그러나 승용차가 사라진 어둠 속을 향해 어머니는 돌처럼 굳은 자세로 꽤 오랫동안 서 있었다.


"덕수 어무이, 우리가 돈 빼주기 싫어 그러는 거 아니라구."

"제가 왜 그걸 모르겠어요. 그러나……"

"글쎄, 그러나구 뭐구, 덕수 어무인 지금 제정신 가지군 그럴

허허벌판

수 없어."

"아니에요. 덕수 아버지가 다녀갔다구 해서 별안간 그런 생각을 한 게 아니에요. 벌써 오래전부터 그러기로 계획해왔던 거예요."

"글쎄, 어쩔려구 그런 생각을 했어. 여필종부라군 하지만 그게 어디 덕수 어무이 경우에 해당이나 되는가. 깨진 독에 물 붓는 격이지, 이러다가 덕수 공분 어떻게 시킬 거며, 여자 몸으로 어떻게 살아갈려구 그러느냐 말이여."

아버지가 다녀간 시 이틀 후였다. 어머니는 포목집 송씨네한테 패물을 팔아 넣는 등 어머니 몫으로 포목점에 넣은 돈을 모두 돌려달라고 했던 것이다. 송씨네 부부는 펄펄 뛰었다. 그만한 돈 벌기가 어디 쉬우냐는 것이었다. 보따리장수로 산간벽지 떠돌며 어렵게 모은 돈인데 그렇게 허망하게 날릴 수가 있느냔 얘기였다. 어머니가 그 돈을 아버지한테 내놓겠다고 했던 것이다. 송씨네 아주머니는 아무리 치마폭이 스물네 폭이란 말을 들어도 말릴 건 말려야 한다고 어머니의 뜻을 꺾으려 했다.

"지금까지 해온 걸 봐서 그런다고 돌아설 양반이 아니여. 태산을 넘으면 평지를 본다는데, 평지는커녕 갈수록 첩첩산중일 게 자명한 것을, 그게 도대체 뭣하는 짓이여?"

송씨네 아주머니가 흥분하는 것과는 달리 어머니는 착 가라앉은 느낌이었다.

"뭘 바라고 그분을 도와주자는 게 아니에요. 이북에서 여기까지 그 고생하며 넘어올 때 그분 덕 입을 생각하고 온 거 아니었어요. 시아버님도 그런 걸 다 아시면서도 우릴 떠나보내신 거였어요. 저는 시아버님의 뜻을 알아요. 덕수 아버지가 우릴 어떻게 대하든 그건 문제가 아니에요. 아무 데 어떻게 있든 덕수 아버지로서 살아 있기만 하면 돼요. 애들한텐 아버지가 있어야 해요. 치마폭에 키운 자식이란 소릴 듣게 할 순 없어요. 제가 돈을 내놓기로 한 것은 덕수한테 아버지가 있다는 것을 확인해두려는 뜻도 있어요. 자식한테 천륜을 거역하게 할 순 없어요."

어머니의 뜻은 확고했다. 이제는 세상을 알 만큼 자란 자식의 눈치를 보는 일도 결코 없었다. 다만 아버지가 다녀간 그다음 날, 아버진 지금 큰일을 하고 계시는 거다, 그러나 돈 때문에 무척 고생하시는가 보더라, 할 수 있는 데까지 우리도 도와 드리는 게 도리가 아니겠느냐, 그런 말로 내 입을 막았다. 그동안 어머니가 모은 돈은 논 값으로 쳐 열 마지기에 해당하는 것이라고 했다. 그 돈 전부를 아버지한테 내놓고 돌아온 날 어머니는 내 손을 잡아 쥐며 말했다. 걱정 말아. 무슨 일이 있어도 널 미국 유학까지 보낼 거다.

미국 유학. 미국. 이상한 일이었다. 어머니의 입을 통해서 미국이란 말을 듣는 순간 그 말이 마력을 부리기 시작했다. 원주 성애원 아이들이 보여주던, 고동색 세단에 기대선 그 아이의 사진이 보였다. 내가 그 사진 속에 서 있었다. 마릴린 먼로가 보였다. 로버트 테일러가 기차에서 내려서며 바지의 먼지를 털었다. 할리우드의 세트인 그 살벌한 서부 마을의 술집 문을 젖히고 내가 들어서고 있었다. 악당 하나가 내 머리통에 총을 들이댔다. 총소리가 났다. 쓰러진 것은 악당이었다. 아담스가 권총을 손끝에서 두어 바퀴 돌린 다음 총집에 꽂으며 다가오고 있다. 아담스. 나는 어머니의 그 말 이후 아담스를 생각하기 시작했다. 물론 이따금 아담스 생각을 안 한 것은 아니지만 나는 이제 아담스와 함께 살았다. 아담스가 말이야…… 나는 자랑스럽게 아담스 이야기를 하기 시작했다. 어느 날 아담스가…… 내 입을 통해서 아담스는 실물의 몇 배 이상 미화됐다. 내가 아담스한테…… 아담스와 나는 동격이었다. 오우, 예스, 베리 마아치, 댕큐, 댕큐, 원더풀. 월반한 실력으로는 어림도 없던 중3 영어책이 우습게 보였다. 다섯 명이 영어 선생 집에 모여 영어 과외를 했는데 영어 선생이 놀라기 시작했다. 고등학교에 들어가면서부터는 더욱 영어 공부에 열을 올렸다. 수학 시간에 영어책을 보다가 걸려 얻어터졌다. 헤이, 본토 발음. 영어 시간에 붙여진 내 이름이 본토 발음이었다. 나는 항상 아담스와 함께 이야기를 나누는 환상에 빠져 있었다. 고아원 원장 부인이 보관했다가 어머니한테 넘겨준, 아담스에 대한 추억인 전기 아이롱과 구두솔과 포크와 스푼은 항상 내 책상 위에 있었다. 나는 그 스푼으로 밥을 먹었고 송씨네 아이들은 신기한 눈으로 나를 바라봤다.

　나는 서울에 있는 P고등학교 학생이었다. 홍천에서처럼 내 거처는 송씨네 집이었다. 송씨네 큰아들과 딸은 대학생이었고 나와 동갑인 그 아이는 고2였다. 나는 송씨네 아이들과 잘 어울렸다. 할머니 한 분이 우리들 밥을 해주면서 함께 살았다. 송씨네 아주머니랑 어머니가 한 달에 한 번씩 번갈아 다녀갔다. 어머니는 여전히 읍에 남아, 송씨네가 어머니 명의로 내준 읍내

시장 한 군데의 작은 피륙점을 맡아 보고 있었다. 빈털터리인 어머니로선 송씨네의 그 호의에 감읍할 뿐이었다. 어머니의 꿈은 어서 악착같이 돈을 모아 그 피륙점을 완전히 어머니 것으로 만드는 것이었다. 어머니는 낮에는 장사를 하고 저녁에는 낮에 맡은 바느질감을 가져다 직접 말라 밤새도록 바느질을 했다.

나는 고(高)자 모표가 달린 모자를 쓰고 의정부로 달려갔다. 가슴이 두근거렸다. 내 생일날이었다. 한 여인과의 약속이었다. 거기서 할아버지도 볼 수 있을 것이다. 어쩌면 북쪽에 두고 온 한쪽 발을 저는 삼촌과 삼촌댁, 그리고 먹실마을에 시집가 사는 고모도 볼 수 있으리라. 누나, 그러나 누나의 얼굴은 떠오르지 않았다. 아담스, 엉뚱하게도 나는 그날 아담스를 만나러 간다는 설렘으로 잠까지 설쳤다. 그러나 기적은 일어나지 않았다. 그날 어머니는 나보다 먼저 그곳에 도착해 있었다. 늘 그러했듯 검정색 치마에 흰 옥양목 저고리를 받쳐 입은 어머니의 모습이 그렇게 소박하고 청순해 보일 수가 없었다. 낮 열두시였다. 의정부역 근처 미군 부대에서 마치 경적 소리 같은 사이렌이 울리고 있었다. 화창한 봄 하늘에 성조기가 펄럭였다. 아담스란 사람한테서 무슨 연락이 있느냐? 미군 부대 쪽을 향해선 내 뒤에서 어머니가 물었다. 어머니가 귀신만 같았다. 여기가 어딘데, 여기서 아담스의 이름을 어머니한테 듣다니. 아직이요. 그러나 곧 연락이 올 거예요.

서울에 돌아오는 즉시 고아원부터 찾아갔다. 그 고아원은 몇년 사이에 몹시 퇴락한 모습이었다. 원장 부인도 늙었다. 그러나 우리들의 아버지는 몸이 더 불고 혈색 또한 더 좋아 보였다. 나를 알아보는 아이들이 아직 몇 있었다. 짝코의 두꺼비 사육 병이던 그 아이도 중학교에 다녔다. 원장 부부나 나를 아는 아이들은 양같이 온순해진 내 태도에 적이 놀라는 기색이었다. 아버지, 아담스란 사람한테서 연락이 없었나요? 지금 그 얘길 하려던 참이다. 네가 왜 여길 언젠가 한번 다녀가지 않았느냐? 바로 그해였다. 미국 병사 하나가 여기 와서, 아담스의 부탁으로 왔다며 너를 찾았다. 없다니까 주소라도 대달라는 거야. 네가 원주에 있다는 얘기만 해줬을 뿐이다. 네가 있는 델 알았어야 제대로 알려주지. 그냥 안부나 전하러 왔었던 모양이더라만. 나는 송씨네 집 대학생 형의 도움을 받아 아담스를 찾는 내용의 편지를 『워싱턴 포스트』와 『뉴욕 타임스』 앞으로 보냈다.

"너를 낳던 날 할아버지가 손수 새끼를 꼬아 고추를 달아대셨다는구나. 석 달 열흘 문지방을 넘겨선 안 된다고 하시면서, 부정 탄다며 탑골까지 상여 가는 소리가 못 올라오게 막으시느라 사람을 아랫마을에 세워두셨단다. 아마 영재 아저씨두 그때 너를 위해 그런 일을 맡아 하셨을 게다."

나는 어머니가 자주 사방을 두리번거리고 있음을 알고 있었다. 나는 시치미 떼고 말했다.

"참, 영재 아저씨는 오늘 안 오시는가 보죠?"

"직장에 계신 분이 어떻게 매번 오시겠니. 그동안 오신 것만 해두 너무 고마운 일이지."

"저번에 아버지두 그러시구 또 그전부터 사람들이 모두 그랬잖아요? 영재 아저씨가 우리 할아버지 아들일 거라는 말 말이에요. 그거 어떻게 된 거예요?"

"낸들 그걸 어떻게 알겠니."

그러면서 어머니는 딴전을 보았다.

"그게 사실이라면 영재 아저씨가 아니라 삼촌이잖아? 어머니, 아주 아버지라구 부를까?"

"얘가 이젠 못하는 소리가 없네!"

짐짓 역정을 내고 있었지만 흰 옥양목 저고리에 반사된 어머니의 얼굴은 아직도 젊고 아름다워 보였다.

"그런데 왜 영재 아저씬 옛날부터 아버지한테 절절매구, 그렇게 당하기만 한 거야?"

"당하긴. 한때 세상이 그래서 어쩔 수 없이 그렇게 된 적도 있긴 하다만, 누가 뭐래두 두 분은 어릴 때부터 죽마고우였다. 아마 그 우정은 지금도 변함이 없을 게다."

역전 그 식당에서 점심을 먹으며 우리는 누군가를 기다렸다. 식당 주인이 바뀌었다. 먼저 사람은 시내에 나가 구멍가게를 차렸다고 했다. 역전 광장의 전봇대 그림자가 꽤 길게 뻗쳤다. 그러나 아무리 살펴봐도 전봇대 밑에는 누나가 없었다. 사면팔방을 아무리 둘러봐도 누나는 걸어오지 않았다. 어머니가 입은 옥양목 흰 저고리가 썰렁하게 느껴지기 시작하는 시간이었다. 그러고 보니 아저씨가 오전 중에 다녀가신 건 아닌가 모르겠다. 어머니는 혼잣소리로 중얼거리며 한숨을 가만히 삼키는 기색이었다. 작년엔 이맘때쯤 오셨다구 하셨잖니? 그렇게 구시렁거리면서 어머니는 좀체 그곳을 떠나려 하지 않았다.

봄 소풍을 갔다 오다가 시내 변두리 담장 벽에 붙어 있는 그 지역 민의원 출마자들의 벽보 속에서 아버지의 얼굴을 보았다. 기호 5 박한. 홍천에서 볼 때와는 달리 안경을 쓰고 있었지만 아버지가 분명했다. 그러나 본적 출생지가 서울이었다. 물론 독립투사였다. 그리고 경력과 역임한 단체가 대단했다. 대한구국청년총연합회회장, 반공학생장학설립추진위원회회장, 정의민주수호투쟁위원회청년부상임지도위원, 청소년도덕무장추진회수석간사, 불량청소년선도위원회상임선도위원 박한 씨가 내건 많은 공약 중에는 육성으로 들은 적이 있는, 주변 4대강국 수뇌를 직접 만나 6·25의 책임과 그 피해보상 문제를 추궁하겠다는 내용도 들어 있었다.

아담스를 찾는 내 노력에 대한 첫 반응이 나타났다. 미 육군성에서 발행되는 『아미 타임스』 한 부가 내게 배달됐다. 그 신문 한 면에 내가 『뉴욕 타임스』에 보내, 아담스를 찾는다는 내용이 기사로 된 것이 전재되어 있었다. 한국전쟁 고아, 미국 은인 찾다, 라는 제목 밑에 내가 유일하게 보관하고 있었던 아담스와 함께 찍은 사진이 박혀 있었다. 『아미 타임스』가 배달된 것은 민의원 선거를 하루 앞둔 날이었다. 송씨네 집 삼 남매가 환성을 질렀다. 이제 아담스를 찾은 것이나 다름없다고 했다. 다음 날 있을 선거에서 아버지가 당선될 게 분명하다고 했다. 그날은 어머니도 송씨네 아주머니와 함께 서울에 올라와 있었는데, 어머니는 우리들 앞에서 비교적 태연하게 보이려 노력하는 것 같았다.

1958년 5월 2일, 제4대 민의원선거가 실시됐다. 그 구(區)에 출마한 여덟 명 중에서 아버지는 세번째의 득표로 낙선했다. 그날 어머니 얼굴을 마주하지 않게 된 것만 해도 다행이었다. 어머니는 선거가 있던 날 아침 물건을 해가지고 내려간 뒤였던 것이다. 어머니는 장사에 재미를 붙이고 있는 모양이었다. 한 삼 년만 더 고생하면 그 가게를 완전히 넘겨 맡을 수 있다고 했다. 가게를 보는 외에 밤에 하는 삯바느질로 해서 어머니의 손과 얼굴은 늘 부숭부숭 부어 있었다. 혼자 입이라 반찬을 제대로 해먹을 리도 없었겠지만, 그런 끼니마저 제때에 하지 못하고 건너뛰기가 예사로 바쁜 생활을 보내는 어머니였다. 아버지의 낙선을 확인하면서 내 가슴을 짓누르는 것은 어머니가 아버지한테 내놓았던 그 돈이었다.

나는 매일매일 아담스를 생각했다. 누군가 '미국의 소리' 방송에 그 사연을 하소연해보라고 일러줬다. 미 8군 공보처에도 편지를 보냈다. 국내 신문에 내 얘기가 박스 기사로 나가기도 했다. 아담스와 함께 지낼 때 그의 입을 통해서 들은 것 같은 미국의 도시 이름을 기억해내서 그곳 지방신문사로 편지를 띄웠다. 그 사연 속에서 나는 전쟁통에 가족을 몽땅 잃은 고아였다. 아담스와의 만남을 흥미롭게 주시하는 사람들이 늘어갔다. 아담스한테서 연락이 있었니? 만약 아담스한테서 연락이 오면…… 너, 미국에 간다며? 그게 언제쯤이냐? 아담스 그 사람…… 아담스는 그대로 미국이었다. 내 또래면 누구나 하나같이 동경해 마지않는 유토피아, 그 구원이었다.

꿈에 진흙물이 나가는 것을 보면 안 좋다는 말이 퍼뜩 생각

허허벌판

났다. 도도히 굽이쳐 범람하는 강물을 어머니가 내려다보고 서 있었다. 진흙물과는 대조적으로 어머니는 눈이 시릴 정도의 흰 소복 차림이었다. 강물은 닷새마다 장이 서는 장마당으로 넘실 넘실 흘러들었다. 그러나 어머니가 서 있는 곳은 읍의 끊어진 다리 세 동강 중에서 가운데 동강이었다. 그 가운데 동강이 세 찬 물길에 부딪쳐 움찔움찔 움직였다. 그러나 어머니는 범람하는 강물에 취한 듯 미동도 않았다.

꿈에서 깨어나자 밖에 비가 내리고 있었다. 꿈에서 깨어나서도 동강난 그 다리 끝에 선 어머니의 소복 입은 모습은 좀체 사라지지 않았다. 그 꿈 이후 나는 어머니가 죽을는지 모른다는 생각을 했다. 물론 아버지가 낙선했다고 해서 그 충격으로 죽을 어머니가 아니라는 것을 알면서도 나는 하루에도 몇 번씩 어머니가 다리 위에서 떨어져 내리는 환상에 시달렸다.

꿈이 보여준 불길한 징조는 너무나 빨리 나타났다. 송씨 아저씨가 내가 있는 서울 집으로 연락을 보내왔다. 내가 읍으로 급히 내려갔을 때 어머니는 우리가 먼저 살던 병원에 누워 있었다. 양잿물을 마셨다곤 하지만 빨리 손을 써 위세척을 한 때문인지, 입속이 조금 헐고 이따금 구역질을 할 뿐 멀쩡한 편이었다. 그러나 어머니는 내가 아무리 흔들어도 눈을 떠 나를 쳐다보지 않았다. 다만 내 손을 가볍게 쥐었다 놓았을 뿐이다. 아니나 다를까, 아버지의 빚쟁이들이 십여 명씩 두 패로 나뉘어 쳐들어 왔던 것이다. 어머니가 맡아서 하는 피륙점인 영생상회는 빈 선반만 덩그렇게 걸려 있었다. 송씨네 가게인 영화상회도 쑥밭이었다. 도둑의 집에도 되가 있다는데 이렇게 경우 없이 남의 재산을 털어갈 수가 있느냐며 송씨 아저씨가 허탈한 얼굴로 한숨을 몰아쉬었다. 경찰에 고소를 해 잘하면 영화상회 물건이야 되찾을 수 있을는지 모르겠지만 알아서 고스란히 당한 그 수모는 누가 보상하겠느냔 것이다.

　두 가게를 둘러본 나는 앞이 캄캄했다. 오죽했으면 어머니가 양잿물을 마셨겠는가. 그 빚쟁이들은 처음 어머니한테 아버지를 내놓으라고 아우성쳤다고 한다. 어머니가 아버지를 숨겨놓고 있다고 그들은 믿고 있었던 것이다. 그들은 어머니와 송씨 아저씨 앞에 여러 장의 차용증을 내놓았다. 차용인으로 송씨네 포목점 상호인 영화상회가 적혀 있었다. 송씨 아저씨와 어머니가 아버지의 빚 보증인으로 돼 있었던 것이다. 먼저 패들이 두 가게의 물건을 털어가고 나서 그 이튿날 다른 패들이 들이닥쳤다고 한다. 어머니도 잘 아는 얼굴이 몇 명 있었다고 한다. 아버지는 월남해서 사는 고향 사람들한테도 손을 뻗쳤던 모양이었다. 정작 무서운 것은 그 사람들이었다. 그들은 읍내 여관에 진을 치고 앉아 아버지를 찾아 눈앞에 내놓기 전에는 물러가지 않겠다고 했다. 시장 안은 물론 어머니가 누워 있는 병원까지 몰려와 아우성이었다.

　"박태혁, 그 악질 빨갱이 놈이……"

　그들은 아버지의 과거를 성토하고 단죄했다. 아버지의 과거가 그들 눈앞에 있었다.

　"이 빨갱이 놈의 계집!"

　"이 빨갱이 놈의 자식새끼!"

　고향을 떠나 남쪽으로 내려온 그 사람들은 그동안 설움을 받고 산 세월을 떠벌리며 입에 게거품을 물었다. 빨갱이. 이 세상에서 가장 무서운 욕이었다. 꼼짝없이 우리 모자는 읍내 사람들 앞에 빨갱이 놈의 계집, 빨갱이 놈의 자식으로 발가벗겨졌다.

"느 어머이 아무래두 안심이 안 된다. 심상치 않어."

어머니와 친했던 시장 여자들이 말했다. 한번 그렇게 죽으려 했던 사람은 결국 그 미련을 못 버리는 경우가 많으니 곁에서 떠나지 말라고 했다.

나는 서울로 돌아가지 않았다. 무슨 염치에 송씨네 신세를 또 질 수 있단 말인가. 학교도 그것으로 그만이었다.

"영재 아저씨한테 한번 다녀오너라."

거의 보름쯤 지난 뒤에 어머니가 처음으로 입을 떼었다. 읍내 여관에 머물던 빚쟁이들이 제풀에 지쳐 물러간 뒤였다.

"거기 가서 이쪽 얘길 해선 안 된다. 혹시 아저씨가 뭘 묻더라도 아무 일도 없다고 해야 한다."

아버지의 빚쟁이들한테 당한 이야기를 하게 되면 결국 영재 아저씨한테 큰 걱정만 끼치게 된다는 것이다.

"그런 얘기 안 하려면 거길 뭘 하러 가요?"

나는 퉁명스럽게 내쏘았다.

"아저씨한테 가면 혹시 아버지 소식을 알 수 있을는지 몰라서 그러는 거다. 아버지가 어디서 어떻게 지내고 계시는지는 알고 살아야 할 것 아니냐?"

어처구니가 없는 말이었지만 나는 어머니한테 더 이상 맞서지 않았다. 어머니의 표정이 너무나 숙연했던 것이다.

영재 아저씨는 몹시 바빴다. 학급 증설이 돼 새 교사를 짓는다고 했다. 애숙이는 고등학교 교복을 입은 내 아래위를 훑어 보며 무척 반가워했다.

"아버지가 아깝게 떨어지셨더구나. 다음번엔 꼭 되시겠지."

영재 아저씨가 지나가는 말투로 그렇게 말했다. 그 기회를 놓칠 수 없었다.

"여기 오셨었나요?"

나는 애써 아버지라는 말을 쓰지 않았다.

"누구? 응, 아버지 말이냐?"

영재 아저씨가 잠깐 머뭇거리는 사이에 애숙이가 껴들었다.

"아이구, 최 주사님, 그 사람들 또 올까 봐 겁나요. 글쎄……"

영재 아저씨는 쯧쯧 혀를 차며 애숙이를 돌아보았다. 더 듣지 않아도 알 만했다. 아버지한테 돈을 떼인 고향 사람들이 영재 아저씨한테도 몰려왔던 것이 분명하다.

"아버지가 아직 여긴 안 오셨다. 당분간 어디서 좀 쉬셔야 하겠지."

나 역시 영재 아저씨의 집요한 물음에도 불구하고 어머니의 당부대로 우리가 당한 그 일을 털어놓지 않았다. 운동장에서 학생들이 구령에 맞춰 맨손체조를 하고 있었다. 학교를 그만두 었다는 말이 목구멍까지 올라왔으나 참았다.

"누나 소식은 아직 모르지? 올봄엔 의정부도 못 갔다. 마침 그날 학교에 행사가 있어서…… 내 틈나는 대로……"

그것이 얼마나 허황된 일인가를 생각하는 듯 영재 아저씨의 말꼬리가 흐지부지 죽었다.

"이번엔 한 이틀 걸릴 것 같구나. 쌀두 있구 밑반찬 많이 해
놨으니까 공연히 배 곯지 말아야 한다."

어머니는 다시 보따리장수로 나섰다. 내복이며 나이롱 옷을
도매상에서 떼어가지고 다니며 팔았다. 이따금 어머니의 입에
읍에서 백 리도 넘는 지명이 들먹여지는 걸 보면 어머니는 장
사 외에 또 아버지의 소재를 추적하고 있는 게 틀림없었다. 물
론 누나를 찾는 일도 포기하진 않았다는 것을 어머니가 철원
지방으로 자주 나가는 것으로 미루어 알 수 있었다.

그때 어머니와 나는 읍외 변두리에 작은 방 하나를 얻어 살
았다. 성당에서 밀가루를 타 오면 며칠씩 멀건 수제비국만 먹
었다. 하루 두 끼 이상 먹어본 적이 없었다. 어머니가 시골로
장사를 나가면, 어머니가 그러하듯 나 역시 하루 한 끼로 때우
는 경우가 많았다. 그때 나는 신문 배달을 하고 있었는데 신문
을 집어넣기 위해 대문 앞에 서면 그 집이 빙그르 돌아가곤 했
다. 나는 가끔 길바닥에 앉아 그 어지럼증을 가라앉혔다. 나는
학교에 다닐 수 없었지만 아이들한테 책을 빌려 시험공부를 했
다. 어느 날 어머니와 부둥켜안고 울면서 다짐했던 것이다. 검
정고시로 대학에 진학하겠다는 결심이었다. 서울서 대학만 들
어가면 가정교사를 해서 공부를 한다는 계획까지 세웠다. 어머
니와 나는 또 하나 다짐을 둔 것이 있었다. 송씨 아저씨네 빚을
다 갚을 때까지 배를 졸라매고 이를 악물자는 것. 송씨네는 그
렇게 당하고도 우리 식구를 곁에 두려고 했지만 어머니가 단호
히 그 곁을 떠났던 것이다.

"아버지가 정말 이혼을 하셨더구나."

행상을 나갔다가 이틀 만에 돌아와서 어머니가 한 말이다. 아버지가 있는 곳을 알아내진 못했지만 여러 사람의 말을 통해 아버지가 남쪽에 내려와 새로 결혼한 그 여자와 헤어졌다는 것을 알게 됐다는 것이다. 어머니의 얼굴은 그 어느 때보다 우울하게 보였다.

"저번 여기 오셨을 때 그 여자하구 헤어지기루 했다구 말씀하시길래, 그냥 나한테 하시는 말씀인 줄 알았더니 결국 선거 전에 벌써 그렇게 되구 말았다는구나. 집 식구한테 되도록 피해를 안 주려고 그러신 것 같지만, 애들이 셋이라는데, 그게 어디……"

그때 어머니는 북쪽에서 본, 아버지와 함께 살던 그 여자와 두어 살짜리 여자애를 생각했을 것이다. 아버지가 그 여자와 애기 몰래 월남을 하고 난 뒤 어머니는 당신의 금비녀 하나를 가지고 그 애기 엄마를 찾아갔다 온 일도 있었다.

그해 겨울을 다 넘기기까지 어머니는 아버지 소재를 알아내지 못한 것 같았다. 누나 얘기는 아예 입 밖에 내지도 않았다. 어머니의 손과 발은 그 겨울 피난 때 생긴 동상이 도져 벌겋게 부어올랐다. 나 역시 신문 배달을 하다가 얼음판에 넘어져 팔목 뼈에 금이 가 깁스를 했다. 어떻든 우리 모자에겐 최악의 한 해였다.


누나가 죽지 않고 이 세상에 살아 있다는 소식을 가져온 것은 영재 아저씨였다. 음력 3월 3일, 내 생일이었다. 그날도 어머니는 읍내 변두리 마을에 장사를 다녀왔다. 해질 무렵에 돌아온 어머니는 팥고물 묻힌 인절미를 내 앞에 펼쳐놓았다. 이 담에 네가 장갈 가서 아이를 낳으면 그땐 정말 생일잔치 한번 크게 벌일란다. 어머니가 인절미 하나를 내 입에 집어넣어주며 그렇게 말했다. 말은 그렇게 하면서도 그때 어머니는 누나 생각을 하고 있었을 것이다. 가봐야 그렇지, 올핸 그만둘란다. 아침에 옷 보따리를 이고 나가면서 그렇게 체념하던 어머니였다. 네가 그 팔만 성했어두…… 어머니는 의정부에 못 간 서운함을 끝내 못 떨쳐버리겠다는 듯 혼잣소릴 중얼거렸다. 그때 영재 아저씨가 찾아왔던 것이다.

"이게 무슨…… 세상에……"

우리가 사는 데를 수소문하는 중에 사연을 들어서 아는 듯 영재 아저씨는 말을 제대로 잇지 못했다. 마치 목구멍으로 울음이라도 삼키고 있는 듯한 표정이었다. 누나 소식을 알린 것은 꽤 시간이 지난 뒤였다. 그렇게 뜸을 들인 뒤라 그런지 영재 아저씨의 말은 너무나 예사롭게 흘러나왔다.

"은하가 살아 있습니다."

그 말을 하기가 그렇게 힘들었단 말인가. 어머니와 내가 어리벙벙한 얼굴로 영재 아저씨를 쳐다보았을 때 그 입가에 잡히던 묘한 웃음을 어찌 잊을 수가 있겠는가.

"지금 의정부에서 오는 길입니다. 세상엔 별 기막힌 우연도 다 있습니다. 글쎄 의정부 가는 기차 속에서 어떤 청년 하나와 마주 앉게 됐지 않았겠습니까. 그 청년이 바로 재작년 봄인가 역전에 나타나 전봇댈 살피구 갔다는 그 사람이었습니다. 세상에 이런 일이……"

영재 아저씨도 어쩔 수 없는 것 같았다. 그때의 그 흥분이 되살아나는 듯 이야기의 앞뒤를 가리기 어려울 정도로 덤벙거렸다. 그럴 수밖에. 그렇게 기적같이 만난 그 청년이 누나를 직접 만났다는 당사자였으니 말이다.

"그게 햇수로 벌써 삼 년 전 가을이었다고 합니다. 그 청년이 대학교 2학년 땐가 폐가 갑자기 나빠져 학교를 쉬고 휴양 삼아 내면 기린 방동약수터란 데 들어가 있을 때랍니다. 거기만 해두 사람 발길이 잘 닿지 않는, 아주 깊은 산골의 하늘 맞닿는 데라고 하더군요. 낮이면 약수터 근처에 있는 이 골짝 저 골짝 산을 타는 재미로 보냈답니다. 그러던 어느 날 꽤 먼 산속까지 갔는데 아차 하는 순간 돌아오는 길을 잃었다는 겁니다. 하긴 그런 산에 길이 있을 수도 없지요. 좌우지간 그런 깊은 산은 처음 봤다는 겁니다. 몇 시간을 허둥지둥 헤맸지만 결국 길을 못 찾고 날이 저물더랍니다. 그야말로 적막강산. 바람에 나무 우는 소리뿐인데 날은 점점 어두워 오고, 이거 큰일이다 싶어 이리저리 갈팡거리기 얼마 만에 외진 곳에 자리 잡은 산막이 하나 눈에 띄더랍니다. 통나무를 잘라 척척 포개 얹고 안쪽에다 풀과 흙을 이겨 바른데다 지붕은 굴피를 얹어 그런대로 쓸 만한 오두막집이었대요. 이런 험산에 집이라니, 꼭 귀신한테 홀린 것 같더랍니다. 설마하니, 이런 데 무슨 사람이 살겠느냐 싶었지만 막상 가까이 가보니 인기척이 있더랍니다. 두어 살짜리 어린애가 칭얼칭얼 보채는 소리가 들리더라지 뭡니까."

영재 아저씨는 일단 거기서 이야기를 멈췄다. 내가 밖에 나가 사온 녹향이란 상표가 붙은 소주를 물컵에 따라 그대로 벌컥벌컥 마셨다. 영재 아저씨가 이야기를 하는 동안 어머니는 거의 숨을 쉬지 않는 것 같았다. 얼굴이 하얗게 질린 채 손가락 하나 까닥하지 않고 영재 아저씨를 바라보고 있었을 뿐이다.

"좌우지간 은하는 살아 있습니다. 나한테 얘기를 들으실 게 아니라 직접 은하를 만나보심 되실 게 아닙니까. 이제 얘기 그만하겠습니다. 은하가 살아 있다는데, 무슨 얘기가 더 필요합니까. 내일 당장 은하를 만나러 갑시다. 아까 여기 오기 전에 차 시간까지 다 봐놨어요. 우선 인제까지 가야 합니다. 인제서 기린까지 들어가는 차가 하루에 한 번 있답니다. 그 시간에 맞춰 가야지요. 기린서 방동약수터까진 걸어서 세 시간쯤 가면 된다니까…… 여기서 직선거리로 따지면 얼마 안 되는 곳에 은하가 있는 겁니다. 우연이라는 게 참 묘합니다. 남한 천지 넓고 넓은데 덕수 어머니께서 여기에 사시게 됐다는 것부터가……"

영재 아저씨는 많이 취해 있었다. 어쩌면 술기운을 빌려 숨막히는 분위기에서 도망치고 싶어 일부러 그래보는 것인지도 몰랐다. 그는 4홉들이 소주를 반 병 이상 비우고 있었다.

"괜찮습니다. 들으신 대로 얘기해주세요. 무슨 얘기를 하시더라도 절대 놀라지 않겠습니다. 이미 죽은 애라고 생각에서 미뤄놨던 앤걸요. 말씀 계속해주세요."

그러면서 어머니는 나를 쳐다봤고 나는 재빨리 술병을 들어 컵에다 술을 따랐다. 영재 아저씨는 내가 따라놓은 술을 반쯤 마신 다음 컵을 손에 든 채 꽤 오랫동안 침묵했다. 어느 순간 영재 아저씨는 컵에 남았던 술을 입에 탁 털어 부은 다음 말했다.

"올해 은하가 몇 살입니까?"

원주에서 어머니를 처음 만났던 날도 월남할 때 누나 나이가 얼마였느냐고 물었다. 그러나 어머니는 그때처럼 대답을 피하진 않았다.

"우리 나이로 스물하나예요. 월남하던 그 겨울에 열네 살이 됐으니까요. 재하곤 세 살 터울이었지만, 애가 워낙 숙성해놔서……"

"그렇담 그 청년이 은하를 만났을 땐, 삼 년 전이니까 열여덟이라……"

영재 아저씨는 그 대목에서 말끝을 사리며 다시 침묵했다. 신문지로 도배된 천장을 멍청하니 올려다보고 있던 영재 아저씨가 한참 만에 입을 열었다.

"그 청년한테 들은 그대로 말씀드리죠. 내일이구 모레구 만나게 되면 어차피 아시게 될 것 아닙니까. 그게 어떻게 된 얘긴가 하면 말입니다……"

들은 그대로 얘기한다는 것은 거짓말일 것이다. 그 청년이 영재 아저씨한테 얘기하던 정황과 누나와 이 세상에서 가장 가까운 피붙이한테 들려줄 이야기가 어떻게 같을 수 있겠는가. 이를테면 그 청년이 사용한 낱말 하나를 무슨 말로 어떻게 바꿔 쓰느냐에 따라 우리 모자에게 가해질 고통의 농도가 다를 수 있다는 걸 영재 아저씨는 알고 있었을 것이다. 그렇다. 그것은 무서운 고문이며 형벌의 시간이었다.

―통나무집 속은 어두웠다. 누구예요? 겁을 먹은 것은 오히

려 그 어둠 속의 여자 목소리였다. 길을 잃은 사람입니다. 방동 약수터까지 가려면 어디로 넘어가야 하는지요? 대답 대신 어둠 속에서 뭔가 부스럭거렸다. 밖에서 듣던 어린아이의 칭얼대는 소리는 들리지 않았다. 한순간 방 한구석이 환하게 밝아졌다. 손가락 같은 관솔가지가 벽 쪽으로 움직였다. 그 벽 한 모서리에 고콜이 있었다. 대여섯 개 관솔가지가 불붙어 타오르자 방 안이 조금 밝아졌다. 희끄무레한 누더기 이불을 가슴까지 끌어올려 덮은 여자가 벽에 기대앉아 잔뜩 겁먹은 얼굴로 쳐다보고 있었다. 그네의 옆구리에 머리를 처박았던 어린애가 이번에는 아예 이불 속으로 숨어버렸다. 여자의 머리칼은 허리춤까지 내려올 정도로 길었지만 그런대로 단정하게 빗겨진 모습이었다. 그가 그곳에서 한 시간 이상 머물게 된 것은 여자의 얼굴이 그 통나무집과 너무 어울리지 않게 환하다는, 첫 대면의 그 충격 때문이었다. 살갗이 희고 눈썹이 짙고……

"어렸을 적 그 얼굴 같다면야…… 그놈 좀 이뻤습니까! 아무튼 그 청년 직감에 분명 무슨 곡절이 있다고 생각한 거지요. 그쪽에서두 뭔가 얘기하고 싶은 게 있는 것 같은 눈치였고…… 남편이 돌아오기 전에 얘길 해야 한다며 서둘러대더랍니다. 음력 삼월 초사흗날 아무 데 가면…… 어떻든 그 부탁이하두 절실하구, 게다가 워낙 호기심이 강한 사람이라 몇 년째 그렇게 의정부엘 왔다는 거였지요."

영재 아저씨는 자꾸 얘기의 알맹이를 피해 겉으로만 돌았다. 소주 한 병이 더 바닥났다. 한 무릎을 세워 그 위에 두 손을 모아 얹고 고개를 다소곳 숙인 채 돌처럼 굳었던 어머니가 아주

나지막하게 말했다.

"말씀해주세요. 걔가 어떻게 해서 그렇게 됐는지…… 제 발로 올 수도 있었을 텐데…… 남편이라니, 그게 무슨 얘깁니까? 그 어린앤 또 뭐구요?"

어머니의 목소리는 폭발 직전의 그것처럼 낮고 찼다.

"글쎄 그게…… 좌우지간 은하를 만나 본인한테 직접 들어봐야 자세한 내막을 알 수 있겠지요. 원래 남이 전하는 말은 눈덩이 굴러가는 것처럼 보태지는 게 많은 법이지요. 나두 그렇게 생각하구 들었습니다. 어쨌든 난리가 원숩니다."

또 한번 변죽을 울릴 기미던 영재 아저씨가, 에라 내친걸음이다 싶었던지 쉽게 쏟아놓았다.

"……은하가 정신을 차렸을 땐 이미 외딴 산속에 혼자 남겨졌더랍니다. 월남하시던 그 겨울 난리 때 얘깁니다. 정강이가 넘게 쌓인 눈 속으로 나섰지만 하체에 통증이 너무 심해 도저히 걸을 수가 없더래요. 그 외딴집으로 되돌아가려구 했지만 그 사내들이 또 나타날 것만 같아 그냥 눈 속에서 갈팡거렸던 거지요. 그러다가 지칠 대로 지쳐 어느 논두렁에 몸을 기댄 채 정신을 잃은 겁니다. 두 발이 그대로 눈 속에 묻힌 채 말입니다."

영재 아저씨는 정말 많이 취한 것 같았다. 세운 무릎에 얹었던 손 하나를 내려 치마폭을 다잡아 쥔 어머니의 손등에 심줄이 역력하게 드러났다.

"지금 함께 사는 그 남자가 구해준 거지요. 그 청년이 직접보지는 못했지만 은하 얘기론 오십쯤 된 사람이라구 하더랍니다. 은하 때문에 우정 그런 생활을 하는진 몰라두 숯을 구워 팔

263　　　허허벌판

구 약초두 캐구 산짐승두 잡아 가죽을 벗기구 그렇게 사는 사람이랍니다. 동상으로 썩어가는(그냥 뒀다가는 결국 생명을 잃게 되겠지요) 은하의 두 다리를 여물 써는 작두로 잘라낸 뒤 (사람이 펄펄 죽어가는 난리통에 뭐 다른 방법이 있겠습니까) 그 치료를 해주는 이 년여 세월 동안 함께 지내다 보니 그 남자한테 은하가 여자루 보이기 시작한 거겠지요. 삼 년 전 그때 어린애가 벌써 세 살이라구 하더래요. 또 그때 배가 꽤 불러 보였다구 하니까 지금 그 애기두 두 살은 됐을 테지요."

고개를 숙인 채 눈을 감고 있는 어머니의 손이 더욱 세차게 치마폭을 다잡아 쥐고 있었다.

"처음 몇 년 동안 남자한테 하소연을 했답니다. 좀 늦긴 했지만 덕수두 그 생각을 해냈는데 은하가 그걸 잊었을 리가 없지요. 처음엔 식구를 만나게 해달라고 애원을 하니까 들어주는 척하더래요. 의정부도 다녀왔다구 하면서…… 남자를 믿을 수 없어 약초를 캐러 온 노인한테 그 사정을 얘길 하다가 들켰답니다. 남자가 그 노인의 등덜미를 잡고 골짜기로 들어갔는데 어떻게 했는지 알 수가 없다고도 하더랍니다. 청년도 그 얘길 듣는 순간 소름이 끼쳐 걸음아 나 살려라 하구 거기서 빠져나왔답니다. 지금두 길에서 느닷없이 인상 험악한 사람만 만나면 등골이 오싹하다는 거였습니다. 내 생각엔 아마 그 남자가 은할 안 놓치려구 그렇게 깊은 산속으로만 숨어다니며 살지 않았나 싶습니다."

영재 아저씨가 벌여놓은 옛날얘기 한마당은 그렇게 끝났다. 본인을 직접 만나 얘길 들어보지 않고서야— 그런 말을 얘기

중간에 여러 번 꺼 넣긴 했지만 영재 아저씨는 누나의 상황을 비교적 정확하게 서술해낸 것 같았다. 얘기가 대충 끝나서도 어머니는 좀처럼 폭발하지 않았다. 한 무릎을 세워 앉은 그 자세 그대로 굳어진 돌이었다. 영재 아저씨도 그 숨막히는 공기 속에서 취기를 자제하느라 무척 애를 쓰고 있는 것 같았다. 영재 아저씨는 나를 돌파구로 삼으려 했다.

"덕수, 너, 언젠가 신문에 네 얘기가 실렸더구나. 그래, 네가 찾고 있는 그 아담스란 미국 사람한테선 무슨 연락이 있느냐?"

아담스. 그래, 아담스. 왜 진작 그 생각을 못했는가. 아담스, 미국, 뉴욕 타임스, 할리우드, 로버트 테일러, 잉그리드 버그먼, 존 웨인. 서부, 서부…… 황야.

"그래, 그 아담스한테서 무슨 연락이 있으면 넌 미국으로 가겠다는 거냐?"

영재 아저씨의 목소리는 취기 탓일까 조금 거칠어지고 있었다. 아담스. 그래, 아담스가 있었지. 그러나 이상한 일이었다. 도대체 아담스의 얼굴이 떠오르지 않았다. 어느 순간 얼굴이 온통 털로 뒤덮인 낯선 사내 모습이 떠올랐다.

"들으니까, 너, 학교를 쉰다던데 저번에 왔을 때 왜 나한테 그런 얘기 안 했느냐? 이 녀석아, 네가 나한테 그럴 수가 있느냐?"

사뭇 호통이었다. 영재 아저씨는 어머니가 보여주는 그 숨 막히는 침묵과 자신의 취기를 그런 식으로 다스릴 심산이었던 모양이다. 네가 그럴 수가 있느냐? 내가 뭘 어떻게 했는가. 나는 아무것도 생각할 수 없었다. 그냥 뭔가 보고 있었을 뿐이다. 술 안주로 놓았던 과자 부스러기를 놓고 눈에 겨우 띌 정도로 작은 좁쌀개미 수십 마리가 분주하게 움직이고 있었다. 그러나 실상 내가 보고 있는 것은 좁쌀개미가 아니었다. 황야, 광대무변한 어떤 풍경 속에 작은 점 하나로 찍힌 내 모습이었다. 내가 아닌 또 다른 점들을 보고 있었다. 끝 닿은 데 없이 아득하게 펼쳐진 그 허허벌판 위에 아주 작은 점들이 산재했다. 그것은 발견이었다. 허허벌판의 그 점들이 촉각 잘린 곤충처럼 아주 미세하게 더듬적거리고 있었던 것이다.

"덕수 어머니, 아니 초분 씨!"

엉재 아저씨는 드디어 굳어진 석상을 향해 돌진하고 있었다.

"초분 씨, 낮에 의정부에서 그 청년이 나한테 묻습디다. 은하하구 내가 어떤 관계가 되느냐구. 내가 뭐랬는지 아십니까? 은한 내 딸이라구, 월남하던 그 겨울 눈 속에서 잃어버린 내 딸이라구 했습니다. 덕수 어머니, 내 말 틀립니까? 작은애비두 애빕니다. 내 말 무슨 뜻인지 아시겠지요? 여기 이놈, 덕수두 내 자식입니다. 내 말 틀립니까, 초분 씨? 이 순간부터 누가 뭐래두 은하하구 덕수는 내 자식이란 걸 아셔야 합니다. 누가 뭐랄 겁니까? 누가……"

그러나 나는 그때 영재 아저씨의 결연한 선언에도 불구하고 별 감동이 오지 않았다. 그냥 보고 있었을 뿐이다. 무수한 점들의 움직임이었다. 그러나 그 허허벌판 어느 곳에도 훤하게 트인 길은 없었다. 움직임의 그 향방 자체가 길이었는지도 모른다. 방향이야 어찌 됐든 그 작은 점들은 제각기 쉬임 없는 행진을 하고 있었다. 그 움직임이야말로 허허벌판에 흩어져 있는 모든 점들의 생존이었던 것이다.

더 많은 좁쌀개미들이 방바닥에 흩어져 있는 과자 부스러기를 향해 우왕좌왕 모여들고 있었다. 나는 손바닥으로 과자 부스러기와 함께 그 좁쌀개미들을 벽 쪽으로 쓸어버렸다. 거의 같은 순간에 돌처럼 굳었던 어머니의 몸이 와르르 무너져내리며 흐윽— 하고 울음이 터져 나왔다.

○ 1984년 『문학사상』 3월호

산 넘어 강

드디어 어머니가 그 일을 해냈다. 아버지를 두고 벌인 오랜 세월의 치욕적인 숨바꼭질은 일단 그렇게 끝났다.

　"느 아버지를 모셔오기로 했다."

　그것은 일방적인 통보였다. 그러나 단호한 어조에도 불구하고 어머니의 얼굴은 밝지 않았다. 어느 순간에는 자식 앞에 무릎이라도 꿇을 것 같은 애소가 깃든 표정이었다.

　"지금이 아버지로선 가장 어려우신 때다. 이럴 때 아버지를 받아들이는 게 우리 도리라고 생각한다."

　받아들인다. 그것은 어머니가 나를 설득하기 위해 한 말이다. 아버지와 결혼한 이래 오늘 이 시간까지 어머니는 단 한 번도 아버지를 버린 일이 없었다. 어머니가 버리지 못한 아버지의 그 음습한 그늘로 하여 우리 세 식구들의 얼굴은 늘 어두웠다. 그러나 어머니는 아버지에게 더 크고 두꺼운 옷을 입혀 그늘의 깊이를 더했을 뿐이다. 우리 식구들은 아버지의 그늘을 벗어나는 순간 눈이 멀거나 빛바랜 색종이처럼 쓸모없는 존재로 버려질 것이라는 두려움을 떨쳐버릴 수가 없었다.

"방학하거든 잠깐 내려오너라. 그땐 아버지께서도 와 계실 테니까."

아버지와의 결합을 내게 알리기 위해 우정 서울까지 올라온 어머니였다. 아버지가 제4대 민의원 선거에서 낙선한 지 일 년이 지난 1959년 10월 초순이었다.

나는 그때 가정교사 자리를 찾아 떠돌며, 비록 신설된 학교이긴 하지만 인문계 고등학교 3학년에 재학 중이었다. 한 학년 뛰어 3학년에 편입한 것도 모두 영재 아저씨 힘을 빌려서였다. 가정교사를 해서 학비를 벌고 있었지만 영재 아저씨는 매달 같은 날짜에 돈을 부쳐 왔다. 영재 아저씨가 받는 봉급의 삼분의 일쯤은 됨직한 액수의 송금액을 나는 한 푼도 헐어 쓰는 일 없이 통장에 넣었다. 뚜렷한 이유가 있어서 그런 것은 아니었다. 그냥 그 돈을 쓴다는 게 싫었던 것이다.

"송씨 아주머니가 네 걱정을 많이 하시더라. 그전처럼 자기네 애들하고 함께 지내면 어떻겠느냐구 하셔. 내가 생각해두 네가 내년엔 대학엘 가야 하는데 그렇게 시간을 많이 뺏겨서야…… 거기 들어가기 뭣하면 하숙을 하든가……"

확실히 어머니는 인덕이 많았다. 송씨네 집에서 어머니한테 다시 기회를 준 것이다. 어머니는 그전처럼 송씨네 영화상회에 나가 일을 봐주고 있었다. 아버지의 빚쟁이들이 날벼락 치듯 털어 간 영화상회 물건은 어느 정도 되찾았을 뿐 아니라 그동안 어머니가 먹지 않고 입지 않고 꼬박꼬박 빚을 갚아나간 그 열성에 모두 감동한 것이다.

"네가 찾고 있는 그 아담스란 분한테선 아직도 소식이 없느냐?"

어머니는 아버지의 문제에 대해 내가 계속 입을 다물고 있자 그 서먹함을 깰 요량인 듯 화제를 다른 데로 몰고 갔다.

"이젠 안 찾아요."

나는 퉁명스레 대답했다. 거짓말이었다. 아담스, 나는 하루도 아담스를 생각하지 않는 날이 없었다. 아담스는 내 우중충한 현실을 밝히는 빛이고 미래의 길이었다. 그를 찾는 편지를 쓰는 것이 내 유일한 즐거움이었다. 나는 '미국의 소리' 방송에도 『아미 타임스』에 났던 사연을 적어 여러 번 보냈다. 아담스는…… 하고, 나는 그전처럼 말하는 버릇을 고치지 못하고 있었다. 가정교사로 있는 주인집의 중학교 1학년 아이는 내가 하는 아담스의 얘기에 최면이 걸리곤 했다. 내게 아담스는 아이젠하워 이상이었다. 개새끼. 그러나 나는 느닷없이 아담스를 저주하곤 했다. 그의 부재는 내 현실, 그 절망이었다.

"영재 아저씨 만나보셨어요?"

아담스가 저녁놀이라면 영재 아저씨는 내 살갗에 촉촉이 젖어드는 어둠 같은 것이었다. 나는 그 어둠이 좋았다. 그 어둠은 형언하기 어려운 어떤 신비와 마력으로 내 생명 깊숙이 파고들었다.

"한번 찾아뵙는다는 게 아직…… 요즘도 연락이 있으시냐?"

영재 아저씨 얘기만 나오면 언제나 몸가짐을 바로 하며 조심스러워하는 어머니다. 영재 아저씨가 매달 내 학비를 보내주고 있다는 걸 어머니도 잘 알고 있었다. 그 문제에 관해 어머니는 나보다 몇 배 더 부담스러울 것이다. 그러나 어머니는 전혀 그런 내색을 하지 않았다.

"아버지 문제라면 영재 아저씨한테도 한번 의논해보시는 게 좋을 것 같아서 그러는 거예요."

딴전을 부리는 어머니가 싫었다. 그것은 아버지 문제에 대한, 내 생각의 간접적 표현일 수도 있었다.

"아버지를 모셔 들이는 일에 어찌……"

"영재 아저씨가 남이란 말예요?"

"남이잖구!"

여느 때와 달리 어머니의 목소리엔 결연한 데가 있었다.

"남이 아네요. 영재 아저씨야말로 할아버지의 진짜 피를……"

"그만둬라! 그렇게 내놓구 할 얘기가 못 된다."

"이젠 내놓구 얘기할 때가 됐어요."

"어른들 세계에서 있었던 일을 가지고 그렇게 함부로 얘기하는 게 아니다. 더욱이 확실한 근거두 없는 얘길 가지고 이러니 저러니 하는 것은 어른들 욕하는 것밖에 안 되는 거다."

"욕 좀 하고 싶어요."

"이젠 못하는 소리가 없구나."

"물론 아버지 일이니까 어머니 맘대로 하실 수 있어요. 그러나 영재 아저씨도 옛날부터 아버지의 피해잡니다. 한마디 의논쯤은 하셨어야 옳았어요."

"그런 식으로 말한다면 느 아버지도 피해자시다."

아버지도 피해자다. 어머니다운 생각이다. 아버지가 놓은 덫으로 해서 여러 사람이 발목을 다치게 된다는 통념을 거꾸로 뒤집어 대입함으로써 오히려 당신이 지아비의 커다란 삶을 좀먹는 거추장스러운 존재라는 자괴지심으로 시달려온 어머니다. 그런 면에서 어머니는 영재 아저씨한테도 똑같은 죄의식을 느꼈을 게 분명하다.

영재 아저씨에 대한 어머니의 태도가 분명하게 드러난 것은 누나를 찾기 위한 기린면 방동약수터까지의 2박 3일의 동행 길에서였다. 영재 아저씨가 마음을 크게 다잡아먹은 양 거침없이 정을 내리쳤지만 어머니는 더욱 강도 높은 돌이 되어 한 치의 흐트러짐도 보이지 않았던 것이다.

"직장 일도 바쁘실 텐데…… 얘하고 둘이서 찾아보도록 하겠어요."

어머니는 그처럼 영재 아저씨와의 동행을 극구 사양했다. 영재 아저씨의 입장을 구실로 내세웠지만 사실은 함께 길을 떠났을 때의 여러 가지 거북스러운 일을 계산한 때문이었을 것이다. 그러나 영재 아저씨의 태도는 한결같았다.

"제가 같이 가야 합니다. 오늘 학교에 가서 며칠 연가를 내고 오겠습니다."

영재 아저씨의 계획대로 우리 세 사람은 누나를 만나기 위해 방동약수터를 향해 길을 떠났다. 4월이라곤 하지만 늦은 꽃샘추위를 하느라 날씨는 퍽 음산했다. 더욱이 며칠씩 계속되는 황사현상으로 하여 시야가 뿌옇게 흐려, 그것은 마치 서너 명의 어린애한테 둘러싸여 있을, 두 다리 잘린 한 여자의 얼굴과 어쩔 수 없이 조우해야 할 우리들의 가슴만큼이나 음습했다.

우선 인제까지 가기 위한 차표를 끊었다. 버스에 오르자 두 사람이 같이 앉도록 내가 연출을 했지만 어머니 쪽에서 굳이 앞자리를 택해 앉았다. 송씨네 피륙점에 나갈 때처럼 어머니는 머리를 맵시 있게 쪽 쪄 올린 모습이었다. 고동색 치마저고리가 어머니한테 너무 잘 어울려 보였다. 나와 함께 어머니 바로 뒷자리에 앉은 영재 아저씨는 묵묵히 창밖을 내다보고 있었을 뿐이다. 버스가 화양강을 옆구리에 바싹 낀 국도를 내달려 결운리와 외삼포를 거쳐 철정리 고개를 오를 때까지 영재 아저씨도 어머니도 일절 입을 열지 않았다. 제법 새싹이 돋아나긴 했지만 그러한 초목들의 연둣빛은 아직 사람들의 눈을 끌 계제가 아니었다. 강변이나 멀리 혹은 가까이 스쳐 가는 산자락 풍경은 칙칙한 갈색이었다.

버스가 시동을 죽인 채 고갯길을 미끄러져 내리고 있었다. 창밖으로 향했던 얼굴을 돌리며 영재 아저씨가 처음으로 입을 떼었다.

"이번에 은하를 만나시면 읍으로 데려오실 생각이십니까?"

어머니의 머리가 약간 돌려지는가 싶더니 이내 그만이었다.

"만나서 상황을 봐야 결정이 서실 테지만 그러나 우선 마음의 준비는 어느 정도 하고 계시는 게 좋을 것 같아서 하는 얘깁니다."

"솔직히 지금 제 마음은 그런 것까지 생각할 경황이 아닙니다."

고개를 약간 돌려 어머니가 대꾸한 말이었다.

"알고 있습니다. 그러나 이거 하난 분명히 알고 계셔야 합니다. 걔는 이미 어린애가 아닙니다. 더욱이 은하는 지금 남의 아내라는 사실을 생각하셔야 합니다. 게다가 애들까지 딸린……"

어머니의 얼굴을 마주 보지 않게 된 것이 다행이었다. 그러나 그 뒷모습을 통해서도 나는 어머니가 몹시 흔들리고 있음을 느낄 수 있었다. 무슨 속셈이었을까. 어쨌든 영재 아저씨는 잔인했다.

"요 며칠 동안 많이 생각해봤습니다. 이런 경우, 사람에 따라서는 아주 죽은 걸로 치고 안 만나는 사람도 있을 거란 생각입니다. 만나서 피차 더 괴로운 경우도 아주 없진 않을 거 아닙니까?"

그 순간 내 머리에 퍼뜩 스치는 게 있었다. 영재 아저씨가 지금 바로 자신의 얘기를 하고 있다는 생각이었다. 만나서 피차 더 괴로운…… 물론 영재 아저씨가 굳이 그런 뜻으로 한 말은 아닐는지 모른다. 그러나 나는 영재 아저씨의 그 잔인한 말을 통해서 누나와 만나게 될 순간부터 감당해야 할 참담함에서 어느 정도 벗어나는 느낌이었다. 열세 살 가냘픈 누나의 얼굴이 내 머릿속에서 사라지면서 잔뜩 옥죄었던 가슴이 트이는 느낌이었다.

성산리 조금 못 미친 지점에서 버스가 멈췄다. 카빈에 착검까지 한 군인들 다섯이 검문을 했다. 외삼포와 철정리 검문소에서도 헌병들이 검문을 했지만 이렇게 불시에 위장망까지 두른 군인들의 검문을 받으려니 기분이 안 좋았다. 검문이 끝나고 다시 버스가 출발하자 자리가 없어 버스 한가운데 섰던 아낙네 하나가 말했다.

"어저께 기린에 공비가 엄청나게 나타났대유."

영재 아저씨가 상체를 조금 일으켜 세우며 혼잣소릴 했다. 기린이라, 거 안 좋은 소리로구먼. 그러나 어머니의 뒷모습은 여전히 굳은 자세였다. 영재 아저씨가 누나가 살아 있다는 소식을 가지고 온 순간부터 어머니의 표정은 굳기 시작했다. 그대로 넋 나간 사람이었다. 아이구, 내가 왜 이러지? 밥솥에 물을 붓지 않고 불을 지피는가 하면 누나를 만나러 가는 데 필요한 물건을 사러 시장에 나가던 중 허둥허둥 되돌아오곤 했다. 평소 그처럼 옷매무새에 빈틈이 없던 어머니가 치마를 뒤집어 입고 있었던 것이다. 밤에 자다 문득 눈을 떠보면 방 한구석 어둠 속에 우뚝 서 있는 어머니가 보였다. 어머니는 월남하던 그 겨울의 악몽으로 시달리고 있는 게 분명했다. 누나의 소식을 듣고 나면서 내게도 보이기 시작한 환영이 있었다. 황량한 그 벌판의 눈보라. 열세 살 여자애를 여러 사내들이 발가벗기고 있었다. 평산읍에서 남천읍으로 뻗은 시오리 신작로 위에 깡충거리던 누나의 단발머리를 거머쥔 사내의 우왁스런 손이 보였다. 어쩌다 한번 옷 갈아입는 누나의 소복한 젖가슴에 무심코 눈이 갔는데 그 일로 해서 누나는 며칠씩 입을 앙다문 채 말을 하지 않았다. 그 젖가슴 위에 여러 사내의 몸뚱이가 두 겹 세 겹 겹쳐지고 있었다. 정강이까지 차오르는 눈밭 속에 망연자실 서서 울고 있는 누나가 보였다. 아저씨, 살려줘요. 살려주세요. 동상으로 푸르뎅뎅하게 썩어 들어가는 누나의 두 다리를 시퍼런 작두날 위에 걸쳐놓는 수염 텁수룩한 사내가 보였다. 누나가 울부짖고 있었다. 그리고 마지막 그 외마디 비명. 그 환청과 함께 나는 심한 요의를 느꼈다. 성산리 검문소 앞에 버스가 섰다. 시간이 없어. 얼굴이 기름투성이인 사내 차장 애가 오줌통을 싸쥐고 나가는 내 앞을 가로막았다. 나 급해. 나는 차장 애를 밀치고 차에서 뛰어내렸다.

신남리를 거친 버스가 관대리로 통하는 꽤 긴 다리를 건너고 있었다. 소양강의 상류로서 강벌이 꽤 넓었다.

"이게 38교라는 거다. 이 강이 저쪽과 이쪽을 남북으로 갈라놓은 38선이다. 지금이야 남한 땅이 됐지만서두 난리 전에야 이 강을 사이에 두고 이쪽저쪽이 서로 원수가 되어 으르렁거리며 살았던 거다. 그러나 내가 고향을 떠나 이 강을 건너올 때만 해도 이쪽저쪽 사람들이 그렇게 크게 다르진 않았다."

"아니, 어떻게 이 먼 데로 해서 넘어오게 되셨나요?"

어머니가 몸을 반쯤 돌려 앉으며 껴들었다. 아니나 다를까, 영재 아저씨의 얼굴에 생기가 돌았다. 두 사람 모두 해방 직후 영재 아저씨가 고향을 떠나던 무렵으로 거슬러 오르고 있을 것이었다.

"처음부터 남쪽으로 내려올 생각은 없었더랬지요. 그냥 여기저기 떠돌다가 언제고 때를 봐서 어르신네가 계시는 고향으로 되돌아가리란 생각이었지요. 그런데 어르신네께서 어떻게 수소문을 하셨는지 금화에 있는 저한테 사람을 보내셨더군요. 세상이 아무래도 심상치 않으니 지체하지 말고 남쪽에 내려가 자릴 잡고 살라는 말씀이셨습니다. 원래부터 생각이 깊으신 어르신네라 그 말씀을 그대로 따르기로 했던 겁니다. 그 덕분에 이렇게 살아서 뵐 수 있게 된 게 아니겠습니까."

어느새 어머니의 몸이 앞쪽으로 곧바로 돌려져 있었다. 영재 아저씨도 쪽 진 어머니의 뒷모습을 오래오래 쳐다보기만 할 뿐 더 이상 입을 열지 않았다.

인제에 도착한 것은 세시가 좀 넘어서였다. 현리까지 가는 차표를 끊기 위해 매표소로 갔던 영재 아저씨가 난감한 얼굴로 돌아왔다. 하루에 두 번 있는 현리행 버스 막차가 오 분 전쯤 떠났다는 것이다. 잦은 검문으로 우리가 타고 온 차가 너무 늦게 도착한 것이다.

"현리까지 여기서 걸어갈 수 있긴 한데 빠른 걸음으로 가도 밤이 꽤 늦어야 도착할 거랍니다. 게다가 방동약수 있는 덴 현리서두 이십 리는 더 들어가야 한대요. 어차피 방동까지 오늘 못 갈 바엔 여기서 자구 내일 아침 차루……"

일이 그렇게 된 것이 모두 자신의 잘못이라도 되는 양 면구스러워하는 영재 아저씨의 말을 어머니가 자르고 나섰다.

"아니에요. 제 생각 같아서는 그냥 지금 이대로 걸어갔으면 좋겠어요."

어머니의 의견대로 우리 세 사람은 현리로 가는 신작로 길을 걷기 시작했다. 무장한 군인들을 태운 군 트럭들이 여러 대 현리 쪽으로 먼지를 일으키며 달려갔다. 버스 속에서 들은 어느 아낙네의 말대로 공비가 나타났다는 게 사실일지도 몰랐다. 초행인데다 그런 뒤숭숭한 상황 속에서 산골길을 걷고 있자니 짧은 봄날의 저녁 햇볕이 유달리 썰렁한 느낌이었다. 나는 되도록 어머니와 영재 아저씨가 함께 걸을 수 있도록 꽤 멀리 앞서 걷거나 혹은 소변을 보는 핑계로 뒤떨어져 걷곤 했다. 어머니는 보따리 장사를 다니느라 단련된 듯 영재 아저씨보다 오히려 다부져 보이는 걸음이었다. 어떻든 두 사람은 좀 사이를 두긴 했어도 누가 봐도 연인일 수밖에 없는 그런 모습으로 나란히 서서 걷고 있었다. 그러나 그닥 많은 말을 나누는 것 같지는 않았다. 지나치며 얼핏 듣기에, 옛날 고향에서 소학교 다닐 때의 추억인 듯 영재 아저씨의 무슨 말끝에 어머니가 소리 내어 웃는 소리가 들렸다. 어머니의 웃음소리를 들은 것은 실로 오랜만이었다. 아버지의 빚쟁이들이 몰려왔던 일로 약을 먹고 누운 뒤로 아마 처음 내보는 웃음소리였을 것이다. 그러나 나는 그네들 추억 속에 껴들고 싶지 않았다. 나 역시 누나와 함께 산그늘 숲에서 뻐꾸기 한 쌍이 하늘로 솟구쳐 오르는 평산에서 남천읍으로 뻗은 산골 신작로를 타박타박 걸으며 깔깔거리고 있었다. 누나야, 우리 눈 감고 누가 많이 걸어가나 내기하자. 싫다. 난 눈 감으면 어지러워서 그런 거 못한다. 그래두 하자. 싫대두. 누난 겁쟁이다. 그럼, 나 혼자 할 거야. 애, 덕수야 위험해. 누나가 눈 감은 채 씽씽 내닫는 내 뒤를 쫓아오며 기겁을 한다. 글루 가면 떨어져 죽어. 죽어두 좋아. 죽으면 남천 가서 아버지두 못 볼 텐데. 아버지 보기 싫어. 애, 위험하다니까. 나 죽을 거야. 나는 사실 그때 누나한테 겁을 주려고 눈을 감은 척했을 뿐이다. 아버지의 소재를 확인하기 위해 남천으로 가는 그 신작로 위에서 벌인 장님 흉내 얘기를 지금 만나러 가는 누나한테 해줄 수 있을는지.

잦았던 검문의 조짐은 역시 안 좋은 것이었다. 현리가 삼십 리쯤 남았다는 지점에서 우리는 현리 쪽으로 더 이상 접근할 수 없다는 제지를 받았다. 길가 여러 곳에 군인들이 잠복하고 있는 게 보였다. 해가 완전히 떨어진 시간이었다.

"여기서부터는 작전 지굽니다. 이 시간 이후 민간인 통행은 금지됐습니다."

어쩔 수 없었다. 우리는 산 밑에 널려 있는 부락을 찾아 구멍가게가 붙어 있는 집에서 저녁을 시켰다.

"방이 하나밖에 옶는데 같이들 주무시면 되겠지유?"

주인집 여자가 이남박에 쌀을 퍼넣으며 우리 세 사람의 행색을 살폈다.

"아주머니, 우선 소주 한 병부터 주시우."

어머니는 아직도 쪽마루에 걸터앉은 채 어둑해지는 앞산을 망연자실 바라보고 있었다. 영재 아저씨 앞에 소주 한 병과 저녁 반찬으로 놓았던 것인 듯싶은 콩장 한 접시와 비지찌개가 놓였다.

"아저씨한테 술 따라드려라."

어머니가 고개를 돌리지 않은 채 말했다. 영재 아저씨는 내가 물컵에 따른 소주를 단숨에 들이켰다.

"빈속에 술을 잡수시면 안 좋으실 텐데……"

어머니가 우리들 쪽으로 돌아앉으며 혼잣소리하듯 말했다. 영재 아저씨는 내가 따라놓은 두번째 잔을 반쯤 마신 다음, 버릇이 돼서 괜찮습니다. 그러나 아직 중독까진 안 됐어요, 그러면서 남은 술을 입에 탁 털어 넣는 것이었다.

"머지않아 중독이 되시겠네요."

그러나 영재 아저씨는 좀 허풍스런 너털웃음을 한바탕 웃고 나서 말했다.

"경우에 따라선 안 될 수도 있겠지요. 이를테면 아까 말씀드린 것처럼 덕수나 은하 문제만은 꼭 저한테 의논해주십사 하는 겁니다. 그렇게만 해주신다면 제가 어디 술 같은 거 먹을 시간이 있겠습니까."

그러나 어머니는 웃지 않고 대답했다.

"지금 이렇게 저희들하고 함께 가주시는 것만 해도…… 고맙습니다."

호롱불이 켜지고 저녁상이 들어왔다. 영재 아저씨와 내가 겸상을 했고 어머니는 좀 떨어진 자리에 밥그릇을 내려놓고 수저를 들었다.

"또 난리가 터질라는가베. 저번 난리두 공비들이 출몰해쌌더니 그예 터지지 않았는가 말이여."

이제 막 밖에서 돌아오는 양 주인집 남자가 우리들 귀까지 겨냥한 큰 목소리로 바깥 얘기를 쏟아놓았다. 양양 앞바다로 들어온 무장공비 수십 명이 점봉산에 집결한 뒤 귀둔리를 거쳐 방동까지 오는 사이에 민간인을 스무 명도 넘게 죽였다는 것이다. 산속에서 사람을 만났다 하면 죽인다고 했다.

"방동약수터로 가는 중입니다. 낼쯤은 괜찮을는지요?"

술병을 마저 비운 다음 수저를 들던 영재 아저씨가 주인 남자가 있는 안채를 향해 물었다.

"약수터가 다 뭡니까유. 요 뒷산에두 못 올라가게 하는 판인데……"

그 산골의 밤은 지겹도록 길었다. 어머니는 거의 한숨도 못

자는 것 같았다. 영재 아저씨는 저녁을 마친 뒤 주인남자와 어울려 술자리를 벌이는가 싶더니 둘이 함께 나가버렸다. 다른데 잠자리를 찾아 나선 모양이었다.

"어머니, 아무래두 이번엔 안 될 것 같아요. 무장공비가 어디 하루 이틀에 다 잡히겠다구요."

내 말에 어머니는 몸을 돌려 누우며 글쎄다, 했을 뿐이다.

"어머니, 난 누나가 살아 있다는 게 믿어지지 않아요."

"그러게 말이다. 더구나 난 너하고 이렇게 함께 있다는 게 늘 꿈만 같구나."

어머니가 내 손을 더듬어 잡았다.

"손이 왜 이렇게 차요?"

"저녁 먹은 게 잘 내려가질 않는구나."

"할아버지두 우리가 이렇게 살아 있다는 걸 아시고 계실까요?"

"물론이지. 모두 만나 잘 살라고 우릴 남쪽으로 내려보내신 게 아니냐."

그 순간 어머니는 누구를 생각하고 있었을까. 물론 할아버지의 바람이긴 했지만 어머니가 우리 남매를 이끌고 그 눈길 속으로 나선 것은 지아비를 찾겠다는 집념이었을 것이다. 영재 아저씨는 얼마만한 비중으로 어머니의 마음속에 살아 있는 것일까.

"왜 그래요, 어머니?"

어머니가 잡았던 내 손을 팽개치며 벌떡 몸을 일으켜 앉은 것이다. 너무 급작스런 일이라 나도 따라 일어나 앉았다.

"어디서 총소리 같은 게 나지 않았느냐?"

"아니요. 못 들었는데요."

그러나 어머니는 한숨을 조심스럽게 내쉬며 마치 신음하듯 중얼거렸다.

"애가 무사해야 할 텐데."

누나를 걱정하고 있었던 모양이다. 무장공비나 이쪽 군인들에 의해 잘못되지나 않았을까 하는 우려였을 것이다. 그 순간 내 머릿속에는 텁석부리 사내가 총을 맞은 채 산막 속으로 엉금엉금 기어 들어가는 모습이 떠올랐다.


"수정이 잘 있어요?"

송씨네 아주머니와 함께 동대문시장으로 물건을 떼러 가야 한다며 일어서는 어머니한테 수정이 안부를 물었다. 그것이 아버지 안부를 묻는 일보다 한결 쉬웠던 것이다.

"그래, 잘 있다. 안집에 맡겨놓고 왔지."

"지금두 그렇게 울어요?"

"울긴. 애들이 환경을 바꿔놓으면 처음엔 다 그런 게 아니겠느냐."

"내년에 학교에 넣어야겠네요."

"생일이 좀 늦긴 하지만 학교에 보낼 거다. 애가 어찌나 똘똘한지 꼭 제 어미 어릴 때 그대로다."


수정이는 누나와 그 남자 사이에서 태어난 여섯 살짜리 계집애다. 수정이를 데려오기 위해 어머니는 방동 그 험악한 골짜기까지 두 번이나 더 걸음을 했다. 이를테면 수정이는 인질인 셈이었다. 수정이가 어머니를 구원했다고 해야 옳을는지도 모른다. 누나를 만나고 온 뒤부터 어머니는 벙어리가 되어버렸던 것이다. 얼굴에도 일절 어떤 표정을 나타내지 않았다. 어머니의 침묵은 함께 있는 사람에겐 그대로 가혹한 고문이었다. 나는 그 고문을 견뎌낼 수가 없었다. 죽여버리고 말 거다. 나는 혼잣소리로 중얼거렸다. 아버지에 대한 분노였다. 모든 것이 그의 탓만 같았다. 그가 이 세상에 있기 때문에 이런 일이 일어나고 있다는 생각이었다. 우리 세 식구가 그를 찾아 헤맨 숱한 날이 견딜 수 없는 치욕이 되어 한꺼번에 되살아났다. 혈육에 대해서 그처럼 강한 분노와 저주를 퍼붓기도 어려울 것이다. 누나의 생존을 확인하고 되돌아오는 길에 나는 이를 갈면서 결심했다. 아버지를 내 손으로 죽이고야 말리란 생각이었다.

영재 아저씨도 말을 잃었다. 그러나 동병상련이랄까, 나는 영재 아저씨의 침묵 속에서 어떤 형언하기 어려운 분노를 읽은 느낌이었다. 그 역시 어머니의 침묵에 고문당하고 있었을 것이다. 아니나 다를까, 영재 아저씨가 입을 열었다. 방동약수터를 거쳐 방동리 마을 입구의 개천가에서 잠시 쉴 때였다.

우리 모두 모여서 함께 사는 게 좋겠습니다. 반드시 그래야 합니다. 애들 인생만은 우리 둘이서 책임져야 한다는 겁니다.

말하자면 이것은 청혼이었다. 어머니와 그 아들 앞에서 당당히 해낸 고백이었을 것이다. 그러나 어머니는 냇물에 빤 손수건으로 이마를 닦으면서 그냥 일어섰을 뿐이다. 그런 순간에 그렇게 표정이 흔들리지 않을 수 있을까. 놀라운 일이었다. 어쩌면 어머니는 영재 아저씨의 그 말을 못 들었는지도 모른다는 생각이 들 정도였다. 그러나 영재 아저씨가 한 그 말이 어머니의 심경에 어떤 충격으로 박힌 것만은 틀림이 없었다.

　내 며칠간 아버지 좀 찾아보고 돌아오마.

　읍에 돌아오자 어머니가 한 말이란 고작 그것이었다. 나는 어떤 배신감으로 몸을 떨었다. 아버지의 빚쟁이 소동 이후 어머니의 마음속에서 그의 그림자가 어느 정도 지워졌으리란 내 생각은 잘못된 것이었다. 어쩌면 어머니는 누나를 만남으로써 만신창이가 되어버린 자신의 마음을 치유하는 방법으로 아버지를 찾아 나섰는지도 모를 일이었다. 그것이 바로 내가 이해하기 어려운 어머니의 무서운 힘이었다. 아버지를 향해 뻗어가는 그 줄기찬 자력의 근원이 어디에 있는지 나는 이해할 수가 없었다. 한 가지 분명한 사실은 내가 아버지에 대해 항상 품고 있는 그 적대감이 어머니에게서만은 결코 나타난 적이 없다는 것이다.

　어떻든 어머니는 또다시 아버지를 찾아냈다. 낙선 이후 함께 살던 식구들과도 헤어져 이혼을 하고 잠적해버린 그를 찾아낸다는 것은 그리 쉬운 일이 아니었을 텐데도 어머니는 며칠 만에 거뜬히 그 일을 해냈다. 누나의 경우와는 달리 아버지를 찾아낸 어머니의 표정은 밝았다. 며칠 전과는 전혀 딴판으로 싱싱하게 살아났던 것이다. 아버지가 충청도 어느 산골에 은신해 있더라며 근황까지 이야기했다.

　은할 찾았다구 하니까 보고 싶다구 그러시더라.

　누나 이름을 기억하던가요? 내 이름이야 저번에 일러줬으니까 알는지도 모르지만.

나는 그렇게라도 비양거리지 않고는 견뎌낼 수가 없었다.

네가 아버지를 잘 이해하지 못해서 지금 그런 소릴 하는 거다.

어머니는 언짢은 내색도 없이 어렵잖이 받아넘겼다.

아버질 어떻게 이해해야 합니까?

말루 해서 될 게 아니다. 모두 함께 모여 살다 보면 이해가 되는 날이 있을 게다.

모두 함께 모여서 살자는 것은 영재 아저씨의 발상이 아닌가. 그러나 어머니는 그런 말도 어렵잖이 해내고 있었다.

아버지하고 함께 산다는 거예요?

아버지란 말을 입 밖에 내는 일처럼 역겨운 것은 없었다. 그러나 달리 표현할 말이 떠오르지 않았던 것이다.

아버지를 모시고 사는 게 당연한 게 아니냐.

그 당연한 일을 아버진 왜 여태까지 못한 겁니까?

사람이란 다 그 나름으로 사정이란 게 있는 법이다.

우리가 여태까지 아버지의 사정을 봐준 셈이군요. 그러니까 지금부턴 아버지가 우리 사정을 봐줄 때가 됐다는 건가요?

가정이란 누가 누구 사정을 봐주는 그런 게 아니다. 서로 이해하며 사는 거지.

어떻든 잘해보세요. 나하곤 관계없는 일이니까요.

그 순간 서울에 올라가 학교에 다녀야 하겠다는 생각을 굳혔다. 그것이 영재 아저씨의 바람이기도 했다. 영재 아저씨의 힘을 빌려는 내 생각에 대해 어머니도 반대하지 않았다. 사실 그때 어머니는 아버지와의 재결합과 은하 누나의 일로 해서 제정신이 아니었다.


"잘 생각했다. 나하고 내일 당장 올라가보자."

원주까지 찾아간 나를 영재 아저씨는 무척 반겼다. 학교 살림을 도맡아 하는 서무과장 자리였다. 학교 급사로 있던 애숙이도 정식 직원이 되어 사무용 책상 하나를 차지하고 앉았다가 나를 보자 강동강동 뛰며 반겼다. 내가 있을 때 짓기 시작한 새 교사가 단층이긴 해도 꽤 큰 규모로 완성되어 있었다. 그러나 학교로 오르는 언덕길이나 멀리 내려다보이는 고아원 근처 풍경은 하나도 변한 게 없는 것 같았다.

"얘가 박태혁이 아들입니다"

때마침 학교 설립자인 상촌 선생이 내려와 계신다며 나를 그 앞에 데려가 인사까지 시켰다. 상촌 선생은 키가 작고 온후한 얼굴에 눈빛이 유달리 강한 분이었다.

"그래, 자네 아버진 지금 어디 계신다던가?"

그냥 인사 삼아 그렇게 물은 것이겠지만, 나는 아버지의 중학교 때 스승인 그분 앞에서 몹시 부끄러웠다. 상촌 선생도 아버지의 피해자라는 말을 들은 적이 있었기 때문이다.

"모르겠습니다."

"시대를 잘 타고났으면 크게 될 사람이었지."

상촌 선생은 무슨 뜻인가 그런 말로 아버지 얘기를 얼버무렸다.

둘만 있는 자리가 되자 영재 아저씨는 어머니 안부부터 물었다.

"어머니께서 누나한테 또 다녀오시진 않았나?"

함께 누나를 찾아갔던 것이 한 달 전쯤이었다. 그동안 어머니가 아버지를 찾아낸 일만은 얘기하고 싶지 않았다.

"요 며칠 사이에 두 번씩이나 갔다 오신걸요."

"그래서?"

"결국 애 하나를 빼앗아 오셨지요."

나는 짐짓 빼앗아 왔다는 표현을 썼다. 영재 아저씨는 그 일이 믿어지지 않는다는 표정을 해 보였다.

"큰애예요. 여섯 살짜리, 수정이라고 왜 우리가 갔을 때 이불 속에 들어가 죽어라 하고 안 나오던 애 있잖아요. 데려오긴 했지만 어찌나 울어대는지 안집에서 말을 할 정도예요."

애가 울어대는 것도 문제였지만 남들이 이상한 눈으로 보는 게 더 못 견딜 지경이었다. 어머니가 손녀딸이라고 대충 말은 했지만 어머니 나이에 웬 소리냐는 듯 혼자 사는 어머니를 이상한 눈으로 바라보기 일쑤였다.

"아무튼 참 용하시구나. 그게 쉽진 않았을 텐데."

나도 어머니가 수정이를 데리고 온 일에 대해 놀라지 않을 수 없었다. 그러나 어머니는 이제부터 수정이를 어떻게 키우느냐, 그것만이 문제라며 데려온 경위 같은 건 일절 입 밖에도 안 비쳤던 것이다.

"혹시 그 사람이 없을 때 데려오신 건 아닐까?"

영재 아저씨는 그 일이 몹시 궁금한 모양이었다.

"그랬다간 됩데 큰일 나게요. 그 사람두 그렇지만 누나가 어디 애를 내놓기나 할 성싶던가요."

"그러니까 더욱 어머니가 용하다는 게 아니겠느냐."

그때 산막 속에서 그 일을 함께 겪어낸 영재 아저씨라 그렇게 느낄 만도 했다.

어찌 됐든 어머니는 아버지의 소재를 확인한 뒤 곧장 방동리로 내달았던 것이다. 거듭 두 번씩이나 다녀오면서도 누나와의 첫번째 만남에서 보였던 그 절벽 같은 충격은 어느 곳에서도 찾을 수 없었다. 수정이를 데려오면서부터 어머니는 더욱 싱싱해졌을 뿐이다. 말 그대로 소생이었다. 송씨네 아주머니를 찾아가 살길을 의논한 것도 그때부터였다. 어머니는 언제나 그랬다. 우리들을 방기한 채 도망쳐버린 배덕한 아버지를 좇아 그 소재가 확인되는 순간부터 이제까지의 침울한 분위기를 깨치며 일어서는 어머니의 그것은, 오직 희생이 전제된 여필종부만을 지고의 미덕으로 좇는 우리나라 아낙네들의 그것과 비교될 성질의 것이 아니었다. 일종의 자학이나 매저키즘으로 설명될 그런 성질도 아닐 성싶다.

3학년 2학기에 접어들면서 아이들은 모두 초비상 상태로 돌입했다. 정규수업 외에 두 시간 과외수업이 끝나는 즉시 그룹과외나 학관으로 달려갔다. 그것도 저것도 아닌 아이들은 도서관이나 교실에 남아 밤을 지새웠다. 재수생들이 다른 해보다 많아 내년 대학입시는 낙타 바늘구멍 들어가기라고 했다. 재보다 잿밥이라고, 선생들도 일과가 끝나기 무섭게 뿔뿔이 흩어져 릴레이식으로 짜인 그룹과외 방으로 뛰었다. 국민학교에서 시작된 과외 열풍은 걷잡을 새 없이 중고등학교로 옮아 붙었다.

"인마, 너 정말 이런 실력 가지고 대학에 가겠다는 거냐?"

9월 모의고사 성적을 훑어보며 담임은 입가에 야릇한 웃음을 만들고 있었다. 영어 선생인 담임은 내 영어 회화 실력에 대한 거부 반응으로 나를 몹시 싫어했다. 나 역시 그를 싫어했다. 반 아이들 중 그의 영어 개인지도를 단 며칠이라도 안 받은 아이는 드물었다. 그런 면에서 그는 평이 썩 안 좋았지만 바로 그 악평을 역이용해서 마구잡이로 돈을 뜯어내는 사람이었다. 어느 학교나 그런 선생이 있게 마련이겠지만 내가 다니는 학교는 신설된 학교라 그렇게 형편없는 선생들이 많았다.

"인마, 내가 우스운 건 네놈 주제에 네 공부 제쳐놓고 남의 집 가정교살 한다는 거다. 너 혹시 머리가 어떻게 된 거 아니냐?"

"학비를 벌기 위해선 어쩔 수 없습니다."

그는 툭하면 내 주제를 쳐들었다.

"학비를 번다고? 인마, 궁상 좀 그만 피워라. 내가 아무것도 모르고 있는 줄 아냐? 넌 그런 면에서 패륜아다, 인마. 멀쩡히 살아 있는 아버지를 없다고 우기는 놈이 그게 어디 자식이냐?"

"호적초본을 보셨으면 아실 거 아닙니까. 전 어머니밖에 안 계십니다."

"너 정말 자꾸 이렇게 삐딱하게 나갈래? 물론 느 집 가정 구조가 복잡하다는 것쯤은 나도 알고 있지만 아무리 그래두 어린 놈이 이러면 안 좋다 이거다."

담임은 며칠을 두고 나를 괴롭혔다. 명목이야 성적 부진이지만 사실은 내 부모의 '싸가지 없는 예의'에 대한 기분 풀이였을 것이다.

아버지가 학교에 다녀간 것이다. 우리 학교도 영재 아저씨가 봉직하는 학교의 설립자 상촌 선생과 관련이 있었다. 그것을 빌미 삼아 아버지가 우리 학교 교장선생을 찾아왔었던 모양이다. 상촌 선생의 제자로서, 이제 자신의 아들을 맡긴 학교에 대한 예우였을 것이다. 게다가 우리 학교는 아버지의 4대 민의원 선거 때의 출마 지역에 속해 있었다. 아버지가 교장선생 앞에서 무슨 얘기를 어떤 방법으로 했으리란 것은 뻔했다. 문제는 '높은 사람만 만나 떵떵거리고' 간 아버지의 '싸가지 없는 예의'에 대한 남임선생님의 불만이었다. 환경조사서에는 분명 보호자가 어머니로 되어 있는데 느닷없이, 그것도 저명인사가 찾아와 박덕수가 내 자식이니 잘 좀 봐달란 말만 남기고 사라졌으니 담임으로선 그럴 수밖에 없었을 것이다. 그러나 나는 끝내 담임선생의 궁금증을 풀어주지 않았다. 졸업을 몇 달 남기지 않고 있는 나로서는 치명적일 수밖에 없는 일이었지만 나는 차라리 그편을 택한 것이다.

아버지가 그런 방식으로 학교에 나타났던 것은 어쩌면 자신이 이처럼 건재하다는 것을 자식한테 과시하기 위한 시위였을 수도 있었다. 어쩌면 당신이 우리 어머니 곁에 돌아왔다는 것을 알면서도 읍에 내려가지 않은 내 처사에 대한 시위일 수도 있었다. 아버지와의 상봉을 생각하기만 해도 생기는 요의부터가 문제였다. 그즈음 어머니가 편지를 보내왔다.

—느 아버지께서 요즘 너희 남매를 입적시키기 위한 수속을 밟고 계시는 중이다.

입적. 북쪽 땅에서 아버지 박태혁을 잃어버린 채 월남한 남매를 위해 애국자 박한 씨가 베푸는 인도주의. 아아, 스물이 다 된 이 나이에야 비로소 누구의 씨라는 것이 밝혀진다……
어머니의 음모, 그 승리였다. 이제까지의 지아비를 향한 맹목적 추종을 합리화시키기 위한 구실로 그 이상의 좋은 것이 어디 있겠는가.

"박덕수, 너 이번 주 안으로 어머니 학교 한번 다녀가시도록 해."

아이들에게 가장 위협적인 게 부모의 학교 호출이었다. 특히 우리 담임의 경우 학부모 호출은 잔혹한 무기였다. 학부모가 와서 '교육적 열의'를 어떤 방식으로 얼마큼 나타냈는가에 따라 담임의 기분 지수가 좌우되었다. 담임은 어머니를 학교에 오게 하는 일로써 자신의 호기심을 충족시키는 일과 함께 건방지기 이를 데 없는 제자 놈에게 결정타를 먹이고야 말리란 일석이조를 노린 속셈이었을 것이다.

"덕수 학생, 우리 민호 성적 좀 올라가는 것 같아요?"
"열심히 하는 편입니다."
"민호 담임선생두 그러데요. 점점 나아지구 있다구. 아무튼 담임이 신경을 많이 써주는 것 같아요. 하긴 그동안 봉투 갖다 준 것만 해두 얼만데……"

내가 가정교사를 맡고 있는 민호 어머니는 집 안에서는 언제나 화사한 잠옷 차림이었다. 나는 그네가 곁에 나타나는 순간 숨이 막히는 듯한 현기증을 느꼈다. 나중에야 알았지만 그 매혹적인 냄새는 외국산 향수였다. 서른다섯 살이라는 나이답지 않게 젊고 매력적인 여자였다. 민호 아버지는 모 은행의 주주로 민호네 집에는 일주일에 한 번 정도밖에 들르지 않는 그런 관계의 오십대였다. 민호 어머니에겐 밖에서 어떤 젊은 남자로부터 전화가 자주 왔고 때로는 집에까지 나타나는 때도 있었다. 우리 엄마 애인이야. 누구냐는 내 질문에 민호는 거침없이 대답했다. 학교에서 담임한테 무참하게 당하는 것과는 달리 나는 민호네 집에서 인정을 받고 있었다. 나는 민호의 우상이었다. 내가 아담스와 함께 보낸 미군 부대 생활이며 고아원이며 양아치들 세계에서의 내 이력을 이따금 펴 보일 때마다 민호는 숨을 죽여 경청했다. 나는 민호에게 학과 공부보다 인생 공부를 시키고 있는 셈이었다. 너, 아버지를 어떻게 생각하나? 민호가 내 물음의 저의를 파악할 리가 없었다. 뭘 어떻게 생각해요, 우리 아버지지. 그의 대답은 그런 식이었는데 이것은 자기네 모자가 떳떳한 모습으로 세상에 모습을 나타낼 처지가 못 된다는 것을 전혀 생각하지 못한 데서 비롯된 것인지도 몰랐다. 엄마가 그러는데 큰집엔 아들이 둘 있지만 모두 바보 같아서 아버지가 죽을 땐 재산을 전부 나한테 준다는 거야요. 그땐 선생님한테 월급 많이 줄게요. 나를 영원히 제 가정교사로 써먹을 줄 아는 그런 아이였다. 돈 있는 남자와 젊은 여자가 공모해서 뿌려놓은 비극의 씨였다. 나는 민호에게 연민을 느꼈다. 그 연민은 느닷없이 증오로 탈바꿈했다. 정릉 골짜기 물웅덩이 속에 그를 냅다 던져 넣은 다음 쫓아가 거의 일 분가량 목을 눌렀다. 허푸허푸 솟아오르는 민호가 내 눈에 번쩍이는 살기를 보면서 도망치는 순간, 나는 용서 없이 낚아채 다시 물속에 처넣곤 했다. 민호의 눈에서 죽음의 공포를 보는 순간, 나는 히익 웃어주었다. 민호는 정릉 골짜기에서의 그 일을 누구한테도 말하지 않았다. 톰이란 놈이…… 아담스가 말이야…… 하고 나는 톰에 의해 침낭 속에 갇힌 채 공중에 휘둘려지던 공포와 아담스와 나의 이별에 앞서 가평 근처 계곡에서 보여준 그 잔인한 일을 적당히 각색해서 들려주었던 것이다.

내가 아담스를 찾는 일을 조그마한 박스 기사로 다뤘던 신문사에서 학교로 전화가 왔다. 아담스를 찾았느냔 거였다. 야, 그 신문사에서 너한테 무슨 일로 전화가 왔냐? 담임은 교무실 전화기에 대고 내가 가끔 아담스란 외국 사람 이름을 입에 올리는 걸 듣고 있다가 참견을 하고 나섰다. 담임은 철저한 미국 신봉자였다. '어쩔 수 없는 엽전'들 곁을 떠나 미국 엘에이로 이민을 가는 것이 그의 유일한 꿈이었다. 인마, 누구야, 무슨 일이야? 담임은 궁금해 죽겠다는 듯이 다그쳤다. 아무것도 아냐요. 내가 그냥 교무실을 나오려 하자 그가 눈을 부라렸다. 이새끼 이거, 선생을 뮐루 알구…… 나는 못 이기는 척 대답했다. 옛날에 내가 잘 알던 미국인 친군데 꽤 유명한 사람이거든요. 지금두 그 사람하고 자주 연락이 있느냔 거예요. 그래서 그냥 연락이 없다고 했어요. 귀찮기 때문에 그냥 그랬던 거예요. 시큰둥하게 내뱉으며 교무실을 나오는 내 뒤에서 담임이 놀랐다는 투로 중얼거리고 있었다. 야, 이 새끼 봐라아. 아담스를 찾아야 한다. 담임의 코를 납작하게 만들어놓기 위해서도 나는 아담스를 찾아야 했다. 다시 『아미 타임스』 등 다섯 군데에 은인 아담스를 찾는 '한국 거지 아이'의 애절한 사연을 띄웠다.

"덕수야, 어떤 여자가 널 찾는대더라. 정문 수위실에 있대."

10월 중순, 학교 추계체육대회 날, 우리 반이 기마전에 출전해 연거푸 두 번 져 예선 탈락하고 맥없이 흩어져 응원석으로 돌아오는데 인원 초과로 자리에 남았던 아이가 그런 소식을 전해줬다. 어떤 여자, 문득 어머니 얼굴이 떠올랐다. 혹시 담임이 어머니한테 연락을 했는지도 모른다는 생각을 하며 정문 수위실로 내려갔다.

"시간 나는 대로 나와달라고 했는데…… 이렇게 빨리…… 미안해요."

전혀 본 적이 없는 얼굴이었다. 나이가 이십대 후반쯤으로 젊게 보이는 것은 키나 몸집이 워낙 작아서 그런 것 같았다. 얼굴 역시 작고 오종종한 편이었지만 악의가 전혀 느껴지지 않는 인상이었다.

"학생을 잘 아는 사람이에요. 자세한 얘긴 이따가 만나서…… 오다가 보니 저 아래 로타리에 '거북당' 분점이 있던데 거기서……"

내가 학교를 마치고 나올 때까지 그곳에서 기다리고 있겠노란 것이다. 그 여자가 수위실 쪽에서 교문으로 나가자 자가용 한 대가 앞에 멎었다. 여자는 자동차 문을 열며 수위실 쪽을 뒤돌아보았는데 햇빛 때문에 내가 서 있는 것을 잘 알아보지 못하는 것 같았다. 운동장으로 되돌아오며 나는 꼭 낮도깨비한테 홀렸다는 게 이런 게 아닐까 하는 생각을 했다. 나를 잘 안다는 여자. 그러나 나는 전혀 짚이는 바가 없었다. 간첩의 접선이 아닐까 하는 생각이 퍼뜩 스쳐 갔다. 그렇다면…… 왜 그 순간 아버지 얼굴이 떠올랐는지 알 수 없는 일이었다. 박한 씨가 아닌, 북쪽에서의 열성 당원 박태혁이 횃불 든 무리의 앞에 선 모습이었다.

"인마, 너 왜 허락두 없이 자리를 이탈했어?"

3학년 중에서 가장 하위를 면치 못하고 있는 우리 반의 체육 대회 성적을 놓고 담임은 폭발 직전이었다.

"솔직히 말해. 너 지금 누구 만나구 왔어?"

험악한 사태로 보아 대답을 피할 도리가 없는 것 같았다. 그렇다고 솔직히 말할 계제도 아니었다.

"접때 전화 온 그 일로 신문사에서 기자가 왔었습니다. 아담스란 분에 대해 얘길 나누고 싶다고요."

"그 기자란 새끼들, 담임을 통하지 않고 그따위로 해도 괜찮다든? 이 망할……"

"이따 만나기로 했으니까 그렇게 말씀드리도록 하겠습니다."

공연히 애매하게 기자들을 욕먹이는 게 미안은 했지만 섣불리 그 여자 얘기를 내불어 긁어 부스럼 되기보다는 나을 것 같았던 것이다.

그처럼 아담스는 번번이 나를 위기에서 구원해주었다. 아담스는 언제나 나를 지켜주는 수호신이었다.

그 여자와 만나기로 약속한 로터리에 있는 '거북당'으로 들어섰다. 여자는 나를 맞기 위해 입구까지 달려 나왔다. 자리를 잡고 앉자 그네는 꽤 오랫동안 나를 쳐다보기만 했지 좀해 입을 열지 못했다.

무슨 말부터 어떻게 시작해야 좋을는지 모르겠다는 그런 난

색을 띤 얼굴이었다. 마주 앉아 쳐다보니 나이가 들어 보이는 얼굴이었다. 미색 투피스 정장에 당시로서는 아무나 입기 어려운 실크 블라우스를 받쳐 입고 있었는데 그러한 세련된 옷차림으로 해서 그 작은 체구가 어느 정도 덮어지는 듯싶었다. 더욱이 앉은키는 그닥 작아 보이지 않았다. 피차 견디기 어려운 침묵이었다. 학교에서 나를 대하던 부드러움과는 달리 여자의 표정이 몹시 굳어져 있었다.

"내가 누군지 정말 아무런 짐작도 안 가나요?"

그네는 애써 굳은 표정을 풀면서 그렇게 입을 떼었다.

"혹시 박태혁, 아니, 박한 씨 일로……?"

예감 같은 것이었다. 에라 모르겠다, 눈 딱 감고 내디딘 발이었다.

"역시…… 알고 있었네요. 그래요, 내가 바로 박한 씨……"

그네는 그 대목에서 잠깐 주저거리다간,

"애들 엄마예요."

그 말을 듣는 순간, 나는 내 앞의 여자와 어머니의 모습을 비교해보고 있었다. 그만큼 충격이 덜했던 것도 그 여자보다 어머니가 더 곱다는 판단을 순간적으로 내릴 수 있었기 때문인지도 모른다. 또한 아버지가 북쪽에 버려두고 도망친 또 다른, 아버지의 그 여자와 어린애 생각을 한 것도 그때였다.

"학생 어머니가 우리 애들 아버지를 찾아다닌다는 얘기를 들은 순간 모든 걸 짐작했지요. 어떻게 된 일이냐니까 애들 아버지께서 자초지종을 하나도 빼놓지 않고 말씀해주시데요. 워낙 감추는 게 없이 탁 까놓고 말씀하시는 분이라 고맙긴 했지만 막상 듣고 나니 앞이 캄캄하데요. 애들 아버지의 입장이나 그 생활을 이해하고 있었기 때문에 더욱 괴로웠는지도 모르지요. 북쪽에서 단신 월남한 분을 만나 정식으로 식을 올리고 산 입장이라 남에게 추호도 책잡힐 일이 없는 일인데도 막상 현실에서 그 일에 부딪히고 나니 당황하지 않을 수 없었어요. 그러나 원래부터 애들 아버지는 작든 크든 가정일 같은 것엔 초연한 분이라 월남한 식구들이 애타게 찾고 있다는데도 별 반응을 보이는 것 같지 않았어요. 하긴 그때만 해도 상황이 그런 일에 신경을 쓰고 있을 때가 아니었지요. 그러니까 자연히 그 현실의 무게가 온통 나한테로 쏟아져 내리데요. 학생이나 어머니께선 믿지 않으시겠지만 나는 그 일로 늘 괴로웠어요. 그런 속에서 작년 5월 선거를 치렀던 거지요. 여러 가지로 무리였지요. 결국 뜻을 이루지 못하신데다가 그 후유증이 생각보다 컸어요. 우리는 다음 기회를 위해서 잠시 떨어져 살 수밖에 없다는 결론을 얻게 됐고 그래서 형식상으로 이혼을 했던 거예요. 피해를 최소한으로 줄임으로써 재기할 수 있는 발판만은 살려야 한다는 궁여지책이랄 수 있는 거였지요. 물론 우리가 이혼을 함으로써 피해를 본 사람들이 많았다는 것을 모르는 바 아니에요. 그러나 애들 아버지의 생각은 오늘 그 몇 사람의 피해가 결국에는 고귀한 희생이 되어 내일에 가서는 큰일을 이루게 될 것을 확신하고 계셨던 거예요. 우리 애들과 내가 남들의 그 무서운 입과 눈을 무시하고 몇 년이라도 떨어져 살기로 한 것도 애들 아버지의 그 신념 때문이라고 할 수 있을 거예요. 나나 우리 애들은 그분이 기어코 다시 일어나서 큰일을 하실 것을 굳게 믿고 있어요. 그런데……"

여자는 하기 어려운 말을 단숨에 해치웠다는 그런 득의로운 기세로 곧장 핵심으로 뛰어들고 있었다.

"얼마 전 애들 아버지를 만났지요. 일 년이 조금 지났는데 많이 변했더군요. 학생과 학생 어머니가 우리 애들 아버지를 찾고 있다는 것을 알았을 때보다 충격이 더 컸어요. 학생 어머니한테 가 계신다고 하더군요. 그것이 당신이 취할 최선의 길이라고 말하데요. 그쪽 식구들을 입적시킬 생각도 하고 있는 거 같더라구요. 그 사람 한번 마음먹은 건 누구도 꺾을 수 없어요. 그러나 나는 이번 일만은……"

이상했다. 여자가 이제까지의 당당한 자세를 무너뜨린 것이다. 그네는 그 작은 몸을 더욱 움츠러뜨리며 낮은 목소리로 말했다.

"결혼해서 아이를 낳고 사는 오늘까지 그분 뜻을 단 한 번도 거슬러본 적이 없어요. 그분 뜻이 모두 옳다고 믿었기 때문이죠. 그분을 만나 결국은 이런 처지에 놓이게 된 것도 결코 후회하진 않아요. 그분을 위하는 일이라면 나는 이 이상의 고통도 견뎌낼 수 있어요."

신파극의 대사 한 토막 같았다. 그러나 여자의 표정은 진지했다. 그동안 어머니가 보여온 아버지에 대한 맹목적 추종과 하나도 다르지 않았다.

"그러나 이번 일만은 그냥 앉아서 볼 수 없다고 판단했어요. 내 개인이나 우리 애들을 위해서 그러는 게 아니에요. 무슨 일이 있어도 그분이 이 고비를 넘긴 다음 다시 일어설 수 있도록 힘이 돼주어야 해요."

이제까지 몸을 움츠리고 있던 그 여자의 부피가 서서히 부풀어 오르기 시작했다.

말의 핵심은 분명했다. 그네의 애들 아버지 박한이 옛날 우리 아버지 박태혁으로 돌아가는 것을 원치 않는다는 것이다.

"물론 그분의 과거가 다 떳떳한 것만은 아니란 알고 있어요. 실상 그 일 때문에 본인은 물론이고 우리 친정에서도 무척 많이 신경을 써야 했지요. 그러나 그분이 하는 일이 너무 완전 무결하기 때문에 그런 과거를 별로 문제 삼지 않아도 되었던 거지요."

그렇게 완전히 다른 사람으로 탈바꿈한 사람이 이제 와서 자신의 과거를 공공연히 드러내 보이는 일을 한다는 것은 화약을 등에 지고 불속으로 들어가는 것이나 다름없는 일이라 했다. 낙선 후 빚쟁이들이 어머니한테 몰려와 빨갱이 놈의 계집, 빨갱이 놈의 자식새끼를 성토하고 단죄한 그 소동을 이미 알고서 하는 얘기 같았다.

박한의 내일을 위해서, 이제까지 참고 살아온 우리 가족의 희생은 덮고, 우리 어머니가 더 이상 박태혁에게 매달리지 말라는 애소였다.

"우리 어머니를 만나보시지요."

나는 비교적 담담한 심정이었다. 이유를 알 수 없는 웃음이 어금니께로 자글자글 괴어올랐다. 그런 말이 나올 것을 알고 있었다는 듯 여자가 받았다.

"솔직히 그것만은 못하겠어요."

"내가 우리 어머니와 함께 다시 이북으로 넘어가면 일은 간단해지겠군요?"

그러나 그 여자는 정색한 얼굴로 나를 빤히 쳐다보기만 할 뿐 더 이상 입을 열지 않았다. 북으로 다시 가면 모든 것이 해결될 것이란 내 생각만큼이나 자신이 나를 찾아온 일이 얼마나 황당한 일인가를 생각하고 있었는지도 모른다.

어떻든 나는 기분이 그리 나쁘지 않았다. 그네에게 아무런 적의를 갖지 않은 것은 같은 피해자로서의 동류의식이 작용한 때문이었는지도 모른다. 나는 그 여자를 통해 어른이 된 느낌이었다.


1960년 이른 봄, 나는 담임선생의 코를 납작하게 만드는 일을 해냈다. 네가 그 학교에 붙으면 내가 이 손가락에 장을 지지겠다며, 원서를 못 써주겠다고 버티던 담임과의 굴욕적인 싸움은 결국 내 승리로 끝났다. 반 아이들이 박수를 쳤다. 비록 인기 과는 아니지만 나는 K대 문과대학에 응시해 합격을 한 것이다. 어머니가 입학금을 해가지고 올라왔고, 어머니보다 영재 아저씨가 먼저 찾아왔다.

"아버질 찾아뵙도록 해라."

준비해 온 돈을 놓고 일어서면서 영재 아저씨가 한 말이다.

"저번에 느 아버지가 나한테 다녀가셨다. 그전과는 달리 느 집 일에 관심이 많으시더구나. 그래, 이제 다시는 느 아버지를 놓쳐선 안 된다."

우정 서울까지 올라와 내 대학 입학을 축하해주고 내려가는 영재 아저씨의 뒷모습에서 나는 쓸쓸한 바람을 느꼈다.

"이 돈 누나한테나 보내주세요."

나는 어머니가 내놓은 돈을 밀쳐놓았다. 그 순간 올해 국민 학교에 들어갈 준비를 하고 있다는 수정이 생각이 났다. 짐승이나 다름없던 그 아이가 지금은 어떤 모습으로 변했을까.

"누나한테 또 다녀오셨어요?"

그러나 어머니는 내가 밀어놓은 돈에 손을 얹은 채 말했다.

"이 돈 아버지가 마련해 오신 거다. 네가 K대에 들어갔다는 소식을 듣군 어찌나 좋아하시는지."

"나하곤 상관없는 일이에요."

"이 에미가 죄가 많구나."

어머니가 고개를 숙인 채 한숨 쉬듯 그렇게 말했다. 어머니는 그 이상 입을 열지 않을 것이다. 삐딱하게 나가는 자식을 설득하기 위해 말을 장황하게 늘어놓은 적이 단 한 번도 없는 어머니였다.

"아버지가 읍에서 야당 일을 하신다면서요?"

"원래 그런 기질이 아니시냐. 요즘 얼마 안 남은 대통령 선거를 앞두고 집에 들어와 주무시는 날이 거의 없으시다."

어머니는 내가 아버지 문제에 관심을 가지고 있다는 것에 대해 무척 고마운 양 금세 얼굴이 활짝 펴지고 있었다.

"입학하기 전에 한번 내려왔다 가려무나."

"수정이가 보고 싶은데요."

"아버지 말씀이, 이번 선거 끝나고 우리 식구 모두 누나한테 다녀오자구 하시더라."

"이북에 계신 할아버지께서 되게 좋아하실 건데, 어떻게 소식을 전해드릴 순 없을까요?"

웃으며 하는 내 말을 묵살한 채 어머니는 조용히 몸을 일으켰다.


"축하한다."

1960년 2월 15일, 대통령 선거의 후보였던 야당 조병옥 선생의 급작스런 서거에다 부정선거를 위한 음모가 노골화되어 가고 있는 그런 어수선한 나라 분위기와는 아랑곳없이 내게는 찬연한 빛이 내려 붓고 있었다.

나와 같은 나이인 송씨네 둘째 아들 병대가 내가 가정교사를 하는 집까지 찾아왔다. 1958년 여름 P고등학교를 그만두고 그 집을 나온 뒤로는 별로 만날 기회가 없었던 병대다. 병대도 Y대 상과대학에 합격했다는 소식을 들었다.

"축하해."

나도 그의 손을 잡으며 그가 대학에 들어간 것을 축하했다.

그러나 병대가 나를 찾아온 것은 내가 대학에 입학한 것보다 더 큰 것을 축하하기 위해서였다.

"바로 어제 배달된 거야."

병대가 안주머니에서 꺼내놓은 것은 아담스가 내게 보낸 편지였다. 가슴이 떨렸다. 어렸을 적 막사 속에서 본 그런 손 글씨가 아니라 백지 위에 깨끗이 타이핑된 편지였다. 병대와 나는 영어 사전을 꺼내놓고 그것을 얼기설기 조립하기 시작했다.

─나의 사랑하는 캡틴 박.

어제 재향군인회 휴스턴지부에 들렀다. 나는 한국전쟁에 참
가한 것을 내 일생 최대의 영광으로 생각한다. 나는 총알이 비
오듯 쏟아지는 실전에서 살아남은, 한국전쟁의 증인이기 때문
이다. 거기서 나는 사람을 내 총으로 쏴 죽이는 죄를 지었다.
그러나 내 손으로 사람을 살려낸 적도 있었음을 자랑스럽게 생
각한다.

캡틴 박을 만난 것도 그 하나의 자랑이다.

재향군인회 사무실에서 네 얘기가 실린 『아미 타임스』를 보
고 눈을 비볐다.

네가 나를 기억하고 있듯이 나 또한 너를 잊지 않고 있다.

내가 요즘 몹시 바쁘게 일하고 있다는 걸 너에게 알린다. 가
을에 있는 시의회 의원 선거에 출마하기 위한 일을 하고 있는
것이다. 지금은 물러났지만 한때 상원의원이던 내 할아버지도
지금 내 나이에 이런 일을 시작했다.

네가 보내줄 네 얘기를 읽기 위해 시간을 비워놓고 있겠다.
너는 내 아들이다.

─아담스.


"두 사람이 다 정치 지향적이라는 사실이 네 운명에 어떤 심
상치 않은 조짐 같은데."

아담스의 편지에 의한 내 흥분이 어느 정도 가라앉은 기색이
자 병대는 그런 농담을 했다. 두 사람이란 아버지와 아담스를
두고 하는 말일 것이다.

"저번에 고향에 내려갔다가 느 아버지를 뵈었다. 우리 아버지와 두 분이 술을 잡숫는 자리였다. 그게 세번째 뵌 건데, 나는 느 아버지가 범상한 분이 아니란 생각을 굳히게 됐다. 그게 보스 기질일까, 느 아버진 모든 사람의 마음을 옴짝달싹 못하게 휘어잡는 어떤 힘이 있다는 거야. 신념 같은 건데, 작은 것을 놓고 따지는 범상인에게서는 어림도 없는 그런 큰 것이 보였다는 거다.."

의외로 병대의 표정은 진지해 보였다.

"내가 아버지를 만나러 내려가지 않는 일을 놓고 충고하는 거냐?"

"오해하지 마라. 나는 다만 그전에 너한테 듣던 느 아버지에 대한 선입견을 버렸다는 것만 말해두고 싶어서 그러는 거야."

"고맙다. 네 말을 듣고 나니 갑자기 아버지가 보고 싶어진다야."

사실 나는 아담스의 편지로 해서 이 세상의 누구도 용서할 수 있는 그런 기분 상태로 부풀어 있었던 것이다.

"읍에 오신 지 얼마 되지 않았는데, 이제 느 아버질 모르는 사람이 없어야."

"그게 우리 아버지의 힘이지."

"맞아, 그런 힘이 필요한 시대야. 국민들의 터부로 돼 있는 반일반공 정책을 악정의 항구적 지속과 그 은폐 수단으로 삼고 있는 이승만 정권을 무너뜨린 뒤 우리 민족이 나갈 길을 틀, 그런 진정한 민권의 대변자가 필요하단 말이다. 이것도 느 아버지가 한 말이야. 이제 이 정권은 썩을 대로 썩어 무너져 내리기 직전에서 마지막 발악을 하고 있는 단계라는 거지. 이런 상황에서 누가 먼저 그 썩은 집에 불을 붙이느냐 그것이 문제라는 거였어. 민주당, 그 잘난 체 서로 핏대를 올리는 보수, 혁신…… 그게 아니라는 거야. 기성세댄 이미 정상배의 간교한 술수만 남아서 안 된다는 거야."

"이 나라의 지성, 이 나라의 정의의 사자인 젊은이들의 용기, 그걸 말하는 거겠지."

이 년 전 아버지한테 들은 말이었다. 그러나 병대는 내 비아냥조를 읽어내지 못한 듯 계속 오늘의 현실과 부조리를 성토했다. 중학교 때부터 책을 많이 읽은데다 좀 다혈질이긴 했어도 그사이 이렇게 많이 달라지리라곤 상상도 못했던 일이다.

"병대, 넌 과를 잘못 택한 것 같다. 이왕이면 정치과를 갈 것이지."

"비꼬지 마, 난 정치 같은 건 관심이 없어. 내가 지금 말하는 것은 네가 생각하는 그런 하위 개념의 정치에 의해 더럽혀진 오늘 우리의 현실일 뿐이야."

병대와 나는 정릉에서부터 걷기 시작해 종로5가까지 나와 있었다.

"솔직히 말해 나는 네가 그 대학에 들어갔다는 게 잘 믿어지지 않는다. 내가 알기론 네 실력이 대단치 않았거든. 그러나 이제야 그동안 네가 집에 한 번도 안 내려간 이유를 알 것 같다."

병대는 축하 술을 자기가 사겠다고 했다. 머리는 아직 짧았지만 우리는 당당히 소주 한 병을 주문했다.

"병대야, 부탁이 하나 있다. 아담스한테서 편지가 왔다는 걸 우리 집에 안 알렸음 좋겠다."

"왜?"

"내 일에 우리 가족이 관심을 갖는 게 싫다."

"그거 일종의 자학이다. 너 혹시 아담스를 찾아 훌쩍 날아가려구 그러는 거 아냐? 예감이 그런데."

"생각은 굴뚝같다. 하지만 난 불행하게두 고아가 아니다."

"초청 케이스로 가는 그런 미국 유학이야 뭐……"

"그러고 보니, 내 앞이 환하게 트인 기분인데."

"물론이지. 넌 우리의 현실이 낳은 행운아야. 전쟁, 분단, 혼란, 이런 소용돌이 속에서 오히려 그 아픔을 거름으로 하여 피어난 꽃이지. 강인한 꽃."

"그래 팔자 고치게 됐다. 요즘 미국에 양자로 가는 고아들이야말로 전쟁 때문에 선진국 국민이 됐지. 마치 전쟁이 일어났기 때문에 출세했거나 떼돈을 번 사람들처럼."

"그것이 자학으로 빠지지만 않는다면 지금의 네 자각은 큰힘이 될 게다."

그날 우리들은 갑자기 성인이 된 것처럼 제법 떠벌리며 술을 마셨다. 신문이나 라디오에서 보고 들은 세상 이야기를 나만이 알고 있는 양 열 올려 떠벌리며 누구고 가차 없이 도마 위에 올려놓은 다음 칼질을 해댔다. 우리만이 이 세상을 바로 보고 있는 것처럼 눈감고 돌아앉은 사람들의 양심에 칼을 꽂았다. 잘못 쓰이는 큰 힘과 부당하게 치부하는 사람들을 가차 없이 성토했으며 가깝게는 며칠 후에 자행될 제4대 정부통령 선거의 부정에 대해 미리 개탄했다. 아무리 욕을 해도 1960년의 그 수

렁은 메워지지 않았다. 우리들의 목소리가 공허한 울림이 되어
가슴으로 되돌아오기 시작했다. 모르겠어, 이게 어찌 된 세상
인지. 그래, 나도 사실은 뭐가 뭔지 모르겠어. 우리들은 어느새
우울한 얼굴로 되돌아와 있었다. 한참 뒤에 병대가 말했다.

"내가 늘 궁금하게 생각하고 있는 게 하나 있다. 1·4후퇴 때
길에서 잃어버렸다는 느 누나를 찾은 그 뒷얘기다. 저번에 느
어머니 곁에 따라다니는 자그마한 여자애를 봤다. 수정이라고
하던가, 느 누나가 낳은 딸 말이다. 느 어머니가 느 누나를 찾
기 위해 그동안 고생하신 걸 우리는 다 안다. 그런데 어째서 우
리가 느 누나를 볼 수 없다는 거냐. 그냥 올 수 없는 형편이라
고만 하시는 모양인데, 느 어머니와 가장 가까운 우리 어머니
마저도 그걸 궁금해하고 계신다고."

뜻밖이었다. 어머니가 누나를 데려올 수 없었던 사정을 송씨
네한테 이야기하지 않았다는 게 믿어지지 않았다.

"우리 누나가 두 다리가 잘린 불구라는 것두 몰랐단 말이냐?"

"그 얘긴 들었다."

"그러면 됐지, 뭐가 더 알고 싶으냐?"

"어떻게 해서 그렇게 됐으며, 너보다 두 살 위라는 누나한테
그런 큰 딸이 있을 수 있느냐 하는 거다."

"한마디로 6·25 전쟁, 그 비극 한 토막이다. 우리 누난 열세
살 그 겨울 월남 길에서 여러 사내들한테 당한 뒤 눈 속에 버려
졌다. 그런데 어떤 남자가 누나를 구해준 거지. 동상으로 썩어
가는 두 다리를 작두로 잘라낸 뒤 그것을 치료해준 사람이다.
누난 지금 그 사람하고 함께 있다. 수정이 말고 딸 하나 아들

하나가 더 있다."

　병대는 몹시 취한 눈으로 나를 멍청히 쳐다보고만 있었다. 술 취한 그의 머릿속에 여러 가지 생각들이 바쁘게 일어나고 있을 것이다.

　"네가 궁금한 건 우리 누나가 지금 어디서 어떤 생활을 어떤 꼴로 하고 있는 건지. 도대체 얼마나 비참하길래 그 모습들을 보이지 않느냐, 그런 거 아니겠어? 그것에 대해선 나도 대답할 수가 없다. 그 상황 설명만으로 이해될 문제두 아니라는 거다. 분명한 것은 그네들의 생존이 우리의 상식과 상상을 훨씬 넘어서는, 지극히 비정상적이라는 것뿐이라구."

　"미안하다. 그냥 궁금해서 꺼낸 말, 나 지금 후회한다."

　"만약 네가 그때 우리와 함께 누나 있는 델 함께 갔으면, 왜 우리가 누나를 그 사내한테서 못 빼앗아 왔는지 이해할 수 있었을 거다."

　"가보고 싶다."

　"네 문제가 아니니까."

　"천만에. 만약 우리 누나였다면 나는 너처럼 그렇게 방관자가 되지는 않았을 거다."

　"우리 아버지 말을 빌리자면, 전쟁통에 죽고 헤어진 사람이 어디 한둘이냐? 많은 사람이 죽었지. 더 많은 사람이 생이별을 하고…… 이제 남은 건 살아 있는 사람들의 현실적 문제뿐이야."

　"네가 그 말을 조금이라도 신봉한다면 집에 내려가 아버지와 화해하라고 권하고 싶다."

"병대, 넌 느 아버지를 존경하냐?"

"자식이 아버지를 존경한다는 것이 그리 쉬운 일이 아니다. 가장이 그대로 생산의 지휘자가 되는 옛날과는 가장의 역할이 사뭇 다르기 때문이다. 가장의 권위가 그대로 존경의 대상일 수는 없다고 본다. 그런 면에서 나는 우리 아버지의 가장으로서의 권위만은 인정한다. 아버지는 내 존재의 확인이며 내 현실이기 때문이다."

"솔직히 네가 부럽다. 나는 결코 아버지의 가장으로서의 권위를 인정할 수 없다. 우리 아버지에게 우리 식구들이 현실이 아니었듯 나 역시 내 근원, 내 현실, 그 뿌리로서의 아버지를 인정할 수가 없다는 것이지."

"원주에 산다는 그 최영재란 분은 너하고 도대체 어떤 사이냐?"

"북쪽에 남아 계신 우리 할아버지의 피를 받은 분이지. 누구보다 당사자가 그 사실을 확신하고 있다. 그 일로 해서 우리 아버지한테 어릴 때부터 오늘까지 계속 피해를 받으며 사는 분이다. 내가 도움을 받아서가 아니라, 나는 영재 아저씨를 좋아한다. 네가 말한 식으로 한다면 좋아한다는 것이 꼭 존경한다는 뜻과는 다를 것이다. 반드시 어떤 명목을 내세워 그것을 위해 사는 삶이 우리 아버지라면 그분은 명목과는 아랑곳없이 묵묵히 자기 몫의 삶에만 충실한 분이다. 내가 그분을 좋아하는 것은 그러한 소시민적 생활 자세가 좋기 때문이다. 그러나 좋아하는 만큼 그분에 대한 불만도 많다. 이를테면 모든 것을 다 받아들이려 할 뿐 싫은 것을 가려 내뱉지 못하는 그 비겁 같은 거 말이다."

"그렇다면 결국 네 우상은 그 아담스란 사람으로 봐야 옳겠는데……"

"네가 오늘 그 편지를 가져오기 전까지만 해도 아담스는 내가 쳐다보고 걸어온 이상이었다. 그러나 지금 그는 내 현실로 여기 함께 있다."

"대충 짐작은 갔지만 네 삶이야말로 미국 지향적인 게 확실하구나."

"조금도 부끄럽시 않다. 나같이 뿌리를 내리지 못하고 우왕좌왕하는 놈이 절망에서 탈출할 수 있는 기회 포착에 혈안이 되는 건 당연한 거다."

"그런 생각이 바로 너나 내가 돌아가야 할 고향 땅을 멀리하는 요인이 되는 거라고 본다."

"고향? 너는 우리 시대에 통일이 가능하다고 생각하냐?"

"물론이지. 문제는 쌍방의 기득권을 가진 이들이 자신들의 이권이나 기득권 유지라는 좁은 생각을 버리고 민족주의적 입장에서 모두의 의견을 받아들여 어떤 정책으로 통일을 밀고 나가느냐 하는 데 있다고 본다."

"우리 아버지는 무엇보다 주변 국제 세력을 통일의 변수로 생각하고 있을 거다."

"그럴 수도 있지. 그러나 네가 미국에 가지 않고 이 땅에 남아 고향에 돌아갈 날을 기다리겠다는데 아담스가 네 뜻을 막을 수 있겠냐? 통일은 우리 민족의 생존 문제라는 걸 알아야 한다."

나중에는 너무 술이 취한 나머지 자신이 무슨 말을 하고 있는지 모를 정도로 횡설수설이었다.

　"우리가 지금 가장 가고 싶은 데가 어디지?"

　"이 새끼야, 오줌부터 싸야겠다."

　"오줌을 싼 다음엔 고향엘 가는 거다."

　"고향? 그래, 그거 차암 조오치!"

　종3에서 동정을 버리기로 의기투합했다. 뜻을 같이한 뒤로 우리는 어깨동무를 하고 의기양양하게 종3으로 쳐들어갔다. 그러나 우리는 그 뒷골목에서 스물대여섯 살쯤 된 계집애한테 삿대질을 당해야 했다.

　"재수 없어! 이 까까중이 학삐리들아, 꺼지지 못해, 이 쌍!"

　그날 밤 나는 아담스의 꿈을 꾸었다. 그의 그 멋대가리 없이 긴 페니스에 내가 입을 들이대고 있는, 정말 더러운 꿈이었다.


　아버지가 나를 찾아온 것은 3·15선거가 사흘밖에 안 남은 3월 12일이었다. 나는 그때 라디오를 듣고 있었다. 신문과는 달리 라디오에선 이번 선거가 국가 흥망의 기로가 되는 중대한 것인 만큼 유권자는 불순분자들의 선동에 현혹되지 말고 당당히 주권 행사에 참여하라는, 투표율을 높이기 위한 캠페인이 계속되고 있었다. 공명선거, 깨끗한 한 표……

　"학생, 전화 받아요. 웬 남잔데."

　민호 어머니는 외출 준비를 하고 있었던 양 거실 전체를 어지럽혀 놓고 있었다. 그네는 자신이 편의를 봐준 덕으로 내가 대학에 합격할 수 있었다는 식으로 공공연히 자랑했다. 그네 곁을 지나가자 향수 냄새가 짙게 풍겼다.

"내다. 나 요 앞 백양세탁소 옆 골목에 있다. 우선 이리 나오너라. 나올 때 누가 널 따라오는 사람이 없나 잘 살피도록 해라."

내가 대답할 여유도 없이 전화는 끊겼다. 세탁소 옆 골목에서 나를 맞는 아버지의 얼굴에서 나는 별다른 표정을 찾지 못했다. 아버지는 나보다 서너 걸음 앞선 채 큰길 쪽으로 성큼성큼 걸어 내려갔다. 어느 다방 앞에 이르러 걸음을 멈춘 뒤 고개도 돌리지 않은 채 말했다.

"넌 여기서 잠깐 기다렸다가 아무도 안 볼 때 들어오도록 해라."

월남 후 두번째가 되는 아버지와의 만남은 그런 심상찮은 분위기 속에 이루어졌다. 포마드를 발라 단정히 빗은 머리에 밤색 양복의 아버지는 처음 보았을 때보다 얼굴이 무척 검게 보였다. 밖에서의 심상찮은 거동과는 달리 아버지의 표정은 엄숙하고 의연했다.

"입학식이 언제냐?"

내가 대학에 합격한 것에 대한 관심의 표현일 것이다. 4월 초에 입학식이 있다는 내 대답에 고개를 가볍게 끄덕인 뒤 아버지는 당신의 옆자리에 놓았던 뭔가 두툼히 큰 봉투를 내게 내밀며 말했다.

"이걸 네가 맡아둬야 하겠다. 복사한 것이 한 부 더 우리 사무실에 있다만 그거야 언제 압수당할는지 모르는 거고……이게 그 원본인데 유사시 네가 알아서 처리하도록 해라. 이영구 변호사라구, 내가 일본서 학교 다닐 때 가장 친했던 분이

다. 정 뭣하면 이걸 그분한테 전해드려도 좋다. 자, 남이 볼라,
네 등 뒤에 놓도록 해라."

나는 아버지가 시키는 대로 그 봉투를 내가 앉은 의자의 등
받이 밑에 놓은 뒤 그것에 기대앉았다.

"너도 알겠지만 이번에 실시될 선서는 우리 역사상 전무후
무한 최대의 부정선거가 될 거다. 선거가 아니라 협잡이지.
1958년 5·2 민의원 선거에서두 그랬지만 특히 작년의 보성·
양산·영일 등의 재선거 과정에서 집권당이 저지른 선거 부정
은 이제 이번 선거에서 가장 악랄하고 파렴치하게 자행될 것이
고. 지금 우리나라는 정치 깡패가 판을 치고 있다. 선거의 승산
보다 부정선거 방지에 나선 야당 동지들이 도처에서 매일매일
테러를 당하고 있다. 나도 읍에서 무슨 청년단이란 놈들한테
여러 번 당했다. 집권당은 지금 전 공무원을 동원해서 유령 유
권자 조작 및 3인조 투표, 4할 사전투표, 내통식 기표소 설치
등 이기붕을 억지 당선시키기 위한 협작질에 혈안이 돼 있다.
정말 무서운 일이다. 민주정치의 체제적 기반인 자유선거 제
도가 이처럼 파괴되어서는 국민주권이 도저히 소생할 수 없는
법, 결국은 민주주의 종말을 맞게 될 게다. 문제는 국민 모두가
일어나서 이번의 부정선거를 막는 일에 몸을 던져야 한다는 얘
기다. 특히 너같이 젊은 학생들이 그 일에 앞장서지 않는 한 우
리가 택한 이 자유는 바위에 뒤덮여버리고 말 게 분명하다. 네
가 가진 그 봉투 속에 그동안 내가 전국을 뛰어다니며 수집한
부정선거 사례가 들어 있다. 위에서 아래로 지시한 부정선거
획책의 비밀 지령이나 유령 유권자 조작의 명단 등 거짓 없는

증거물이 거기 빠짐없이 들어 있다. 왜 내가 여기까지 와서 이 귀중한 것을 너한테 맡기고 가는가를 깊이 생각하도록 해라."

다변인데도 아버지의 그 말은 엄숙 비장했다. 단 한마디도 입을 열 수가 없을 정도로 나는 아버지한테 압도당하고 있었다. 아무리 눈에 칼을 꽂고 봐도 위선의 껍질은 보이지 않았다. 정의와 그 정의 실현의 굳건한 깃대가 우뚝 서 있었을 뿐이다.

"지금 내가 활동하고 있는 읍은 건국 이래 단 한 번도 야당이 발을 붙여보지 못한 집권당의 아성이다. 내가 그곳을 택한 이유가 바로 거기에 있다. 물론 나 혼자 힘으로 그 아성의 뿌리를 뽑아내지 못한다는 것을 잘 알고 있다. 그러나 누군가 그 일을 해내도록 발판이 되어주어야 한다. 거기서 싸우다 죽을 각오가 돼 있다. 내가 읍에서 활동을 하면서부터 밤낮없이 형사들한테 미행을 당하고 있다. 여러 번 협박도 받았다. 그들은 이제 결정적인 순간에 나를 옭아맨 다음 귀신도 모르게 없애버릴 게 틀림없다. 내가 빨갱이란 거다. 북괴 공산당의 진짜 정체에 대해선 아무것도 모르는 것들이 바로 이 민족의 생존을 위해 그 공산당을 버리고 반공 전선에 앞장선 나 같은 사람도 자기들의 이익에 위배된다고 생각하면 가차 없이 차버리는 게 바로 이승만 독재정권의 야비하고 교활한 매카시적 수법인 거다. 이 시점에서 반공이야말로 우리 민족의 지엄한 과제임을 악용해서 자신들의 독재정권 유지를 위한 만능 약으로 써먹고 있는 거다. 즉, 반공으로 이 민족의 활로와 번영을 추구해야 하는 이 시점에서 자신들에 대한 반대자는 무조건 공산당으로 몰아 악정을 카무플라주하는 데만 혈안이 돼 있다는 그 말이다."

병대의 입을 통해서 들은 이야기를 아버지가 다시 하고 있었다. 그러나 아버지의 말은 병대의 그것과는 비교가 안 될 정도의 굉장한 울림으로 가슴에 와닿았다.

일어날 자세를 취하면서 아버지가 다시 말했다.

"진실을 위한 용기를 가진 자만이 오래 살아남는다는 것을 명심해라. 나 개인의 사사로운 것을 떠나 항상 큰 것, 정의로운 것을 위해 살아야 한다. 한 세기를 앞서 내다보며 사는 사람은 현실의 사사로움에 구애받지 않는 법이다."

어쩌면 그것은 아버지가 자식에게 남기는 마지막 유언이 될수도 있는 말이었다. 아버지의 표정이 그처럼 비장했다.

"나 오늘 신문사에 있는 친구들을 모두 만나고 내려가겠다. 오늘과 같은 절망적 상황에서 한 가닥 희망이 있다면 그것은 이 나라의 언론이 그런대로 제 역할을 해주고 있다는 거다. 민주주의 최후의 보루가 언론이라는 걸 알아야 한다. 언로가 막혀 민심이 숨 쉬지 못하게 되면 민주주의는 그것으로 끝이다. 이번의 부정선거를 민족 앞에 낱낱이 알려 그 준엄한 심판을 받게 하는 일을 신문이 해낼 수 있느냐 없느냐에 따라서 이 나라의 운명이 좌우된다고 믿기 때문에 내 오늘 모든 위험을 무릅쓰고 이렇게 상경한 거다."

아버지가 일어섰다. 그리고 곧장 계산대로 뚜벅뚜벅 걸어가 돈을 낸 다음 뒤에 서 있는 나를 돌아보는 일 없이 사라져버렸다. 나는 아버지를 만나 헤어지는 순간까지 입 한 번 열어보지 못했다. 말은커녕 숨도 제대로 못 쉰 느낌이었다. 아버지가 두고 간 큰 봉투를 들고 다방 계단을 내려오면서 내가 생각한 것

은 어머니였다. 방동리 산골짜기 산막 속에서 누나를 바라보던
그 넋 나간 얼굴이었다.

아버지의 실종 소식을 들은 것은 3월 27일이다. 병대가 그 소
식을 가져왔다. 야당 인사가 집을 나간 지 열흘이 지나도록 감
감무소식이라 했다. 다른 때도 한번 나가면 일주일쯤 소식이
없기는 보통이었으나 이번 경우는 아버지가 일하는 야당 지구
당 사무실 사람들이 아버지를 찾아 나서는 바람에 일이 심상치
않다는 걸 알게 됐다는 것이다. 사무실 사람들이 알아볼 만한
데는 다 알아본 모양이었지만 이렇다 하게 짚이는 게 없다고
했다. 어느 곳에 연행되어 있다는 그런 증거도 없었다. 그렇다
고 본인 스스로가 자취를 감추었다고 보기엔 여러 상황으로 미
루어 어려운 일이라고 했다. 아버지의 실종 사건은 신문에까지
크게 났다.

"난 네가 신문을 봐서 알고 있는 줄 알았다. 느 어머니두 네
가 그걸 알고 있으면서두 안 내려오는 줄 알고 계실 거다."

병대와 함께 며칠 전 신문을 뒤져봤다.

—지방의 야당 인사, 실종 일주일째 소식 없어.

비록 1단 기사에 불과했지만 제4대 민의원 선거에 무소속으로
출마했던 야당 인사 박한 씨의 실종 기사는 그 문맥으로 미루어
야당 인사들에 대한 탄압 쪽으로 관심이 쏠리게 되어 있었다.

"읍내 사람들 얘긴, 느 아버지가 이번 3·15선거에서 우리
지역의 결정적 부정 사례를 폭로하기 바로 직전에 실종되셨다
는 거야. 그전부터 원래 유명한 곳이긴 해도 이번처럼 심한 건

처음이래. 이기붕 표가 전국에서 1위로 많이 나온 것만 봐두 알조 아냐. 시골에선 야당 참관인이 아예 참관하지두 못한 채 완전히 공개적으로 투표를 했다지 뭐야."

그 지역뿐이 아니었다. 아버지가 아니더라도 3·15선거가 역사상 최대의 불법 부정선거였다는 것은 세상이 다 아는 일이었다. 투표권을 박탈당한 시민들이 거리로 뛰쳐나와 경찰과 충돌하여 급기야는 몇 개의 파출소와 그 지역 민의원과 시장 집까지 때려 부수는 등 일곱 명이 죽고 육십여 명이 중경상을 입은 4월 15일의 마산 사건으로 해서 세상은 온통 술렁거리는 판이었다. 정부에서는 이번 마산 사건에 공산당이 개입한 확증을 잡았다고 시위 폭동에 대해 으름장을 놓고 있었다.

"느 어머니를 만나뵙고 올라왔다."

병대가 실종된 아버지 소식과 함께 어머니 얘기까지 했다.

"느 어머니 정말 대단하신 분이야. 우선 느 어머니와 가장 가까이 지내시는 우리 어머니부터 놀랍다는 거야. 확실히 예사 여자들하곤 비교가 안 된다는 거야. 느 어머니께선 감정을 결코 밖으로 나타내시지 않는 분이더구나. 사태가 어찌 됐든 그 내색도 않고 묵묵히 장사만 하고 계신다는 거야. 네 대신 위로 해드리러 갔던 내가 되레 쑥스러울 정도로 태연하시더구나. 느 아버지 일을 너한테 알리지 않아도 괜찮다는 거였어야."

"그래, 사람들 눈엔 우리 어머니가 좀 이상해 보이겠지. 다 버리고 떠난 사람을 일편단심 찾아내 다시 가정을 이뤄 산다는 것부터가 정상이 아니었을 테니까."

"내 보기에 너도 느 어머니 못지않다. 너는 네 얘기를 꼭 남의 얘기하듯 객관화한다니까. 도대체 그 능청은 뭐냐?"

"그건 능청이 아니라 진실의 얼굴이다. 항상 큰 것, 정의로운 것만 생각하는 사람한테 사사로운 일은 문제가 되지 않는다는 우리 아버지의 말을 그 자식으로서 실천하고 있는 거겠지."

"너 정말 무서운 게 없냐?"

"이제까지 내가 가장 두려워했던 일은 아버지를 만나는 일이었다. 어렸을 때부터 줄곧 그랬지. 아버지를 만나기는커녕, 소재를 확인하러 갈 때마다 무서워서 오줌을 질질 쌌을 정도다. 요즘까지도 나는 잠자리에서 오줌을 쌀 때가 있는데, 그것은 아버지 꿈을 꾸었을 때다."

병대가 내 말을 이해할 리가 없다. 나는 그가 아버지의 실종 소식을 전해주는 순간부터 요의를 느끼기 시작했다. 내 트렁크 속에 들어 있는 아버지의 큰 봉투만 생각해도 가슴이 떨렸다.

"넌 정말 대단하다. 느 아버지가 열흘 이상이나 소식이 없다는데두 어찌 그리 태연할 수 있느냐 그거야."

"걱정할 게 없기 때문이다."

"걱정할 게 없다구?"

"우리 아버진 죽지 않는다. 아무 일도 없을 거니 두고 봐라."

무슨 뜻으로 그런 말을 했는지 나 자신도 모른다. 그냥 느낌이 그랬을 뿐이다.

"그건 참 다행이다. 아버지에 대한 자식의 그러한 확신이야말로 가장 귀중한 자기 인식처럼 느껴진다."

나는 문득 병대를 놀라게 해주고 싶다는 충동에 사로잡혔다.

"너 이영구란 변호사 이름 들어본 적 있니?"

"글쎄다, 어디서 들은 것두 같구……"

"꽤 알려진 변호사지. 우리 아버지 친구다. 나 지금 그분 만나러 가야 한다. 아버지 일로 가는 건데, 너두 함께 가자."

"좋아, 같이 가자. 드디어 네가 느 아버지 일에 관심을 갖는다는 게 기특하구나."

나는 아버지가 두고 간 그 큰 봉투를 트렁크 속에서 꺼냈다. 궁금해하는 병대의 호기심을 아랑곳하지 않고 나는 이영구 변호사 사무실에 들어서기까지 그 문제에 대해 입을 다물었다.

대기실에서 삼십여 분 기다린 끝에 이영구 변호사를 만날 수 있었다. 몸집은 작지만 퍽 날카로운 눈을 가진 사람이었다.

"누가 박태혁 선생 자젠가?"

이영구 변호사는 함께 들어간 병대와 나를 번갈아 보다간 눈을 나한테 고정시키며 그렇게 물었다.

"제가……"

나는 입속으로 어물거리며 꾸벅 다시 한번 절을 했다.

"역시 아버지를 많이 닮았군. 그러나 이렇게 큰 아들이 있다는 건 몰랐어. 그러잖아두 자네 아버지 일루 궁금하던 차에 잘 왔구먼. 무슨 소식이라두 들었는가?"

"아닙니다. 아직……"

"자네 아버질 본 지두 한 이 년 된 것 같군. 이태 전 선거에 출마할 무렵만 해두 여기 자주 들르더니만 그 뒤론 영 소식을 못 들었지. 그러다가 이번에 신문을 보구서야 그동안 지방에 내려가 새 터를 닦구 있었다는 걸 비로소 알게 됐던 걸세. 하긴 하두 엉뚱한 데가 많은 친구라 몇 년 안 보여두 조금두 이상하게 생각되지 않을 정도였네. 이번 일만 해두 이러쿵저러쿵 말들이 많은가 보데만 나로선 별 걱정이 안 되는 것이, 옛날 일본서 함께 학교 다닐 때만 해두 그렇게 훌쩍 없어진 게 한두 번이 아니었거든. 어느 땐 함께 하숙하는 친구까지도 모르게 귀국을 해버린 거야. 그걸 찾느라구 얼마나 소동을 벌였던지……"

내가 병대를 바라보자 놀랐다는 듯이 입을 쩍 벌려 보였다.

"그런데 자네가 날 찾아온 건 뭔 일 때문인가?"

나는 들고 있던 큰 봉투를 이영구 변호사 앞에 내놓으며 말했다.

"한 보름 전쯤 아버지께서 저한테 이걸 주시면서 무슨 일이 생기게 되면 그때 변호사님께 이걸 보여드리라고 말씀하셨습니다."

"아, 그랬던가!"

갑자기 이영구 변호사가 긴장된 얼굴을 했다. 그는 별 주저거리는 일 없이 그 봉투를 뜯었다. 종이의 크기나 지질이 일정하지 않은 수십 장의 서류 같은 걸 꽤 열심히 훑어보는 이영구 변호사 몰래 병대가 주먹을 흔들어 보였다. 이럴 수가 있느냐, 결코 용서하지 않겠다는 그런 표정이었다.

"자네도 알고 있는지 몰라도 이건 지난 3·15선거에 관한 거네. 자네가 보름 전에 이걸 받았다면 선거 바로 전인데 그 당시로선 꽤 가치가 있는 자료들이었을 걸세. 그러나 지금에 와서 보면 이런 건 별로…… 다만 이 자료가 자네 아버지가 없어진 일과 어느 정도 연관이 있을 수도 있다는 생각은 해낼 수 있긴 하겠네마는……"

이영구 변호사의 명함 한 장을 얻은 것이 그날 방문의 성과였다. 그러나 나는 아버지의 그 봉투를 그곳에 놓고 옴으로써 막혔던 가슴이 확 뚫린 느낌이었다.

4월 초순에 있었던 내 입학식에는 어머니를 비롯해서 송씨네 아주머니와 병대까지 와주었다. 입학식 전날 올라온 어머니는 내게 양복 한 벌을 맞춰주었다. 검정물 들인 군용 작업복만 사서 입는 내가 꽤 안돼 보였을 것이다. 그날 저녁 송씨네 아주머니는 병대와 나한테 구두 한 켤레씩을 맞춰주었다. 수정이도 함께 오려고 했지만 학교 빠지는 게 뭣해서 그냥 두고 왔구나. 수정이가 국민학교에 입학한 얘기를 전하는 어머니의 얼굴은 아버지의 실종과는 아랑곳없이 밝은 편이었다. 당신의 바느질 솜씨로 손수 지어 입었다는 고동색 계통의 한복이 썩 잘 어울려 보였다.

식이 벌어지는 학교 캠퍼스 안의 많은 인파 속에서 영재 아저씨를 찾아낸 것은 어머니였다.

"하마터면 그냥 허탕 치구 내려갈 뻔했지 뭡니까. 식장 주변을 몇 번씩이나 돌아다녔는지 모릅니다."

영재 아저씨는 우리를 만난 게 꽤나 반가운 양 곁에 누가 있다는 걸 알면서도 감정을 거침없이 드러냈다.

"아직 아무런 소식이 없지요?"

송씨네 아주머니가 병대와 함께 다른 일로 먼저 가버린 자리에서 영재 아저씨는 비로소 아버지의 안부를 묻고 있었다. 어머니가 고개를 약간 숙이는 것으로 대답을 했다.

"지난번 읍에 들렀다가 곧바로 도경에 가봤지요. 중학교 때 같이 다닌 손갑식이라고, 태혁이 그 사람하고 꽤 절친한 사이였다는데, 지금 도경 높은 자리에 있어요. 태혁이 그 사람 일을 우리보다 더 잘 알고 있더군요. 그 사람 얘긴, 오히려 이쪽 야당 측 사람들한테 혐의를 두고 있는 말투였어요. 사회가 혼란한 틈을 타서 이쪽 사람들이 민심을 집중시키기 위한 일종의 인기 전술일 수도 있다는 거였습니다. 자기들 쪽엔 절대 문제가 없다는 거지요."

영재 아저씨의 말에 어머니는 이렇다 할 반응을 보이지 않은 채 묵묵부답이었다.

"애들 입적 문제는 다 됐습니까?"

"해놓으셨대요."

"무척 어려웠을 텐데…… 하여튼 잘됐군요. 그런데 먼저 살던 여자와 애들 문제는 어떻게 됐답디까?"

"그 애들 어머니가 며칠 전 또 다녀갔어요. 먼젓번엔 일이 있기 전에 왔었는데 애들 아버지두 안 만나구 가면서 상당한 액수의 돈을 두고 가데요. 그때 헤어졌기 때문에 양쪽이 다 살 수 있었다고 하면서 애들 키우는 일에만 힘을 기울이겠다고 하데요. 젊은데…… 퍽 안돼 보였어요."

"결국 완전히 헤어진 게 아니군요?"

그러나 어머니는 대답하지 않았다. 그 여자가 나를 찾아왔었다는 말을 꺼낼 때가 됐다고 생각하는 중인데 어머니가 먼저 입을 열었다.

"덕수, 얘를 만났다는 얘기두 하더군요. 애들 아버지의 뜻을 처음엔 잘 몰랐기 때문에 자기가 경솔한 짓을 했다면서 사과를 하데요."

어머니는 그냥 대수롭잖게 나를 슬쩍 쳐다보았을 뿐이다.

"그 얘기 말씀 못 드려 미안해요, 어머니."

"잘한 일이다. 사내가 그런 얘기나 전하러 다닌다면 그게 어디 할 짓이냐?"

"그동안 방동리엔 못 다녀오셨지요?"

영재 아저씨가 화제를 바꿨다. 방동리 얘기가 나오자 어머니의 얼굴에 금세 그늘이 깔렸다.

"수정일 데려온 뒤론 아직…… 가게 일이 바빠서요."

"수정일 데려오신 일만 해두 큰일을 하신 겁니다. 지금이야 여쭤봐도 괜찮지 않겠습니까? 은하가 수정일 데려가라구 어떻게 내놓았는지 늘 궁금했습니다."

나 역시 그것이 궁금했다. 그때 우리들이 산막 속에서 겪었던 일로는 수정이를 데려온다는 것은 있을 수 없는 일이었다. 수정이를 데려온 일에 대해서 어머니는 아직 누구한테도 입을 연 적이 없었다.

"은하가 데려가라고 하던가요?"

영재 아저씨가 다그쳐 물었다.

"약속을 했지요. 이제 더 이상 찾아오지 않겠다고."

"은하, 그 애 참 대단한 앱니다."

"어쩔 수 없는 일 아니겠어요. 그 상황에선."

"그 사람한테서 결코 헤어나지 못하리란 생각이 들었습니다."

"그러겠지요. 제 말대루 그게 옳은 일인지도 모르지요."

한동안 침묵이 흘렀다. 어머니도 영재 아저씨도 그때 방동리 산막에서의 일을 생각하고 있었을 것이다.

그때 하마터면 누나를 만나지도 못하고 되돌아올 뻔했다. 현리를 거쳐 방동리까지 들어가긴 했지만 낮에도 잘 나다니지 못할 정도로 경계가 삼엄했다. 무장공비 토벌을 위한 작전이라 그들이 소탕되지 않는 한 산에 들어가는 일이 언제 풀릴는지 막막했다. 하루를 그냥 마을에서 허송하는 수밖에. 그러나 뜻밖의 소득이 있었다. 누나가 산다는 산막의 위치를 수소문하던 중 거기에 사는 사내를 직접 보았다는 노인 하나를 만났던 것이다.

"그냥 허방대구 가선 백날을 돌아다녀두 못 찾습니다유. 게가 으면 데라구 대처 사람이 함부루 들어갑니까유. 이 마실 사람들두 아예 거기까진 얼씬두 안 합니다유. 예서 삼십 년 넘게 사는 내두 그놈에 덴 자신이 읎습네다유. 여북하면 그놈에 델 귀신 안방이라구 하겠습니까유."

옛날 동학 난리 때 마지막까지 살아남은 동학군 십여 명이 숨어들어 늙어 죽을 때까지 산 곳이라 했다. 서석면 풍압리라는 데까지 쫓겨왔던 동학군이 관군한테 모두 소탕되는 가운데 방동리까지 숨어든 그 사람들만 그렇게 살아남을 수 있었다는 것이다.

"지리가 그렇게 묘한데다가 옛날부터 그 속에 들어갔다 하면 살아 나오는 사람이 드물다는 얘기가 전해 내려오구 보니 지금까지두 거길 들어가는 사람이 벨루 읎습니다유."

"노인장께선 거길 왜 가셨더랬습니까?"

"사 년 전인가, 대낮에 낮잠을 자다가 삼(산삼)을 잡는 꿈을 꾸었지유. 꿈이지만 분명히 귀신 안방 골짜기가 틀림이 없었다 구유. 헌데 삼은커녕, 죽지 않구 살아 돌아온 것만 해두 천행이었습니다유. 낮도깨빈지 짐승인지 모를 그 망할 놈한테 쫓겨 산을 내려 뛰던 생각을 하면 지금두 등골이 오싹합니다유."

"어떤 사람이었는데요?"

"아마 댁에서들 찾는 그런 사람은 아닐 게유. 그놈은 사람 형상을 하군 있었지만 그건 분명히 짐승이었습네다."

노인이 좀 과장을 하고 있는 게 분명한 것이 그 사내를 마을에서 보았다는 사람도 몇 만났지만 그런 정도까지 무섭게 말하는 사람은 없었던 것이다. 꿈에 보았다는 산삼을 캘 욕심 때문에 일부러 사람의 접근을 막는 게 분명하다고, 난감한 얼굴로 건너 산만 바라보고 있는 어머니를 위로하는 영재 아저씨였다.

일이 되려니 쉽게 풀려나갔다. 부락에 주둔했던 군대들이 철수를 시작한 것이다. 무장공비들이 동해안으로 퇴주하는 것이 양양 철갑령 아래에서 발견되어 작전 지역이 그리로 옮겨 간 때문이었다. 나타났다는 무장공비의 숫자나 현지 주민들의 피해 상황도 소문과는 전혀 다르게 라디오에서 방송되고 있었다.

방동약수터를 거쳐 누나가 살고 있다는 속칭 귀신 안방 골짜기까지 찾아가는 데 무려 다섯 시간이나 걸렸다. 그러나 찾아 헤맨 품수에 비해선 산길이 그다지 험하지 않아 고생은 그리 크지 않은 셈이었다.

"우리가 공연히 헛걸음을 하는 건 아닌가 모르겠네요."

그 골짜기가 분명하다고 짐작되는 지점에 이르러 그럴 만한 지점을 두리번거리고 있는 중인데 어머니가 소나무에 이마를 짚고 서며 그렇게 말했다.

"헛걸음이라니, 무슨 말씀이십니까?"

"아무래두 은할 만났다는 그 대학생 얘기가 믿어지지 않아요."

바로 그 현장에 이르러 그런 소리를 하는 어머니의 심정을 헤아리기라도 한 듯 영재 아저씨는 멈췄던 걸음을 다시 내딛기 시작했다. 봄이긴 해도 산은 아직 죽음의 빛깔을 띤 채 우수수 나뭇잎을 굴리고 있었다. 비록 하얗게 말라 대부분 쓰러지긴 했어도 그렇게 굵고 키가 큰 갈대밭이 이런 깊은 산속에 펼쳐져 있으리라곤 생각도 할 수 없는 일이었다. 모지락스럽게 박힌 바위산에는 팔뚝 굵기의 철쭉나무가 가지를 잡다하게 펼친 채 칙칙하게 물이 오르고 있었다. 세 사람이 함께 있는데도 불구하고 산속은 꽤나 휘휘했다.

"학교 짓는 일이 웬만큼 끝났으니까 이제 내년쯤에 학교를 그만두고 조림을 좀 해볼까 합니다. 학교 설립자이신 상촌 선생께서 치악산 근처에 꽤 많은 산을 가지고 계신데 그걸 제가 맡아서 해볼 생각입니다."

잠깐 쉬는 사이에 휘휘한 산속의 적요를 깨기라도 하려는 듯 영재 아저씨가 필요 이상 큰 소리로 말했다.

"고향에서 농사지으시던 걸 보면, 무슨 일을 하셔두 잘하실 거예요. 서울 가서 공부한 분 같지 않다고 칭찬이 대단하던걸요."

"원래 농사꾼 아닙니까. 공부야 어디 할 걸 했습니까. 어르신네 덕분에 이 정도라두 눈이 뜨이게 된 거지요."

두 사람은 약속이나 한 듯 거의 동시에 골짜기 북쪽을 바라보았다. 구름이 몇 점 떠 있는 그 아래로 윤곽이 흐리긴 해도 높이로 보아 꽤나 준험할 그런 산들이 첩첩이 싸여 있는 게 보였다. 지루할 정도로 긴 침묵이 계속됐다. 할아버지 얼굴 같은 건 떠오르지 않았다. 아버지를 찾아 낯선 마을을 들어서던 그런 오후의 황량한 가을밭이 보였다. 혹시 아버질 길에서 만나게 되더라두 모른 척해야 한다. 마을이 멀리 바라보이는 지점에서 무명 수건을 머리에 쓰면서 어머니가 우리 남매한테 하는 말이었다. 황량한 가을밭 위에 수십 마리의 참새 떼가 내려앉고 있었다. 어머이, 난, 아무래두 그걸 모르겠어. 왜 우린 아버질 보구두 못 본 척해야 되지요? 당돌한 내 물음에 어머니가 대꾸했다. 아버지를 위해서다. 큰일을 하시는 아버지한테 짐이 되어서는 안 된다는 거다. 그러나 누나를 찾아 산속을 헤매는 그날은 그런 뜻의 말도 하지 않는 어머니였다. 오래 전 아버지를 찾아 헤매던 또 다른 어느 날 누나가 말했다 어머니, 나 이번에 아버지 있는 델 찾으면, 아버지, 우리 여기 왔어요, 하고 들어갈 거야요. 누나의 그 말에 어머니가 빙그레 웃었다. 나는 어느새 허리춤을 까 내리며 밭 쪽으로 돌아섰다. 그러나 그처럼 다급하던 요의와는 달리 오줌은 쉬 나오지 않았다. 누나가 아버지한테 뭔가 말을 하고 있는 장면이 연상되었기 때문이다. 들판 저쪽 칙칙한 산자락을 바라보면서 나는 몸서릴 치고 있었다.

"아, 저기!"

갑자기 자잘한 관목이 우거진 양지쪽 산기슭에서 장끼 한 마리가 솟구쳐 오른 순간이었다. 우리들이 서 있는 지점에서 그리 멀지 않는 곳에 납작한 산막 하나가 눈에 들어왔다.

"덕수야, 어머닐 부축해드려라."

현기증이 나는 양 어머니는 먼저처럼 소나무를 끌어안고 있었다. 하얗게 질린 얼굴에 손이 몹시 차가웠다.

"여기까지 오신 이상 마음을 단단히 하셔야 합니다."

그 통나무집은 바위 벼랑에서 조금 벗어난 비탈에 세워져 있었다. 골짜기 위에 서야만 눈에 띄는 그런 은폐된 지형이었다. 그리 굵지 않은 통나무를 척척 포개 얹은 다음, 지붕에는 굴피를 얹어 제법 집 본새를 내긴 했어도 그 속에 사람이 기거하기엔 너무 낮지 않나 싶게 짜부라진 꼴이었다. 어머니의 몸이 와들와들 떨리고 있었다. 그 통나무집을 삼십여 미터 앞둔 지점에서 우리는 그 자리에 주저앉을 만큼 놀랐다. 뒤에서 난 인기척 때문이었다.

상상했던 만큼 험악한 인상은 아니었다. 우리들로부터 얼마 떨어지지 않은 위치에서 햇빛을 정면으로 받고 있는 그 사내는 비교적 깨끗한 입성에 얼굴의 수염도 그렇게 흉해 보이지 않았다. 방동리까지 오는 동안 수없이 만난 그런 초로의 시골 남자나 다를 바 없었던 것이다. 그 사내의 손에 물푸레나무 막대기 끝에 박힌 식칼 길이만 한 쇠꼬챙이만 쥐어져 있지 않았더라면 그 앞으로 성큼 달려가 말을 붙일 수도 있는 그런 평범한 인상이었다.

"말씀 좀 여쭙겠습니다. 여기 사시는 분인지요?"

영재 아저씨가 통나무집을 가리켜 보이며 그렇게 큰 소리로 물었다. 그러나 사내는 그 자리에 선 채 물푸레나무 자루의 긴 꼬챙이를 우리 쪽으로 겨냥했을 뿐이다.

"우린 여기 사시는 분들을 찾아왔습니다. 만나도록 해주십시오."

영재 아저씨가 통나무집 속까지 겨냥한 듯싶게 큰 소리로
외쳐댔다. 사내가 이번에는 쇠꼬챙이를 들지 않은 손을 들어
내저어 보였다.

"우리보고 내려가라는 것 같군요."

영재 아저씨가 사내 쪽으로 대여섯 걸음 다가가며 다시 중
얼거렸다.

"귀머거리인가 봅니다."

영재 아저씨가 다가가자 사내가 쇠꼬챙이를 높이 치켜들며
바위 위로 껑충 뛰어올랐다. 몸집에 비해 키가 작은 편이었다.

"아저씨, 위험해요!"

나는 손에 잡히는 대로 돌을 주워 들고 영재 아저씨 쪽으로
달려갔다.

"그걸 버려라."

영재 아저씨가 그렇게 말했지만, 나는 돌 쥔 손에 더욱 힘
을 주었을 뿐이다. 바위 위에서 쇠꼬챙이를 겨눠 들고 서 있
는 사내는 조금 먼 데서 보던 것과는 달리 몹시 험악한 얼굴
을 하고 있었다. 우리를 노려보던 사내의 눈자위가 실룩실룩
움직이는 것처럼 보였다.

어머니가 통나무집을 향해 달려가 문을 열어젖혔다. 사내의
얼굴에 몹시 당혹해하는 빛이 역력했지만 우리가 그 앞에 버
티고 서 있었기 때문인지 바위에서 아직 내려서지 않고 있었
다. 어머니의 모습은 이미 보이지 않은 채 문 열린 산막 속이
동굴의 아가리처럼 뻥 뚫려 있었을 뿐이다.

"이리 내려와서 담배나 한 대 태우시지요."

언제 사 넣었던지 사내를 향해 쳐든 영재 아저씨의 손에 담배 한 갑이 들려 있었다.

"이제 됐다. 저 사람이 무슨 영문인 줄은 이제 알았을 것이니 별문제는 없을 게다."

영재 아저씨가 나한테 그런 말을 하는 순간이었다.

비호같이, 정말 그런 표현이라야만 그 사내의 움직임에 걸맞을 것이다. 영재 아저씨와 내가 서로 잠깐 마주 보는 그런 순간이었다. 바위 위에 서 있던 사내가 우리 곁을 비호같이 스쳐 산막의 열린 구멍 속으로 들어간 것이다.

너무나 급작스레 일어난 일이라 영재 아저씨와 나는 한참 동안이나 그 자리에 멍청히 서 있었을 뿐이다.

통나무집 속 어둠에 눈이 익기까지는 시간이 좀 걸렸다. 밖에서 보던 것과는 달리 집 안은 어른이 서넛 이상 누울 수 있을 만큼 넓었다. 벽 한쪽 모서리의 고콜이라든가 방바닥에 깔린 누더기 같은 이불…… 영재 아저씨의 입을 통해서 들은 그 대학생의 현장 목격담은 사실과 거의 같았다. 그러나 눈에 보이는 것이 똑같다고 해서 그 상황이 그대로 설명됐다고는 생각할 수 없는 법이다. 그 대학생은 누가 뭐래도 제삼자였다. 그는 호기심 충족의 흥분 속에서 본 것을 윤색하여 다른 사람에게 전하는 여유가 있었을 것이다. 그 이야기를 우리한테 전해야 했던 영재 아저씨도 결국은 제삼자나 다름이 없었던 것이다.

한마디로 그 정황은 입으로 형언할 수 없을 만큼 처연했다. 이불이 들먹거리는 것으로 봐서 그 속에 아이들이 둘쯤 들어 있는 것으로 보였다. 그러나 이제 돌잡이 정도의 어린애 하나는 고콜 밑에 박혀 퀭한 눈으로 우리를 쳐다보고 있었다. 이불한 끝에 하체를 묻은 채 두 팔을 뒤로하여 비스듬히 버티고 앉은 해골 모양의 얼굴을 한 사람이 있었다. 그네가 해골처럼 보인 것은 가위로 아무렇게나 자른 삭발 머리에다 흰 살갗 때문이었다. 허리춤까지 내려오는 긴 머리칼, 그러나 단정하게 가르마를 탄 누나의 모습은 그 좁은 방 안 어디에도 없었다. 다행인 것은 어머니가 그때까지 감정을 폭발시키지 않은 채 방바닥에 쪼그려 앉아 있었다는 점이다. 우리도 어머니 뒤에 엉거주춤 앉았다. 천장이 너무 낮아 도저히 허리를 펴고 서 있을 수 없었기 때문이다. 사내가 쇠꼬챙이를 어머니 가슴께로 들이대고 있었다. 아이들이 있긴 했지만 어른 다섯으로 해서 방 속은 꽉 찬 느낌이었다. 너무 뜻밖의, 이렇게 기가 찬 상황에선 누구나 다 이처럼 멍청해질 수밖에 없으리라. 십 년 만에 이루어진 해후는 그처럼 멍청한 상태의 침묵으로 시작되었다.

"다들 살아 계셨네요."

삭발한 그 해골 같은 여자의 입에서 비로소 조금 쉰 듯한 목소리가 나왔다. 그 여자의 얼굴과 눈이 그러하듯 목소리 역시 몹시 차게 느껴졌다. 전혀 감정이 실리지 않은 그런 목소리였다. 내가 기억하고 있는 누나의 목소리는 결코 아니었다.

"영재 아저씨까지…… 아버진 어떻게 되었어요?"

"잘 계시지."

내 옆에서 영재 아저씨가 재빨리 대답했다. 여전히 차가운 목소리가 다시 여자의 입에서 나왔다.

"어머닌 지금두 그렇게 아버질 찾아다니세요?"

어머니가 대답할 차례였다. 그러나 어머니는 아무 소리도 안 들리는 양 여자를 뚫어져라 쳐다보고 있었을 뿐이다. 처음보다 더 긴 침묵이 숨 막히게 흘렀다.

"이제 됐어요. 모두 가세요. 이 이상 알고 싶은 게 없어요. 내가 여기서 만난 몇 사람한테 내 형편을 애기했던 것은 식구들이 살아 있는지 그걸 확인하고 싶어서 그랬던 것뿐이었어요. 식구들한테 내가 살아 있다는 걸 알리고 싶었다면 벌써 어떤 방법으로든지 찾아 나섰을 거예요."

감정이 지나치게 북받칠 경우에 차라리 그 감정을 짓눌러 냉정을 가장함으로써 자신을 잃지 않는 사람이 있다. 여자가 우리한테 보여준 차가움도 그런 성질의 것이라고 이해할 수도 있을 것이다. 그러나 내가 느끼기에 여자의 차가움은 결코 가장된 것이 아니었다. 그 눈이 그것을 말해주고 있었다. 여자의 눈은 혈육을 바라보는 어머니의 그런 눈과는 달리 차고 매서운 빛을 뿜어내고 있었다. 어머니나 영재 아저씨가 쉽게 입을 열지 못하고 있는 것도 그 여자에게서 뱀의 눈에 부딪힌 것과 같은 그런 섬뜩함을 떨쳐버릴 수 없기 때문이었을 것이다.

"이왕 여기까지 오셨으니 알 건 알고 가시는 게 좋겠군요. 보시다시피 제 몸뚱인 이 꼴이에요. 이렇게나마 살아 있게 된 것두 여기 이분 덕택이에요. 언젠가 이분이 말하데요. 난리가 났을 때 자기 고향에서 작두로 사람 머리를 잘라본 적은 있지만 다리를 잘라보긴 처음이라고요. 목을 자르기보다 몇 배나 더 힘들었대요. 두 다릴 자르구 나서 거의 다 죽은 걸 살려내기란 더 어려웠겠지요. 내가 사흘이나 정신을 잃고 있었다니까요. 이분이 진짜 고생한 것은 이 다리가 다 아물어 붙기까지 내가 실성한 상태로 누워 있던 그 삼 년 세월이었을 거예요."

덮었던 이불을 젖힌 다음 헐렁한 몸뻬까지 벗어 던진 여자의 하체는 오금 있는 데서 한 뼘쯤 위쪽으로 잘려 나간 허벅다리의 뭉툭한 부분뿐이었다.

어느새 쇠꼬챙이를 방바닥에 내려놓은 사내가 여자의 하체에 이불자락을 끌어다 덮고 있었다.

"은하야, 니가 정말……"

쪼그려 앉은 채 계속 그 여자만 멍청히 쳐다보고 있던 어머니 입에서 신음 같은 소리가 새어 나왔다.

"그래, 알았다. 모든 게 이 에미 탓이다. 알았으니까 가자. 가서 이제 함께 살자."

그러나 그 목소리는 아직 눈앞의 사실을 믿을 수 없다는 그런 얼굴 표정이나 공허한 울림을 가진 것이었다.

"저는 아무 데도 안 가요. 사람들 있는 데서 살고 싶었으면 벌써부터 그렇게 했을 거예요. 그러나 그게 싫었어요. 이렇게 산속에서 사는 게 좋아요. 우선 이분이 그런 데서 사는 걸 싫어해요. 이분은 남들이 다 벙어리라고 할 거예요. 그만큼 말하는 걸 싫어해요. 이왕 얘기가 났으니까 전부 말하겠어요. 저도 이분에 대해서 아는 게 별로 없어요. 살면서 이분이 이따금 얘기하는 걸 들어서 좀 알고 있을 뿐이에요. 왜 그랬는지 그런 건 얘기하지 않았지만 난리가 났을 때 이분은 자기 고향 사람들을 많이 죽였대요. 어떤 때는 저 손을 방바닥에 펴놓곤 그걸로 누구누구를 죽였다며 히죽히죽 웃곤 해요. 그럴 땐 제정신이 아닌 거죠. 그전에만 그렇게 사람을 죽인 게 아닐 거예요. 내 눈으로 직접 보진 못했지만, 우리가 사는 산속에 나타났던 사람을 쫓아갔다 와선 그 사람을 죽였다고 늘 그렇게 말해왔어요. 이분은 나나 우리 애들이 다른 사람들 눈에 띄는 걸 그처럼 싫어해요. 몇 년 전까지만 해도 난 이분이 무서웠어요. 이분한테선 늘 피비린내 같은 게 났어요. 그러나 지금은 이분이 무섭지 않아요. 이분이 나를 위해서 살아온 것처럼 나도 이제부터 이분과 우리 애들을 위해서 살기로 했어요."

마치 이런 얘기를 하기 위해서 미리 외어놓고 이 순간을 기다려 오기라도 한 양 여자는 전혀 감정이 섞이지 않은 메마른 목소리로 단숨에 말을 쏟아놓았다. 어느새 눈이 퀭한 사내아이가 여자 곁에 기어와 겨드랑이 속으로 머리를 처박고 있었다. 여자가 이불 한 자락을 잡아 올리자 그 속에 숨어 있던 여자애들 둘이 햇빛을 본 두더지처럼 재빠르게 다시 그 이불 속에 얼굴을 파묻고 있었다.

"은하야, 이건 사람이 사는 게 아니다!"

이제야 정신이 드는 듯 어머니는 깊은 한숨을 몰아쉬었다. 그러나 그 여자는 대꾸하지 않았다. 산막 속에 들어간 뒤 가장 견디기 어려운 침묵이 흘렀다.

"자, 이제 그만들 가세요. 여긴 금방 날이 저물어요."

여자가 몸을 벽 쪽으로 밀고 가며 말했다.

"이제 다신 오지 마세요. 솔직히 어머니를 보는 게 무서워요. 우린 이렇게 다시 만나선 안 돼요. 그때 그 방에서 함께 당하면서 서로 쳐다보던 일을 생각하면 난 미치고 말 거예요. 내가 이런 꼴이 아니었더라도 나는 어머니를 안 만났을 거예요."

어머니가 처음과 같은 그런 멍청한 얼굴로 여자를 쳐다보고 있다가 느닷없이 부르짖었다.

"난 못 간다. 너를 여기 놔두곤 난 죽어두 못 간다!"

그 일이 벌어진 것은 바로 그다음 순간이었다. 여자가 자신의 겨드랑이에 머리를 처박고 있는 어린애의 목을 조르며 소리쳤다.

"내가 애들을 다 죽일 거니까 그때 날 데리고 가봐요, 어디!"

어머니가 달려들려고 몸을 일으키는 순간 여자의 몸은 어느새 고콜 밑에 처박히고 있었다. 사내의 맨발이 앉은 그 자세에서 여자의 가슴을 걷어찼던 것이다. 사내가 짐승으로 변해 으르렁거리기 시작한 것은 그때부터였다. 그러자 여자도 사내처럼 으르렁거리며 그 동그란 몸뚱이를 이리저리 굴려가며 아이들을 잡히는 대로 물어뜯기 시작했다. 사내의 발이 움직일 때마다 여자의 몸뚱이는 헉헉 소리치며 방바닥에 나뒹굴었다.

어머니는 그 소굴 속을 두 번이나 더 찾아가서야 수정이를 데려오는 데 성공했다.

아버지가 사람들 앞에 모습을 나타낸 것은 1960년 4월 13일이었다. 4월 11일, 김주열의 시체가 오른쪽 눈에 최루탄이 박힌 채 바다에서 발견되면서부터 격렬하게 벌어진 마산 데모가 경찰서 등을 때려 부수는 등 연 사흘째나 전국적으로 번져가던 그런 때였다.

　나는 그때 어머니 곁에 있었다. 마침 그날이 어머니 생신이 기도 했지만 몸살로 누워 있다는 소식을 듣고 신입생 오리엔테 이션의 한 과정을 빼먹은 채 집에 막 도착해서, 몰라보게 변한 수정이와 얘기를 하고 있는 중이었다. 어머니는 수정이한테 방 동리에 살던 얘기만은 결코 물어봐선 안 된다고 했다. 수정이 머릿속에서 그 기억들이 살아 오르지 않도록 각별히 신경을 써 야 한다는 것이었다.

　"아버시가 돌아오시년 아무래두 내가 또 한번 방동릴 다녀 와야 할 것 같다. 꿈자리가 늘 안 좋구나."

　"도대체 어머니 생각엔 아버지가 어떻게 된 것 같습니까?"

　"그야 내가 알 수 있겠니. 다만 내 생각엔 어디 가셔서 머리 를 쉬고 계시는 게 아닌가 한다마는……"

　"방동린 왜 또 간다구 하시는 겁니까?"

　"네 누나가 그렇게 살고 있는 걸 생각하면, 이 에민 하느님 께 늘 죄를 짓고 있는 것 같다."

　어머니의 계획은 치밀했다. 수정이네 식구들을 모두 데려다 가 함께 산다는 것이다. 그렇게 함께 모여 살기 위해서 할아버 지가 살아 계신 고향을 버린 것이 아니냔 얘기였다. 지금 당장 은 어렵지만 이제 머지않아 식구 모두가 모여 살게 될 거라는 어머니의 말을 들으면서 나는 빠져나갈 길이 막연한 첩첩산중 에 홀로 남겨진 것 같은 절망을 느꼈다.

　그때 아버지가 들어섰던 것이다. 부스스한 얼굴에 몇 가닥 흘러내린 머리카락을 손끝으로 빗어 올리며 어머니가 황급히 일어났다. 마루에 앉아 있던 수정이가 아버지 눈치를 보며 어머니 손에 매달렸다.

"얘는 아직 제 어미한테 안 보낸 거요?"

다소 짜증 섞인 소리로 아버지가 말했다. 그것이 집 나간 지 한 달여 만에 귀가한, 세상을 떠들썩하게 한 야당 인사의 첫마디였다. 은하 누나에 대한 아버지의 생각은, 그 사내가 문둥병 환자니까 그렇게 숨어 사는 게 아니냐며 수정일 그곳으로 돌려보내라고 어머닐 몰아친다는 말을 송씨네 아주머니한테 들었을 때 짐작한 바 있었다.

"누가 찾아오거든, 몸이 많이 아프다고 하시오."

뒤에서 양복을 벗겨 드는 어머니한테 아버지가 두번째 한 말이었다. 내 눈에는 아버지의 얼굴이 얼마 전 서울에서 볼 때보다 더 건강해 보였다.

어쨌든 수정이와 나는 그 방을 쫓겨났다. 그러나 솔직히 나는 한 달 만에 귀가한 아버지의 일로 들뜬 기분이었다.

—지금은 입을 열 때가 아니오.

아버지는 자신의 실종에 대해 묻는 사람들을 그 한마디로 일축해버렸다. 아버지의 입은 무겁게 닫혀 있었다. 아버지의 그 입을 열기 위해 많은 신문기자들이 집요하게 달라붙었을 것이다.

—나는 지금 아무것도 말하고 싶지 않소.

아버지의 그 말은, '실종되었던 야당 인사, 실어증 나타나다'—그런 부제의 기사로 나왔다.

—지금 마산에선 젊은 학생들이 죽어가고 있소. 이제 많은 애국지사들이 학생들을 조종한 빨갱이로 몰려 잡혀 들어갈 거

요. 내 말이 틀리나 어디 두고 보시오.

아버지가 비교적 길게 한 그 말은 신문에 나지 않았다. 그러나 아버지의 말을 입증하듯 4월 15일 신문과 방송에선 마산 데모에 공산당이 개입되어 조종한다는 이승만 대통령의 경고 담화문이 나오고 있었다.


4월 18일, 오전 열시에 시작될 예정이던 신입생 환영회는 시국선언문이 인쇄된 전단이 학교 곳곳에 뿌려짐으로써 연기되었다. 입학해서 아직 강의도 몇 시간 제대로 못 들은 상태였다. 더욱이 그날은 우리 과의 수업이 없는 날이었다.

병대를 만나기로 한 때까지는 무려 다섯 시간이나 남아 있었다. 오후 다섯시에 숭인동에서 만나기로 약속했던 것이다. 아담스한테서 또 편지가 왔다며 그때 가지고 나오겠다고 했다. 아담스. 나는 시국선언문의 문구도 제대로 머리에 들어오지 않았다. 아담스의 편지에 비하면 그런 것은 아무것도 아니었다. 도서관에서 시간을 보낼까 하다가 그만두었다. 도서관에 앉아 있는 동안 아담스가 내 곁을 스쳐 영원히 날아가버릴 것 같은 불안감이었다.

종로로 나가는 버스를 탔다. 그러나 시내버스는 신설동에서부터 밀리기 시작했다. 고대생들이 학교를 뛰쳐나와 국회의사당 쪽으로 밀려가고 있다는 얘기가 사람들 입을 통해 전해졌다.

버스에서 내려 국회의사당까지 걷기로 했다. 그러나 나는 종로5가에서 걷기를 포기했다. 며칠 전 찾아 신은 새 구두에 의해 발뒤꿈치가 터져 피가 나고 있었던 것이다. 그것은 굉장한 고통이었다. 혜화동 쪽으로 가는 버스를 타고 병대가 다니는 학교 앞에서 내렸다. 그러나 병대를 학교 안에서 찾는다는 것은 어려운 일이었다. 아픈 다리를 절뚝거리며 병대네 학교 구내를 무려 두 시간 이상이나 헤맸다. 종로5가의 약속된 장소에도 병대는 나타나지 않았다. 약속 시간보다 한 시간을 더 기다려봤지만 병대는 끝내 모습을 보이지 않았다. 나중에 안 사실이지만 병대는 그날 고대생 데모를 구경하기 위해 의사당 앞까지 갔다가 길이 막혀 시간이 늦었던 것이다.

의사당 앞에서 연좌데모를 끝내고 학교로 돌아오며 시위를 벌이던 고대생들이 종로4가쯤에서 깡패들의 기습을 받은 그 시각, 병대와 나는 거의 같은 장소에 있었다. 한국 중앙무진주식회사 동대문지점 앞이었다. 머리에 고대라는 띠를 두른 학생들이 갑자기 사방으로 흩어지고 있었다. 그것은 정말로 눈 깜짝할 사이에 벌어진 일이었다. 각목이 번득번득 공중에 휘둘러지고 있었다. 나는 얼결에 고대생들 틈에 섞여 무진회사 옆 골목으로 뛰고 있었다. 몹시 좁은 골목이었다. 눈에 불이 번쩍했다. 땅바닥에 나뒹굴어진 내 몸뚱이를 서너 명의 사내들이 어디론가 질질 끌고 갔다. 내가 입은 교복은 고대생들의 교복과는 많이 달랐다. 그러나 그들은 그런 것을 개의치 않았다. 개새끼, 사내들이 나한테 침을 뱉고 있었다. 형님, 이 새끼 주머니에 이런 게 있어요. 아침에 학교에서 주머니에 넣었던 시국선언문이 적힌 전단이었을 것이다. 개새끼, 죽여버려! 구둣발로 걷어차는 듯 머리에 강한 충격이 왔다. 그러나 내가 정작 정신을 잃은 것은 등줄기에 내리꽂힌 두어 번의 아픔 이후였다.

―캡틴 박, 미합중국의 한 국민이 한국의 한 고아에게 말한다. 나를 도와다오.

　병실 안에 우리 식구들이 없는 틈을 타서 병대가 내게 읽어준 아담스의 편지였다. 헬프 미, 헬프 미…… 아담스는 캠프에서 먹이를 준 대가를 바라고 있었다.

　―내가 출마한 지역의 시민들은 한국전쟁에서 내가 만난 전쟁고아의 사진을 보기를 원하고 있다. 그 고아가 보관하고 있다는 아이롱과 포크와 브러시에 대해서도 더 자세히 알고 싶어한다. 미국의 시민들은 캡틴 박의 스토리를 통해 미합중국의 우방인 한국을 이해하려 한다. 가능한 한 네가 모을 수 있는 자료들을 모두 모아 즉시 보내주기 바란다. 네가 나를 돕는 일이 너의 조국을 위해서 네가 할 수 있는 최선의 길임을 생각하라.

　"찢어버려!"

　"그렇게까지 할 필요는 없잖아? 내가 네 대신 보관하고 있겠다."

　"그럴 필요 없어. 지금 찢어버려."

　병대는 더 이상 우기지 않고 내가 보는 앞에서 아담스의 편지를 찢었다.

　"병대, 네가 내 대신 해줄 일이 또 하나 있다. 그 미국 친구한테 내 이름으로 편지를 써라. 네 애완동물이었던 캡틴 박은 4월 19일, 독재정권 타도를 위해 앞장섰다가 죽었노라고, 캡틴 박의 죽음이 너를 구원하는 빛이 되게 기도하라고."

　"그래, 이제야 네가 실토를 하는구나. 너는 비록 4월 19일

죽지는 않았더라도, 4월 18일 고대생들과 함께 길바닥에서 피를 흘림으로써 최대의 불법·부정에 대해 최대의 정의가 최대의 심판을 내린 4월 혁명의 기수가 된 거다."

"병대야, 제발 부탁이다. 날 웃기지 마라. 나는 그날 종로4가에서 일을 당한 것이 아니고 너와 함께 갔던 종로3가 그 골목에서 당했던 거다. 창녀한테 침을 뱉었기 때문이지. 내가 다 나은 다음에 우리 아버지와 너를 그 골목에 데리고 가서 현장검증을 해 보이겠다. 가능하면 그 창녀와 펨프 애들까지 대질시켜줄 작정이다."

"넌 지금 뭔가 두려워하고 있다. 내가 너한테 늘 얘기하지만 너의 그 자학 증세는 대단히 중증인 것 같다. 난 네가 어떻게 생각하든 느 아버지 편이다. 느 아버지는 너한테서 사실을 듣고 싶어 하신다. 그것은 아버지로서 지극히 당연한 권리다."

"더 얘기하고 싶지 않다. 나는 그날 저녁 종3에 창녀를 사러 갔었다. 그것이 전부다."

우리들의 얘기는 거기서 끝났다. 밖에 나갔던 어머니와 병대 어머니가 함께 들어오고 있었기 때문이다. 나는 아직도 침대 위에 개구리처럼 엎드려 지내야 했다. 창밖은 5월이었다. 거리에는 매일매일 데모 군중들의 구호가 쏟아지고 있었다. 그런 바깥 상황과는 아랑곳없이 내 등줄기의 통증은 계속되었다. 세번째의 수술도 그다지 결과가 좋지 않은 듯 어머니의 얼굴은 늘 흐려 있었다. 밤이면 내 팔다리에 끈이 매어져 침대 기둥에 고정되곤 했다. 내가 가위눌리는 상태의 악몽으로 몸을 심하게 뒤채었기 때문이다. 물을 건너는 꿈 아니면 가파른 벼랑에 매달려 안 떨어져 내리려 안간힘 쓰는 꿈이었다. 아주 힘들게 강 하나를 건너면 지금 건넌 강보다 몇 배 더 넓은 강물이 탁류를 이루어 도도히 굽이치고 있었다. 무슨 일이 있어도 그 강을 건너야 한다는 생각으로 나는 떠밀리듯 물속에 던져져 허우적거려야 했다. 산더미 같은 물굽이가 나를 향해 밀어닥쳤다. 또 어느 순간에는 험준한 산속을 헤매고 있었다. 넘어도 넘어도 산속 그 자리였다. 깎아지른 듯한 절벽에 내가 매달려 있었다. 꿈에도 등줄기의 통증은 여전했다. 그 통증으로 하여 나는 절벽에서 이제 더 이상 버티지 못한다는 절박감에 휩싸인다. 문득 위를 쳐다본 순간 내 정수리를 향해 번뜩 쇠꼬챙이가 내리꽂히고 있었다. 그럴 때 나는 절벽을 떨어져 내리는 아득한 유영 속에서 비명을 내질렀다. 내 정수리에 쇠꼬챙이를 내리꽂는 사람. 첫번째 수술의 마취에서 깨어나 눈을 뜬 순간, 나는 그 얼굴을 볼 수가 있었다. 아직도 혼몽한 상태인 내게 아버지가 묻고 있었다.

"누구냐, 너를 이렇게 만든 이승만 독재정권의 하수인 깡패 두목의 이름을 대라."

아버지의 눈은 이글이글 타고 있었다.

"너는 그놈들이 누군지 알고 있다. 네가 이렇게 등허리를 찔린 장소가 어딘지 우선 그것부터 말해봐라!"

아버지가 나를 죽일지도 모른다는 생각이 들기 시작한 것도 그렇게 무섭게 다그치는 이글거리는 아버지의 눈을 보면서부터였다. 그러나 나는 아버지가 원하는 대답을 거절했다. 그는 이미 내 정수리에 쇠꼬챙이를 내리꽂는 내 적이었기 때문이다. 아버지의 다그침은 이제부터 내가 누구를 상대로 칼을 갈아야 할지 분명히 일깨워준 좋은 계기가 되었다.


"7월 29일이 선거 날이라데."

"그렇대나 봐요."

"그러구 보니, 이제 덕수 어머이 얼굴 보기두 힘들겠구먼. 국회의원 나리 마나님이면 우리 같은 것들하군 하늘과 땅이 아닌가 말이여."

"제가 무슨 복이 많은 여자라구 그런 말씀을 하세요. 이번에 당선되시면 저는 정말 그분한테 짐이 안 되도록 멀리 물러날 거예요."

"덕수 어머이, 그게 무슨 소리야? 이날 입때까지 덕수 어머이가 누굴 위해 어떻게 살아온 인생인데, 그런 소리가 어디 있어?"

"애들 아버질 읍에 모셔올 때부터 그런 약속을 했어요. 애들 입적만 시켜주면 이제 더 이상 쫓아다니며 괴롭히는 일은 안 하겠다구요."

"그럼, 다 빚어놓은 그 떡 누구 줄려?"

"누굴 주긴요. 그분 가시고 싶은 데로 가시는 거죠. 가실 데가 있으실 거예요. 확실하지는 않지만 지난번 한 달여나 떠나 있던 데가 바로 거길 거예요. 그런 데가 없으면 그 막대한 선거 자금이 어디서 나오겠어요. 결국 그리로 가시겠죠. 이제까지 그렇게 살아오신 분이니까요."

"꼭 남의 얘기 하듯 하는구먼. 어떻게 그럴 수가 있어. 그전 일이야 알 바 없지만 요 근래 몇 달 동안 한집에서 한솥의 밥 먹구 신혼 때처럼 깨 쏟아지게 몸 섞어 살던 사람을 어떻게 그

렇게 쉽게 남한테 내줄 생각을 하느냐 그 말이유. 난 도무지 이
해가 안 되는구랴."

"그래요. 그게 불과 며칠은 안 됐지만 한솥의 밥을 먹은 건
사실이에요. 그러나 몸 섞어 잔 일은 단 한 번두 없어요. 옛날
이북에서 덕수를 밴 뒤론 이제까지 그분 이불 속에 들어가본
적이 없으니까요."

"정말 점입가경이네. 지금 무슨 소릴 하구 있는 거유, 덕수
어머이?"

"그게 제 인생인걸요."

나는 침대에 엎드린 채 자는 척 눈을 감고 있었다. 어머니와
송씨네 아주머니가 병실 침대 곁에 놓인 보조 의자에 걸터앉아
조용조용히 주고받는 말을 귀담아듣느라 등줄기의 통증까지도
참아내야 했다.

퇴원을 며칠 앞둔 어느 날 영재 아저씨가 병원에 왔다. 일주
일에 한 번씩은 다녀간 꼴이었다.

"퇴원하는 즉시 이걸 한번 먹여보시지요. 다친 데는 이게 그
만이라고 하더군요."

"이게 뭔가요?"

"웅담이랍니다. 엊그제 방동리 갔던 길에 내설악에서 곰을
직접 잡았다는 사람이 있다기에 찾아가 좀 구해왔습니다."

"이렇게 귀한 걸…… 고맙습니다. 그런데 방동리엘 또 가셨
다구요?"

"그렇습니다. 직장에 사표두 냈겠다, 조림사업이라는 게 어
디 서둔다고 해서 금방 되는 일입니까. 그래 그 준비두 할 겸

여기저기 돌아다니는 겁니다. 그런대루 방동리에 갔던 일이 쉽게 해결이 돼서 다행입니다."

영재 아저씨가 어머니를 향해 환하게 웃고 있었다.

"이번에도 또 은하한테……?"

"삼고초려란 옛말이 그냥 아무렇게나 만든 얘기가 아닌 걸 이번에 제가 실감한 겁니다. 일주일 걸러 거듭 세 번을 찾아갔지요. 역시 술이 약이데요. 그렇게 막무가내던 사람이 세번째 내가 올라가니까 자기가 먼저 히죽이 웃으며 맞아주더군요. 산막 밖에다 화톳불을 피워놓고 밤새도록 술을 마시다 보니까 그 사람 입이 열리기 시작하지 뭡니까. 나와 함께 나무 심는 일을 하겠다는 거지요. 그런 동업자 얻기가 어디 그렇게 쉬운 일입니까. 그 식구들이 살 집두 아주 마련해놓고 왔습니다. 이제 이사를 시키는 일만 남았지요. 이살 다 끝낸 뒤에 수정일 데리고 한번 다녀가십시오. 어머닐 다시 보는 게 은하의 소원이랍니다. 아마 모르긴 해두 그땐 두 분이 눈물깨나 쏟으셔야 할걸요. 하지만 그렇게 울고 계실 순 없을 겁니다. 사위 인사를 정식으로 받으시게 될 거니 말입니다. 그런데 장모님 되시는 분이 이렇게 젊고 고우시니, 이걸 어쩝니까요, 하하하."

어머니가 얼른 몸을 돌려 창 곁으로 다가갔다. 그러한 어머니의 뒷모습을 물끄러미 바라보는 영재 아저씨의, 귀밑머리가 꽤나 희끗한 옆모습은 영락없는 할아버지의 그것이었다.

○1984년 『현대문학』 9월호

외등(外燈)

한창 대낮의 불볕더위도 산그늘이 마을을 서슴서슴 먹어들면서부터 서서히 열기를 죽여 어둠이 깔릴 즈음이면 제법 썰렁한 한기까지 몰아왔다. 시골의 여름은 이처럼 낮과 밤의 온도가 완연하게 달랐다.

박종대 경사는 지서 건물과 울타리 하나를 사이에 둔 사택에서 저녁을 끝내자 곧장 사무실로 나왔다. 그의 아내가 이웃에서 보내온 것이라며 찐 옥수수를 상 위에 올려놓았지만 손도 대지 않은 채 일어섰던 것이다. 위장에 이렇다 할 이상이 없는 것 같은데도 항상 배가 그득하고 거북스러워 무엇을 먹는다는 일이 늘 부담스러웠다.

마을 사람들이 모이는 자리에 불려가서도 그네들처럼 게걸스럽게 먹어대지 못하기 때문에 민망스러움을 당한 게 한두 번이 아니었다. 그는 자신이 마을 사람들 속에 동화되지 못하고 항상 멀찍이 떨어져 배돌게 되는 것이 바로 자신의 소화불량증 때문이라고 생각하기도 했다.

실상 마을 사람들 입장에서 봐도 술 한 잔 제대로 마시지 못하는 것은 물론 몇 순갈 깨작거리다 뒤로 둘러앉고 마는 박 경사의 식사 자리 처신이 그리 마뜩지 않았다.

사람이 워낙 점잖아서 그런 게여.

아니지. 그게 아니고 우리가 호락호락 기어오를까 봐 그런 게여.

좀 심한 경우에는,

한마디로 사람이 좀 내숭스럽다니까.

이처럼 현지 주민들은 박 경사와 한 걸음 사이를 두고 있었던 것이다.

물론 박 경사는 자신이 마을 사람들 속에 깊숙이 어울려 친절과 신뢰를 보이는 공복으로서의 의무를 철저하게 이행하고 있지 못함을 너무나 잘 알고 있었다. 그는 항상 그 사실이 괴로웠다. 그것은 한 관리로서의 자책이라기보다 인간 세계에서 마땅히 가져야 할 유대와 신뢰를 얻어내지 못한 데 대한 자각 같은 것이었다.

그러나 박 경사는 자신이 주민들 곁에 가까이 다가서지 못하는 것이 전적으로 자신의 우유부단한 성격 때문이라고 못 박아 생각하면서도 한편으로는 좀 억울하다는 생각이 들 때도 없지 않았다. 그것은 오랜 옛날부터 관리를 대하던 백성들의 뿌리 깊은 적대감을 의식할 때였다. 아직도 많은 주민들이 지서 사람들을 '순사 나으리'라고 부르고 있다는 걸 그는 알고 있었다. 또한 그들은 되도록 지서 직원들과 맞닥뜨리는 걸 피하는 것은 물론이고 만나더라고 자기 속을 쉽게 내보이려 하지 않았다.

어쩔 수 없이 만난다 해도 농촌 사람 특유의 그 퉁퉁 내쏘는 허세를 보이거나 그렇지 않으면 아예 허리를 필요 이상 굽히고 절절매는 게 보통이었다. 그러한 사람들과 만나면서 박 경사는 늘 외로움을 느꼈다.

"저녁 드셨습니까."

어둑해진 사무실 한가운데 정진도 순경이 마치 어둠의 기둥처럼 서 있다가 몸을 움직였다. 하암리 지서 다섯 명 중에서 나이가 가장 어린 사람이었다. 대학 2학년 때 어떤 피치 못할 사정으로 학교를 그만둔 것을 그는 늘 안타까워하면서 지금도 법관이 되는 게 꿈이라 했다. 틈틈이 책을 읽어 동료들에게서 시샘 비슷한 거부 반응을 불러일으켰다.

정 순경은 사무실 시멘트 바닥에 구둣발로 뭔가를 그러모으고 있었다. 날개를 지녔으면서도 날지 못하는 벌레, 다른 곤충처럼 징그럽게 생기지 않으면서도 몸이 재고 눈치가 빨라 혐오감을 불러일으키는 바퀴벌레가 그의 발밑에 대여섯 마리 모아져 있었다. 밝은 데서는 얼씬도 않고 어둠 속에서만 활동을 맹렬히 벌이는 그 벌레에 대해서 남다른 혐오감을 가지고 있는 정 순경이었다. 정말 소름이 끼쳐요. 어느 날 밤 숙직실에서 팔뚝의 연한 쪽 살 한 점을 뜯긴 정순경은 바퀴벌레만 보면 몸서리 쳤다. 마을 사람들은 이 벌레를 강구라고 불렀다. 어떻든 바퀴벌레는 적당한 온도만 주어지면 무서운 속도로 불어갔다.

―소장님이 읍에서 가지고 오신 선물입니다.

정 순경이 처음 그렇게 말했다. 박 경사가 부임해 오기 전까진 이런 백해무익한 벌레가 지서 사무실에 없었다는 것이다.

처음은 어쩌다 숙직실 방바닥에 한두 마리 나타나긴 했지만 그닥 신경이 쓰일 정도는 아니었다. 그러나 박 경사가 부임해 온 지 만 일 년이 넘는 지금은 날이 어둡기가 무섭게 숙직실은 물론 사무실 책상 속까지 버글거렸다. 지서와 인접한 가정집에도 그처럼 많이 번졌다는 것이다. 읍에서 빈대 약 같은 걸 사다가 써봤지만 말짱 헛일이었다.

　—어떤 근본적인 대책이 있어야 하겠구먼.

　박 경사가 정 순경의 공격에 대답하는 말은 고작 그것이었다. 정말 정 순경 말대로 자신이 읍에서 들어올 때 이삿짐 속에 묻어 왔을 확률이 컸다.

　정 순경은 다른 직원과는 달리 그 벌레만 보면 다른 일 제쳐 놓고 달려가 손바닥이나 구둣발로 밟아 죽였다. 한 마리가 한 번에 사십여 개의 알을 낳아 기하급수적으로 번식을 해 몇 마리 손바닥으로 쳐죽여봤자 헛일인 것을 알면서도 습관처럼 그렇게 바퀴벌레를 잡았다.

　"또 소탕전을 벌였군."

　지금도 그는 대여섯 마리의 바퀴벌레를 잡기 위해 우정 사무실은 물론 현관의 외등까지 켜지 않은 채 서 있었던 것이다.

　박 경사는 현관 외등에 불을 켜며 다시 말했다.

　"또 잊은 모양이군. 자네의 적은 한 놈이 한 번에 사오십 개씩의 알을 깐다는 걸 말이야. 중과부적이지. 결국 자넨 지고 말 걸세."

　정 순경이 벽에 걸린 정복 윗도리를 내려 입으며,

　"소장님, 저 지는 싸움 안 합니다. 내가 죽인 만큼 이기는 것이니까요."

그러면서 현관으로 다가갔다.

"저녁 먹고 나오겠습니다."

박 경사와 정 순경은 오늘 저녁 당번이었다. 꼭 그렇게 하지 않아도 좋았지만 박 경사는 야간 순번에 자신을 꼭 포함시키도록 했다. 그렇게 하는 게 마음이 편했던 것이다.

"참, 아무 연락도 없었나? 본서에서 말이야……"

현관을 나서는 정 순경을 향해 박 경사가 물었다.

"없었는데요…… 그런데 아까……"

현관을 나서던 정 순경이 다시 몸을 돌려 사무실 의자에 아무렇게나 주저앉으며 말했다.

"아까 김 차석님과 함께 있는데 상암리 유판석이하고 최진혁이 왔다 갔습니다."

"그래 뭐라던가."

"또 그 소리지요, 뭐."

"상부에서 아직 아무 연락이 없다고 하면 될 거 아냐."

"그랬어요. 김 차석님이 정 그렇게 의심이 나거든 읍에 나가 알아보면 될 게 아니냐고 막 딱딱거려줬지요."

"그랬더니?"

"그렇지만 어디 그 사람들이 보통내기들인가요. 자기들이 정식으로 신고를 한 게 언젠데 입때까지 왜 아무런 조치도 없느냐고 되려 덤벼들더라니까요."

박 경사는 저녁 어둠이 내리깔리는 바깥쪽으로 얼굴을 돌리며 한숨을 몰래 내뱉었다.

"김 차석하고 또 한바탕했겠군."

"아니에요. 사실은 김 차석님이 딴 데 신경을 쓰고 계셨거 든요."

"뭔데?"

"여기 보세요. 표경철 선생이 가석방됐거든요."

정 순경이 책상 위에 놓인 신문을 집어다가 펴 보였다. 8월 15일자 신문이었다. 발행 일자보다 이삼 일 늦게 받아보게 되어 있는 시골이라 신문은 언제나 구문이게 마련이었다. 그것도 요즘은 산판에 드나드는 차편에 부쳐와 빠른 편인데도 그랬다.

정 순경이 가리켜 보이는 사회면 맨 위에 8·15 경축 수감자 특별 석방자 명단이 있었고, 거기 맨 끝부분에 표경철이 있었다.

표경철 선생이 이번 8·15를 기해 석방되리라는 소문은 벌써부터 마을에 떠돌았다. 그것이 이제 사실로 신문에 난 것뿐이었다. 상암리 유판석이와 최진혁이가 그처럼 당돌하게 나오는 것도 표경철 선생이 석방될 것이라는 소식이 있었기 때문일 게 분명하다고 박 경사는 생각했다.

박 경사는 정 순경이 나가버린 빈 사무실 한가운데 우두커니 앉아 현관 외등에 어지럽게 날아들기 시작하는 날벌레들을 멍청히 내다보고 있었다. 외등이 밝힌 저 어둠의 한가운데 빛을 찾아 날아든 보잘것없는 날벌레들의 난무. 무엇을 위해 저처럼 어지러운 춤을 추고 있는 것일까.

외등을 찾아 모여든 날벌레들의 똑같은 동작이 반복되는 그런 따분한 난무의 질서가 갑자기 흐트러졌다. 그것은 날갯짓이 요란한 커다란 나방 한 마리가 끼어들어 이제까지 볼 수 없었던 난폭한 날개 짓을 시작한 때문이다. 몸통에 비해 날개가 작기 때문에 나비의 그 유연한 비상에 비교될 수 없는, 서글퍼 보이는 나방은 외등에 덤벼들어 죽을 둥 살 둥 몸통을 부딪쳐대며 날았다. 날개에서 떨어지는 미세한 분말이 불빛을 받아 금빛으로 빛났다. 그러나 나방은 자신의 아름다움 같은 건 아랑곳없다는 듯 외등에 맹렬하게 부딪쳐 드는 그 허망한 작업을 결코 멈추지 않았다. 어쩌면 그 한 마리 날벌레는 자신이 찾아낸 불빛 앞에서 이제까지 자신의 몸에 묻히고 산 두꺼운 어둠을 모두 떨어버리려는 것처럼 보였다.

실상 박 경사는 아무것도 보고 있지 않았다. 보고 있었다 하더라도 그것은 그냥 눈에 와닿았기 때문에 눈에 보인 것 자체가 뇌신경을 자극해서 스스로 불러일으킨 연상작용에 불과했을 것이다. 그러나 그는 그런 멍청한 상태에서도 어서 집에 연락을 해 소화제를 내다 먹어야 하겠다는 생각을 하고 있었다. 가슴 한가운데가 답답해 들면서 숨쉬기마저 거북했다.

그러나 그는 빈 사무실에 앉아 자신의 소화불량 상태를 조금이라도 덜기 위해 어떤 생각에 매달리고 있었다. 사실은 그가 그 생각에 빠져든 것은 꽤 오래전부터다.

그는 지금 표경철 선생을 생각하고 있었다. 그리고 방금 전 지서에 다녀갔다는 유판석, 최진혁.

박 경사는 표경철 선생을 한 번도 본 적이 없었다. 그러면서도 막상 남들이 표 선생 얘기를 꺼내면 그와 수없이 얼굴을 맞댄 것 같은 착각에 빠져들었다. 그것은 왜갈봉 노송에 목매달아 죽은 표 선생 부인의 환영 때문일 것이다. 그가 이 시골 지서에 부임해 와 부딪친 가장 크고 난처한 사건이 바로 표 선생 부인의 죽음이었던 것이다.

　—저 여자가 표 선생 부인이에요.

　박 경사가 부임해 와 얼마 지나지 않았을 때 직원들이 한 여자를 가리켜 보였다. 지서 앞 비석거리에 일제 말에 세운 듯싶은 모로 넘어져 있는 장방형의 커다란 비석 위에 한 여자가 해바라기를 하고 앉아 있었다. 용모도 비교적 단정한데다가 앉음새가 어찌나 단아해 보였던지 박 경사는 사람들의 얘기가 믿어지지 않았다. 누가 저 여자를 미쳤다고 하겠는가. 너무나 멀쩡한 얼굴이었다. 그네는 비석 위에 단정하게 앉아 그 앞을 지나다니는 사람들을 하나하나 훑어보고 있었다. 안노인네들이 지나가다가 안됐다는 듯 쯧쯧 혀를 차도 별 표정 없이 맑은 눈으로 오히려 그 안노인네들을 동정하는 듯 바라보고 있었다. 실성한 사람들에게서 찾을 수 있는 그런 초점 흐린 눈이 아니었다. 한 떼의 아이들이 몰려와 그 여자한테 흙을 뿌렸다. 그러자 이제까지 그림처럼 단아하게 앉아 있던 그네가 비석에서 풀썩 뛰어내렸다. 그리고 그 아이들을 향해 담청색 몸뻬를 훌렁 벗어 내렸다. 박 경사는 엉겁결에 고개를 돌리면서 참 아까운 일이구나 하는 생각을 했다.

　—완전히 미친 건 아니지요. 저렇게 해까닥하다가도 제정신이 들면 똑소리가 날 정도로 똑똑한 여자로 돌아간다더군요. 바느질도 하고, 학교에서 내준 밭에 야채도 가꾸고 한대요.

정 순경이 여러 가지 덧붙여 설명했다. 남편 표 선생이 그 우발적인 살인 사건으로 잡혀가자 재판을 받아 형이 확정되기까지 읍이나 시에 나가 남편 소식을 알려고 법원 주위를 배돌던 한 지어미의 눈물겨운 미담이었다. 그네는 국민학교 선생의 아내답게 소박하고 정숙한 여자로 마을에 평판이 나 있었다는 것이다. 남편의 형이 확정되고 그네는 다시 마을에 돌아와 두 살짜리 딸 하나를 등에 매달고 마을의 삯일을 다닐 정도로 부지런했다고 했다. 그런데 어느 날 두 살 난 딸을 남한테 맡겨두고 남편 일로 읍까지 나갔다가 밤늦게 돌아온 뒤 며칠 몸져눕더니 그처럼 실성기를 보이기 시작했다는 것이다.

—도대체 왜 목을 맨 겁니까?

박 경사의 물음에 김 차석이 대답했다.

—그거야 뻔하지 않습니까. 그 여잔 미쳤어요. 미친 여자가 뭔 짓은 못합니까.

이처럼 김 차석이 한마디로 자르자 정 순경이 나섰다.

—그렇지 않아요. 미친 여자는 절대 목을 매 죽진 않아요. 그 여자가 목을 맸다면 반드시 정신이 말짱할 때 그랬을 겁니다.

정 순경의 논리에 의하면 목을 매어 죽는 그런 무서운 일은 아무나 가볍게 해낼 수 있는 일이 아니란 것이다. 자살이란 그 어떤 사람보다도 생에 대한 애착이 강한 사람만이 해낼 수 있는 무서운 의지의 표출인데 어떻게 미친 여자가 그런 일을 할 수 있겠느냔 얘기였다. 상부에서 내려왔던 사람들도 어떻게 미친 여자가 그 높은 나무에 올라가 목을 맸는지 알 수 없는 일이라고 고개를 갸우뚱거렸다.

어떻든 그 여자는 죽었다. 미친 상태로 죽었든 말짱한 정신으로 그랬든 그 여자는 왜갈봉 노송에 매달려 혀를 빼물고 죽었다. 그러나 그런 문제는 있을 수도 있었다. 즉 상암리 유판석이들 말대로 그네 스스로가 목을 맨 것이 아니라 누군가 그네를 죽이고 자살로 위장했을 가능성 말이다. 그러나 박 경사는 머리를 흔들었다. 상부에서 내려왔던 사람들의 판단에서 볼 때나 박 경사 자신의 판단에서 보거나 그네의 죽음은 타살이 아니라 자살이 분명했던 것이다. 다만 문제는 왜 그네가 그런 죽음을 택했는가 하는 것이다. 남편 표 선생이 비록 죄를 지어 복역 중이라 해도 극악무도한 살인범이나 파렴치범도 아닌, 어디까지나 교육적인 면에서 옳은 일을 하는 과정에서 생긴 우발적인 사건이 아니었던가. 더구나 그런 입장이 재판에 충분히 반영되어 이 년 언도란 비교적 가벼운 형량에, 잘하면 더 빨리 풀려날 수도 있다는 그런 계제에 일을 저지르다니 도저히 납득이 안 가는 일이었다.

아무튼 박 경사는 표경철 선생 부인의 죽음으로 해서 적지 않은 곤혹을 치러야 했다. 국회의원 선거가 막 끝나 그 후유증으로 해서 어질어질한 판인데 떠억 그런 일이 벌어졌던 것이다. 그때 박 경사는 왜갈봉 중턱 노송에 매달린 그 여자의 주검을 마을 사람들과 함께 끌어내렸다. 비석거리 모로 쓰러진 비석 위에 앉아 해바라기를 하던 때의 그렇게 곱게 빗어 넘긴 머리에, 역시 그때의 담청색 몸뻬 위에 붉은 스웨터를 입은 채였다. 그네는 노송 밑에 흰 고무신을 가지런히 벗어놓았다. 그네의 스웨터 주머니에서 쌀 두어 말 살 정도의 돈이 나왔다. 아이들이 쓰다 찢어버린 듯싶은 공책장에 싸여 있었다. 혹시나 해서 그 종이를 살펴보았지만 별것이 아니었다. 산수 공책이었던 양 조잡스런 필체의 숫자가 가득 쓰여 있을 뿐이었다. 박 경사는 그네의 주머니에서 나온 돈을 김 차석에게 넘겨주고 나서 무심코 공책장을 주머니에 넣었다. 그것이 일의 빌미가 될 줄은 꿈에도 생각 못했던 것이다.

그네의 친정에서 온 사람들과 시신 인계 문제를 놓고 얘기를 나누고 있는데 상암리 유판석이와 최진혁이들이 들이닥쳤던 것이다.

—소장님, 표경철 선생 부인을 죽인 범인이 누굽니까?

그들은 다짜고짜 이런 식으로 나왔다. 상부에는 이미 단순한 자살 사건으로 보고를 올린 뒤였다. 뒷일을 우려해서 우촌면 공의를 데려다가 시체 검안까지 시켜 자살이라는 진단까지 받아놓았다. 박 경사는 그런 여러 가지 확증을 내세워 그들을 이해시키려고 애썼다. 그러나 그들은 고집스럽게 고개를 저었다. 그 여자가 실성을 했는데 어떻게 그처럼 높은 나무에 올라가 자살을 할 수 있겠느냔 것이다. 또 그 여자가 자살을 할 만한 이유를 대라고 억지를 쓰기도 했다. 박 경사가 여러 가지 방증을 내세워 타살일 수가 없다는 얘기를 해도 그들은 막무가내였다.

박 경사는 직원들을 모아놓고 유판석 패들의 추궁에 대해 어떻게 할 것인가를 숙의했다.

—내 참, 기가 막혀서……

김 차석은 유판석 패들이 얼마 전에 끝난 국회의원 선거의 뒤끝이 안 좋다는 신문 기사를 읽고 거기다가 이 사건까지 곁다리로 덧붙일 속셈이 분명하다고 했다. 다른 직원들도 그와 비슷한 생각들을 하고 있었다. 결국 그네들의 항의를 묵살해버리기로 했던 것이다.

그러나 유판석 패들은 그렇게 쉽게 물러서지 않았다. 표 선생 부인의 친정 사람들까지 충동질해서 합세했다. 시체가 부패한다고 하암리 사람들이 장사를 지내겠다고 하니까 상암리 사람들 수십 명이 몰려 내려와 매장을 못하게 막아섰다. 두 마을이 송장 하나를 놓고 대판 싸움이 벌어질 기세였다. 결국 유판석 패들이 원하는 대로 재수사를 하기도 했다. 본서에서 나와 상암리 사람들이 미심쩍어하는 여러 가지를 조사해보기도 했다. 그네가 목을 매었던 밧줄도 표 선생이 방을 얻어 살던 그 집 외양간에서 풀어낸 것이라는 새로운 사실이 나타나는 등 먼저 결론을 냈던 것이 틀림없다는 걸 확인하기에 충분한 것이었다.

그러나 유판석이를 중심으로 한 상암리 사람들은 물러설 기세가 아니었다. 이번에는 엉뚱한 일을 가지고 물고 늘어졌다.

—소장님, 그날 표경철이 부인 몸에서 나온 유서 좀 보여주셔야 하겠어유.

그때 그네의 스웨터 주머니에서 나온 돈을 쌌던 헌 공책장을 두고 하는 얘기 같았다. 박 경사는 그때 그 공책장을 무심코 주머니에 넣었던 생각을 떠올렸고 그때서야 허둥허둥 찾아보았지만 헛일이었다. 돈은 김 차석한테 넘긴 게 분명했고 자신은 그 종이쪽을 지서에 돌아와 다시 한번 살펴보리란 생각을 깜박했던 것이다.

―그날 소장님이 주머니에 넣으시는 걸 우리가 이 눈으로 똑똑히 봤습니다유.

거기 공책장에는 아이들이 공부 시간에 쓴 산수 문제만 잔뜩 쓰여 있더라고 누구이 강조했지만 그들은 좀체 믿으려 하지 않았다. 며칠간이나 그 문제를 놓고 티격태격하는 바람에 본서까지 불려가 힐난을 당했다. 어떻든 며칠 동안 그들과 벌인 실랑이로 해서 박 경사는 지칠 대로 지쳐버렸다. 공연히 두 마을의 숙명적인 싸움에 말려든 자신을 발견하고 쓸쓰레 웃을 수밖에 없었다. 그러나 막상 가슴에 남은 자국은 컸다.

―소장님이 너무 유하게 대해주니까 그 새끼들이 기어오르는 거예요.

김 차석이 노골적으로 박 경사의 우유부단하고 소심한 성격을 나무랐다. 시골 사람들한테 덜미를 잡혀 질질 끌려다니는 꼬락서니가 됐으니 장차 어떻게 하겠느냔 것이다.

―이제 두고 보십시오. 그 새끼들 사사건건 물고 늘어질 게니.

하암리 김씨 집안 사람인 김 차석은 하암리 사람들이 다 그렇듯 상암리 사람들에 대한 뿌리 깊은 적의를 버리지 못하고 있었다. 김 차석의 말이 맞았다. 무서운 사람들이었다. 표 선생 부인의 자살 사건이 좀 잔잔해졌는가 싶은 어느 날 유판석이와 최진혁이가 또 지서에 나타났다.

―정식으로 신고를 할 게 있어 왔구먼유.

지서에 들어설 때의 그 군은 얼굴 표정이 대단한 작심을 하고 왔구나 하는 걸 짐작게 했다. 그들 눈에 오기가 뻗친 그런 사람들에게서 느낄 수 있는 야비한 빛이 번쩍거렸다.

—소장님두 수작골 산판에 가보셨지유?

　그들 얘기의 골자는 수작골 산판 사람들이 도벌을 공공연히
하고 있는데 그 사실을 알고 있느냐 거였다. 말하는 품으로 보
아 그들은 이미 산판의 내막을 알 만큼은 다 알고 온 게 분명했
다. 수작골 임야가 국유림이라는 것, 그 국유림의 얼마만큼은
채벌 허가가 난 것이며 허가 낸 면적에서 채벌해낼 벌목의 한
정량까지 빠삭하니 알고 있었다. 그리고 그 한정량을 넘은 도
벌이 얼마에 이르렀다는 통계 숫자까지 주워댔다.

　—증말 너무하데유. 아주 몽땅 깎아낸다니까유. 그렇게 훤하
게 밀어내다니 도대체 말이나 됩니까유.

　박 경사는 그들의 이주걱거리는 신고에 앞서 정 순경한텐서
전해 들은 바가 있었다.

　—소장님, 수작골 산판 한번 가보시는 게 좋으실 겝니다. 은
장봉 산판도 마찬가지지요.

　얘기만 들어도 다 알 만한 일이었다. 직접 두 산판을 돌아보
고 났을 때는 차라리 안 보고 넘길 걸 잘못했구나 하는 후회도
했다. 울울한 적송 숲에서 솎아내야 할 벌목이 솎기는커녕 아
예 이발하듯 곁의 유년목까지 곁들여 밀어냈다. 산이 그처럼
흉해 보일 수가 없었다.

　난리가 끝나면서 폐허가 된 도시에 집을 짓자니 건축 자재가
불티나듯 달리게 마련이고 거기에 맞춰 산판 붐이 인 것은 당
연한 일이었다. 적절한 수요 공급의 미봉책으로 업자가 신청만
하면 채벌 허가가 떨어져 깊은 산 깊은 골짜기는 어느 곳이고
산판이 생겨났다. 트럭이 드나들 수 있는 길이 골짜기마다 닦

여 원목을 산더미처럼 실은 트럭들이 곡예하듯 아슬아슬 산비탈을 누볐다. 산판에 드나드는 트럭을 일 년간 몰면 도회지에선 눈 감고도 운전을 할 수 있다는 정도로 산판 길은 험난했다. 비라도 좀 내리면 급조된 진흙 구렁텅 길에 차바퀴가 빠져 실었던 나무들을 다 부린 다음에야 겨우 빠져나가곤 했다. 그러자면 뒤에 오는 차들까지 꼼짝없이 갇혀 하릴없는 운전수들이 산비탈 외진 곳에 위치한 인가를 찾아 노름판을 벌이기 일쑤였다. 어떻든 난리 직후에는 남아도는 군용 트럭이 후생 사업이란 명목으로 신판에 투입돼 그야말로 산골짜기가 때 아닌 성시를 이룬 적도 있었다. 그렇게 몇 년 동안 산의 나무가 무계획하게 베어져 나가다 보니 그 울창하던 임야가 꼭 헌데 앓은 아이들 머리통처럼 보기에 흉해졌다. 당국에서도 이래선 안 되겠다 싶어 뒤늦은 방책을 세워보는 모양이었지만 워낙 나쁘게 길들여진 산판 생리에 그 솜씨들이라 당국의 단속이 제대로 먹혀들어갈 리가 없었다.

채벌 허가가 그전처럼 수월찮으니까 자연 돈줄 힘줄을 이용하려 들었고 그렇게 요령껏 허가를 받아낸 다음에는 힘이 든 만큼의 밑천까지 곁들여 뽑아내려 혈안이 됐다. 쥐 잡아먹던 고양이 반찬 없는 맨밥에 성이 찰 턱이 없어 흥청망청하던 산판 생리는 여전히 그판일 수밖에. 허가를 내주는 당국이나 허가를 받아 채벌을 하는 목상이나 모두 허가장에 기재된 숫자의 몇 배쯤은 해먹어도 무방한 걸로 아예 처음부터 공공연히 묵인하는 게 50년대 말의 산판 생리였다. 이를테면 백 세제곱미터에서 삼천 사이(才)를 벌목할 수 있다는 허가를 내서는 보통 그 몇십 배에 이르는 십만 사이 정도로 베어내야만 그럭저럭 매부 좋고 누이 좋다는 식의 타산이었다. 도의적인 인간 양식이나 법질서에 대한 경외감에 앞서, 이제까지 굶주려왔으니 이 좋은 세상에 치부를 하지 않으면 안 된다는 강박감이 지배하는 시대라 모두 눈이 뒤집혀 천방지축 날뛰게 마련이었다.

정치꾼들이 그 판을 그냥 지나칠 리 없었다. 국회의원이 되기 위해서는 무슨 수를 써서라도 당선되어야 했고, 당선이 된 뒤에는 거기 투자된 밑천을 뽑아내기 위해 이권이 관계되는 일이라면 무슨 일이든 손을 뻗쳤다.

김광모 의원이 바로 그런 사람이었다. 그는 많은 사업에 자신의 권세를 유감없이 이용했고 우선 상암리 소재 여러 산판들이 모두 그의 입김을 받고 있었던 것이다. 그렇지 않고서야 저럴 수가 없다고, 산을 둘러보면서 혀를 찼던 박 경사였다. 하긴 그 여세로 하암리에 그 어려운 전기까지 끌어들인 공도 없지 않았다.

—우린 다 알아본 겁니다. 알아본 결과 그냥 내버려둘 수가 없어 이렇게 신고를 하는 거구먼유.

—다 우리 지방 발전을 위해서쥬.

—애국자가 따루 있나유.

유판석이와 최진혁이는 이런 식으로 이죽거거렸다. 군대 밥을 먹고 도회지에서 한두 해 굴러먹다 들어온 사람들답게 말투가 만만찮았다. 거기다가 시골 사람 특유의 그 유들유들하고 고집스러운 면도 보통을 넘었다.

—삶은 호박에 이도 안 들어갈 일인 줄 알지만서두 우리가

이렇게 신고를 하는 건 말이지유, 새로 오신 소장님이 으떤 분인가 하는 걸 알아봐야 하겠다, 그런 생각에서죠. 알아봐 가지고 설라무니 우리도 한번 대가리 터지게……

그때 김 차석이 벌컥 내질렀다.

—도대체 당신들 그 산판하고 뭔 원수를 졌길래 그래, 앙?

김 차석 입장에서 보면 그들 유판석이와 최진혁이는 싸움의 상대였던 것이다. 한 공직자의 입장에서가 아니라 하암리 김씨 문중의 한 사람으로서 맞섬의 감정이 앞서는 게 당연했다. 그러나 그것은 김 차석의 실수였다. 유판석들이 노린 게 바로 그것이었다.

—김 차석님, 뭔 말씀을 그렇게 하십니까유?

—차석님, 그렇게 꼭 감정적으루다 나오셔야 되겠습니까유?

그들은 미간에 심줄을 세우면서 덤벼들었다. 그렇다고 김 차석도 순순히 물러설 위인이 아니었다.

—당신들 도대체 왜 이래? 사사건건 물구 늘어지구. 이봐, 우리 경찰이 그렇게 만만해 봬? 야, 쌍, 신고를 하려면 정식으로 해. 서류를 갖춰서 말이야.

이번에는 유판석이들 차례였다. 오히려 그들은 더 유들유들했다.

—차석님, 말씀 한번 참 자알 하셨습네다. 우린 민주 경찰을 믿고 이렇게 찾아왔지 않습니까. 네에, 물론 정식으로 신고는 해얍지요. 우리 상암리 사람들 전부의 이름을 쓰고 도장을 받고 해서 거어창하게 한번 올리겠습니다유. 그렇게 하자면 직접 도경이나 서울로 올라가는 게 빠르겠습죠?

박 경사가 나서지 않을 수 없었다.

—좋습니다. 더 긴 얘기 하지 맙시다. 두 분이 오늘 말씀하신 내용 정식으로 접수해서 상부에 보고하지요. 물론 산판 관계는 원래 우리가 맡아 할 소관이 아닙니다만……

이처럼 박 경사가 이쪽 입장을 내세우려니까 대뜸 최진혁이가 내질렀다.

—산판과 영림서 사람들이 다 한통속이 돼 돌아가는 판국에 그럼 어디다가 얘길 해야 합니까유? 더구나 소장님께선 잘 아시겠지만 불법으로 베어진 나무가 바로 이 앞길로 버젓이 실려 나가는 것을 상·하암리 사람들이 죄다 알고 있다 그겁니다. 그런데 거 이상하지 않습니까. 상암리 사는 우리들은 그렇게 불법으로 베어져 나가는 걸 그냥 볼 수가 없어 이렇게 신고를 하는데 하암리 사람들은 오히려 그걸 방해하려 들다니 원!

김 차석이 멍청히 당할 리가 없었다.

—이봐, 이 상암리 쌍…… 신골 했으면 주둥아리 고만 까고 썩 꺼져버려!

두 마을의 싸움은 아주 오랜 옛날부터 시작된 일이라 하루 이틀에 끝날 그런 가벼운 것이 아니었다. 박 경사는 일 년 전 이 마을에 부임해 와 가장 먼저 두 마을의 전근대적인 앙숙 관계가 생각보다 심각하다는 것을 알게 됐다. 가깝게는 표경철 선생의 그 사건이며 그의 아내가 목매달아 죽은 것 등이 모두 그런 두 마을의 싸움 속에서 빚어진 것들이었다.

하암리와 언덕 하나를 사이에 두고 위쪽에 위치한 상암리 마을이 형성된 데 대해서 대체로 두 가지 설이 떠돌고 있었다.

그 하나는, 동학 난리 때 남쪽에서 파죽지세로 밀고 올라온 동학군이 강원도 이 두메까지 발길을 한 데 기인한다. 수백 명에 달하는 장정들이 하암리까지 들이닥쳤다. 그 많은 수효에 비해 그들의 기세는 듣던 바와는 전혀 달랐다. 물론 마을의 가축이 씨가 질 정도로 잡아먹히고 김씨 문중의 창고에 쌓아두었던 곡식이 바닥이 나긴 했지만 그들은 이미 뿔 빠진 소나 다름없었다.

—동학군이 당했대유. 여기 온 자들은 모두 갈 데가 없이 쫓겨 들어온 사람들이래여.

마을 사람들이 수군거렸다. 아닌 게 아니라 며칠 못 가 관군이 사면팔방에서 들이닥쳤다. 동학군들은 관군을 보자 전의를 잃고 뿔뿔이 도망치기에 바빴다. 대부분 관군들에 의해 죽임을 당했다. 그 시체가 여기저기 나무토막처럼 뒹굴어 핏물이 고랑을 이뤄 흘렀다. 남쪽에서 봉기한 동학군의 파란만장한 거사는 이곳에 와 그 끝장을 보게 된 셈이었다. 그러나 수작골과 수리봉 쪽으로 숨어들었던 동학군의 한 패들이 꽤 오랜 날들이 지난 뒤에 서슴서슴 모여들어 상암리에 화전을 일구고 약초를 캐고 참숯을 구워내며 터 잡아 살기 시작했던 것이다. 원래 그런 사람들이 여기저기서 짝을 맞추어 모인 마을이라 하암리 사람들과는 처음부터 운니지차(雲泥之差)로 걸맞지 않았던 것이다. 아마 상암리를 이룬 사람들의 전부가 그런 사람들은 아니었겠지만 어느 정도 타당성은 있음직한 얘기였다.

또 다른 얘기는 일제강점기 일본 사람이 공작산 자락에 금광을 뚫자 그 금광 광부로 하나둘 모여들었던 사람들이 금광이

폐광되면서 그대로 그 자리에 눌러앉아 이룬 마을이 바로 상암리라 했다. 이 얘기가 훨씬 그럴듯하게 들렸다. 어쨌든 한곳에 발붙이지 못하고 여기저기 떠돌며 살던 사람들이라 뜨내기 인생들에게 걸맞은 그런 성깔들은 남아 있어 송곳 모로 꽂을 땅 뙈기 하나 없는 처지에서도 그 기세들은 사뭇 대단했던 것이다. 언덕 하나를 사이에 둔 하암리 사람들이 골머리를 앓기 시작했다. 상암리 사람들의 안하무인한 꼬락서닐 차마 눈뜨고 볼 수 없었기 때문이다. 누구 산이라고 가릴 것 없이 산자락에 마구잡이로 불을 놓아 화전을 일구는가 하면 하암리 김씨 문중의 성역이라 할 수 있는 은장봉 선산을 파헤쳐 암장을 하는 등 두 마을은 사시장철 시끄러웠다. 어떻든 세월이 흐르는 동안에 상암리도 제법 사람이 살 만한 그런 부락으로 모습을 바꾸어갔다. 그러나 은장봉 상봉 골짜기에서 발원하여 상암리를 슬쩍 비켜 언덕 아래 하암리 남단을 휘감고 도는 은백내 안쪽으로 질펀하게 드러누운 옥답을 가진 하암리에 비하면 상암 부락은 마을이랄 것도 못 되게 초라했다. 더구나 뜨내기 인생들이 모여 이룩된 상암리와는 대조적으로 수백 년 내려오면서 한 할아버지 한 조상에서 뿌리를 내린 하암리 김씨 문중의 막강한 족벌주의 그 권위는 막강했던 것이다. 이렇다 할 큰 인물은 내지 못했지만 그런대로 끊이지 않고 벼슬을 맡아 한양에 사는 문중이 만년에는 반드시 벼슬을 내놓고 고향에 내려와 은거하는 걸 자랑처럼 여겨온 하암리 선조들이었다.

근래 가장 큰 인물이 났다고 하는 김광모 의원만 해도 바로 하암리 김씨 문중으로 이곳을 기반으로 하여 정계에 발을 붙일 수 있었던 것이다. 하암리 김씨 문중 사람들의 수백 년 대대로 지켜온 자기들의 땅과 산야에 대한 애착 그리고 긍지는 실로 대단했다. 그네들은 자기네 가문과 마을의 향풍이 외지 사람들에 의해 침해당하는 걸 용납하지 않았다. 물론 하암리에는 하암리 사람들의 논밭을 소작 내어 살거나 장거리에 터 잡아 앉아 사는 타성바지들이 상당수 섞여 살았다. 그러나 하암리에 사는 타성바지들은 결코 김씨 문중의 전통 깊은 풍습과 가문의 권위를 눈곱만큼이라도 부정하거나 어떤 도전적인 행동거지를 하지 않았다. 오히려 자신들도 모르는 사이에 마을의 풍습과 권위에 동화되어, 굴러온 돌이 박힌 돌을 빼려는 그런 무모한 일은 결코 일어나지 않았던 것이다. 오히려 그들은 김씨 문중의 위력을 보호색처럼 두르고 자신들의 살길을 조심조심 디뎌왔기 때문에 김씨 문중과의 충돌은 생각도 할 수 없었다.

그러나 언덕 하나 너머의 상암리 사람들은 사뭇 심사가 그렇지 못했다. 하암리 전통 깊은 부촌에 대한 선망이 크면 클수록 그네들은 고개를 빳빳이 쳐들고 도전하는 자세를 보이곤 했다. 두 마을은 아주 작은 일을 놓고도 곧잘 크게 싸웠다. 어느 쪽이 낫고 어느 쪽이 그르다고 할 수 없을 만큼 그네들은 무모한 싸움을 수십 년 동안 계속해왔던 것이다.

일제강점기 말에 두 마을의 대립은 더욱 심해져 우촌면 주재소 순사가 하암리에 상주할 정도였다. 그러나 불씨는 정작 그 일본 순사의 하암리 주재였다. 그는 하암리 대갓집 사랑채에 우촌면 주재소 분소를 차려놓고 앉아 저희 일본 사람들 잇속을 채우기에 급급했던 것이다. 도내에서 공출 성적이 가장 우수한 마을이 바로 상·하암리였을 정도로 악착같이 뜯어냈다. 하암리 김씨 문중을 지켜준다는 명목을 내세워 하암리 문중 사람들의 기를 꽁꽁 얽어매기 시작했던 것이다. 그럴 만한 이유가 없는 것은 아니었다. 기미년 만세 사건 때 하암리에서 시작한 불길로 인근 마을의 수천 명이 봉기했던 일이다. 결국 하암리 사람 여덟이 죽은 8열사의 고장이란 게 그들 일본 사람들 마음에 걸렸을 것이다. 그들은 8열사의 넋이 무색할 정도로 하암리 사람들을 친일 쪽으로 변모시키기에 힘을 기울였던 것이다. 어쨌든 하암리는 손가락 하나 대지 않은 채 상암리에서만 십여 명의 장정을 징병해 갔다. 하암리에 배당된 몫까지 상암리에서 차출한 것이다. 일본 순사를 앞세운 거간꾼까지 나타나 상암리의 가난한 집 처녀들을 공장으로 빼내 갔다. 나중에 들리는 소식으론 그 처녀들이 공장에는 가보지도 못하고 만주 땅으로 끌려가 일본군 위안부가 되었다는 것이다. 상암리 사람들이 당한 일은 그뿐이 아니었다. 산에 화전을 일구거나 나무를 함부로 베던 상암리 사람이 산림 간수한테 걸려 옥살이를 치른 것도 여럿이었다. 순사보다 더 무서운 게 산림간수라고도 했다. 상암리 사람들은 자기들이 당하는 이 모든 수난이 일본 순사를 낀 하암리 사람들의 농간이라고 이를 갈았다. 해방이 되던 그해에 상·하암리가 대판 싸움이 붙어 사람이 여럿 상한 것도 그런저런 쌓인 원한 때문이었다. 그 싸움으로 해서 하암리 김씨 문중의 집들이 여럿 불타버렸고 자연 상암리 사람들은 경찰서에 잡혀가 고초를 당하기도 했다. 그 일로 해서 두 마을은 내놓고 원수지간이 되어 서로 얼굴만 맞대면 으르렁거렸다. 결국 그 숙명적인 원한이 무섭게 터지는 날이 왔다. 6·25사변이었다. 바뀐 세상의 칼자루를 잡은 것은 두말할 것도 없이 상암리 사람들이었다. 물 만난 고기처럼 상암리 사람들은 활갯짓을 요란하게 쳤다. 하암리가 쑥밭이 되었다. 옛날 동학군이 들어왔을 때의 그 정도가 아니었다. 피난길에 오르지 않은 김씨 문중 사람 여럿이 그때 죽었던 것이다.

그 여름 난리를 회상하는 자리에서는 언제나 표 선생 부친 얘기가 빠지지 않았다.

—그때, 표경철 선생 애비두 빨갱이였지유. 허지만······

붉은 완장을 차긴 했어도 속은 달랐다는 얘기였다. 다른 빨갱이들과는 달리 하암리 사람들 편을 드는 그런 입장을 취한 게 한두 번이 아니었다. 당장 죽을 사람을 발 벗고 구해주는 등 제 깐에는 하암리 사람들을 위해서 하느라고 했다는 것이다. 실상 난리 뒤에 사람들은 표 선생 부친으로부터 조금씩은 다 도움을 받은 걸 은연중 시인했다.

그러나 인심이란 묘했다. 막상 세상이 또 뒤집히고 나니까 그게 아니었다. 빨갱이에 사과고 토마토가 어디 있느냔 얘기였다. 완장을 찼으면 다 자기들에게 고통을 준 원수였다. 죄가 더 있고 없고를 따질 경황이 아니었다. 표 선생 부친이 북쪽으로 넘어가지 않고 그대로 눌러앉았다가 죽임을 당한 것도 그런 인심 속에서였다. 하룻밤 사이에 다 도망쳐버린 상암리 빨갱이들에 대한 앙심까지 엎어 표 선생 부친을 눈 딱 감고 버렸던 것이다. 그러나 막상 표 선생 부친이 죽고 나니까 하암리 사람들은 마음속에 꺼림칙한 그림자를 나누어 갖기 시작했다. 그것은 자신들이 말 한마디만 거들어주었어도 죽임까지 당했겠느냐 하는 표 선생 부친에 대한 일종의 죄책감이었다. 그러나 정작 그 죄의식이 문제였다. 그네들은 가슴속에 죄의식이 살아 오를수록 고개를 홰홰 내저었다.

　—그 망할 놈이 글쎄 봐주는 척하면서 제 욕심은 다 채웠다니까.

　이처럼 표 선생 부친에 대한 적개심을 불러일으키려 했다. 심지어는 표 선생 부친이 생전에 했던 몇 가지 비행을 과장해서 떠들어대는 일이 많았다. 오히려 표 선생 부친은 살아서보다 죽은 다음에 더 많은 죄를 짓는 꼴이 되어버렸다. 아무튼 난리를 직접 겪지 않은 마을 아이들까지도 상암리의 표태흠이란 이름은 그대로 빨갱이의 대명사가 되었다. 하암리 어른들은 그 이름도 입에 올리지 못하게 했다. 묘한 것은 상암리 사람들도 표 선생 부친에 대해서 좋은 생각을 가지고 있지 않았던 것이다.

　—망할 놈 잘 죽었지.

　이렇게 한마디로 잘랐다. 그것은 표 선생 부친을 시쳇말로 기회주의자라고 생각했던 것이다.

　표 선생의 가족이 상암리를 떠난 것도 그즈음이었다. 표 선생은 그때 상암리 사람의 아들로서는 처음으로 읍내 중학교에 다니다가 난리를 만났고 그 난리에 부친을 잃었던 것이다. 표 선생이 어머니와 함께 상암리를 떠나던 날 하암리 사람들은 얼굴 마주치기를 꺼려 아예 집 밖에 얼씬도 하지 않았다. 더 놀라운 일은 그날 표 선생 식구들이 상암리 사람들은 얼씬도 못하는 그 금단의 길인 김씨 문중 사당 앞을 당당히 지나갔던 일이다. 어린 표 선생이 그렇게 우겼는지 아니면 남편 잃은 표 선생의 어머니가 그렇게 한 것인지 그것은 아무도 알 수 없는 일이다. 어떻든 그들은 사당 앞 향나무가 늘어선 길을 걸어 나갔다. 그러나 하암리 사람 누구 하나 그 일에 대해서 시비를 걸지 않았다.

그러나 몇 년 후 표경철 선생이 다시 하암리에 모습을 나타냈을 때 김씨 문중 사람들은 가슴이 덜컥 내려앉았다. 뭔가 심히 심상찮았던 것이다. 표경철 선생이 하암국민학교의 교사로 부임해 왔다는 사실도 그랬지만 표 선생 부인이 바로 하암리 김씨 문중의 여자였기 때문이다. 하암리에 살다가 난리 전인가 읍내로 이사를 가 소식을 모르게 된 귀밑터댁의 외딸이 바로 표 선생의 부인이었기 때문이다. 귀밑터댁은 청상과부로 지내다가 상암리 남자와 눈이 맞았다는 이유로 결국 집안사람들한테 내쫓김을 당했던 것이다. 그때 데리고 나간 외딸이 표경철 선생의 처가 되어 나타났으니 마을 사람들이 놀랄 수밖에.

그렇게 두 마을에서 모두 내쫓김을 당한 집의 자식들끼리 부부가 되어 다시 마을에 나타났다는 사실이 하암리 사람들의 자존심을 상하게 만들었다. 곧 두 사람의 출현은 이때까지 그 누구도 범할 수 없는 김씨 문중의 권위에 대한 정식 도전이라고밖에 볼 수 없었던 것이다. 더구나 표경철 선생 가족은 몇 년 전 마을을 떠날 때 상암리 사람들 누구도 지날 수 없는 사당 앞 길을 당당히 걸어간 오만불손한 사람이 아니었던가.

어떻든 표경철 선생은 상·하암리 사람들이 어떻게 보든 상관치 않고 제 일에만 매달렸다. 모범 교사로도 알려졌다. 그들

부부는 하암국민학교 근처에 방 하나를 얻어 살았다. 상암리 청년들이 표 선생과 어울려 하암 장터에서 술을 퍼마시는 게 가끔 눈에 띄었다. 유판석이와 최진혁이가 바로 그 사람들이었다. 표 선생은 하암리 청년들과도 어울리고 싶어 했다. 4H클럽에도 자진해 나가 일을 돕고 싶어 했다. 그러나 하암리 청년들은 어른들 눈치를 보며 뒤로 피했다. 사실 하암리 사람들도 세상이 많이 변해 자기들의 생각이 시대에 맞지 않는다는 것을 모르지 않았다. 그러나 그네들은 하암리 김씨 문중이 이제까지 당당하게 이룩하여 전승해온 하암리적인 권위가 허물어져 내릴 것 같은 위구심에 전전긍긍했다. 그네들은 더욱 몸을 도사리고 이 거북스러운 틈입자의 거동에 온통 신경을 곤두세우지 않으면 안 되었다. 더구나 나이 많이 든 사람들은 자기들 가슴에 어두운 그림자를 남긴 채 죽은 표태흠의 아들에게 자신들의 귀한 자식을 맡겨야 하는 기막힌 운명 앞에 껄끄러운 한숨을 몰래 내뱉었다. 어떻든 표경철 선생이 나타남으로 해서 상·하암리는 다시 팽팽한 적대감으로 맞서기 시작한 것만은 분명했다.

그 갈등이 노골적으로 나타난 것은 사 년마다 한 번씩 있는 국회의원 선거 때였다. 초대부터 김씨 문중을 등에 업은 김광모 의원이 출마하면서 그의 정적들이 하암리 김씨 문중과 사이가 나쁜 상암리 사람들을 이용하기 시작했던 것이다. 김광모 의원의 정적들이 항상 배후에서 상암리 사람들을 충동질한다고 하암리 사람들은 생각했다. 이번 봄 선거의 후유증이 예상외로 큰 파문을 몰고 왔던 것도 결국은 상암리 사람들을 앞세운 정적의 농간으로 김광모 의원의 측근들은 알고 있었다.

표경철.

박 경사는 15일자 신문 사회면에서 눈을 떼며 끄윽 트림을
했다. 트림이 나오고 나면 잠시 동안은 배 속이 거뿐한 느낌이
었다. 그러나 곧 더 거북한 상태로 배 속에 가스가 차 숨쉬기조
차 거북해진다. 표경철 선생—박 경사의 눈에는 아직 한 번도
얼굴을 못 본 표 선생의 얼굴이 선연히 잡혀 들었다. 어쩌면 오
늘쯤 이 마을에 나타날 것이 분명한 그의 얼굴이 그처럼 선연
한 모습으로 잡혀 드는 것은 웬일일까. 얼굴이 깡마르고 눈이
빛나는 한 사내의 꽉 다문 입이 그를 향해 다가오고 있었다.

누가 내 아내를 죽였소?

내 아내 몸에서 나왔다는 그 종이쪽지를 찾아내시오.

어쩌면 그것은 유판석이와 최진혁의 얼굴이 합쳐진 것이었
는지도 모른다. 그러나 박 경사는 고개를 저었다. 그 깡마르고
입을 앙다문 얼굴은 유판석이나 최진혁의 얼굴과는 너무나 닮
은 데가 없었다. 박 경사는 거듭거듭 트림을 했다. 나오지 않는
트림을 억지로 해서라도 속을 덜 거북하게 하고 싶었기 때문이
다. 누굴까, 어째서 생전 처음 보는 얼굴이 그처럼 선연하게 머
릿속에 떠오르는 것일까.

박 경사는 문득 표경철 선생이 십여 년 만에 결코 아름다운
추억이 있을 수 없는 고향 산천을 찾아오던 그날의 모습을 상
상해보았다. 역시 마을에서 추방당한 여자의 딸과 부부가 되어
찾아든 그 끈질긴 집념의 줄은 어디에 뿌리를 둔 것일까. 자기
육친의 고향, 그 치욕적인 죽음의 현장에 돌아와 그가 해 보일
수 있는 일은 도대체 무엇이란 말인가. 아버지, 표경철 선생은

그 난리 때 죽은 자기 아버지를 어떤 모습으로 가슴에 담고 있는 것일까.

아버지. 박 경사는 작은 소리로 아버지란 세 음절을 입에 올려보았다. 그는 어렸을 적 아버지란 낱말을 단 한 번도 소리 내어본 기억이 없었다. 그처럼 아버지에 대한 기억은 아득하고 막막한 것이었다.

그가 아버지를 마지막으로 본 것은 열 살 나이의 가을밤이었다. 오줌이 마려워 문득 잠이 깼다. 등잔불 불빛 아래 시커먼 그림자를 벽에 얼룽거리며 앉아 있는 남자. 더럭 무서움이 앞섰다. 실로 오랜만에 보는 아버지였지만 조금도 반갑지 않았다. 열 살 어린 소년의 가슴속에 살아 있는 아버지는 아무 때나 이렇게 남 앞에 나타날 수 없는 그런 쫓기는 사람이었던 것이다. 혼자 있을 때 그는 곧잘 아버지의 얼굴을 떠올려보길 좋아했다. 그것은 크고 옳은 것을 위해 숨어 다니며 간 곳마다 신화를 남기는 항일투사로서의 그런 장하고 의연한 얼굴이어야 했다. 그러나 그날 밤 등잔 불빛에 드러난 아버지의 모습은 한낱 밤을 타 한 여자를 만나러 온 일개 범부의 평범한 얼굴이었다. 어머니가 불을 껐다. 아직도 아버지는 그 자리에 앉은 채 침묵을 지키고 있었다. 어머니의 가만히 몰아쉬는 한숨 소리가 들렸다. 오줌도 누었겠다. 이제는 잠이 들어야 할 텐데 점점 눈이 말똥말똥해졌다. 그는 몹시 갑갑증을 느꼈고 그럴 때마다 몸을 뒤척거렸다. 가슴이 답답했다.

─불을 켜게. 이놈 얼굴을 한 번 더 보고 싶네.

아버지가 나지막하게 말했다. 어머니가 부스럭부스럭 황을 찾아 등잔에 불을 댕겼다. 그러나 그는 잠이 든 척 눈을 지레 감고 돌아누웠다. 문득 이마 위에 크고 따뜻한 것이 와닿았다. 그것이 아버지의 손이라고 느끼는 순간 설핏 잠에 빠져들었다. 그러나 그가 아침에 눈을 떴을 때 아버지는 보이지 않았다. 그리하여 그는 그 밤의 기억을 꿈이라고 생각했다. 그날 이후 그는 아버지의 얼굴을 보지 못했던 것이다. 그의 형들마저도 아버지가 집에 나타나는 걸 몹시 겁내고 있었다. 일본 순사의 끄나풀이 집에 나타날 때마다 그의 형들은 자신들의 아버지가 어디에선가 죽었다고 말했다. 그가 도시의 중학교에 나가 공부하던 열다섯 살인가 되던 해에 또 한 번 아버지가 집에 다녀갔다는 얘길 형들한테서 전해 들었다. 해방되기 두 해 전이었다. 그리고 아버지의 소식은 영영 끊겨버렸다. 그러나 해방이 되었을 때 그의 아버지는 많은 사람들의 입에 오르내렸다. 그 소문의 늪은 깊고 거칠었다.

 ─시상에, 시상에 이게 무슨 일이냐?

 어머니가 땅을 쳤다. 발을 뚝 끊고 그의 가족을 피해 다니는 이웃 사람들을 향해 그의 형들이 이를 갈았다.

 사람들 입에 오르내리는바 박 경사의 부친은 이미 항일투사가 아니었다. 항일투사로서의 박우재 씨가 아니라 일본 관헌의 밀정으로 전락해버린 반역자였을 뿐이다.

 박우재 씨와 함께 행동했다가 해방 바로 한 해 전에 검거되어 옥살이를 하던 사람들의 입에서 나온 얘기였다. 박우재 씨와 함께 행동했다는 그 사람들의 이름이 세상에 파다하게 알려지고 있었다. 박우재 씨가 배반을 했기 때문에 그들은 일본 관헌에게 체포되었고 그로 인해 해방과 함께 일약 독립투사의 예우를 받게 된 그들이었다. 그들의 주장에 의하면 박우재 씨와 함께 대동아전쟁이 막바지에 이르렀을 때 어떤 비밀 결사의 단원으로서 그들은 만주로 수송되는 조선 징용병들을 탈출시키기 위해 국경 근처에서 열차 전복을 모의했다는 것이다. 그것이 거사 직전 박우재 씨의 배반으로 성사되지 못한 채 검거되었다는 것이다.

박 경사는 아버지가 배신자의 낙인이 찍힘으로써 그들 가족이 당해야 하는 수모를 차마 견딜 수가 없었다. 이제까지 남편이 나라를 위한 크고 옳은 일에 매달려 비록 가정은 버렸을망정 언제고 남편의 이름은 만세에 남으리란 기대 하나로 젊은 시절을 욕되게 보내야 했던 어머니가 허망하게 무너져 내리는 것을 그는 보았다. 이제나 그제나 묵묵히 아버지 대신 농사일만 해온 형들마저 아버지가 던져준 배신의 덫 앞에 넋을 잃고 가슴을 떠는 모습에서 그는 절망의 깊은 늪을 보았다. 그러나 다행인 것은 그의 어머니가 서서히 일어서기 시작한 것이다. 지어미 가슴에 박힌 지아비의 환상은 그렇게 쉽게 허물어질 수 없는 것이었다.

—느덜 아버진 절대로 그런 분이 아니여.

그네는 분연히 부르짖었다. 아버지가 배신자일 수가 없다는 어머니의 확고한 부르짖음에서 박 경사는 자신의 가슴속에도 뭔가 하나의 확신이 싹트고 있음을 어렴풋이 깨달을 수 있었다. 이십 년 가까운 세월 가정을 버리면서까지 항일운동을 해온 아버지가 끝판에 가서 그렇게 쉽게 동지를 배반했을 리가 없다는 확신이었다.

박 경사가 경찰에 투신한 것도 자신의 가슴속에 살아 있는 하나의 확신을 좀 더 완전한 것으로 해두고 싶은 강렬한 욕구 때문이라고 할 수 있었다. 박 경사는 경찰에 들어가 두 사람을 알게 되었다. 오도민 씨와 김광모 의원이었다.

—내가 자네를 거기 보낸 건 자네 부친을 생각해서였네.

박 경사의 후견인을 자처하는 오도민 씨가 공치사를 했다. 오도민 씨는 박 경사와 동향인이었다. 박 경사 아버지와 불알 친구라고 했다. 그는 박 경사의 집안 내력에 대해서도 뜨르르 알고 있었다. 박 경사 역시 오도민 씨 집안이 그의 고향에서 잘 알려진 집안이란 걸 진작부터 알고 있었다. 사실 그의 말대로 아버지와 둘도 없는 친구였는지도 모른다고 생각했다. 그러나 두 사람은 전연 다른 길을 걸어온 사람들이었다.

박 경사의 아버지가 나라를 찾겠다는 일념으로 가정과 일신의 안일을 버리고 이십여 년 숨어 산 인생인 반면, 오도민 씨는 집안이 일본 사람들과 손을 잡았기 때문에 떵떵거리며 호의호식한 사람이었다. 그는 해방 후에도 계속 경찰에 남아 꽤 높은 자리까지 올라갔다가 어떤 명예롭지 못한 일로 수년 전 물러난 뒤 김광모 의원의 선거구에 눌러앉아 그대로 선거 참모의 일을 해오는, 읍에서는 다 알아주는 실력자였다. 산판업에다, 버스 회사 중역에다, 재력도 읍내에서 굴지였다.

—글쎄, 내 말대로 거기 들어가 한 일 년 열심히 뛰어보게. 다 그만한 보람이 있을 거니 말이여.

박 경사가 읍내 경찰서에 있을 때 오도민 씨가 하암 지서로 갈 것을 권유했던 것이다. 자기의 힘이 아니면 그 좋다는 자리를 어떻게 꿈이나 꿀 수 있겠느냐고 공치사를 하면서였다. 물론 오도민 씨를 먼저 찾아간 것은 박 경사 자신이었다. 어렸을 적 자신의 아버지와 죽마고우였다는 그를 통해서 아버지에 대한 어떤 실마리를 풀 수 있을 것 같은 기대 때문이었다. 그는 아버지의 실체를 만지고 싶었고 어머니가 말하는 것처럼 '느 아버진 절대루 그런 분이 아니여'란 확신을 좀 더 구체적인 것으로 해두고 싶은 욕구가 있었다. 애초 진실되고 신뢰할 수 있는 백성의 한 공복이 되어 보다 크고 옳은 것을 위해 보탬이 되는 삶을 가지려는 자신의 뜻에 하나의 꿋꿋한 심지를 꽂고 싶었던 것이다. 바꾸어 말하면 그것은 마음 한구석에 그을음처럼 남아 쉽게 지워지지 않는 아버지에 관한 그 께름한 과거를 씻어내는 일이었다.

—물론 나도 자네 부친께서 그런 비열한 짓을 했으리라곤 믿지 않네. 문제는 자네 부친의 생사일세.

—돌아가셨을 겁니다.

박 경사는 쉽게 결론지었다. 해방이 되고도 단 한번 소식이 없는 아버지의 생사 문제 같은 건 실상 그렇게 중요한 것이 아니었는지도 모른다.

—글쎄나, 자네 부친께서 살아 계신다면야 가타부타 훤해질 거구먼서두……

오도민 씨는 박 경사가 혹시나 해서 집요하게 캐들자 그런 식으로 얼버무렸다. 그러나 무슨 생각을 했는지 그가 무릎을 탁 쳤다.

—마침 잘됐네. 나 역시 자네 부친 문제에 대해서 알아볼 일이 있던 참이거든. 어쩌면 자네의 힘이 필요할는지도 몰라.

—뭡니까, 오 사장님? 제가 할 일이 뭡니까?

아버지의 실체를 만질 수 있다면 그는 무슨 일이든 해낼 수 있을 것 같았다.

—아닐세. 그렇게 서두를 건 없구, 여하튼 자네 부친의 명예 회복을 위한 일이라는 것만 알고 있으면 되네.

그는 의미심장하게 말미를 사렸다. 뭔가 손에 잡힐 듯한 기대로 박 경사는 가슴이 설렜다.

—당신, 빽 한번 좋았어.

박 경사가 하암 지서를 책임 맡고 나가게 됐을 때 그의 동료들은 질시에 찬 말로 그를 빈정거렸다.

—박 경사, 이번 선거만 끝나면 대번 서울로 전출이 될 거구먼.

—그거야 뻔할 뻔자 아닌가 말이야. 하암리 김광모 의원 문중 동네거든.

—그것뿐인가. 오도민 씨와 김광모 의원이 합자로 하는 산판이 거기 수두룩하단 말씀이야. 가만히 앉아만 있어도 돈 봉투가 서랍에 그득하게 쌓이는 데지.

그러나 박 경사에게 동료들의 그런 야유와 선망이 뒤섞인 말 같은 건 문제가 되지 않았다. 어디에 있든 그는 자신의 직권이 부당한 일에 잘못 쓰이는 일 같은 건 결코 없으리란 확고한 신념을 항상 마음에 다지고 있었기 때문이다. 그에게 중요한 것은 아버지의 실체를 만져 확인하는 일이었다. 그것이 아무리 오랜 방황과 깊은 실의의 강이라 하더라도 그는 가슴에 그것을 담을 수만 있다면 자신의 영화 같은 건 쉽게 버릴 수 있을 것 같았다.

하지만 박 경사가 하암 지서에 부임해서 제일 먼저 부닥친 일은 그를 당혹하게 만들기에 충분했다.

선거였다. 그는 선거에 관계되는 긴급 전통과 극비로 통하는 문서상의 공문을 매일 여러 건 접수했고 또 그 지시대로 시행해야만 했다. 더 힘이 든 것은 지시 사항에 대한 결과 보고였다. 믿을 수 없는 통계와 사태 파악의 허위 보고. 그것은 그에게 견딜 수 없는 괴로움이었다. 물론 그러한 일들은 한 개인의 의사와는 무관하게 내려오는 상급 기관의 일방적 지시와 그것을 이행해야 하는 말단 관리로서의 극히 사무적인 일들이긴 했어도 그의 괴로움은 매한가지였다. 자신의 가슴에 몰래몰래 키워온 아버지에 대한 그 확신의 빛이 점점 바래지는 것 같은 두려움이었다.

상급 기관에서의 긴급 전화 외에도 이삼일에 한 번씩 오도민 씨로부터 극비의 연락을 받아야 했다. 상·하암리는 물론 우촌면 일대의 동향과 어떤 예견되는 사태에 대한 숨김없는 정보 제공이었다.

―자네의 힘으로 어떻게 할 수는 없겠는가?

이처럼 박 경사 스스로가 선거에 관여해주길 강요하기도 했다. 더 뭣한 것은 오도민 씨의 산판 근황까지 체크해 올려야 할 경우였다. 심지어는 영림서 직원이 아무 날 아무 때 나갈 것이니 가능하면 적당한 구실로 따돌려 보내라는 지시도 했다. 그럴 때마다 박 경사는, 그건 제 소관이 아닙니다, 라는 말로 일축해버리곤 했지만 동료들이 자기의 뒤통수를 쏘아보고 있는

것 같아 얼굴이 홧홧 달아올랐다. 그는 동료들의 얼굴을 제대
로 쳐다볼 수가 없었다. 이제까지 자기의 내부에 쌓아온 모든
것이 산산이 부서져 한꺼번에 와르르 무너져 내리는 느낌이었
다. 민중의 지팡이가 되어 마음의 충일을 얻으려 했던 자신의
마음속 중심이 흔들리면서 그는 어깨에 맥이 풀렸다. 부끄러움
이었다. 그의 그러한 부끄러움을 남들은 소심증이니, 성취동기
가 낮아서 그러니, 무능해서 그렇다느니 일방적으로 결론지어
말하곤 했다.

　―적게 먹고 적게 싸는 거야.

　박 경사는 자신의 무능을 가끔 남들 앞에 보란 듯이 내보여
그것을 짐짓 자랑삼고 있는 자신을 발견할 때가 있었다. 그에
게 그것은 또 다른 기만이었고 자기를 기만한 그 몇 배의 부끄
러움이 그를 괴롭혔다. 자신이 바라고 있는 참다운 삶이 이루
어지지 못하고 있음을 알았을 때 그는 그런 식으로 자신의 무
능에다가 책임을 돌리는 방법에 익숙해갔던 것이다.


　―그 돈을 꼭 받아야 하는 거요?

　부임해 와 며칠 되지 않았을 때 그는 실로 난처한 경우에 처
하지 않으면 안 되었다. 김 차석이 두툼한 봉투 하나를 내밀며
말했던 것이다.

　―이제부터 소장님이 맡아서 처리해주셨으면 좋겠습니다.

　―뭡니까, 이거?

　박 경사는 문득 김 차석이 새로 부임한 자기를 시험하고 있
다는 생각을 했다. 떳떳하지 못한 돈이 굴러들어오는 경로를

확인해주려고 하는 것과 아울러 지서장이 맡아 처리해도 떳떳한 것이라는 걸 일깨워주기 위한 계책처럼 느껴진 것이다.

—뭔지 알아야 할 것 아닙니까?

박 경사가 거푸 다그쳤다.

—산판 차가 하루에 이십여 대 이 앞을 통과하거든요.

김 차석이 그냥 흘려 넘기는 투로 대답했다. 정 순경이 덧붙였다.

—목상들이 놓고 간 거지요.

퍽 자조적인 어투였다.

—부정 반출을 한다는 얘기군.

—결국은 그거지요.

정 순경이 선뜻 대답하며 김 차석 쪽을 돌아다보았다. 김 차석이 매우 못마땅한 얼굴로 정 순경을 바라보며 한마디 쏘았다.

—이봐, 정 순경. 자네 그런 식으로 말할 수 있어?

—차석님, 제가 뭐 잘못 말했습니까? 그럼 그 사람들이 정당하게 나무를 실어내면서 우리한테 봉투를 놓고 가는 겁니까?

—정 순경, 그건 꼭 그래서 놓고 가는 건 아니야. 그건 오래전부터 내려오는 관례가 아닌가 말이야.

—정당한 건 아니지요.

—우리 하나만 그걸 안 받는다고 해서 그런 일이 없어지는 건 아니야.

—모르겠어요. 저 역시 그 돈 여태껏 받아먹었으니까 할 소리가 없긴 하지요. 그러나 아무래도 마음이 찜찜해 견딜 수가 없어요.

—그럼 정 순경은 마음이 찜찜해 견딜 수 없고 우린 그렇지 못하다 그런 얘긴가?

　—고만두세요. 남들이 들으면 무슨 큰 내란이나 일어난 줄 알겠습니다.

　박 경사도 그들이 티격태격하는 문제에 대해 이곳에 부임하기 전부터 다 알고 있었다. 산판 목상들이 파벌목을 반출하기 위한 부정 반출의 경로는 이미 세상에 널리 알려진 사실이었던 것이다. 벌목 허가를 받은 몇 배의 나무를 베어놓고 그 원목에다가 가짜 철검인을 만들이 찍는가 하면, 반출 허기량이 훨씬 넘는 그 나무를 빼내기 위한 반출증 사용에서의 그 '눈감아주기'는 50년대 말 산판의 생리를 조금만 아는 사람이면 척 들어오는 얘기였다. 박 경사는 그러한 일이 바로 자신의 당면한 현실이라는 사실 앞에 우선 당혹하지 않을 수 없었다.

　—그 돈을 꼭 받아야 하는 거요?

　그렇게 질문해놓고 박 경사는 그 말이 얼마나 허황된 질문이라는 걸 곧 깨달았다. 그 돈을 받지 않으면 반출증 체크를 철저히 해 부정 반출을 일절 용납할 수 없다는 본때를 보여주든가 아니면 그냥 얼렁뚱땅 모르는 척 통과시키는 방법밖에 더 묘한 수가 있을 수 없었기 때문이다. 돈을 받고 안 받고 그런 것은 나중 일이었다.

　—우리 원칙대로 해봅시다. 뒤 책임은 내가 다 지겠소.

　박 경사는 결단을 내렸다. 그가 할 수 있는 대답은 그것뿐이기도 했다.

　—결국 산판 차를 통과시키지 말란 말이군요.

김 차석이 고개를 빳빳하게 쳐들고 말했다.

—정당하게 반출하는 거야 어떻게 통과를 안 시키겠소. 내 얘긴 철저하게 단속을 해보자는 것뿐이오.

—알겠습니다. 소장님 말씀대로 철저하게 해볼 수밖에요.

김 차석이 콧방귀를 날리듯 가볍게 대답했다. 그리고 짐짓 딴전을 부렸다.

정 순경이 말했다.

—소장님, 그런데 그게 그렇게 쉽지가 않으니까 문제지요.

—원칙대로 하는 거야.

정 순경이 하고자 하는 말의 뜻이 헤아려졌지만 박 경사는 우정 그의 입을 막기라도 하듯 고집스럽게 말했다. 그러나 정 순경은 계속했다.

—사실 그동안 우리도 수차에 걸쳐 부정 반출을 적발해서 차를 묶어놨거든요. 그러나 어림도 없지 뭡니까. 읍에서, 시에서 당장 내보내라고 호통이 이만저만이 아니라니까요. 소장님, 먼 저 소장님이 옷을 벗지 않으면 안 된 게 뭣 때문인지 아세요?

박 경사는 대답하지 않았다. 자기의 전임자인 그 사람이 뇌 물수수죄로 입건되어 애를 먹더니 결국은 옷을 벗고 만 사실을 그는 알고 있었다. 재수 없게 걸린 거지 뭐. 동료들이 그 사람 을 동정해서 말했다. 아니야, 열을 받았으면 일곱쯤은 위로 올 려야 했어. 그걸 혼자 꿀떡한 거지 뭐. 상납의 원리를 터득하 지 못한 죄지. 열을 받아 일곱을 올리면 그 일곱을 받은 사람은 다섯을 위로 올리고 다섯을 받은 사람은 셋을 올리고—이렇게 하는 피라미드식 상납 원리 아래서는 결코 문제가 터지지 않는

다 했다. 밑바닥의 돌 하나를 빼내려면 연쇄적으로 윗부분 전체가 무너지게 마련이라는 것.

—참 우스운 일이지요, 글쎄……

정 순경이 계속했다.

—글쎄, 먼저 소장님은 원리 원칙대로 한다고 차를 묶어놨던 것인데 우습게도 파면당한 이유가 부정 반출을 눈감아주고 돈을 받았다는 거지요. 목상들이 모함을 한 거지요. 그 통에 우리도 혼났다구요. 그 소장님이 우리 몫까지 다 뒤집어썼기 때문에 무사하긴 했지만요.

—정 순경, 전임 소장님을 옹호하는 건 좋지만 사실을 그런 식으로 은폐하는 건 옳지 않아.

딴전을 피우고 있던 김 차석이 더 못 참겠다는 듯 껴들었다.

—사실대로 말씀드리자면 이렇습니다. 먼저 소장님 태도가 옳지 않았다 그겁니다. 그 사람들이 봉투를 놓고 갈 때는 모른 척했다가 엉뚱하게 단속을 한다고 설칠 때는 우습지도 않았지요. 그걸 그 사람들이 어떻게 받아들인 줄 아세요? 목상들은 돈을 더 내놓으라는 협박으로 생각했던 거예요. 우리가 곁에서 봐도 그랬으니까 그 구렁이 같은 목상들이 그냥 내버려두겠어요.

—자, 그만들 둡시다.

박 경사가 말을 자르고 나섰다. 지나간 얘기 더 듣고 싶지도 않았다. 김 차석이 손톱에 날을 세워 자신을 할퀴고 있다고 생각했다. 김 차석도 정 순경도 그에게 하나의 벽이긴 매한가지였다. 자신이 누구를 깊이 신뢰할 수 없는 것처럼 그는 남들이 자기를 신뢰하지 않는다는 것을 알고 있었다.

박 경사는 어떤 높은 벽 앞에 선 자신의 왜소한 모습을 보았다. 난 무능해. 난 용기 있는 사람이 아냐. 나같이 무능한 사람은 그런 어마어마한 일에 도전할 자격이 없다구. 내가 하지 않아도 이 세상에는 내가 하고 싶었던 일을 능히 해줄 수 있는 사람이 많아. 그때 문득 작은 지혜 하나가 그의 옆구리를 꾹꾹 찌르며 한쪽 눈을 찡끗했다.

—어떻든 그 일은 입때껏 김 차석이 맡아서 잘해온 모양이니까 이후로 김 차석이 알아서 하는 게 좋을 것 같소.

—네, 그렇게 하시는 게 좋을 것 같군요. 소장님은 아직 이곳 실정을 잘 모르니까.

좀 연장인 정 순경이 곁에서 거들어주었다. 박 경사는 자기 책상 위에 놓인 봉투를 김 차석에게 넘겨주었다.

—좀 잘 봐주시오.

박 경사가 항복의 뜻으로 웃으면서 말했다. 김 차석이 좀 멋쩍어하면서 사무실을 휘 둘러보았다.

다행스러운 일은 산판에서 나무를 실어 나르는 목상들이 모든 걸 눈치껏 해줌으로써 자신에게 직접적인 마음의 부담이 오지 않는다는 것이다. 김 차석 또한 유능했다. 박 경사는 그 봉투의 돈이 삼분의 이쯤 관례에 따라 상납되고 있다는 사실을 알고 놀랐다. 모든 것이 닦인 길을 따라 비공식적으로 지극히 자연스럽게 이루어졌다. 그는 그 일로 해서 뜻하지 않은 치사도 많이 들었다. 그것은 유혹이었다. 근자에 와서는 이러한 박 경사의 무너짐을 눈치챈 목상들이 그가 있는 데서도 공공연히 봉투를 던지고 갔다. 그럴 때마다 박 경사는 흠흠 헛기침으로 딴전을 피웠다.

박 경사는 자신이 그 유혹의 늪에 빠져 그 늪의 유영을 야금 야금 즐기기 시작한 사실을 잘 알고 있었다. 하암 지서에 부임해 와 한 달도 채 못 되어 서울 김광모 의원의 부름을 받고 상경했을 때부터 그 유영은 시작되었다고 봄이 옳았다. 그때 그는 김광모 의원과 단둘이 마주 앉았다. 김 의원은 시설이 좋은 호텔 방을 사무실로 쓰고 있었다. 양담배를 내밀며 김 의원이 말했다.

—자네 부친께서 항일운동을 하신 훌륭한 분이란 길 내 다 알고 있네.

느닷없이 던져오는 말에 박 경사는 당혹했다. 그러나 곧 그는 모든 걸 분명히 해둘 필요를 느낀다.

—큰일을 하고 사신 것만은 분명하지만 돌아온 것은 그게 아니었습니다. 아버지가 동지들을 배신했다는 그런 소문 말입니다.

—알고 있네. 그래서 자넬 부른 걸세.

박 경사의 가슴이 뛰기 시작했다.

—무슨 말씀이신지요?

—자네, 그런 생각을 해본 적이 없나? 자네 부친의 누명을 벗겨야 하겠다는 생각 말일세.

박 경사가 어리둥절해 있자 김광모 의원이 입가에 엷은 미소가 번졌다.

—얘기는 간단하네. 자네 부친께서 동지들을 배신했다고 하는 그 모함을 한번 밝혀보지 않겠느냐 그거지.

—모함이 아니라 그것이 사실일는지도 모른다는 생각을 해왔

습니다.

─자넨 불효자군. 도대체 왜 그런 생각을 하게 됐나?

─증거가 없기 때문입니다.

─그렇군. 그건 자네 말이 맞네. 자네 부친이 배신자라고 주장하는 사람이 몇 명 있긴 하지. 더구나 당사자인 자네 부친은 아직 생사도 모르니까 말이야. 그러나……

김광모 의원은 박 경사의 얼굴을 한참이나 바라보다가,

─그러나 자넨 이 시간부터 생각을 고쳐먹어야 하네. 자네 부친은 동지들을 배신하지 않았어. 배신자는 오히려 그놈들일세. 자네 부친의 생사가 확인되지 않자 그것을 이용해서 자신들이 한 일을 확대 과장하기 위해 자네 부친을 판 거야.

박 경사의 가슴은 더욱 거세게 뛰었다.

─말씀해주십시오. 지금 하신 말씀이 사실입니까?

─더 말할 거 없네. 중요한 것은 내가 자네 편이 되어 자네를 돕고 싶다는 거야.

박 경사는 어깨에 힘이 빠져 내렸다. 왜, 무엇 때문에 이 사람이 내 편이 된다는 말인가.

한참 뒤에 김광모 의원이 입을 열었다.

─자네 이종철이란 사람 만나본 적 있나?

─이종철 씨라면 김 의원님 선거구에 이번에 함께 출마를 한 분 아닙니까, 독립투사……

─예끼, 이 사람, 그놈이 뭐가 독립투사란 말인가. 자네 정말 그놈 이종철이 정체를 모른단 말인가?

─ 잘 모릅니다.

―경찰이 임무를 게을리하고 있군.

―네?

―아닐세. 농담이야.

―그 이종철 씨하고 저희 아버님하고 무슨 관계가 있어서 하시는 말씀입니까?

―그래, 관계가 있지. 그 이종철이가 바로 자네 부친을 밀고자로 만들어낸 작자일세. 놈의 권모술수를 따를 사람이 없네. 자네 부친을 팔아 제 잇속을 차리고도 남을 놈이지.

박 경사는 다시 가슴이 뛰기 시작했다. 아버지와 함께 이마를 맞대고 민족을 위해 항일운동을 벌였을 그가 바로 지금 선거구를 돌며 유세장에서 선동적인 언변으로 김광모 의원의 아성을 허물어 내리고 있는 이종철이라니. 어쩌면 예상을 뒤엎고 그가 당선될는지도 모른다는 얘기가 쉬쉬 나돌았다.

'이종철 후보의 언동에 위법 사항이 나타나는 즉시 보고하도록'. 위에서 내려오는 공문 중에 그런 구절도 끼어 있었지만 박 경사는 그에 대해서 별 관심을 보이지 않았던 것이다.

―자세히 말씀해주십시오. 어떻게 그걸 아셨습니까?

박 경사는 헐떡거렸다. 그러나 김광모 의원은 서두르지 않았다. 파이프에 잎담배를 담아 누르며 그가 말했다.

―자네 마음먹기에 달렸네. 그놈의 정체를 만천하에 드러내 보인 다음 자네 부친이 뒤집어쓴 누명을 벗기는 걸세.

―어떻게, 무슨 증거로 그렇게 하는 겁니까?

―다 방법이 있네. 우선 모든 일은 자네 부친과 죽마고우였던 오도민 씨가 다 알아서 도와줄 걸세. 이종철이 그놈이 자네

부친을 모함했듯 우리도 그놈의 허상을 깨뜨리고 그 실체를 만천하에 공개하는 거야. 자네 부친을 위해서 이제 자네가 나설 때가 온 거야.

—저는 아무것도 모르고 있습니다.

—몰라도 좋아. 오히려 모르는 게 좋을 걸세. 오도민 씨가 시키는 대로만 하면 되는 거야. 내 말뜻 알아듣겠나?

박 경사는 대답할 수가 없었다. 김광모 의원과 자신의 후견인으로 행세하는 오도민 씨의 속셈이 한 번에 석연하게 잡혀들자 가슴이 떨렸다. 천 길 낭떠러지로 곤두박질쳐지는 낭패감이었다.

그러나 문득 박 경사는 마음 한편에서 서서히 고개를 쳐드는 유혹의 손을 보았다. 아버지를 위해서, 어머니가 확신하고 있는 아버지의 실상을 살려내기 위해서 자식이 힘을 보태지 않으면 그것을 또 다른 누가 할 것인가. 그는 마음 밑바닥에 어떤 기꺼움 같은 게 벌렁벌렁 숨쉬기 시작한 걸 알고 있었다. 어쩌면 아버지는 김광모 의원의 말대로 배신자가 아니라 오히려 그들에게 배신을 당한 그런 억울한 입장일는지 모른다는 생각이었다. 그 억울함을 자식이 나서서 큰 소리로 외쳐 아버지의 결백을 주장한다—그렇게 해야 마땅할 일이다. 김광모 의원과 오도민 씨와…… 그 순간 박 경사는 한 사람의 웃는 얼굴이 머리에 떠올랐다. 자기 자신의 얼굴이었는지도 모른다. 어쩌면 아버지 얼굴 같기도 했다. 열 살 때 밤눈을 떴을 때 등잔불 곁에 앉아 있던 아버지의 얼굴에다가 방금 전 머리에 그려진 웃는 얼굴을 겹쳐보았다. 그러나 박 경사는 고개를 설레설레 흔들었다. 아버지의 웃는 얼굴을 본 적이 없었다. 그에게 아버지의 웃는 얼굴이 보인다는 것은 하나의 치욕이었다. 크고 옳은 것을 위해 일한다는 신념을 가진 사람은 결코 그런 웃음을 웃을 수 없는 일이라고 그는 못 박아 생각했다.

  ―저는 지금 아버지의 실상을 찾고 있을 뿐입니다. 만들어진 아버지가 아니라 있는 그대로의 아버지를 찾고 싶습니다.

  ―내 제의에 대한 거절의 뜻인가?

  ―그렇습니다. 저는 아버지에 대한 일은 저 혼자 해내야 한다고 생각합니다.

  박 경사는 김 의원의 얼굴에 불쾌한 그늘이 지는 걸 역력히 알 수 있었다. 그늘은 곧 낭패스러운 얼굴로 바뀌어갔다.

  박 경사의 가슴에 한 가닥 두려움이 끼어들었다. 그러나 그 두려움보다 몇 배의 큰 희열이 어금니에 지그시 씹히고 있었다.

  ―알겠네. 자넨 역시 오도민 씨 말대로 똑똑한 사람이군. 도움이 필요하면 언제나 찾아오게나.

  김광모 의원은 역시 정치가였다. 쉽게 포기할 줄 아는 게 더 큰 것을 얻을 기회라는 걸 그는 알고 있었던 것이다. 사실 박 경사는 불현듯 그의 앞에 무릎을 꿇고 매달리고 싶은 충동을 억누르기 힘들었다. 자식으로서 떳떳한 아버지를 가지고 싶은 게 뭐가 죄란 말인가. 일생을 치욕 속에 사는 어머니와 형들에게 자랑스러운 아버지를 보여주고 싶었다.

  ―이거 여비세. 딴생각 없이 받아주면 고맙겠네.

  박 경사는 그가 내미는 봉투를 엉겁결에 받아들었다.

  김 의원이 말했다.

—하암린 내 출생지일세. 특히 거기는 우리 문중과 늘 사이가 좋지 않게 지내는 상암리 사람들이 있다는 걸 명심하게. 늘 말썽이 생기는 데야. 법을 어기면서까지 내 일을 봐달라는 얘긴 아닐세. 다만 말썽이 크게 번지지 않게만 자네가 힘써주었으면 하는 거야.

그러면서 그는 손을 내밀었다. 박 경사는 그에게 손을 잡힌 채 자기의 몸이 형편없이 작아지는 느낌이었다.

하향하는 차 속에서 김광모 의원한테 받은 봉투를 열어보고 박 경사는 많이 놀랐다. 자신의 한 달 봉급의 약 세 배쯤 되는 액수였다. 그는 문득 자신이 경찰에 투신하여 이때까지 보아온 수많은 하급 관리들의 그 박봉 속에서의 꿋꿋한 절조를 생각했다. 그가 모시고 있던 한 상급자는 어김없이 도시락을 싸가지고 다니며 민폐를 끼치는 그 어떠한 일도 용납하지 않았다. 박 경사는 그에게서 청렴결백한 관리상을 보았다. 생활고에 시달려 가족과 함께 삶을 포기한 동료도 있었다. 박 경사가 달려갔을 때 그 집의 차가운 방바닥에 다섯 식구가 나란히 누워 있었다. 저녁으로 먹은 듯싶은 밀 수제비국이 반 그릇쯤 남겨져 방 한구석 상 위에 놓여 있었다. 그 동료는 '살기가 힘들다'는 짤막한 글을 남기고 있었다. 그의 아내가 신병으로 오래 앓아누워 있었기 때문에 그의 삶이 더욱 어려웠을 것이다. 어떻든 박 경사는 분노를 느꼈다. 부정한 일에 눈을 번들거리는 동료에 대한 분노였다.

박 경사는 차 속에서 소화제를 먹었다. 꼭꼭 트림이라도 하고 싶었던 것이다.

—자네 김 의원께서 제안한 걸 거절했다며? 방금 서울서 전화가 왔네.

—거절이 아니라 제가 할 수 있는 일이 아니었습니다.

—무슨 얘긴가, 자네 부친의 누명을 벗기는 데 자네가 협조할 수 없다는 건?

박 경사는 대답하지 않았다. 대답할 성질의 것도 아니었다.

—자네 출세하기 싫다는 거군.

—저는 지금 이대로가 좋습니다.

—지금 이대로가 누구 덕택인데 그런 소릴 하나?

박 경사는 안주머니에서 그 봉투를 꺼내놓았다.

—김 의원께서 여비나 하라고 주셨는데 아무래도 봉투가 바뀐 것 같습니다.

—이 사람, 이거 덜떨어졌군.

오도민 씨는 박 경사가 내놓은 봉투의 내용을 살펴보며 한심하다는 듯 혀를 찼다.

—이 사람아, 이런 건 남한테 내보이는 게 아냐. 자네 부인한테나 가지고 가 자랑을 할 것이지.

—오 사장님께서 맡았다가 돌려주셨으면 감사하겠습니다.

—부담 가질 일이 아니니까 안심하고 넣어두게. 누구를 위해서 일한다는 생각보다 바로 자네 자신을 위해서 힘이 닿는 데까지 일하면 되는 거야. 기회란 그렇게 흔한 게 아닐세. 자넨 이 기회를 놓쳐서는 안 되네.

오도민 씨는 자기를 위해서 일 해달라는 얘기만은 하지 않았

다. 죽마고우 아들의 장래를 걱정하는 그의 얼굴은 결코 밝지
못했다. 박 경사가 끝내 그 봉투를 놓고 일어섰던 것이다. 그가
앉은 채 방을 나서는 박 경사한테 한마디 던졌다.

　─자넨 역시 대단하구먼. 이까짓 걸 먹고 먹었다는 소린 듣
기 싫다, 그거 아닌가?


　외등 주위에 몰려든 날벌레들의 어지러운 난무는 여전했다.
더 많은 날벌레들이 모여들어 서로 엉겨 돌았다. 좀 전까지 그
큰 몸체를 사정없이 부딪쳐가며 날뛰던 나방은 이제 보이지 않
았다. 지쳐 떨어졌겠지. 그 나방처럼 사는 게 굵고 짧게 사는
걸까. 박 경사는 혼자 웃었다. 그 나방처럼 격렬한 삶을 정말
잠시라도 누리고 싶다는 충동이 불쑥 치민 것이다. 어쩌면 아
버지가 누린 일생은 저 나방과 같이 짧고 격렬한 것이었는지도
모른다는 생각이 들었다.

　박 경사는 일어나 실내등을 껐다. 거기도 하루살이 비슷한
날벌레들이 새까맣게 달라붙어 있었기 때문이다. 좀 있으면 그
날벌레들이 모두 현관 외등을 행해 날아갈 것이다. 그러나 그
는 더 기다리지 않고 외등 스위치마저 내려버렸다. 그는 칠흑
같은 어둠 속에 우뚝 서 있었다. 쏴아 정적이 밀려와 그를 형
체도 없이 녹여버리는 것 같았다. 비로소 그는 시커먼 어둠 저
쪽 산자락을 지나는 바람 소리를 들었다. 지서와 가까운 논에
서 개구리가 듣그럽게 울어댔다. 불을 켜고 앉았을 때는 전연
귀에 들리지 않던 소리들이 한데 뒤섞여 들렸다. 마을 장터 비
석거리 쪽에서 유선 방송을 통해 연속방송극이 흘러나오고 있

었다. 이제 그 연속극이 끝나면 마을 노인들이 비석거리 느티나무 아래로 바람을 쏘이러 나올 것이다. 그들은 모여 앉으면 지난 이야기들을 나눴다. 마을에 들어와 소를 잡아먹던 동학군 얘기, 자기들이 기대앉은 비석을 더듬으며 8열사가 만세를 부르던 기미년 얘기, 더 가깝게는 일제 말기 상암리 사람들과 아옹다옹 다투다가 해방되던 해 두 마을이 맞붙었던 마을의 역사가 서리서리 풀려 나왔다. 할아버지를 따라 나온 애들은 반딧불을 잡으며 할아버지들이 말하는 상암리 사람들에 대한 적대감정을 자신도 모르는 사이에 야금야금 키우고 있을 것이다. 실상 학교에서도 두 마을 아이들의 사이가 썩 좋지 않다는 얘기들을 했다.

—국민학교 선생들도 아주 골치래요. 하암리 학부형을 만나면 상암리 사람들 욕을 하고 상암리 사람들은 하암리 사람들을 헐뜯고…… 하여튼 큰 문제라구요.

언젠가 정 순경이 두 마을이 공동으로 놓아야 하는 은백내 다리 공사장에서 벌어진 싸움을 말리러 갔다가 돌아와 하는 얘기였다. 그들은 애초부터 중간을 지키는 것, 서로가 서로를 이해하려는 화해의 실마리를 거부한다는 것이다.

—살이 꼈다고 하던가, 왜 처음부터 모든 게 안 맞는 부부가 있잖아요. 꼭 그런 꼴이야요. 우리나라도 그 꼴이지 뭡니까.

—우리나라?

—남과 북이 그렇지 않아요?

—그거완 경우가 다르지.

—다를 게 없어요. 결국 마찬가지예요.

박 경사는 문득 어머니의 말이 생각났다. 다른 사람들은 다 참고 사는데 늬 아버진 참 이상두 했다. 그렇게 일본 사람들을 미워할 수가 없었다. 어쩌다 한번 집에 들를 때도 일본 사람들 욕을 하며 이를 부득부득 가는구나. 그 사람들이 왜 그렇게 밉수? 내가 그렇게 늬 아버지한테 물었잖겠니. 그랬더니 늬 아버지가 내 뺨을 후려치더구나. 눈에 불이 번쩍하더라. 그놈들하곤 피가 다른 게여. 피 다른 놈들한테 우리 민족이 얽매여 지내는데 왜 밉지 않단 말이야. 늬 아버진 그런 사람이여. 피가 다른 일본놈 밑에 사느니 차라리 죽는 게 낫다구 하시더니만…… 박 경사는 꽤 커서까지 어머니의 그 말에 깃든 아버지에 대한 연연한 그리움과 훌륭한 남편을 가진 지어미의 그 자랑스러움을 깨닫지 못했다.

—상암리와 하암리처럼 남북은 기름과 물입니다.

—기름과 물?

—그래요. 저쪽과 우린 근본적으로 달라요.

—그럴까?

—우선 사고방식부터 달라요.

—사고방식부터가 아니라 사고방식만 다른 게 아닐까?

—그럴지도 모르겠군요. 그러나 피를 따지는 건 구세기적 생각이에요. 피보다 강한 게 이념인 시대에 우린 살고 있어요.

—그건 정 순경 자네 생각인가?

—일반적으로 그렇다는 겁니다.

—그럼 간단하잖아, 그 이념과 사고방식만 뜯어고치면 되니까 말이야.

—그게 어디 쉬운 일입니까.

—쉽진 않지만 불가능한 건 아니잖은가?

—맞아요. 제 생각이 바로 그겁니다. 완전한 평행이 아닌 이상 두 선은 언제고 만날 지점을 가지고 있지요.

박 경사는 정 순경의 말에 고개를 끄덕였다.

—그렇다면 말이야. 어떡하는 게 남과 북이 빨리 화해를 해 다시 하나가 될 수 있는 길일까?

—방법이 하나 있긴 합니다.

—뭔데?

—당분간 양쪽에서 서로의 존재를 망각하는 겁니다. 서로 의식하지 않는다, 그거지요. 아무것도 보지 말고 또한 아무것도 듣지 않는 겁니다.

—그리고?

—서로에 대한 불신, 그 불신으로 생기는 증오를 최소화하는 일입니다. 그러나 어른들은 그게 안 돼요. 어린아이들부터 싹 새로 시작한다 그겁니다.

—뭘 말인가?

—가르치는 거지요. 키가 큰 사람은 나쁘고 작은 사람은 좋다, 이런 극과 극의 대비라든가 양자택일을 강요하는 교육이 아닌, 안과 겉을 동시에 보여주는 상대적 사물 평가의 올바른 안목을 길러주는 겁니다. 또한 키가 큰 사람과 키 작은 사람의 삶이 주종의 관계가 아닌 대등한 입장에서 만나 그 힘이 합쳐졌을 때의 창조력 같은 걸 가르쳐야 합니다. 이런 가르침에서 가장 멀리해야 할 것은 독선과 한 개인 우상화입니다. 절대 권

한, 절대 추종이 우리의 미래를 얼마나 어둡게 하는가를 가르쳐야 합니다. 그리고……

정 순경이 열을 올렸다. 그는 더 많은 걸 얘기하고 싶어 했다. 그러나 박 경사는 중간에서 그의 말을 잘랐다.

—그렇다면 정 순경 자신은 어떤 세댄가?

—그야 물론 나 같은 건 희생 세대가 되어야 마땅하죠. 남북이 하나가 된다면 나는 지금보다 더 나은 생활을 할 것인가 아니면 더 못한 형편이 될 것인가 그런 거나 염려하고 있거든요. 남북이 하나가 되어 자기의 안일이 허물어질 것 같은 두려움을 갖고 있는 사람들이 너무 많아요. 옳고 큰 것을 위해 자기를 버릴 수 있는 용기 있는 사람들이 많지 않다, 그겁니다.


박 경사는 어둠 속에 팔짱을 낀 채 우두커니 서 있었다. 옳고 큰 것을 위해 자신과 가정까지 다 버렸던 아버지를 생각하고 있었다. 그러나 그에게 보이는 건 아무것도 없었다. 오직 어둠과 산자락을 스치는 바람 소리와 가까운 논에서 나는 개구리 울음소리뿐……

"아니 어떻게 된 겁니까? 왜 불을 전부 끄고 계시는 거예요?"

정 순경이 현관 저쪽 어둠 속에서 목소리만 보내왔다.

박 경사는 외등에 불을 넣었다. 정 순경이 정복 차림으로 신작로 한가운데 서 있었다.

"애가 경기가 났어요. 저 탑골 한약방에 가 약 좀 사가지고 올 거니 조금 더 봐주십시오, 소장님."

정 순경이 비석거리 쪽으로 총총히 사라지며 남긴 말이다.

박 경사는 실내 전등을 켰다. 어느새 현관 외등에 날벌레들이 모여들기 시작했다. 누군가 불쑥 지서 안으로 들어섰다. 김 차석이 남방셔츠 차림으로 이마에 땀이 번들거렸다. 몹시 급한 걸음으로 달려온 양 숨까지 가쁘게 몰아쉬었다.

"그 사람, 여기 안 왔었어요?"

"그 사람이라니?"

"표경철이 말입니다."

"표경철 선생?"

"맞아요. 그 사람이 지금 장디 변씨네 가게서 술을 먹고 있다니까요."

박 경사는 가슴이 덜컥 내려앉는 느낌이었다. 머리를 곱게 빗은 채 혀를 빼물고 왜갈봉 중턱 노송에 매달려 있던 표 선생 부인의 얼굴이 떠오른 것이다. 그 일로 해서 자신이 겪은 곤욕스러웠던 일이 새삼 신음처럼 씹혔다. 뭔가 굉장히 낭패스러운 일이 자신을 향해 다가오고 있다는 그런 예감으로 가슴이 떨렸다. 그러나 그는 애써 태연한 얼굴을 했다.

"여기 신문에 났더군. 8·15 특사로 풀려났다고. 석방됐으니 고향에 돌아왔을 거 아니오."

"하지만 그 법이 돼먹지가 않았다니까요. 사람을 죽인 놈을 겨우 이 년 징역을 시키고 풀어주다니 말이나 됩니까."

김 차석은 지금 하암리 대변자 같은 소릴 하는군, 박 경사는 그렇게 얘기하고 싶은 걸 참았다.

"그건 정당방위였고, 과실 치사야. 더구나 그 사람은 그때 교사로서의 임무를 수행하던 중이었어."

"마치 표 선생 변호인이라도 되시는 것 같은 말씀을 하시는 군요. 소장님은 그때 여기 계시지도 않았습니다."

김 차석이 볼멘소릴 했다.

"보지 않았어도 뻔한 일이 아닌가. 그 사람은 당연한 일을 했을 뿐이야."

"사람을 죽인 일이 당연하다는 얘깁니까?"

"아니지. 그 사건이 있기 전에 그가 했던 일 말일세."

"그게 어째서 당연하다는 겁니까? 거길 지나가면 말썽이 생길 걸 뻔히 알면서도 고의로 그런 짓을 한 겁니다. 일부러 싸움을 걸어온 겁니다."

"그게 잘못된 생각이네. 지금 세상에 어느 곳을 성역화해놓고 여길 법하면 안 된다. 그게 말이 되나."

"소장님, 지금 소장님 위치에서 그런 식으로 우리 하암리 김씨 문중을 비난해야 옳습니까?"

"우리끼리니까 하는 얘기 아니오."

박 경사는 어조를 누그러뜨리며 웃어 보였다. 김 차석의 얼굴이 온통 벌겋게 달아 있었다. 상·하암리 사람들은 다 이랬다.

"소장님, 좀 안된 얘기지만 앞으로 표 선생의 입장을 옹호하는 그런 태도 표명은 안 하시는 게 좋을 것 같습니다."

협박인가. 왜, 김광모 의원의 출생지고 그의 성역이기 때문인가. 그렇게 윽박질러주고 싶은 걸 박 경사는 눌러 참았다. 동료로서가 아닌, 김씨 문중을 대변해서 나오는 그와 더 맞서보았자 감정만 격해질 뿐이라는 생각을 했기 때문이다. 그러나 백번 양보해도 박 경사는 표경철 선생이 그때 한 일이 결코 틀렸다곤 생각할 수 없었다.

표경철 선생은 그날 상암리 사람들이 지나갈 수 없는 하암리 김씨 문중의 사당 앞을 지나갔던 것이다. 그것도 칠십여 명에 이르는 상암리 아이들을 인솔해서 당당하게 그 금단의 지역을 통과했던 것이다. 잘 가꾼 향나무가 길옆으로 그림처럼 도열한 사당 앞을 지나갈 때 칠십여 상암리 아이들은 '전우의 시체를 넘고 넘어, 앞으로 앞으로……'란 군가까지 요란하게 불러댔던 것이다. 그냥 그렇게 지나가기만 했어도 언젠가 표 선생이 가족과 함께 고향을 떠날 때 그 사당 앞을 지나갔듯 아무런 일도 없었을는지 모른다.

문제는 그날 그 앞을 지나가던 아이들이 사당까지 올라가 사당 벽에 불경스런 낙서를 했는가 하면 어떤 놈은 기둥에다 오줌까지 갈겼던 것이다. 6·25 전쟁 중에 세상이 바뀌었을 때도 상암리 사람들 스스로가 그곳을 지나기 꺼려했을 만큼 오랜 세월 속에서 금단의 지역으로 못 박혀버린 곳이었다. 그런 금단의 지역을 무단히 침입하여 그런 불경스런 짓을 하도록 내버려둔 표 선생에 대한 분노는 대단했다. 하암리 사람들은 기가 넘을 정도로 흥분해서 날뛰었다. 표경철 선생이 하암리에 들어온 뒤 눈엣가시처럼 거북해하던 사람들이라 막상 일이 터지자 건잡을 수 없게 감정들을 폭발시켰다.

―그놈이 일부러 어깃장으로 그런 거여!

―맞아. 그놈이 우릴 우습게 알고 그랬다니까.

―제 애비 복수를 할려고 기어든 놈 아닌가. 내 그럴 줄 알았지!

하암리 노인들은 표경철 선생이 상암리에서 돌아오는 길목을 지키고 서 있었다. 몇 다혈질의 장년들은 몽둥이까지 들고 나왔다.

표 선생은 날이 어둑해져서야 상암리에서 터벌터벌 돌아왔다. 나이 많은 노인 한 사람이 표 선생의 멱살을 잡고 뺨을 쳤다. 몇 사람이 더 달려들어 삿대질을 하며 욕을 퍼댔다. 표 선생이 멱살을 잡혀 매를 맞으면서 몇 마디 변명을 하긴 했다. 그 전날 비가 많이 내려 상암리 입구의 개울물이 많이 불어 하급 학년 아이들은 아예 학교도 나오지 못한 날이었다. 아침나절에 다시 비가 내렸고 하학 시간에는 그 개울을 건너기 어렵다는 전갈이 왔다. 물론 산비탈을 끼고 돌아서 가는 길이 있긴 했다. 그러나 그날 아이들 하학 지도를 맡은 표 선생 생각에는 그 산 비탈 길이 우중에 미끄러워 더 위험하다고 판단되었던 것이다. 개울을 건너지 않고도 상암리로 들어갈 수 있는 사당 앞길을 이용하기로 작정했다. 불가피한 상황인데 어떠랴 싶었는지 아니면 이 기회에 터부처럼 되어온 그 좋지 못한 생각을 깨뜨려 볼 요량이었는지 그것은 아무도 몰랐다. 어떻든 표 선생은 칠 십여 명 상암리 아이들을 모아 그 사당 앞을 지났던 것이다. 어떤 각오가 되어 있었던 듯 표 선생은 그날 저녁 멱살을 잡혀 뺨을 맞으면서도 별 저항을 보이지 않았다. 그리고 자기 인솔 부주의로 아이들이 사당 벽에 낙서를 한 일 등, 김씨 문중에 욕이 된 일이 있었음을 솔직히 시인하면서 용서를 빌었다. 그러나 그런 표 선생의 사과가 귀에 들어올 리가 없는 하암리 노인들이었다. 노인 하나가 담뱃대로 표 선생의 머리통을 후려쳤다.

그 순간 표 선생은 자기 멱살을 쥔 노인네를 냅다 뿌리쳐 던졌다. 그 노인네가 땅바닥에 넘어지면서 뇌진탕을 일으켰던 것이다. 표 선생이 꼼짝없이 살인범이 되어버린 내역이었다. 하암리 사람들이 표경철 선생한테 하나같이 불리한 증언을 했을 것은 분명했다.

"이 사람, 몇 신데 이렇게 안 나오는 거야."

김 차석이 사무실 안을 서성거리며 신경질적으로 중얼거렸다. 아근인 정 순경을 두고 히는 얘기였다. 박 경사는 애기가 경기가 나 한약방에 약을 사러 간다고 탑골로 가던 정 순경 얘기를 해줄까 하다가 그만두었다. 김 차석에게 그런 얘기가 귀에 들어갈 리가 없다고 생각한 것이다. 그의 머릿속은 온통 표경철 선생으로 꽉 차 있을 것이기 때문이다.

"뭐 별일도 없는데 천천히 나와도 좋다고 내가 아까 말했소."

박 경사는 짐짓 심술스러워지는 자신을 발견했다. 아니나 다를까, 김 차석이 곧장 반문했다.

"소장님, 별일이 없다니요? 지금 표경철이가 장거리에 와 있다는 걸 우습게 보심 안 됩니다."

"왜, 그때 사건 조사 때 위증이라도 했나?"

"소장님, 농담하지 마십시오. 표경철일 잘 몰라서 그러시지만, 까딱하다간 크게 당합니다."

"아니, 그 사람이 무슨 난동이라도 부릴 것 같아 그러오?"

그럴 가능성이 충분히 있다는 생각을 하면서 박 경사는 짐짓 가볍게 물었던 것이다.

"지금 표경철이가 누구하고 술을 마시고 있는지나 아세요?"

"하암 학교 선생님들이겠지."

"그게 아닙니다. 아까 여기 왔던 사람들이에요."

"여기 왔던 사람들이라니?"

박 경사가 시치미를 뗐다.

"정 순경이 얘기 안 했군요. 유판석이하고 최진혁이 말입니다."

"그 사람들하고 표 선생은 어릴 때부터 친구라면서?"

"그냥 친구로 만난 게 아니라구요. 유판석이 그놈들 성질을 몰라서 그러시는 겁니까?"

박 경사는 끄윽끄윽 시원치 않은 트림을 억지로 만들어냈다. 역시 소화제를 가지고 나오는 건데 잘못했다는 생각이었다. 트림이 나오는 단계가 지나서 이제는 배가 뿌듯하고 숨이 답답한 증세까지 왔다.

"김 차석, 그 표 선생, 학교에 복직은 어렵겠지?"

박경사는 자신이 생각해도 엉뚱한 걸 묻고 있었다.

"소장님, 그 사람 취직시켜주시려구 그러십니까?"

"김 차석, 그 사람들이 그렇게 두렵소?"

박 경사는 자신의 말이 김 차석에게 불쾌감을 줄 것을 알면서도 그렇게 묻고 있는 자신에 대해 놀라지 않을 수 없었다. 내가 지금 속이 몹시 불편해서 그러는 거야. 소화제를 먹어야 하는 건데, 그는 자신에게 그렇게 변명하고 있었다.

"소장님, 참 이상하십니다. 뭔 말씀을 자꾸 그렇게 하십니까. 내가 왜 그 사람들을 두려워한다는 얘깁니까?"

김 차석이 몹시 불쾌한 얼굴로 다그치고 있었다.

"김 차석, 도대체 왜 표경철 선생 부인이 자살한 것 같소?"

김 차석이 어이없다는 듯 그의 얼굴을 뻔히 쳐다보다가 되물었다.

"새삼스럽게 왜 그런 건 물으시는 겁니까?"

"그 죽은 여자의 남편이 왔잖은가. 표 선생이 찾아와 자기 부인이 왜 죽었느냐고 캐묻는다면 어떻게 하겠소?"

"경찰이 한 여자가 왜 자살을 했는지 그 이유까지 반드시 알아야 힙니까? 디구나 그 여자는 미친 상태였습니다."

"바로 그거요. 우리는 왜 그 여자가 미쳤는지 그것도 모르고 있었단 말이오."

"그걸 우리가 꼭 알아야 한단 말씀인가요?"

"알아야 했소. 더구나 그 여자는 죽었지 않소. 한 가정의 파탄이 생기는 걸 막는 게 우리 경찰이 해야 할 임무가 아니겠소."

"저는 지금 공자님 말씀을 듣는 기분이군요."

김 차석이 빈정거렸다.

전화벨이 찌룩찌룩 울렸다. 군대에서 쓰던 야전용 전화기가 김 차석 책상 위에 있었던 것이다. 수화기를 든 김 차석이 악을 쓰듯 그렇게 높은 목소리로 잔화를 받았다. 감이 먼 것으로 미루어 읍에서 면사무소 교환대를 경유해서 이어지는 장거리 전화가 분명했다.

"소장님 받으십시오. 읍에서 온 겁니다."

수화기를 넘겨주는 김 차석의 얼굴에 묘한 웃음이 고물고물 떠돌고 있음을 박 경사는 놓치지 않았다. 그는 뒤통수에 화끈한 열기를 느끼면서 전화를 받았다. 생각했던 대로였다. 오도민 씨였다.

"어, 자넨가? 별일 없었지? 딴 얘기가 아니구 말이야, 자네 부친 일에 대해서 의논할 게 있으니까 내일모레쯤 한번 나오게. 어, 뭐라구? 무슨 얘기냐구? 이 사람아, 그런 얘길 어떻게 전화로 한단 말인가. 자네 말이야, 공치사 같지만 내가 자네 부친 일로 얼마나 신경을 쓰고 있는지 알고나 있나? 독립투사 하나 만들어내는 게 그렇게 쉬운 일인 줄 알았다간 큰일 나네. 더구나 요즘 이종철 후부가 낙선 분풀이로 아주 까놓고 자네 아버지 이름을 팔고 다닌다 이거야."

오도민 씨는 감이 먼 전화 속에서 더 길게 너스레를 떤 다음 말을 이었다.

"그건 그렇고 말일세, 오늘 거기 우리 산판 차 일곱 대 들어갔지? 응, 그래그래, 안 나왔을 거야. 이따가 말이야. 우리 차 거기 나오거든 말이야, 그 차주 중에 심씨라고 있어. 그래, 내가 쓰고 있는 사람인데 말이야. 그 심씨한테 읍에 나오거든 나를 꼭 보고 가라고 하란 말이야. 다른 게 아니고 말이야, 경기 도경에서 선거가 끝난 뒤에 단속이 강화됐다는 거야. 오늘 밤에 비상이 걸렸다 그거야. 그러니까 그냥 올라가지 말고 나한테 먼저 들러야 한다, 하란 말이야. 이봐, 자네 뭔 얘긴지 알겠나? 꼭 전해야 하네. 내 청평 지서에두 연락해놓겠지만 말이야."

박 경사는 수화기를 던지듯 내려놓고 의자에 털썩 주저앉았다. 가슴이 답답했다. 이젠 만들어 하는 트림마저 나오지 않았다. 그는 현관의 외등에 모여든 날벌레를 바라보면서 심한 혐오감을 느꼈다. 외등이 밝힌 아주 작은 공간을 찾아 저처럼 무의미한 난무를 벌이는 그들 하루살이의 생리가 싫었다. 외등 저쪽 무한한 어둠 속에서 헤아릴 수 없을 만큼 많은 날벌레들의 보이지 않는 그 외로운 비상을 생각할 때 그는 가슴이 눌린 듯 암울하고 삭연한 기분에 휩싸였다. 그는 보이지 않는 어둠 속 벌레가 갖는 외로움을 느꼈다.

아버지. 그는 마음속 깊은 데서부터 아버지를 살려 올리고 있었다. 아버지를 만지고 싶었다. 그것이 실상이든 가상이든 그분의 모든 것을 속속들이 만지고 싶었다. 아버지 그분만은 이 암울한 늪에 빠져 허덕이는 자신을 건져 올릴 수 있을 것 같은 확신이 가슴에 싹터 올랐던 것이다.

"표경철 선생이 여기에 올 것 같소?"

그는 무심결에 그렇게 묻고 있었다. 장거리 변씨네 가게까지 달려가 그를 만나보고 싶다는 말만은 차마 입 밖에 낼 수 없었던 것이다.

"소장님, 그 사람이 무서워서 그러세요?"

김 차석이 싱긋 웃으며 말했다. 아까 당한 데 대한 화풀이가 된 양 그는 헤벌쭉 웃고 있었다. 박 경사는 대답 대신 심호흡을 하며 바른손의 엄지와 검지 사이를 아플 정도로 꾹꾹 눌렀다. 그런 지압 방법이 소화 기능을 도와주는 경우가 많다는 걸 그는 오랜 경험을 통해서 익히고 있었던 것이다. 그러나 좀체 트림은 나오지 않았다. 큰 트림 한 번만 해도 가슴이 확 뚫릴 것 같은데 아무래도 트림은 나올 기색이 아니었다.

정 순경이 들어서고 있었다. 그 역시 이마에 땀을 흘리고 있었다.

"어때, 애기는 좀……"

뭔가 대단한 얘기를 떠벌리려는 양 서두는 정 순경을 향해 박 경사가 먼저 물었다.

"괜찮아요. 경기엔 영사가 좋다고 해서 사다 먹였더니 아주 깨끗이 나았어요. 그런데 말이지요……"

그는 허둥거리며 사무실 한구석 음료수대 위에 놓인 주전자에서 물을 따르며 계속했다.

"표경철 선생이 온 거 모르시지요?"

김 차석이 정 순경을 향해 내쏘았다.

"알고 있어! 이 사람아, 그걸 알고 있는 사람이 그래 인제 나온단 말이야?"

"약 사러 탑골에 갔었다니까요. 글쎄 말입니다. 표 선생이 장거리서 술을 먹고 있다잖아요. 그래 내가 밖에서 들여다봤거든요. 유판석이들하고 술을 마시면서 표 선생이 엉엉 울더라니까요. 사람들이 쑤군거리데요. 뭔 일이 꼭 생길 것 같다는 거지요. 글쎄 최진혁이가 팔뚝을 걷어붙이고 술상에다가 칼을 꽝꽝 꽂더래요. 내가 봤을 땐 그런 칼 같은 건 없었지만 분위기 하난 으스스하데요. 하암리 사람들은 표 선생 패들이 난동을 부리면 당장 집어넣는다구 기세들이 또 대단하더구먼요. 정말 그러다가 뭔 일이 안 터질지 모르겠네요."

박 경사는 더 견딜 수가 없었다. 가슴을 주먹으로 쿵쿵 쳐보았지만 헛일이었다.

"또 소화가 안 되시는 모양이죠?"

정 순경이 물었다.

"정 순경. 아까 낮에 산판에 차 몇 대 들어갔지?"

"거기 일지에 체크했잖아요. 모두 일곱 대 들어갔어요. 전부 수작골 산판으로 간다데요."

"됐어. 혹시 나 없을 때 그 차 나오거든 붙잡아둬. 나 집에 들어가 약 좀 먹고 나올 거니까 말이야."

"네?"

정 순경과 김 차석이 동시에 그의 얼굴을 쳐다보았다.

"절대 통과시키지 마."

그는 현관을 나와 어둠 속으로 들어섰다. 멀리 장거리 쪽 불빛이 어둠의 눈처럼 반짝이고 있었다. 어둠 속에 서자 그런대로 밤바람이 얼굴에 괜찮게 스쳤다. 장거리 어둠 속에서 개 짖는 소리가 시골의 여름밤을 흔들고 있었다.

"어디 아파 그러세요?"

집에 들어서자 그의 아내가 놀란 얼굴로 쳐다보았다. 박 경사의 얼굴에 땀이 비 오듯 흐르고 있었던 것이다. 그는 아편쟁이가 그렇듯 집 안 여기저기를 서둘러 뒤지기 시작했다. 읍에 나갈 때마다 약방에서 소화제를 사다가 먹었던 것이다. 그러나 소화제는 어느 곳에도 보이지 않았다.

"여기 뒀던 약 어디다 치웠어?"

그가 신경질적으로 물었다.

"어제 보니까 빈 통만 있던데요. 그래서 버렸는걸요. 또 소화가 안 되는가 보죠? 아까 저녁에 밀국수 잡순 게 좋지 않았나 봐요."

그의 아내가 징징 우는 소리로 말하며 탑골 한약방에 가 약을 사 오겠다고 일어섰다. 그는 아내를 나가지 못하게 했다. 그리고 아내 앞에 손을 내밀었다. 그의 아내가 익숙한 솜씨로 엄지와 검지 사이를 눌러 주무르는 지압을 시작했다. 기분이겠지만 그렇게 하면 가슴에 좀 시원한 느낌이 왔다. 박 경사는 아내의 생활에 쪼들린 얼굴을 쳐다봤다. 남처럼 많은 것을 갖지 못해 안달하거나 남이 가진 것을 시샘할 줄 모르는 소박한 여자였다. 월급 외의 돈을 들여가면 그것을 받아 들고 얼굴을 붉히며 가슴을 떨었다. 몇 달이 지나도 그 돈에 손을 대지 못한 채 그것으로 해 아예 괴로워하는 여자였다. 지서 소장 부인이라고 이웃들이 따돌림할 것이 두려워 항상 팔소매를 걷어붙이고 남의 집 허드렛일까지 거들어주고 싶어 하는 아내—박 경사는 손을 주무르는 그네의 얼굴을 쳐다보면서 가슴에 잔잔한 감동을 받았다. 그것은 새삼 고마움을 느낄 때 갖는 그런 감동이었다. 그는 문득 자신의 모든 것을 아내에게 의지하고 싶은 생각이 되었다. 그는 그것이 뭔지 몰라도 아내를 붙잡고 한없이 이야기하고 싶은 충동을 받았다. 가톨릭 신자가 고해를 하기 위해 신부를 찾는 심정이 이해될 것 같았다. 뭔가 자기의 삶에 끼어들어 삐거덕거리는 것을 엄마가 아이들 이를 뽑듯 그렇게 매몰차게 제거해줄, 신비와 사랑을 가진 손을 그는 바라고 있었는지도 모른다. 그는 마디가 굵고 거친 아내의 손을 내려다보았다. 그 순간 아주 거침없는 트림이 크게 터져 나왔다. 그처럼 가슴이 시원할 수가 없었다.

"이제 됐소."

그는 이제까지 한 번도 그렇게 해보지 못한 일을 했다. 그것은 아내의 그 거친 손을 다잡아 쥔 것이다. 손을 빼내며 얼굴을 마치 소녀처럼 발갛게 물들이는 아내를 향해 그가 말했다.

"당신은 농사꾼의 아내가 돼도 끄떡없겠는걸."

그네는 어리둥절한 표정을 하면서도 여자들 특유의 민감성으로 눈에 일순 불안을 보였다. 그는 어차피 절망을 한번쯤 안아야 할 일이라면 아예 일찍부터 길들여지는 것도 괜찮으리란 비장한 생각을 했다. 그러나 중요한 것은 지금 자신의 가슴이 그 한 번의 트림으로 해서 바람 없는 날 호수의 수면처럼 잔잔하게 가라앉고 있음을 자각하는 일이었다.

"애들 모기에 물리지 않도록 해."

그는 서둘러 일어섰다. 먼 데서 들려오는 차 소리를 들었던 것이다. 아닌 게 아니라 상암리 쪽에서 산판 차들이 나올 때마다 그 헤드라이트 불빛이 지서 앞 왜갈봉에 번뜩번뜩 와닿곤 했는데 그가 방문을 열고 나서자 지금 불빛이 보였던 것이다.

그는 서둘러 지서로 들어섰다. 정 순경은 정복을 입은 채 문턱에 의자를 끌어다 놓고 앉아 바람을 쐬고 있었고 김 차석은 책상에서 뭔가 쓰고 있었다.

산판 차가 장거리쯤 이르러 있을 것이다. 박 경사는 벽에 걸린 전투모를 벗겨 썼다.

그러나 지서 앞에 나타난 것은 고작 한 대뿐이었다.

"어이구, 수고들 하십니다요."

얼굴이 낯익은 두꺼비란 별명의 운전수가 차에서 내려섰다. 몸이 크고 우락부락하게 생긴 사람이었다. 그 운전수는 대개 다른 사람들보다 더 빨리 차를 몰고 나왔다. 그렇지 않으면 다른 차들이 다 빠져나간 다음에야 느정느정 나오기 마련이었다. 한번은 그 차가 맨 뒤에 나와 마지막 체크를 하고 있는데 장거리 쪽에서 사람이 헐레벌떡 쫓아왔다. 산판 차 운전수가 새끼 돼지를 훔쳐갔다는 신고였다. 차를 뒤지니까 운전석 밑에 꿈틀거리는 게 있었다. 자루 속에 새끼 돼지 두 마리가 들어 있었던 것이다. 그냥 장난으로 그랬다고 뒤통수를 긁었다. 입건해야 마땅한 일이었지만 새끼 돼지를 찾은 사람이 사정하는 바람에 각서만 쓰고 훈방을 했던 이다. 정 순경이 유독 그 운전수를 싫어했다. 사람이 칙칙하게 생겨먹었다는 것이다.

그는 자동차 바퀴를 발로 두어 번씩 차 점검해보곤 성큼성큼 지서 안으로 들어섰다. 그리고 꼭 제집에서처럼 스스럼없이 한쪽 구석에 놓인 물 주전자를 찾아 그냥 꼭지를 입에 댄 채 벌컥벌컥 들이켰다.

"다른 차들은 왜 안 나오는 거요?"

박 경사는 자신의 목소리가 무척 퉁명스럽다는 것을 깨달았다.

"이제 곧 오겠지요. 꼰지리 내길 해서 내 차에 제일 먼저 실었거든요."

그는 남방을 벗어 어깨에 걸치며 다시 말했다.

"소장님, 나 저 숙직실에서 눈 좀 잠깐 붙여두 될까유?"

그 운전수는 이쪽의 대답 같은 건 아예 생각하지도 않은 물음이라는 듯 벌써 숙직실 문지방에 두 발을 덜렁 걸친 채 요란한 하품과 기지개를 하고 있었다. 그리고 벌렁 몸을 눕혔다. 정 순경이 기가 차다는 표정을 짓곤 밖으로 침을 찍 내뱉었다.

밤이 깊어질수록 외등에 모여든 날벌레 수효는 많아졌다.

다른 산판 차들이 하나둘 나타나 지서 앞에서부터 비석거리 있는 데까지 늘어선 것은 꽤 오랜 뒤였다. 그 두번째 차에 심씨가 타고 왔다. 키가 작고 퍽 교활해 뵈는 인상의 중년이었다.

"와따나, 덥구만요. 허, 이 사람 되게 설쳐쌓더니 겨우 팔자 좋게 잘려고 그랬구먼."

심씨는 그 운전수가 문지방에 발을 걸친 채 코까지 골고 있는 것을 들여다보며 말했다. 그는 내일쯤 비가 올 것 같다는 얘기에서부터 지난 선거 때의 에피소드를 주워섬기는가 하면 금세 읍내의 갈보집 여자 궁둥이 크다는 얘기까지 떠벌렸다. 차 점검을 끝낸 운전수들이 하나둘 지서 안으로 들어서기 시작했다.

박 경사는 더 기다렸다. 심씨가 반출증을 스스로 내놓을 때까지 기다려보자는 생각이었다. 서두를 일이 아닌 것 같았기 때문이다.

"또 토벌 작전이구먼."

박 경사는 내심의 초조를 감추기 위해 짐짓 정 순경을 향해 농을 걸었다. 정 순경이 또 그 바퀴벌레를 잡기 위해 책상 밑을 노려보는 일을 시작한 때문이었다.

차 정비를 끝낸 몇몇 운전수들이 지서 앞에 모여 서서 담배를 피우고 있었다. 박 경사는 그들을 모두 안으로 들어오도록 했다. 칠팔 명의 장정이 들어서자 사무실 안은 꽉 찬 느낌이었다.

"빨리 출발해야 해. 서둘러야 낼 새벽 네시 전에 망우리에 닿겠는걸."

심씨가 운전수들을 둘러보며 몸을 일으켰다. 숙직실에서 코를 골던 운전수도 크게 몸 기지개를 하며 일어나고 있었다.

박 경사는 자신의 자리에 앉은 채 말했다.

"심씨, 반출증 좀 보여주시오."

밖으로 나가려던 심씨가 멈칫 돌아서며 무슨 얘기냐는 듯 박 경사를 쳐다보았다.

"김 차석, 이 양반들 반출증 철저히 체크하도록 하시오."

김 차석과 정 순경이 동시에 박 경사 쪽으로 고개를 돌렸다. 그들은 경찰 전투모를 쓴 박 경사를 처음 발견한 것 같았다.

"상부 지시요. 요즘 부정 반출을 하는 목상들이 있다는 거야. 김 차석, 아까 읍에서 온 경비 전화 들었지요?"

김 차석이 무슨 얘기냐는 듯 어리둥절한 표정을 했다. 그러나 박 경사는 엄숙한 얼굴로 말했다.

"심씨, 어서 반출증을 보여요. 반출증 없인 나무 한 토막이라도 실어낼 수 없다는 걸 당신들도 잘 알지 않소? 내일 아침 날이 밝으면 당신들 차에 실은 원목에 찍힌 검인을 확인해보겠소. 그 검인까지 가짜 철인을 만들어 찍는다는 정보가 들어왔기 때문이오."

심씨가 싱글싱글 웃으며 박 경사 책상 앞으로 다가왔다. 사무실을 가득 채우고 선 운전수들도 흥미로워하는 그런 웃음을 만들고 있었다.

"소장님, 뭔 농담을 그렇게 하십니까? 아마 생판 모르는 데서 이런 경우를 당했다면 내 간 다 떨어졌겠시다."

그러면서 심씨는 뒷주머니를 홈척홈척 무엇인가 꺼내고 있었다. 그는 지폐 몇 장을 김 차석 책상 위에 던지듯 놓으며 말했다.

"날씨두 더운데 내일 천렵들이나 한번 하셔."

그는 박 경사를 향해 손을 한번 번쩍 쳐들어 보인 다음 운전
수들한테 나가라는 눈짓을 했다.

"잠깐!"

박 경사가 벌떡 몸을 일으켰다. 우루루 밖으로 나가던 운전
수들이 다시 안으로 들어오기를 기다려 박 경사는 다 들으라는
듯 큰 소리로 말했다.

"심씨, 나 지금 당신들하고 농담하고 있는 거 아니오. 김 차
석, 그 돈 잘 보관해두시오. 심씨가 뇌물로 내놓은 거니까, 증
인도 여럿 있고……"

운전수들이 킥킥 웃었다.

"와아 참, 농담 한번 잘하시네. 소장님, 이거 증말 왜 이러십
니까."

"반출증만 내놓으면 될 거 아니오."

"아이구 소장님, 제발 좀……"

심씨가 박 경사를 향해 허리를 굽실거리며 손을 비벼댔다.

"내놓으시오. 내가 당신하고 언제 농담했소?"

"하아 참, 다 아시면서…… 읍에 두고 왔어요, 읍에."

"심씨, 내가 어린애로 보여요?"

박 경사는 다시 자리에 앉았다. 집에서 났던 그 시원한 트림
이 또 한 번 나자 속은 더없이 편해졌다.

이쪽 기세가 그게 아니란 걸 깨달은 심씨가 이번에는 되레
정색을 하고 나왔다.

"소장님, 이 나무가 어떤 분 산판에서 나오는 건지 몰라서 그러십니까?"

얼굴에 야비한 웃음이 떠도는 심씨를 향해 박 경사가 말했다.

"잔말하지 말고 반출증 내놓으시오."

"나, 읍에 전화 한 통 쓰겠시다."

심씨가 서슴없이 경비 전화로 달려갔다.

"이봐, 당신 그 전화 놓지 못해?"

박 경사가 크게 소리치며 몸을 벌떡 일으켰다. 심씨가 기세 있게 들었던 전화기를 도로 내려놓으며 금방 곤혹스런 표정으로 바뀌,

"제발 좀 살려줍쇼. 도대체 왜 이러십니까. 즈이들이 뭘 잘못한 게 있다는 얘긴지. 김 차석님, 차석님은 아실 거 아네요?"

그러면서 그가 운전수들에게 나가 있으라는 손짓을 했다.

"나가지들 마시오. 당신들한테두 볼 일이 있으니까."

박 경사가 운전수들을 향해 말했다.

심씨가 김 차석 앞으로 다가와 은근스럽게 허리를 굽혀 귀를 들이대고 있었다. 그러나 김 차석은 얼굴이 하얗게 질린 채 담배만 피워대고 있었다. 결국 그는 심씨의 얼굴도 제대로 쳐다보지 않았다. 정 순경은 퍽 흥미 있어 하는 표정으로 일의 사태를 흘금거리며 여전히 바퀴벌레를 밟아 죽이는 일을 계속하고 있었다.

"반출증이 없다니까, 이제 당신 차들은 나갈 수 없소. 이제 그 문제는 끝난 거요."

박 경사는 그렇게 말해놓고 심씨 곁을 지나 운전수들이 서

있는 쪽으로 다가갔다. 그리고 그들에게 말하기에 앞서 김 차석과 정 순경을 가까이 불러 귓속말을 했다.

"협조해주시오. 미리 상의 못한 건 내 나중에 사과하리다."

그렇게 일러놓은 뒤 그는 일곱 명의 운전수들을 훑어보았다. 맨 뒤에 선 두꺼비란 별명의, 아까 숙직실에서 잠을 자던 운전수가 입을 크게 벌려 하품을 하고 있었다.

"보아하니 모두 일 년 전부터 여기 드나드는 분들만 오셨구먼. 아주 잘됐소. 실은 상부 지시로 조사할 게 있어 기다리던 중이오."

그는 조사서 철이 꽂힌 서류함 쪽으로 걸어가 두툼한 서류철 하나를 뽑아 들었다.

"여러분 중에 약 일 년 전 우촌면에서 이 마을로 오는 젊은 여자 하나를 태워다준 사람이 있을 거요."

박 경사는 일곱 사람의 얼굴 중에서 두꺼비란 별명의 운전수 얼굴이 변하는 것을 놓치지 않았다. 예감이 적중했을 때의 기분은 실로 묘한 것이다. 그는 가슴이 후들후들 떨렸다. 그와 동시에 그는 아— 하고 감탄사를 터뜨릴 뻔하였다. 그것은 좀 전 장거리에 표경철 선생이 나타났다는 말을 들었을 때 느닷없이 머리에 떠오른 한 사내의 얼굴이 다시 살아난 때문이다. 이제 비로소 그는 그 의문의 얼굴 모습의 임자를 찾아낸 것이다. 아버지, 몸이 깡마른데다 눈빛이 유난히 번쩍이던 아버지의 모습이었던 것이다.

"물론 그 일이 잘 기억나지 않을지도 모르오. 일 년 전이니까. 그리고 설사 기억난다 하더라도 자기가 그랬다고 쉽게 말하지 않겠지."

박 경사는 말에 좀 뜸을 들이기 위해 짐짓 서류를 뒤적이다
가 다시 말을 이었다.

"어떻든 여러분 중에 누군가 그 여자를 차에 태워주었고, 그
밤에 있었던 일로 해서 그 여자는 미쳐버렸던 거요. 그리고 그
여자는 결국 목매달아 죽었소. 결국 당신들 중에는 누군가 그
여자를 죽게 한 사람이 있다는 겁니다."

박 경사는 다시 자기 자리에 돌아가 앉았다. 자신의 목소리
가 너무나 차분하게 가라앉아 있음에 놀랐다.

"소장님, 지금 무슨 말씀을 허시는 겁니까유, 우린 도무지
무슨 얘긴지……"

그중에서 가장 나이가 든 운전수 하나가 억울하지 않느냔 뜻
의 동의를 곁에 선 운전수들한테 구하기 위해 두리번거렸다.

"다 알게 될 것이오. 그때 현장을 목격해서 그 운전수의 얼
굴을 똑똑히 기억하고 있는 사람이 나타났단 말이오. 필요할
때 본서에서 만나게 될 거요. 아니지, 법정에서 증인으로 나온
걸 보게 될 테지."

그는 서류철을 천천히 넘기며 더 나지막한 목소리로 말했다.

"그리고 그 여자가 남긴 유서도 있소. 국민학교 아이들이 쓰
는 공책장에 여자가 일의 경위를 모두 적어놓고 죽었던 거요.
그 유서가 며칠 전 발견되었소. 그것도 귀중한 증거로 제공될
것이오. 더 중요한 것은 이 모든 사실을 그 여자의 남편이 알
고 있다는 거요. 알 거요, 모두. 표경철 선생이라고 하암교 교
사…… 그 표 선생이 이 년 징역을 치르고 오늘 밤 이 마을에

나타났단 말이오. 문제는 그 사람이 당신들 중의 한 사람을 죽이고 말 거란 얘기요. 내 백번 장담하지만 표 선생은 반드시 자기 부인을 죽인 원수를 갚고 말 겁니다. 우린 경찰로서 그런 불상사를 막아야 하기 때문에 이렇게 여러분의 협조를 바라는 것입니다. 어이, 정 순경, 아직두 그 사람들 장거리에서 술을 먹고 있겠지?"

정 순경이 의자에서 일어서며 대답했다. 눈치가 빠른 사람이었다.

"아마 지금쯤은 맏고개 초입에서 기다리고 있을는지 모릅니다. 상암리 유판석이와 최진혁이도 함께 술을 마시고 있었거든요. 모두 칼을 가졌더래요."

이번에는 박 경사가 심씨를 돌아보며 말했다.

"참, 심씨, 산판에서 도벌을 하고 부정 반출을 한다는 신고를 두 번씩이나 한 사람들이 바로 그 상암리 사람들이오. 여기 그 사람들이 정식으로 제출한 신고서가 있소. 자, 보시오."

박 경사는 서류철을 심씨 앞으로 돌려놓았다. 심씨는 얼굴이 벌겋게 달아오른 채 한쪽 구석에 서서 식식거리고 있을 뿐이었다. 그의 얼굴에 낭패의 빛이 역력해 보였다.

"내일 아침 정식으로 상부에 보고하겠소. 부정 반출을 현장에서 잡았다는 걸 말이오. 물론 우리 지서에서 그동안 고의로 묵인해온 죄상도 함께 올려 법적 조치를 받을 것이오. 심씨, 상부에 보고할 보고설 오늘 저녁 작성할 것이니 협조해주시오."

박 경사는 다시 운전수들 쪽을 향해 말했다.

"추행 사건은 지금쯤 본서에서 영장이 청구되었을 거요. 그 사람을 체포하라는 지시 전통이 관할 지역에 내일쯤이면 나가게 될 것이오. 물론 표경철 선생을 만나게 되면 일이 더 크게 될 테지만 말이오. 어떻든 나도 그 사람을 알고 있지만 구속영장 없이 체포하진 않겠소. 더구나 그것은 오래전 일이고 우발적 사건이기 때문에, 그 사람이 자수만 하면 죄가 한결 가벼워질 수 있는 성질의 것이기 때문에 지금 그걸 알려주는 거란 말이오. 어이, 김 차석, 우리 아까 계획대로 도벌과 부정 반출 사건 조서를 꾸미기로 합시다. 이미 각오한 거 빨리 끝냅시다."

박 경사는 자신이 지금 거짓말을 하고 있지 않다고 확신했다. 비록 다른 동료들이 반대를 한다고 해도 그것만은 관철하고 말 것이란 생각이었다. 모든 책임은 지서장이 지기로 한다는 각오를 해놓고 있었던 것이다. 이것은 소영웅주의나 어떤 얄팍한 의미의 사회 정의를 위해서라는 말로 해석할 수 없는 일이었다. 뭔가 모르지만 그는 그렇게 해야 할 것 같은 절박감이 들었다. 중요한 것은 이처럼 위장의 기능 상태가 정상으로 돌아가 있는 바로 지금 그러한 일을 해내야 한다는 것뿐이다.

박 경사가 어리둥절해 있는 김 차석 앞으로 다가가려고 했을 때 둘러서 있던 운전수들 중에서 한 사람이 움직이고 있음이 보였다. 앞으로 나선 그 운전수가 박 경사 곁에 다가와 기어 들어가는 입엣소리로 중얼거렸다.

"소장님한테 조용히 말씀드릴 게……"

박 경사는 두꺼비란 별명의 그 허우대 좋은 운전수의 손이 가늘게 떨고 있음을 보았다. 박 경사는 그 두꺼비에게 의자를 내주고 앉도록 했다.

다음 날 저녁 도벌 및 부정 반출에 관한 보고서가 심씨와 함께 본서로 넘겨진 시간이었다. 물론 그 두꺼비란 운전수도 본서로 넘겨졌다. 실내등은 물론 외등마저 켜지 않은 어둑한 사무실에 박 경사와 그의 동료들이 침통한 표정으로 앉아 있었다. 그 침통한 분위기를 정 순경이 깼다.

"소장님, 왜 사전에 말씀해주시지 않았습니까?"

"어제도 말했지만 그 문제는 사과한다는 말밖에 할 수 없군. 정말 모두에게 미안하게 되었소."

"그 두 가지 사건이 다 상부 지시를 받고 하신 겁니까?"

정 순경이 다시 물었다.

"내 직책이 미치는 범위에서 내 양심에 따라 했을 뿐이야."

"소장님, 또 한 가지 궁금한 게 있습니다. 정말 그 유서를 가지고 계신 겁니까. 표 선생 부인이 쓴……"

"왜, 내가 거짓말을 했을 것 같아?"

그러면서 박 경사는 책상 서랍에서 흐지흐지 낡은 종이 하나를 꺼내놓았다. 김 차석만 빼놓고 모두 박 경사 책상으로 몰려갔다. 그때 왜갈봉 중턱 그 노송이 있는 현장, 죽은 사람의 스웨터 주머니에서 나온 종이가 틀림없었다. 그러나 이리저리 뒤져보아도 국민학교 아이가 썼을 게 틀림없는 조잡한 필체의 숫자만이 어지럽게 적혀 있었을 뿐이다.

"아니 이건……? 유서가 아니잖아요!"

"온통 숫자만 적혀 있다 그건가? 그래, 숫자란 참 묘한 거야. 정 순경 자네가 바퀴벌레 여섯 마리를 잡고 오륙 삼십, 삼백 마리를 잡았다고 계산하는 그런 식이 바로 숫자의 세계야. 거기 한 곳을 잘 살펴보게. 100㎥라는 숫자가 있을 거야. 산판 사람들이 몇 사이(才)라는 말과 함께 많이 쓰는 단위지. 난 거기서 힌트를 얻은 거야. 얼마 전 집에 걸어둔 여름 작업복 주머니에서 그 종이를 찾아낸 뒤부터 줄곧 표경철 선생 부인의 자살 사건을 생각해왔네. 즉, 그 여자의 죽음을 산판 사람들하고 연관시켜본 거야. 한 여자가 미치지 않으면 안 될, 그리고 결국은 자살까지 하게 된 정신적 파탄이란 어떤 것일지 이 세상의 한 남편의 입장에서 생각해보았네. 그것은 참 괴로운 일이었어."

모두들 숙연한 얼굴을 해가지고 제자리로 돌아갔다. 김 차석 혼자만 멍청한 자세로 어두워지는 바깥에 눈길을 보내고 앉아 있었다.

"김 차석."

박 경사가 나지막하게 불렀다.

"김 차석, 우리 서로 괴로워하지 맙시다. 그리고 나 그렇게 쉽게 사표는 안 쓸 거요. 책임을 회피하고 싶어 그러는 게 아니라 양심에 따라 행동하는 것이 얼마나 떳떳한 일인가를 내 자식들에게 보여주고 싶기 때문이오."

그때 김 차석이 밖에 내려 덮이기 시작하는 어둠의 깊이만큼 무거운 목소리로 말했다.

"그렇지만 소장님, 표경철 선생과 상암리 사람들이 이번 일을 통해 우리를 비웃을 겁니다. 자기네들이 무서워서 우리가……"

김 차석의 말을 박 경사가 중간에서 잘랐다.

"맞아, 우린 그들을 좀 더 진작부터 무서워했어야 옳았던 거

야. 그들 곁에 가까이 다가가 그들이 어둠 속에서 겪는 절망과
분노가 어떠한 것인가를 조금이나마 이해하려 했던들 오늘 우
리가 맞은 밤이 저처럼 무겁게 느껴지지는 않았을는지 몰라."

박 경사는 꽤 어둑해진 창밖으로 눈길을 돌리며 몸을 일으
켰다.

—밖이 어둡구나. 외등을 켜라.

그는 누군가 자기 귓가에 나직이 속삭이는 목소리를 들었
다. 그 순간 얼굴이 깡마르고 눈빛이 빛나는 한 사람의 모습이
머릿속에 선연하게 떠올랐다. 아비지. 아비지의 따스한 손길
이 자신의 머리를 짚어주던 어린 시절의 어느 밤이 보였다. 그
때 아버지가 일어나 어두워진 방에 불을 밝혔듯 박종대 경사
는 현관 외등에 불을 넣었다.

○ 1979년 『문예중앙』 겨울호

# 한국 근대사의 아버지 찾기 과제

이수형(문학평론가·명지대 국문과 교수)

## 1. 아버지와 아들의 서사

전상국 중단편전집 6권 『길·외등』에는 1982년부터 1984년까지 발표된 『길』 연작 여섯 편과 1979년에 발표된 중편 「외등(外燈)」이 함께 수록되어 있다. 1982년에 「출향(出鄕)」, 「술래눈뜨다」, 「이산(離散)」, 1983년에 「이류(異流) 속에서」, 1984년에 「허허벌판」, 「산 넘어 강」 등이 각각 독립적으로 발표되었지만, 이야기를 여는 첫 부분인 「출향」을 제외하면 『길』 연작을 구성하는 작품들은 소년에서 이십대의 청년으로 성장해가는 주인공 박덕수의 일인칭 시점으로 이루어져 있어 사건 전개나 화자의 서술에서 전체적인 일관성을 공유하고 있다. 이런 이유 때문에 『길』 연작은 1985년 단행본으로 출간될 당시 장편소설로 분류되기도 했다.

전상국의 『길』 연작은, 우선 그 스토리의 측면에서 조명하자

면, 해방 직전에서부터 4·19 무렵까지에 이르는 동안의 한 집안
의 역사라고 요약할 수 있을 것이다. 강원도 대호리라는 곳에 터
를 둔 지주의 가문으로서 오랫동안 나름대로의 안정을 누려왔던
이 집안은 일본 유학까지 다녀온 장남 태혁이 좌익 사상에 깊숙
이 물들면서부터 역사의 격랑에 휩쓸리기 시작한다. 해방 직후 공
산당에 의하여 대호리의 책임자로 임명된 태혁은 자기 집안의 재
산부터 앞장서서 몰수하는 등 열성분자로서의 진면목을 유감없이
발휘하지만 일단 공산주의 체제가 정착되고 나자 그쪽 사회의 정
석대로 숙청의 대상이 되고 말며, 그 결과로 단신 월남을 결행하
기에 이른다. 한편 북쪽 땅에 그대로 버려졌던 그의 아내와 두 어
린 자식은 1·4 후퇴 무렵에 드디어 남행길에 나서지만, 피난민
대열의 엄청난 혼란과 공포 속에서 모두 뿔뿔이 흩어지고 만다.
(……) 사실상 '길' 연작 전체가 덕수의 시점에 의하여 통일되고
있는 셈이다. 이처럼 근 이십 년에 걸친 세월의 흐름을 배경으로
잡으면서 하필이면 그 속에서 자라나는 소년의 시점을 전면에 내
세웠다는 것은 작가가 이 연작에 성장소설의 성격을 부여하고자
했다는 것을 의미하는 현상에 다름 아니다.[1]

　　단행본 『길』의 해설에서 이동하는 이 작품을 실향민 소설이
자 세태소설인 동시에 가장 주요하게는 성장소설로 설명한 바
있다. 위의 인용에도 볼 수 있듯 해방 전, 특히 학병 제도가 시
행되던 1944년부터 4·19 직후 5대 국회의원 선거가 실시된

---

1　이동하, 「실향민의 삶과 진실의 문제」(해설), 『길』, 정음사, 1985, 291～292쪽,

1960년 7월 무렵까지 한반도의 역사적 격변기를 다룬『길』연작에 전쟁의 와중에 발생한 이산의 문제와 포성이 멎고도 안정을 찾지 못한 전후 혼란한 사회상이 기록되어 있으리라고 짐작하는 것은 어렵지 않다. 이에 덧붙여 전쟁 중의 이산과 전후의 혼란이 어린 박덕수의 시선과 목소리를 통해 재현되고 있음에 각별히 주목할 때,『길』연작에 성장소설적 측면이 일종의 주조음(主調音)으로 자리잡고 있다는 점 역시 인정할 수 있을 것이다.

그런데 한국소설을 대상으로 성장소설 개념을 적용할 경우, 그것이 자아와 세계 사이의 조화와 균형을 추구하는 서구의 고전적 교양소설과는 다른 궤적을 밟아왔다는 것은 주지의 사실이다.『길』연작 역시 여기서 예외는 아니거니와 이러한 특수성을 잘 보여주는 장면을 아버지와 아들의 관계에 대한 서사적 탐구에서 찾아볼 수 있다. 주인공 박덕수의 성장 과정에서 보이는 혼란이 곧 아버지 찾기 중에 나타나는 혼란과 다르지 않다는 점에서『길』연작에서 아버지와 아들의 서사가 핵심에 놓인다는 사실이 확인된다. 이는 전집 6권에「외등」을 함께 수록한 편집 의도에서도 짐작 가능한데,「외등」역시 한국 현대사에 의해 주조된 아버지와 아들의 관계를 집중적으로 파헤치고 있기 때문이다. 먼저「외등」을 살펴보기로 하자.


## 2. 진짜 아버지와 가짜 아버지

전상국의 등단작이었던「동행」에서도 그런 면모를 찾아볼

수 있었거니와 「외등」 역시 일종의 추리소설적 구성을 취하고
있다. 박종대 경사가 하암리 지서 소장으로 부임하고 얼마 뒤
표경철 선생의 부인이 노송에 목을 매어 죽은 채 발견되는 사
건이 발생한다. 이 사건의 실체를 밝히는 것이 「외등」의 서사
에서 박 경사에게 주어진 역할 중 하나이다. 국민학교 교사이
던 남편이 우발적으로 살인을 저질러 재판을 받고 징역을 살
게 되면서부터 간혹 실성기를 보이던 표 선생의 부인이 변사체
로 발견되자 그녀의 죽음을 온전치 못한 정신 탓으로 돌리는
사람들이 주로 하암리 주민이라면, 그 죽음의 이면에 밝혀지
지 않은 비밀이 있으리라고 의심하는 사람들은 주로 상암리 주
민이다. 표 선생 부인의 죽음을 둘러싸고 상암리와 하암리 주
민의 의견이 이처럼 극단적으로 갈리는 것은 두 마을 간의 차
별과 갈등이 누대에 걸쳐 이어져 왔기 때문이다. 수백 년 동안
대대로 김씨 문중의 터전이었던 하암리와 달리 동학란 때 밀려
온 동학군의 잔당들 혹은 일제시대 개발된 금광에 모여든 광부
들이 자리 잡으면서 생긴 상암리는 하암리로부터 부당한 차별
을 당하다가 6·25 전쟁 때 잠깐 바뀐 칼자루를 쥐고 흔든 적
이 있었다. 그 뒤 다시 세상이 바뀌자 하암리 주민들이 복수의
칼을 휘둘렀고, 이때 표 선생의 아버지 역시 상암리 빨갱이의
대명사라는 과장된 누명을 쓰고 목숨을 잃었던 것이다. 아버지
가 죽은 후 마을을 떠나야했던 어린 표 선생이 아마도 뜻한 바
있어 국민학교 교사로 부임해 귀향하고, 바야흐로 누대에 걸친
구습을 혁파하려고 하던 중에 본인은 감옥에 갇히고 부인은 변
사체로 발견되었으니 상암리 주민들이 의혹의 시선을 거두지

못하는 것도 어쩌면 당연한 일이다.

　박 경사는 문득 표경철 선생이 십여 년 만에 결코 아름다운 추억이 있을 수 없는 고향 산천을 찾아오던 그날의 모습을 상상해보았다. 역시 마을에서 추방당한 여자의 딸과 부부가 되어 찾아든 그 끈질긴 집념의 줄은 어디에 뿌리를 둔 것일까. 자기 육친의 고향, 그 치욕적인 죽음의 현장에 돌아와 그가 해 보일 수 있는 일은 도대체 무엇이란 말인가. 아버지, 표경철 선생은 그 난리 때 죽은 자기 아버지를 어떤 모습으로 가슴에 담고 있는 것일까.

　아버지. 박 경사는 작은 소리로 아버지란 세 음절을 입에 올려보았다. (……) 실로 오랜만에 보는 아버지였지만 조금도 반갑지 않았다. 열 살 어린 소년의 가슴속에 살아 있는 아버지는 아무 때나 이렇게 남 앞에 나타날 수 없는 그런 쫓기는 사람이었던 것이다. 혼자 있을 때 그는 곧잘 아버지의 얼굴을 떠올려보길 좋아했다. 그것은 크고 옳은 것을 위해 숨어 다니며 간 곳마다 신화를 남기는 항일투사로서의 그런 장하고 의연한 얼굴이어야 했다. 그러나 그날 밤 등잔 불빛에 드러난 아버지의 모습은 한낱 밤을 타 한 여자를 만나러 온 일개 범부의 평범한 얼굴이었다.(376~377쪽)


　표 선생 부인의 죽음을 수사하면서 상암리와 하암리에 얽힌 복잡한 내력에서부터 6·25 전쟁 때 벌어진 복수극에까지 생각이 미친 박 경사는 마침내 표 선생 부자에 대해 "표경철 선생은 그 난리 때 죽은 자기 아버지를 어떤 모습으로 가슴에 담고 있는 것일까"라고 묻기에 이른다. 물론 수사와의 관련성 때문이기도 하지만 박 경사의 질문은 비단 표 선생에 대한 것만이 아니라 자기 자신에 대한 것이기도 하다. 박 경사 역시 자기 아버지의 치욕적인 죽음을 받아들여야 했기 때문이다.

「외등」에는 두 쌍의 부자 관계가 등장한다. 그 하나가 빨갱이 아버지와 표 선생이라면, 다른 하나는 친일 배신자 아버지와 박 경사이다. 일찍이 항일운동에 투신해 열 살 이후로 본 적 없는 아버지에 대해 어린 박 경사는 신화적 항일투사의 장하고 의연한 얼굴을 상상하곤 했지만, 해방 직전 동지들을 배신하고 생사조차 알 수 없게 행방불명 상태가 된 아버지는 영원히 씻기지 않을 더러운 이름을 남겼을 뿐이다. 이에 "이십년 가까운 세월 가정을 버리면서까지 항일운동을 해온 아버지가 끝판에 가서 그렇게 쉽게 동지를 배반했을 리가 없다는 확신"(379~380쪽)을 증명하기 위해 경찰에 투신하고 하암리 지서에 부임했다는 점에서 박 경사에게 아버지의 명예 회복보다 더 중요한 일은 없을 것이다. 그는 욕되게 죽은 아버지를 애도하는 아들로서의 사명을 표 선생과 공유하고 있다.

아버지를 위한 아들로서의 길에 헌신하려는 박 경사는 아버지와 어릴 적 친구였던 오도민을 찾아간다. 골수 친일파로 호의호식하다 수년 전 명예롭지 못한 일로 경찰에서 물러나 하암리에 정착한 그는 지역 국회의원 김광모의 선거 참모로, 또 산판업과 운수업을 운영하는 읍내의 재력가로 여전한 영향력을 행사하고 있다. 그런 인물이 힘을 써 박 경사를 하암리 지서로 이동시킨 이유는 김광모 의원의 정치적 경쟁자가 바로 박 경사의 아버지를 배신자로 고발했던 사람이기 때문이다. 김광모와 오도민은 선거 지역구의 경쟁자를 제압하고 지역 이권을 독점하는 데 있어 자신들과 협력하는 길이 곧 아버지의 원수를 갚고 나아가 아버지의 명예를 회복하는 첩경이라는 점을 박 경사에게 여러 차례 강조한다. 근무지 이동을 받아들였을 때부터 박 경사는 이미 아버지를 위한, 나아가 자기 자신을 위한 협력 관계를 익히 예상했을 것이다.

　문득 박 경사는 마음 한편에서 서서히 고개를 쳐드는 유혹의 손을 보았다. 아버지를 위해서, 어머니가 확신하고 있는 아버지의 실상을 살려내기 위해서 자식이 힘을 보태지 않으면 그것을 또 다른 누가 할 것인가. 그는 마음 밑바닥에 어떤 기꺼움 같은 게 벌렁벌렁 숨쉬기 시작한 걸 알고 있었다. 어쩌면 아버지는 김광모 의원의 말대로 배신자가 아니라 오히려 그들에게 배신을 당한 그런 억울한 입장일는지 모른다는 생각이었다. 그 억울함을 자식이 나서서 큰 소리로 외쳐 아버지의 결백을 주장한다—그렇게 해야 마땅할 일이다. 김광모 의원과 오도민 씨와…… 그 순간 박 경사는 한 사람의 웃는 얼굴이 머리에 떠올랐다. 자기 자신의 얼굴이었는지도 모른다. 어쩌면 아버지 얼굴 같기도 했다. 열 살 때 밤눈을 떴을 때 등잔불 곁에 앉아 있던 아버지의 얼굴에다가 방금 전 머리에 그려진 웃는 얼굴을 겹쳐보았다. 그러나 박 경사는 고개를 설레설레 흔들었다. 아버지의 웃는 얼굴을 본 적이 없었다. 그에게 아버지의 웃는 얼굴이 보인다는 것은 하나의 치욕이었다. 크고 옳은 것을 위해 일한다는 신념을 가진 사람은 결코 그런 웃음을 웃을 수 없는 일이라고 그는 못 박아 생각했다.(393~394쪽)

　해설—한국 근대사의 아버지 찾기 과제

목재 불법 반출과 국회의원 선거 개입에 대한 요구가 점점 더 노골화되는 와중에 박 경사는 선택의 기로에 놓인다. 김광모, 오도민과 협력해 아버지의 누명을 벗기고 항일투사로서의 명예를 회복하는 일이야말로 아버지를 위한 아들의 길이 아닌가? 그러나 박 경사는 그 유혹을 거절하면서 오래 전 마지막으로 보았던 아버지의 얼굴을 떠올린다. 그가 마지막으로 기억하는 아버지의 얼굴은 웃는 얼굴이 아니라 "크고 옳은 것을 위해 일한다는 신념"으로 충만한 얼굴이었다. 자신이 원하는 바를 얻음으로써, 다시 말해 아버지가 배신자라는 오명을 벗고 자기 역시 배신자 가족으로서의 수모에서 벗어남으로써 만족스러운 웃음을 짓기를 선택할 것인가? 하지만 그는 자기를 위한 웃는 얼굴보다 크고 옳은 것을 위한 신념의 얼굴을 선택하고자 한다. 그것은 아버지의 영예로운 얼굴을 따른다는 점에서 또한 아들로서 마땅히 선택해야 할 길이기도 하다. 윗선의 유혹을 거절하고 아버지의 얼굴을 따르기로 결심한 뒤 불법 반출 산판차를 엄중 단속하는 과정에서 표 선생 부인을 죽음에 이르게 한 트럭 운전수를 검거하는 데 성공함으로써 「외등」은 박 경사가 아들로서뿐 아니라 경찰로서도 자신의 사명을 완수하는 것으로 결말을 맺는다.

김광모의 회유를 거절하는 장면에서 박 경사는 "저는 지금 아버지의 실상을 찾고 있을 뿐입니다. 만들어진 아버지가 아니라 있는 그대로의 아버지를 찾고 싶습니다"(394쪽)라는 말로 자신의 결심을 피력한다. 여기서 언급되는 "아버지의 실상"이나 "만들어진 아버지" "있는 그대로의 아버지"의 의미를 생각해보자. 이해관계에 따라 누군가를 항일투사로도 동시에 배신자로도 만들고 조작하는 일들이 현실에서 비일비재하다는 것은 모두가 알고 있는 사실이다. 이런 현실에서라면 박 경사의 아버지 역시 항일투사로든 배신자로든 변신 가능하지만, 이를 "아버지의 실상"이라고 할 수는 없을 것이다. 그런데 그렇게 만들어진(조작된) 아버지를 있는 그대로의 실상이 아니라고 부인하기는 쉽지만, 그렇다면 과연 아버지의 실상이 무엇인가에 답하는 것도 여전히 쉽지 않다. 박 경사가 마지막으로 보았다고 믿는 아버지 역시 있는 그대로의 실상이라고 확신할 근거는 없다. 크고 옳은 것을 위한 신념의 얼굴로 묘사되었던 아버지의 마지막 얼굴 역시 그 이전의 기억 속에서는 "일개 범부의 평범한 얼굴"로 고백되지 않았던가? "아버지의 실상" "만들어진 아버지" "있는 그대로의 아버지" 같은 말에 내포된 것처럼 아버지가 여럿일 수 있다면, 그중에 누가 진짜 아버지인가? 이 질문의 난해함에도 불구하고 아무튼 「외등」의 결말에서 박 경사는 자신이 진짜 아버지를 골랐다고 믿는다.


## 3. 끝나지 않는 역사의 과제

앞에서도 말한 것처럼 『길』 연작 역시 「외등」과 마찬가지로 주인공 박덕수의 아버지 찾기가 서사의 핵심적인 과제이다. 특히, 6·25 전쟁과 그로 인한 이산, 분단을 소재로 한 문학사의 주요 작품들을 분석한 「부성 원리의 형식」에서 김윤식은 『길』 연작의 주제를 "덕수 아비 찾기"로 규명하면서 이때 아비 찾기의 과제가 전후 분단 현실을 반영한 것임을 강조한 바 있다.

영재 아저씨는 은하의 아비가 자기라고, 또한 덕수의 아비도 자기라고 덕수 어미 앞에서 공언한다. 이러한 최영재의 공언은 이 작품의 참주제이자 아비의 이분화에 해당되는 것이기도 하다. (……) 분단의 현실이 작품 구조상 대응되는 모습을 우리는 이 작품에서 찾아낼 수 있다. 분단이란 아비가 둘로 된 현실에 엄밀히 대응된다. 박태혁과 최영재 틈바구니에서 아들 덕수는 망연자실하여 방향감각을 잃는다. 덕수를 허허벌판에 세워놓고 있는 것이다. 덕수에 있어 최영재의 넋두리가 아무런 실감을 얻지 못하듯 실부인 박태혁의 명령도 큰 의미를 주지 못한다. 덕수의 이러한 내면의 분열은 분단 현실과 구조적으로 대응되고 있다.[2]

식민 지배, 해방, 전쟁으로 이어진 우리 근대사의 혼란을 온 몸으로 겪으면서 성장해온 덕수에게 가장 일차적인 문제는 생존이지만, 그 살아남기의 과정에서 아버지라는 존재에 대한 의문이 끊임없이 환기된다. 물론 덕수의 실부(實父)는 박태혁이다. 일찍이 학병 투쟁과 토지개혁에 앞장섰고 북한에서의 입지가 위태롭게 되자 재빨리 월남해 남한에서도 정치 활동을 포기하지 않았던 박태혁은 여러 차례의 낙선 끝에 4·19 직후 실시

2 김윤식, 「부성 원리의 형식」, 『우리 소설과의 만남』, 민음사, 1986, 293~294쪽.

된 5대 국회의원 선거에서 마침내 당선을 눈앞에 둔다. 그러나 정의로운 것과 큰 것에만 관심을 둘 뿐, 자신의 앞길에 도움에 되지 않는 처자식은 남보다도 못하게 박대하는 박태혁을 덕수는 아버지로 인정하지 않는다.

가족에 대한 방임과 학대에도 불구하고 정치인으로의 성공을 눈앞에 둔 아버지에 대한 존경과 신뢰를 견지하는 어머니와 달리 덕수는 더 좋은 아버지 혹은 진짜 아버지를 찾고자 하는 노력을 포기하지 않는다. 아버지에 대한 어머니의 맹목적인 태도가 아버지에 대한 신화나 전설, 곧 환상에 기반하고 있다면, 아들 덕수의 태도는 실질적이며 현실 정합적이라고 볼 수 있다. 그러나 불행히도 『길』 연작에 등장하는 또 다른 아버지 최영재 역시 좋은 아버지나 진짜 아버지로 인정받기는 어렵다.

"솔직히 네가 부럽다. 나는 결코 아버지의 가장으로서의 권위를 인정할 수 없다. 우리 아버지에게 우리 식구들이 현실이 아니었듯 나 역시 내 근원, 내 현실, 그 뿌리로서의 아버지를 인정할 수가 없다는 것이지."

"원주에 산다는 그 최영재란 분은 너하고 도대체 어떤 사이냐?"

"북쪽에 남아 계신 우리 할아버지의 피를 받은 분이지. 누구보다 그 당사자가 그 사실을 확신하고 있다. 그 일로 해서 우리 아버지한테 어릴 때부터 오늘까지 계속 피해를 받으며 사는 분이다. 내가 도움을 받아서가 아니라, 나는 영재 아저씨를 좋아한다. 네가 말한 식으로 한다면 좋아한다는 것이 꼭 존경한다는 뜻과는 다를 것이다. 반드시 어떤 명목을 내세워 그것을 위해 사는 삶이 우리 아버지라면 그분은 명목과는 아랑곳없이 묵묵히 자기 몫의 삶에만 충실한 분이다. 내가 그분을 좋아하는 것은 그러한 소시민적 생활 자세가 좋기 때문이다. 그러나 좋아하는 만큼 그분에 대한 불만도 많다. 이를테면 모든 것을 다 받아들이려 할 뿐 싫은 것을 가려 내뱉지 못하는 그 비겁 같은 거 말이다."

"그렇다면 결국 네 우상은 그 아담스란 사람으로 봐야 옳겠는데……"(311~312쪽)

위의 인용에 잘 드러나듯, 박태혁을 아버지로서 인정하지 않는다고 단언한 덕수는 최영재에 대해서도 메우기 어려운 불만을 토로한다. 박태혁이 대의명분만을 좇는 삶을 살고 있다면, 최영재는 묵묵히 자기 몫의 삶에만 충실하게 살아간다. 이처럼 박태혁과 최영재의 삶은 극단적으로 대비되며, 그런 만큼 어느 쪽도 아들에게 전범(典範)이 될 만한 수준에 이르지 못한다. 앞에서 『길』 연작의 아버지에게 나타나는 이분화가 분단 현실을 반영한다는 김윤식의 지적을 살펴본 바 있거니와, 공적인 것과 사적인 것 또는 자기 현시와 자기 희생 사이에서 누가 봐도 비정상적일 정도로 극한의 대립 양상을 드러내는 박태혁과 최영재의 삶의 궤적이야말로 분단 체제 아래 폐색된 남한 사회의 병리성을 여실히 반영하는 증상으로 이해할 수 있다. 여기 덧붙여 분단 체제에서 무시할 수 없는 주요 행위자로서의 미국이 아담스라는 주한 미군 출신 정치인으로 표상되고 있다는 점역시 간과할 수 없다. "너는 내 아들이다"라는 아담스의 선언이 아니더라도 덕수가 아담스를 이상적 모델로, 나아가 또 다른 아버지로 생각하고 있음은 분명하다.

『길』 연작의 서사는 1960년 7월 무렵을 끝으로 마무리되는데, 덕수의 아버지 찾기 역시 어떤 가시적인 성과를 거두지 못한 채 함께 중단된다. 덕수의 좌절이 분단 체제에서의 남한 사회의 한계를 반영한 것이라면, 그 좌절이 1961년 5·16 이후에도 수십 년간 이어지리라는 어두운 전망으로부터 자유롭기는 어렵다. 이처럼 『길』 연작은 아버지 찾기에 대한 덕수의 좌절을 통해 한국 근대사의 결락된 부분을 문학적으로 증언하고 있다.

「출향」「술래 눈뜨다」「이산」「이류 속에서」「허허벌판」「산 넘어 강」 등 여섯 편의 중단편소설을 모은 연작소설 『길』과 중편소설 「외등」을 한데 묶어 '중단편소설 전집 6'을 낸다.

연작소설 『길』은 해방 직전에서부터 6·26 전쟁에 의해 나라가 둘로 갈라지는 동족상잔의 비극을 유년 및 청소년기 화자의 눈을 통해 그려낸 가족사라 할 수 있다. 당대, 그 모든 책임이 근원과 지향성을 잃은 아버지 탓이라는, 부권상실 시대를 이야기하고 싶은 작의가 너무 분명해서일까. 작품의 미학적 가치 구현에 조금 소홀했다는 반성도 크다. 그것은 정치꾼으로 전락한 그 시대 아버지들에 대한 불신의 늪이 그만큼 깊었다는 뜻이다.

그리하여 『길』이 성장소설의 문턱에 머물 수밖에 없었던 것도 캐릭터보다는 과거 역사 복원으로서의 소명 같은 것, 곧 그 시대 사회 혼란의 디테일 묘사에 집착한 때문일 터이다.

현실을 넘어서는 허구는 없다. 이쯤에서 연작소설 『길』이 장편에 미치지 못한 미완의 작품이라는 것을 밝혀둔다. 이런! 분단으로 인한 실향 혹은 이산의 상처 치유로서의 대안이 될 좀 볼륨 있는 마지막 작품을 구상하고 있을 때 그 일이 터진 것이다.

1963년 'KBS 특별 생방송, 이산가족을 찾습니다'의 방영이었다. 회심의 작품 구상이 한 방에 날아갔다. 작가의 상상과 허구가 현실의 적나라한 대하드라마, 그 감동의 물결 앞에 의기소침, 온전히 글쓰기의 신명을 잃은 것이다.

다행히 이미 발표한 연작 다섯 편이 중단편소설로서의 독립적 형상화에 모자람이 없다는 자부로 작품 미완의 아쉬움을 달래기로 했다.


중편 「외등」은 연작 『길』보다 조금 앞서 발표한 작품으로 시대 배경이 같아 어쩌면 『길』의 마무리 이야기가 이런 것이어도 괜찮겠다 싶어 한데 묶긴 했지만, 어디까지나 별개의 독립된 작품으로 읽혔으면 하는 바람이다.

「외등」은 남과 북이 그러하듯 불신과 증오로 맞서는 두 마을을 배경으로, 그 갈등 해소에 마땅한 공직자상을 생각한 작품이다. 아울러 『길』 연작이 그러했듯 실종된 아버지의 탈을 쓴 그 시대의 파렴치한 정치꾼들에 대한 썩 안 좋은 생각이 작품 깊숙이 깔려 있음을 부인하지 않겠다.


종이 인쇄물이 남아 있을 뿐 원래의 작품 원고는 물론 컴퓨터 저장 파일이 없어 새로이 조판을 하여 만드는, 중단편소설 전집

발간 과정이 결코 쉽지 않지만 한결 다듬어진 작품으로 새로이
태어난다는 기대가 자못 즐겁다.
　강 출판사의 노고에 거듭 감사한다.


2023년 6월 금병산 자락 문학의 뜰에서

전상국

1940년  3월 12일(음) 강원도 홍천군 내촌면 물걸리 1102번지
　　　　에서 부 전석주, 모 박춘봉의 장남으로 출생(정선전씨
　　　　석릉군파 47세손).

1946년  홍천읍으로 이사.

1950~1953년 홍천국민학교 4학년 때 6·25 전쟁이 일어나 고
　　　　향 마을 동창국민학교 졸업(10회).

1954년  홍천중학교 입학. 읍내에서 처음으로 서점 발견, 생애
　　　　최초로 교과서가 아닌, 탐정소설 따위의 책을 서점에
　　　　서 읽기 시작.

1957년  홍천중학교 졸업(6회). 춘천고등학교 입학. 1학년 때
　　　　담임이 시인 이희철 선생으로 2학년 때 문예반에 들어
　　　　간 결정적 계기.

1958년  춘천 지역 문예반 학생 중심의 '예맥문학회'를 만들어
　　　　문학적 방종에 탐닉.

1959년  최초로 쓴 소설 「산에 오른 아이」가 제6회 학원문학상

에 3위 입상. 「황혼기」가 강원일보 신춘학생문예에 당선 없는 가작 1석 입상. 작품이 신문에 연재됨.

1960년 경희대학교 문리과대학 국어국문학과에 문예장학생으로 입학. 처음 사 신은 구두를 신고 4·19 시위에 참가, 발뒤축에 상처를 입다.

1962년 경희대학교 제6회 문화상 수상, 장학 혜택.

1963년 조선일보 신춘문예에 단편소설 「동행(同行)」 당선. 12월 31일자 대학 졸업. 경희대학교 제7회 문화상 수상.

1964년 원주 육민관고등학교 국어교사로 부임. 단편 「광망」(『현대문학』 2월호) 발표.

1966년 춘천중학교 국어교사로 부임. 단편 「해바라기 시계」(『문학춘추』 1월호) 발표.

1967년 10월 9일. 김옥자와 결혼.

1968년 10월 24일. 큰딸 소영 출생.

1970년 7월 22일. 아들 경구 출생.

1972년 3월. 은사 조병화 선생의 부름으로 서울 경희고등학교 국어교사로 부임.

1973년 3월 1일. 작은딸 소옥 출생.

1974년 서울 상봉동 105-37 자택에서 작가 조선작을 만나 새로이 글쓰기를 시도. 그 첫 작품 「전야」를 『창작과비평』 가을호에 발표하면서 재등단.
춘천의 소설 동인 모임 '예맥동인'에 참가. 작가 유재용과 면목동 그의 문방구에서 처음 만남.

1975년 단편 「할아버지 묻힌 날」(『현대문학』 2월호), 「소인의 나들이」(『세대』 2월호), 「돼지새끼들의 울음」(『현대문학』 9월호), 「육아일기」(『예맥문학』 1집) 발표.

1976년 단편 「악동시절」(『현대문학』 3월호), 「껍데기 벗기」(『월간문학』 9월호), 「사형」(『현대문학』 12월호) 발표.

1977년 단편 「맥」(『현대문학』 3월호), 「바람난 마을」(『뿌리깊은나무』 3월호), 「바다 재우기」(『월간문학』 7월호), 「여름 손님」(『현대문학』 10월호) 발표.
　　　 단편 「사형」과 「껍데기 벗기」로 제22회 현대문학상 수상.
　　　 첫 작품집 『바람난 마을』(창작문화사) 출간.

1978년 단편 「침묵의 눈」(『한국문학』 2월호), 「산울림」(『뿌리깊은나무』 5월호), 「고려장」(『현대문학』 6월호), 「안개의 눈」(『문예중앙』 여름호), 「망각의 집」(『주간조선』 7월 10일), 중편 「물걸리 패사」(『소설문예』 2월호), 「하늘 아래 그 자리」(『문학과지성』 겨울호) 발표.
　　　 '작단' 동인 활동을 시작함.

1979년 단편 「초혼」(『월간문학』 1월호), 「수렁 속의 꽃불」(『한국문학』 3월호), 「잊고 사는 세월」(『현대문학』 4월호), 「그 먼길 어디쯤」(『작단』 1집), 「우리들의 날개」(『작단』 2집), 「진화설」(『문학사상』 6월호), 「암코양이의 식성」(『월간중앙』 4월호), 「겨울의 출구」(『창작과비평』 가을호), 「실반지」(『현대문학』 12월호), 중편 「아베의 가족」(『한국문학』 10월호), 「외등」(『문예중앙』 겨울호), 「공터 사람들」(『신동아』 9월호) 등 한 해에 단편 9편과 중편 3편 발표.

「아베의 가족」으로 제6회 한국문학작가상 수상.

작품집『하늘 아래 그 자리』(문학과지성사) 출간.

1980년 단편「우상의 눈물」(『세계의문학』봄호),「이것은 기분 문제가 아니다」(『작단』3집),「어떤 이별」(『소설문학』8월호),「달평씨의 두번째 죽음」(『한국문학』9월호), 중편「여름의 껍질」(『문예중앙』여름호),「추억의 눈」(『문학사상』12월호) 발표.

「아베의 가족」으로 대한민국문학상 자유문학부문 수상,「우리들의 날개」로 제14회 동인문학상 수상.

작품집『아베의 가족』(은애),『우상의 눈물』(민음사 오늘의작가총서) 출간.

1981년 중편「외딴길」(『문학사상』5월호) 발표.

콩트집『식인의 나라』(소설문학사), 작품집『우리들의 날개』(동서문화사) 출간.

1982년 장편『길』의 연작 중편「출향」(『문예중앙』봄호), 단편「술래 눈뜨다」(『현대문학』3월호),「이산」(『세계의문학』봄호),「좁은 길」(『문학사상』9월호) 발표. 장편소설『불타는 산』연재(『경향신문』1982. 3. 15~1983. 3. 30).

경희대학교 대학원 국어국문학과에 입학.

1983년 단편「이류 속에서」(『한국문학』8월호) 발표.

장편소설『불타는 산』(고려원) 출간.

전업작가를 꿈꾸면서 중화동 28-11에서 중화동 286-7로 집을 옮김.

1984년 중편「허허벌판」(『문학사상』3월호),「산 넘어 강」(『현대문학』 9월호), 단편「관심」(『한국문학』 12월호) 발표.

경희호텔경영전문대학에 출강.

1985년  단편「악의 사슬」(『말과 삶과 자유』, 문학과지성사),「그
늘무늬」(『문학사상』 9월호),「왜」(『현대문학』 10월호),
「술법의 손」(『동서문학』 11월호) 발표.

장편소설『길』(정음사) 출간.

국립 강원대학교 인문대학 국문학과 교수로 발령이 나
면서 서울 탈출.

1986년  중편「음지의 눈」(『소설문학』 4월호),「형벌의 집」(『문
학정신』 10월호), 단편「먹이그늘」(『현대문학』 8월호),
「송충이의 칩거」(『강대신문』 3월 14일) 발표.

1987년  중편「썩지 아니할 씨」(『문학사상』 2월호),「지빠귀 둥
지 속의 뻐꾸기」(『문학사상』 12월호), 단편「퇴장」(『한
국문학』 4월호),「밀정」(『문예중앙』 봄호) 발표.

작품집『형벌의 집』(한겨레) 출간.

1988년  단편「잃어버린 잠」(『현대문학』 3월호), 중편「투석」
(『현대문학』 11월호) 발표.

「투석」으로 제4회 윤동주문학상 수상.

1989년  중편「사이코 시대」(『동서문학』 11월호) 발표.

작품집『지빠귀 둥지 속의 뻐꾸기』(세계사) 출간.

1990년  중편「시인의 겨울」을 연재.

「사이코 시대」로 제1회 김유정문학상 수상. 강원도 문
화상 수상.

1991년  『문학사상』(1989년 10월호~1991년 4월호)에 연재한 소설

창작교실 『당신도 소설을 쓸 수 있다』(문학사상사) 출간.

1992년 중편 「거울의 알리바이」(『문학사상』 9월호) 발표.

　　　　콩트집 『장난 전화 거는 남자를 골려준 남자』(판) 출간.

1993년 장편소설 『裕貞의 사랑』(고려원) 출간.

1994년 콩트집 『우리 시대의 온달』(작가정신), 작가연구 『김유
　　　　정』(단국대출판부) 출간.

1995년 한국대표작가선집 『투석』(신원문화사) 출간.

1996년 중편 「개미거미들의 화음」(『문예중앙』 봄호), 중편 「시
　　　　인의 겨울」(『작가세계』 봄호) 발표.

　　　　작품집 『사이코』(세계사), 테마소설집 『애비』(열림원)
　　　　출간.

　　　　『사이코』로 제33회 한국문학상 수상.

1997년 중편 「너브내 아라리」(『21세기문학』 가을호) 발표.

1999년 중편 「실종」(『문학과의식』 봄호) 발표.

2000년 「실종」으로 제8회 후광문학상 수상.

　　　　첫 수필집 『우리가 보는 마지막 풍경』(북스힐), 회갑기
　　　　념문집 『세미나와 재미나』(북스힐) 출간.

2001년 중편 「한주당, 유권자성향분석사례」(『문예중앙』 봄호),
　　　　단편 「이미지로 간다」(웹진 『인스워즈』 5월호) 발표.

　　　　『아베의 가족』 스페인어로 번역, 페루 리마 PUCP 출
　　　　판사에서 출간.

2002년 단편 「플라나리아」(『동서문학』 봄호), 「온 생애의 한순
　　　　간」(『현대시』 6월호) 발표.

　　　　김유정문학촌 개관과 함께 초대 촌장을 맡음.

2003년  단편 「소양강 처녀」(『문학수첩』 여름호) 발표.

　　　　「플라나리아」로 제27회 이상문학상 특별상 수상.

2004년  단편 「물매화 사랑」(『문학사상』 10월호) 발표.

　　　　「플라나리아」로 제8회 현대불교문학상 수상.

　　　　'아베의 가족'이란 이름의 개인 서재를 춘천 석사동에 마련.

　　　　경희문인회 회장.

2005년  강원대학교 정년 퇴임. 황조근정훈장 수훈. 남북작가 대회 참가(평양).

　　　　작품집 『온 생애의 한순간』(문학과지성사), 문학 이야기 『물은 스스로 길을 낸다』(이룸), 산문집 『길 위에서 만난 사람들』(이치) 출간.

2006년  단편 「꾀꼬리 편지」(『세계의문학』 겨울호) 발표.

　　　　강원대학교 명예교수.

2007년  김유정탄생100주년기념사업회 추진위원장.

2008년  중편 「지뢰밭」(『창작과비평』 봄호) 발표.

　　　　『아베의 가족』 독일어로 번역, 독일 페퍼코른 출판사에서 출간.

　　　　경희대학교 객원교수.

2009년  중편 「남이섬」(『문학과사회』 봄호) 발표.

　　　　단편 「춘심이 발동하야」(『계간문예』 겨울호) 발표.

　　　　황순원기념사업회 초대 회장. 김유정기념사업회 이사장.

2010년  단편 「드라마게임」(『세계의 문학』 여름호) 발표.

2011년  작품집 『남이섬』(민음사) 출간.

2013년 춘천시 신동면 풍류1길 84-7(증리 562-6) 문학의 집 '동행'에 입주.

2014년 제8회 동곡문화상 수상. 제27회 경희문학상 수상.
바이링궐 에디션 『Ahbe's Family』(아시아), 『전상국의 춘천 산 이야기』(조선뉴스프레스) 출간.

2015년 단편 「집을 떠나 집에 가다」(『문예중앙』 여름호), 「가을 하다」(『대산문화』 여름호) 발표.
이병주국제문학상 수상.

2016년 단편 「어디에도 없고 어딘가에 있는」(『현대문학』 1월호) 발표.
단편 「봄봄하다」(『대산문화』 봄호) 발표.

2017년 단편 「오래된 나무는 나무가 아니다」(『월간태백』 3월호), 「춘천아리랑」(김유정학술발표지 2017) 발표.
산문집 『춘천 사는 이야기』(연인M&B) 출간.

2018년 중편 「굿」(『문학의오늘』 여름호) 발표.
대한민국예술원 회원. 보관문화훈장 수훈.

2019년 전상국 중단편소설 전집 1 『동행』(강) 출간.

2020년 에세이 『작가의 뜰』(샘터) 출간.
전상국 중단편소설 전집 2 『하늘 아래 그 자리』(강) 출간.

2021년 단편 「저녁노을」(『문학사상』 6월호) 발표.
춘천 신동면 금병산예술촌에 '전상국 문학의 뜰' 개관.
전상국 중단편소설 전집 3 『아베의 가족』(강) 출간.

2022년 전상국 중단편소설 전집 4 『우상의 눈물』(강) 출간.
단편 「조롱골 우리집 여인들」(『한국소설』 9월호) 발표.

전상국 중단편소설 전집 5 『우리들의 날개』(강) 출간.

2023년  작품집 『굿』(문학과지성사) 출간.

전상국 중단편소설 전집 6 『길 · 외등』(강) 출간.

전상국 중단편소설 전집 6

# 길 · 외등

© 전상국

1판 1쇄 발행 | 2023년 7월 7일

지은이 | 전상국
펴낸이 | 정홍수
편집 | 김현숙 이명주
펴낸곳 | (주)도서출판 강
출판등록 | 2000년 8월 9일 (제2000-185호)

주소 | 서울시 마포구 동교로17안길 21 (우 04002)
전화 | 02-325-9566
팩시밀리 | 02-325-8486
전자우편 | gangpub@hanmail.net

값 20,000원
ISBN 978-89-8218-321-8    04810
　　　978-89-8218-245-7 (세트)